生死之问

宋庆华　著

群众出版社

图书在版编目（CIP）数据

生死之问 / 宋庆华著 . —北京：群众出版社，2022.10
ISBN 978-7-5014-6213-1

Ⅰ.①生… Ⅱ.①宋… Ⅲ.①中国文学—当代文学—作品综合集 Ⅳ.①I217.2

中国版本图书馆CIP数据核字（2022）第048995号

生死之问
宋庆华　著

出版发行：	群众出版社
地　　址：	北京市丰台区方庄芳星园三区15号楼
邮政编码：	100078
经　　销：	新华书店
印　　刷：	天津盛辉印刷有限公司
版　　次：	2022年10月第1版
印　　次：	2023年12月第2次
印　　张：	11
开　　本：	880毫米×1230毫米　1/32
字　　数：	276千字
书　　号：	ISBN 978-7-5014-6213-1
定　　价：	60.00元
网　　址：	www.qzcbs.com
电子邮箱：	qzcbs@sohu.com

营销中心电话：010-83903991
读者服务部电话（门市）：010-83903257
警官读者俱乐部电话（网购、邮购）：010-83901775
文艺分社电话：010-83901350

本社图书出现印装质量问题，由本社负责退换
版权所有　侵权必究

序言
总把文章续生命

凉风乍起,细雨飘零,火热的夏季被迫逊位,取而代之的是百花凋零,万木飘叶,天地一片灰蒙蒙的秋色。肃杀的气象昭示着阴郁的天意,我却以为犯不着悲凉,秋天有金色也有喜讯,那可是一个收获满满的季节。

眨眼间,人生的轮回以急促的不可违拗的步伐踏进生命之秋。

趁着自己心未灰冷,抓紧时间多写一点儿再多写一点儿;趁着自己意犹未尽,尚能驾驭着意志和灵魂出一篇再多出一篇,字词句连缀成文,心田中一树花开。似乎感觉到危机将要降临,危险也在不远处蛰伏,说不定什么时候突然袭来,一举结束你这些文字的生命。危机源于自身淤积的块垒吐尽,学识浅薄,天资平平,难以为继。危险是因为不知会在哪一个偶然契合的关口,乍一回头省视自己"呕心沥血"书写的文字,与一堆人人弃之的垃圾无二,幡然醒悟自己的鄙薄之识反倒给世人留下讥讽的笑柄,于是,文字符号连缀的涓涓细流戛然而止。

灵犀埋没,灵性枯萎,秋之美色收敛入雪,心死之哀胜于命殒。

杨绛先生曾经告诫世人:"你过得不好,只是因为想得太多,读书太少。"这话可谓至理,但对于我这个年纪一大把生命历程走过一大半的人来讲,过得好与不好,想得多与不多,似乎都已无关紧要,只是嗜书如命的习惯倒是打发了生命中许多无聊的时间,究竟从中获益几何也不好估量。但是,杨绛及诸多先生的话是入我脑入我心了的。为了多读书,而且要把书读好,除了"尊师从顺"之外,我特地将读书与写作这两件事放在一起同时做,以读促写,以写续读,相辅相成,相得益彰,不停地读大量地读,带动不停地写深入地写,读人读事寻觅至圣先贤翱翔寰宇的灵魂、容纳百川的胸怀,写人写事挖掘形形色色世相百态深处的人之本性。读书与写作的双线积累、单点碰撞、多点融合,由接纳而辨析,由思考而思想,再愚钝的人也能融会贯通,自然会产生一些分泌物从笔下如涓涓细流溢出,积水成渊,甭说蛟龙生焉,至少会滋生一些也可以称作文章的生物,至少还算鲜活可以抖搂痕迹的思想。

写什么,怎么写,在我,无非是在真情实意不可抑制地喷薄而出的那个时候做好一个意到笔随的记录者而已。但写得咋样，以小见大，境界是否深邃？以低仰视，格调是否高雅？乃至文字简朴，是否堕落为简陋？在他。只好任由他人评说，也好放弃可怜的夏虫之识、井蛙之见。

大凡舞文弄墨者似乎都绕不过王国维在《人间词话》里写下的那个著名论断："古今之成大事业、大学问者，必经过三种之境界：'昨夜西风凋碧树，独上高楼，望尽天涯路。'此第一境也。'衣带渐宽终不悔，为伊消得人憔悴。'此第二境也。'众里寻他千百度，蓦然回首，那人正在灯火阑珊处。'此第三境也。"此论颇具高见，许多大师方家认同并践行。作为文学践行者，我竭力躬行，但一直以为其深邃而玄妙，追不可及。回过头来，反而推崇学者将作文分为三个阶段，也可以说是三重境界：初写"放胆文"，继而"小心文"，最终写出"绚烂文"。以此为衡量，自己像是已经碾过了放开胆子信马由缰无拘无束作文的"大草原"，但写来写去如爬坡上坎进入"大高原"，总是小心翼翼地在是否中规中矩的"小地块"里打转。加速，再加速，思考，再思考，可怎么也寻觅不着一个切点飞旋出"小心文"这一个无形的"圈"，至于说能够让思绪无拘无束地飞扬，笔下流出气象万千绚丽灿烂之锦绣文章，似乎都是可望而不可及的奢望。好在文无第一，文无定法，一千个哈姆雷特待在读者群，众口一词，交口称赞，也许并非作文者真正美妙的期望，褒贬不一才是正常的结果，这样想来也才略感欣慰。身居这么一个谁都不可否认的宏大时代，再怎么卑微，我也活在当下，活在不可割断的这段历史的尘埃之中；秃笔再怎么拙劣，也不可避免地在波澜不惊的文字里折射时代的光，凿刻时代的痕。留一点儿坦然而诚挚的文字让今人或者后人对这个社会多一丝认识的缝隙，多一点儿认知的补充、佐证或者维度，岂不是一件不无裨益的好事吗？再说呢，既然下定决心拿起了笔，起三更熬黉夜，孤灯黄卷焚膏，即使只有一个读者也愿意忝列侍读者的末座。倘如此，至少不负微末生命的价值，不损蝼蚁人生的意义。这样想来，甚至还生发一丝激情，一缕自负，当然，就更犯不着心死。

自然生命的步履或匆匆或缓缓，谁都无法阻挡。有限生命的个人影响力既短暂又微弱，唯有精神生命散发的光辉能够光大发扬，辽阔而深远。

何以传神？魂灵交融，文以载道，总把文章续生命。

正如方家所言：知识分子应当是文化的托命之人。芸芸众生中，滚滚人潮，我能否算得上一知识分子？虽成天浸淫于文字堆里，内心深处也极力恪守"自由之思想，独立之精神"，能否担纲"文化的托命之人"？不敢自说。记得曾受聘在一所大学的大讲堂授课，大话空话套话都随唾沫飘散，唯有一句大实话我一直自记于胸自践于行："我们至少能够用自己的脑袋支撑独立思考，可以用不同方式的笔触记录这个时代不同的侧面和层级。"我缺自信更缺底蕴，但我矢志燃烧生命去铸就每一个字每一篇文，为这个民族的文化续一把柴加一把火添一分光和热。

不错，仰头望天是人类的专利，无论站在哪里，头顶的天再开阔也只是我们的视角，盲区不可分辨地存在。假如从太空回头看，可以猜想的是看到这些可怜的人悬挂于这个星球的表面，管它是大马路、高耸入云的地表尖塔，还是野地沟壑、珠峰之巅，也无所谓高度矮度，伸长脖子架住还算成比例的头在圆弧的地表怎么都所见有限，反倒像是行将坠落的蚂蚁危乎悬乎。事实上，太空浩渺无垠，我们向外探索最终受限，世间的人、事、活动及其关系，看似简单，实则波诡云谲的内核千百年来从未被人洞明过，再怎么深刻，向内思考也天生受限。人类文明的进步，确实需要一点一滴积累认知积淀文化，驾驭魂灵突破桎梏，走向自然自在的境界。这一切都应当被记录被刻痕，写作包括虚拟的创作或多或少都应该"担纲"这个大任。

这是一个极不平凡的时代，相信会有造诣深厚气度恢宏的大手笔去详尽地记录这个特殊的时代，而我成书的这本集子，文学的集子，至多只能算是一滴水去延续蝼蚁般的生命，但这滴水生成在这个时代，或大或小或多或少地会映照或者折射这个社会的一些领域和层面。

读书融入的世界多姿多彩奇妙无比，写作拓展的时空足以让灵魂展翅翱翔，严于自律的读写由生命的一种修为，自然成了生命中不可或缺的一部分，历经春情颐养夏暑苦炙秋寒肃杀冬雪冰轧，纵使殚精竭虑煞费苦心揪掉的头发比写出的字还多也觉得值了。要观天察地，要识人知性，深邃而又深刻，否则，作文轻飘飘，岂不污浊人之耳目，做人随波逐流，自然失去大地的滋养。

不管怎么说，读与思，读与写，都是极个人的事儿。然而，就这么点儿个人的事儿，竟牵动诸多良师益友的心，无时无刻不获得既细微又深厚的关心、帮助和支持。每念及此，不由得心生感念，祈望能以一卷隽永之文字作报答；不由得衷心赞叹此生相遇之缘，美好之至，荣幸之至，祈望能以一生不言之深情借此致谢。

宋庆华

2022 年 3 月 20 日

目录

小 说

老,是要有资格的	003
刑警的大奖	040
俗 好	073
连 锁	080
斗 场	091

散 文

碎思断想(之二)	145
碎思断想(之三)	153

碎思断想（之四）	157
随笔不随意	164
《我的乡愁是座城》系列之七：囿于家园话巨变	169
《我的乡愁是座城》系列之八：反思孕育未来	178
认宗、寻根、蹭祖	187
悠悠说死生	193
大历史与小人物	201
读书、考学与考官	205
"问"与"实"	213
玉兰花开	216
时光无隙	224
读书与写作	230
起底人生	236
等待、趣思与期待	245

痛	255
溜须、拍马与尝粪	259
野	266
我的大学	272
文人之"痴"	279
月	287
读书的危险	291
心之无所著述	295
《刑警的后脑勺》创作谈	301
墙	303
笑着往后退	311
山高水长	315

附　录

以文学的方式分享警察人生
　　——中篇小说《刑警的后脑勺》短评　　　　　　　　325

小说艺术价值与美学品格
　　——作家宋庆华系列小说鳞爪谈　　　　　　　　　　331

后记　再识庆华兄
　　——写在庆华兄文集《生死之问》出版之时　　　　　335

小说

老,是要有资格的

"人啊,不是随便哪个都能老的,知道吗?"师父说完这话,听来感觉留了半句,可他不说了,只管稳稳地端起青花瓷的酒杯抿一小口,哧溜有声,再扔进嘴里一颗个头儿饱满的油酥花生米,紧接着又一颗,立刻听见咔吧咔吧咯嘣的响,老实说这声音像是拴在槽头吃食的马嚼炒黄豆发出来的声响,刺耳又觉着不雅。

这话似乎没说完,想把这句话听完整就一直盯着他看,有所期待。平心而论,师父也不难看,眉宇间隆起一个明显的"川"字,看上去很凝重,头顶上的白发短而晶莹,看上去很坚毅,一张国字脸黝黑略显红润,轮廓分明,但布满皱纹,像是老树显示沧桑的糙皮。待半瓶老白酒下肚,后半句才蹿出喉咙,一字一顿地说:"老,可是一种资格。"

这句结论性的话好像不太科学也不全面,街头混混儿、地痞流氓、杀人歹徒不也得活人,不也得老,这是一种资格?贩夫走卒、山野村夫、家庭妇女想不老也得老,而且比许多人命长,难道不是一种值得炫耀的资格?我否认他的观点,坚决反对,我虽年轻但见过老态龙钟的人多得去了。

师父像是看透了我的心思，稳坐不动，嚼花生米的嘴偷空儿漏出一个字："想。"

上世纪70年代末80年代初的刑警中，不仅相对于我们这帮刚入警队的"嫩毛头"或者被称为"嫩毛豆角"的小年轻来说，就是师父本人也觉着是个老警察了。这不假，五十还没出头儿，鬓发花白，以后几年竟加速进入全白，硬邦邦的发际倒也显出一种风度，觑着眼或者戴上老花镜读书看报审罪犯阅案件材料，阅人问事不一会儿就看出些端倪，话出另类也不意外。就说我对他的反对，他叫你想想，然后答非所问地说："假如明天不出太阳，天都是一起慢慢变亮的。"

漫不经心从他嘴里溜出来的话，我一番细嚼，嗯，好像有些道理，还带点儿哲思。第二天起了个大早，伸长了脖子观天，呵呵，师父所言不差。我师父老是老了，但没有龙钟老态，有点儿不怒自威的样子，即使不端架子也显出老到的韵味。

"文化大革命"刚结束，公安机关很多规矩都按部队的来，像我们这种没成家的年轻警察一律集中住宿，有事加班，没事待命。原有的警察都是"文化大革命"砸烂公检法后重新回到岗位的，有的还刚从"牛棚"中解放出来，对工作自然倍加珍惜也是兢兢业业的。不过客观地讲，那年月刑事案件高发，治安形势严峻，不论是新警还是老警只能一门心思扑在工作上。

师父说的老，好像不仅指向年龄，跟着他破了一桩大案，才意识到他的话似乎另有启示。

刑警队长陈思华是个职业老刑警，在市内刑侦系统号称"金牌刑警队长"，在全省刑侦界也很有名气，遇上疑难或久侦不破的案子，省厅也会召他去参加会诊。这天他要召集部分队员开会，说是发生了一桩大案，上级要求快侦快破，刻不容缓。那天刚上班，师父就通知了我。我问，为什么是部分，不是全部？

他说，队长可能点的是几个精锐。

我也算精锐？我才入门，居然入了队长的法眼，猜想是师父被看中，他带着徒弟去开眼界。

顾不得我疑惑，师父拿起嗓门儿说，走，开会去。

别看是城区，那时的公安分局简陋得不行，小院里的几栋楼又旧又破，可以说是羞于见人。刑警队百十号人，是院内最大的单位，但连一间会议室都没有，多几个人开会就选一间大的办公室，这就成了队员们嘴里的"大办"，那么"小办"呢？就是队长办公室。

这个会选在"大办"开。大家刚坐定，队长就扯起沙哑的喉咙开讲。案情其实很简单，队长三言两语就说清楚了，但事情极重要。昨晚，省委一位处长偕老婆去市文化宫剧院看电影，回家后发现随身携带的手提皮包不见了，四下找了无着落才报警。包内的几百块钱不打紧，重要的是里边有一份机要文件。此事惊动了市公安局长，批示下来：全力破案，原物找回。分局党委很重视，连夜开会，决定由辖区派出所摸底嫌疑人，排查线索，刑警队必须不遗余力尽快破案。

陈思华话音刚落，刑警们就七嘴八舌议论开了。有人说要成立专案组，这金额也够大案了，有的说，恐怕不是一般的盗窃案，可能是有其他目的或动机的人作案，还有人否定案件，说怕是当事人推卸责任，自己把公文搞丢了还报警。只要是在"大办"开会，队长、指导员就坐在最里边靠左的一张办公桌旁，算是主席台，其他的副队长、组长、刑警自觉按资历呈半圆形依次往后坐。师父是老警又是组长，按不成文的规矩该坐内圈，但他总是坐最后一排，以至于队长有一次在大会上骂他，扬队，开会你缩边边又不发言，平时你冒皮皮打飞机说得泡子翻番的，你怕我呀，老子又不吃你，你怕个锤子？引得全队人哄堂大笑，师父则不予理会，且神色不动。这会上他也没说一句话，我用肘碰了一下他的胳膊，轻声问，市公安局长是多大的官呀？他一批示，上下都怕兮兮的。他紧抿嘴半眯眼，似睡非睡，像是在思考问题。我一碰，他睁了眼，说，大呀，全城的案子他说了算。

没等大家说完，队长拍板了，案子是成立的，就一桩盗窃案，案犯冲着他包里的钱来的，不要想多了，你们自己撒出去，把你们的脚脚爪爪也撒出去，摸线索找情况，该怎么办，不用我手把手教吧，大家抓紧，散会。队长说话干脆利落，但句句抓住实质，且底气十足，言出行随，毫不含糊。

大家散了，师父也伸个懒腰站起身走出"大办"。回到自己的办公室，他对我们几个师兄弟说，你们在家整理材料，我去去就回。说完，噌噌噌就出了分局院子。

一声喇叭响，一辆银灰色华沙牌轿车驶进分局，在庭院中央停下，车上走下一个穿中山装身板挺直的老者，分局局长、政委接待，径直去了"大办"。

我们的办公室在庭院左侧，听见汽车鸣笛都伸出头来看，有人伸了伸舌头，低声说，糟了，市局局长来了。我心里一咯噔，这案子惹大了，破不了怎么办？

正替分局的头儿们捏把汗，师父回来了，身后还跟着一个人，中等个儿，白净脸，西装革履的，像个干部模样。我又纳闷了，莫非又来了一个市局的干部？师父对我们几个徒弟使了一个眼色，说，来两个跟着他，随我一起去"大办"。

我喏嚅道，市局局长来了，可能在研究案子。

没想到他却说，哦，来了正好。有点儿意料之中的味道。

师父不怕挨剋，敢闯市局、分局领导的会议，我又没资格阻止，不禁暗暗捏把汗。

都在一个庭院里，没几步便到了"大办"门口。师父站定，敲门喊报告，里边有人喊进来，他推开门带头儿走了进去。

突兀进门四个人，一屋子的人都怔住了。陈思华坐在后排，急忙起身阻挡，碰到办公桌震得桌上的茶杯摇摇晃晃差点儿倒下，几乎是喊话，扬队，你干吗？市局领导在开会呀。师父不理会他，只顾对着在左边顶角那张办公桌旁坐着的人说，局长，你们看是不是这个人？大家齐刷刷把目光聚焦在他身后的这个人身上，又纷纷摇头。他说，这个家伙叫刁炳坤，44岁，没职业，经常在文化宫一带扒窃和拎包，江湖人称"沙雕"。

我和大师兄听这情况，立马一人一只胳膊拧紧了这家伙，会场气氛顿时紧张了。

闻言，坐在左边顶角的那个人噌地站起，疾步绕过几张办公桌走过来，目光严峻地盯住那个家伙的脸，半晌才说，哦，你就是沙雕？早有耳闻哪。刁炳坤木然，不说话。师父说，牛局长，没错儿，他就是沙雕，有人反映他昨晚在文化宫剧院活动。

牛局长坐回原位，手指着师父说，嗯，你？

队长急忙上前解释，说，扬队，刑警队员。

对，扬队，我记住了，这事你负责，带他下去，审查清楚，要查个水落石出。看得出来，局长的目光由疑惑变为了赞赏。

出了"大办"的门，我才松了一口气，抬手看腕上的上海表，11点半。我想，如果这沙雕是案犯，那么从接案到破案，师父只花了三个小时；如果不是，师父可就吃不了兜着走，市局局长都记住他了，还会有好果子吃？

师父叫我们把沙雕带进了那间临时充当审讯室的小办公室。那间屋真小，摆下一桌三凳差不多就塞满了。长条审讯桌后是一条长板凳，可以坐两个人，正好一人主审一人做记录，两个独凳由看押警察和犯罪嫌疑人各坐一个。四壁墙用石灰粉刷得雪白，仅进门的一壁墙有一扇不大的窗。我想，这以前可能是个堆杂物的房间，被警队用来作为审讯室。

往日审案都是师父主审，我做记录，大师兄当看守，这种分工合作几经磨合已形成默契，每次讯问都显顺当，犯罪嫌疑人抵挡不住师父几个回合的讯问便乖乖投降，也让我俩开了眼界，学了一些门道。而这次却出了状况。我和大师兄把沙雕按在独凳上，架势摆好，可就是不见师父露脸。我俩倒是故作镇定，一句话都不抖搂给沙雕，但心里也在打鼓，摸不透师父这葫芦里卖的什么药。

沙雕就沉不住气了，一个劲儿地喊冤，说，我什么都没干，又叫我来泡局子，扬幺骗我，说要我来是核对从前的案子，我乖乖来了，他又不理我，搞啥子名堂？又说，我是在文化宫活动，铲点儿渣渣皮，啥子是我干的？那个老头儿怪头怪脑的，不给我说清楚我还不出去了，看你把我怎么办？沙雕满嘴跑黑话，一直翻来覆去地这么念叨。"泡局子"是指进了公安局，黑道的人称师父叫"扬幺"，估计应该是妖怪的"妖"，他们对警察该是又恨又怕，不称作"妖"才怪，"铲点儿渣渣皮"是指轻微的违法活动。

大师兄听烦了，扬手要给他一大耳光，沙雕吓得缩头闭嘴，但消停不到一会儿又开始唠叨。

我厉声呵斥，沙雕你个狗日的，你自己干的事儿自己不清楚吗？没事儿，警察会平白无故抓你吗？

不料镇不住他，他反叫，两个小朋友，我晓得我不是个好人，可这段时间真的是啥案都没犯，不信，你称二两棉花去访访（纺纺）。

大师兄给我使眼色，意思是话不可多说，别打乱了师父的战略部署。我俩用眼神说话都懂，便轮流交换着去后院的食堂吃了午饭，完事后又来守着沙雕等师父。

饭点早过了,沙雕叫唤肚皮饿,要吃饭。大师兄说,要吃饭可以,先谈事。

沙雕瞪眼,我没事儿。但说话已是有气无力,像是饿瘪了的模样。

我俩还是有点儿野心,跃跃欲试地想掏沙雕的底牌,想趁着师父不在的当口把案底捅破,也让师父刮目相看。试着套了他一些话,但始终不得法,几次触碰关键节点要么被他怼回来,要么他闭口,或是顾左右而言他。我心底恨得痒痒的却奈何不了他,毕竟这扒窃案子没拿到直接证据,好比真家伙的枪没有子弹,那是没杀伤力的。

我心里骂这家伙果真是个精于贼道的老狐狸,不由得暗想,这贼老了,难道也是一种资格?这邪了门的资格,我和大师兄试了,没资格把他拿下,谁能?唯一的指望就是师父了。

师父终于来了,进门时一言不发,脸面的沟沟壑壑突出,像是挂了一层霜,不是一般凝重。在主审位坐下,把手中泡了大半杯沱茶的玻璃杯往桌上重重地一放,再从裤兜里掏出一包嘉陵江牌香烟和一个塑料打火机扔在桌上,坐直了身体直盯着沙雕,还是一言不发。

自从师父进门,沙雕的眼睛就滴溜溜地随师父转,身子早就坐得展展的,见师父两眼炯炯有神地盯着他,吓得心惊胆战,心慌慌地说,扬队长,我没事儿啊,我什么都没干啊。

师父神色不动,说,李建,给他上铐。

大师兄掀开衣襟从腰间掏出一副手铐铐咔咔两声,就把沙雕的双手给铐了。我想,师父使这招,肯定是铁证在手成竹在胸了,沙雕注定立马投降。

岂料这一铐,沙雕反而如昏睡中被泼了一盆冷水一般受刺激,不仅清醒还来了精神,声音也响亮了,扬队长,你骗人,你说是来核对一件事，已经过去的事，啥事你不说反倒栽赃我身上有新案子，你这不是陷害我吗？

师父稳坐，一字一句地说，刁炳坤，还反了你不成？告诉你，这两个警察小伙儿是我的两个徒弟，还没来得及给你介绍啊，这是我的错，可你不能在徒弟面前让我这个做师父的丢丑啊。

扬队，不是我不给你面子，至少这半年内我没干过案子，渣渣皮都没铲过，你去查，查到了我不得好死。沙雕忙不迭地解释，又说，总不能没事说事，给你找麻烦呀。

这么说我冤枉你喽？师父这话说得轻松。

你不仅冤枉了我，你还屈打成招。沙雕举起双手，把铐子抖得哗哗响。

师父转头问我俩，你们谁动手打他了？

我俩摇头否认，大师兄咬牙切齿地说，老子忍无可忍了，早就想扇他两个大耳光。

没人打你，对吧？我徒弟是信得过的，你撒谎大大地，对吧？师父拿腔拿调像调侃，又说，哦，铐子啊，这可不叫屈打成招，更不叫刑讯逼供，这叫依法使用戒具。好啦，别啰唆了，两下子招了供，好吃回锅肉，行不？

沙雕叫唤，活天冤枉啊，天大的冤案。

好啊，你不说我替你说，不过我得给你讲清楚，你说了算你主动交代，减罪从轻，我说了就不算你的交代，罪加一等。师父掉头对我说，高劲松，准备做笔录。

我说，我说，上个月9号在捍卫路的平房盗窃案是我做的，有200块钱，一台收音机。

哼哼，这个不算。师父冷笑。

就这案，怎么不算？

你没进门，在路口望风，后来分了20块钱，对吧？这个不算你的案子。

那，那，就没有啦。沙雕两手在铐子圈里翻来翻去，手掌手心一会儿白一会儿黑，又说，咦，你怎么晓得这么清楚？

别翻手心，告诉你，你不是孙悟空吗？翻多大的筋斗也逃不过老子如来佛的手掌心。最近的一桩案子，你说不说？你不说，老子替你说啦？

我没干，怎么说？沙雕抵赖，又摆出一副赖皮样儿。

好啦，你不说，我可说了。师父又像是调侃，但说得很正式。你没吃午饭，不亏你，我也没吃，饿着肚皮去了哪里？去见了谁？你知道吗？师父把身子往前伸，像是跟他套近乎。

沙雕扬起了头，眼眶里尽是眼白，说，你想去哪儿去哪儿，想见谁见谁，那是你的自由，跟我没关系。

呵呵，跟你没关系，我说了，你别后悔。我去了文化宫一带，两路口、红球坝，还有……师父说到这里，端起茶杯呷口茶慢慢咽下，接着说，还有琵琶山后街。说完，又拿起烟盒抠出一支，点燃，吸一口慢慢吐出几缕烟圈，再挥挥手驱散了烟雾，又说，我去会了会李鲫鱼、唐乌鸦，还有一个老麻雀，我不说姓甚名谁，你懂的……

这段话拉得长，声音在安静的小屋里回响。沙雕先是低下了头，耷拉下眼皮，尖嘴猴腮的脸开始变白，继而惨白，还冒了汗，在雪亮的灯光下细密的汗珠有点儿泛光，没等师父说完，佝偻的背就一下子瘫靠在墙上，惊慌地说，扬队，你别说了，我说，我说，昨天晚上文化宫的案子是我干的。

是吗？

是，那两口子从两路口百货商店出来就被我盯上了，那个男的老是用手护着包，我就知道有货，直到他俩进了文化宫剧院看电影，我才从后面把包搞到手。

钱呢？

有900多块钱，昨晚请李鲫鱼、唐乌鸦吃了一顿火锅，花了点儿钱，剩下的放家里了。

包呢？

扔了。

扔哪里了？

红球坝的渣滓坑。

这一气儿问答对下来，连个缝儿都没有，顺畅得不行。我回味师父前面那一番点题，像是给沙雕点穴，招招到位，由不得他不低头服罪。做完笔录，我看看表，刚好两点半，也就是说，从接案到破案，而且是桩大案要案，仅用了六个小时，从师父进门到沙雕吐案毕，这场"智斗"只用了十分钟。我心中对师父的敬佩不可抑制，简直爆棚。

一天之内全案告破，案犯落网服罪，财物完璧归赵，至于那份文件内容是啥为何重要，我们过手的警察都不得而知，干公安的讲纪律得很，不该看的绝对不看，不该问的绝对不问。

第二天一上班，队长在二楼"小办"的窗口扯开了喉咙喊，扬队，老扬，上来一趟。声音沙哑但音量大，整个分局院子都听见了，况且带有陈思华的尊称"老扬"，大家都知道他是老资格的刑警队长，轻易不会尊称一个人的，尤其是属下，这一嗓子就表明好事临头了。

平时上"小办"，师父都甩着两手快去快回，这天却是端上玻璃茶杯，迈着方步稳稳当当地穿过庭院，绕过中央栽着一棵黄葛树的椭圆形花坛，再一步一步走上楼去，脸上春风洋溢。我暗想，我师父了得，这次一定会抱回来一个大大的奖赏，会是什么呢？

不一会儿，师父回到办公室，我们围拢上去，急切地问，什么情况？得奖了吧？什么奖？至少是老陈大大的表扬，对吧？师父波澜不惊，说，市局牛局长批示：破案很漂亮，民警要表彰。大家伙一听顿时欢呼雀跃，这下文可就精彩了。

下文居然又出人意料。陈思华把这案子在警队大会上扎扎实实讲评过好几次，说师父做刑侦的基础工作扎实，还表扬师父审讯的技巧拿捏得恰到好处，值得大家学习取经。师父在全队老少爷们儿面前确实也风光了好一阵子，但仅此而已。

大官儿发了话，案件分量又这么重，表彰的形式应当隆重也是起码的嘛。有一天晚饭时，陪师父聊天我说了为他抱屈的话。师父却淡然，说你看那帮老刑警，哪个不能干？我们能破此案，算是瞎猫碰上死耗子而已。

这谦逊令我对师父的"老"又多了一层认识，以后在警队办案多了，才意识到师父的话不假，刑侦破案搞不得半点儿花架子，稍有不慎就会出冤假错案，弄不好还会出人命关天的大错，而要出点儿成绩必须得下真功夫。基层警队高手云集，要在这里边有丁点儿出人头地之处，可要比给记上一个三等功的含金量高多了。

我们这帮正值青春期的小警察按纪律不准与社会闲散人员交往，晚上必须归队住集体宿舍，指导员半夜还打着手电筒来查铺。师父是唯一一个和我们一起住单身寝室的老警，他有家，家里老伴儿还贤惠，经常给他做一些油炸带鱼、榨菜炒肉丝、烧白、炸酱肉之类的菜带到单位，我和大师兄因为是"嫡系"时不时还饱点儿口福，但他家住长江南岸，回家一趟爬坡上坎还得坐轮渡过河，上下班花费时间和精力太多，索性平时就吃住在分局，师父说正好多干点儿活儿。除了干活儿，师父的闲暇时间就是和我们"摆龙门阵"，就像北京人侃大山、东北人唠嗑儿，师父称之为"散讲",有徒弟概括为"形散神不散"之写散文的精髓,有徒弟偶尔插话或提问或发表自己的见解。这"散讲"或"摆龙门阵"就颇具吸引力了,聊得没完没了,铁杆听众是我和大师兄,但经常是一帮子小警察挤进他的单人寝室,有时连插根葱的缝隙都没有。指导员对他赞不绝口,说把这帮青春小伙儿吸引到这里学业务好得很呢,免得到外边去唱歌、跳舞、喝酒、打麻将,还惹祸。

伴随师父"散讲"全过程的,大多数时间就一盒低价香烟和泡了大半杯沱茶的玻璃杯,间或会有一盘油酥花生米或一碟腊香肠或一盘卤猪头肉。师父说他干警察以来养成了"三大陋习"——抽烟喝酒吃卤肉,也有"三大雅好"——看书下棋走大步,还说他一辈子都改不了。其实,师父除了讲侦查破案,其他的如人生故事、世相百态、天地人和之类什么都讲,我们从中也淘到了许多真知灼见,心中原本对他倚老卖老仿佛自以为是的"资格"积下的疙瘩也冰释了,更明白了师父嘴里的"老",不是一般人的老,而是他跟随时代的节奏向着光明前进的脚步、开阔的人生视野、丰富的做警察的经验和阅历,这是几经沉淀积累下来的珍宝,这不是一种资格,还能是什么?

师父的"老"是从小时候的"穷"熬过来的。打小随父母从四川农村进城,旧社会家里穷得连吃饭穿衣都难以为继,未成年就辍学去当拉洋包车的人力车夫,后来他父亲的一个朋友见他长得膀阔腰圆又爱看书就介绍到警察局干了巡警,巡区就在校场口一带,职责就是发现处置街头的治安事件。听到师父的这段经历,让我想起老舍笔下"巡警和洋车夫是大城里头给苦人们安好的两条火车道,大字不识而什么手艺没有的,只好去拉车。识几个字而好面子的,有手艺而挣不上饭的,只好去当巡警"的描述简直就是他的写照。

江城是一个有着革命传统的城市,解放前夕的地下党就很活跃,经常组织学生、工人闹集会搞游行,反内战时国民党出动大批军警去镇压。师父作为巡警一般会被派作外围警戒人员。师父也读了一些进步书籍,十分同情革命活动,后来还加入了党的外围组织,做了很多进步工作。有一次,大批军警包围了在校场口聚会的进步学生,动用武力镇压。师父被安排在宏声巷口戒备,突然看见一个老师模样的中年人从巷子里跑出来,头顶还流着血,跑着跑着就晕倒在地。师父见四下无人,立马跑上前去将他拖进旁边的一个院子,用他脖子上的围巾帮他包扎好伤口,安顿在楼梯下的角落,再关上门来到大街上。戒严结束,师父回警察局换了装,赶紧将他送到他朋友开的私人诊所。没想到这个被救的地下党员竟是市委领导,解放后当了市公安局副局长,师父自然被留用成了新中国的公安民警,也是因为这段历史,"文化大革命"中被关进"牛棚"劳动改造三年。师父的经历坎坷,但他的信念是坚定的。关进"牛棚"后他老伴儿来送换洗衣物,他一次都不见,还骂,想看我受罪了吧?不行,要相信党不会冤枉人的。刚从"牛棚"出来,组织上要安排他去机关科室当干部,征求他的意见时,他说,还是干刑警吧,多破几个案子,为公安事业添点儿光彩吧。又说,咱都要满五十了,得抓紧干。

都知道干刑警是个熬更守夜耗精力损阳寿的活儿,碰上凶恶的歹徒还得挺身而出拿命来换。上世纪80年代初,东北发生一起抢枪、持枪杀人大案,案犯是被称为"二王"的兄弟二人,彪悍残暴四处流窜,时而抢劫杀人,时而藏无踪迹。公安部首次在全国范围内公开悬赏缉捕。这日,警队接到线报,有一高一矮两个操东北口音的年轻人,深夜住进了菜园坝的燕山旅社。进一步核实其携带行李中有一长一短两个包裹,形似长短枪支。情况十分紧急,分局一边上报情况,一边指令警队快速出动前往抓捕。

那时根本没有特警、反恐、武警专业队伍,分局能抓的机动力量就是刑警队,刑警队就是全能型战斗队。师父不顾年高,主动请战,率先领着我和大师兄冲在了最前面。师父手持一把当时全队最好的六四式手枪,腰间拴了一根棕色的麻绳,我和大师兄各持一把左轮手枪和手铐,这就是我们的全部装备。到达核准的客房,已是后半夜,整个旅社静悄悄的。师父带我俩走在头里,他压低声音做安排,李建踹门进去抓左边床上的矮个儿,高劲松和我按住右边的大个儿。待大家做好准备,师父一挥枪,大师兄跳起猛踹一脚,砰的一声踹开房门。按照事先分工,我和师父扑向右边床上的人,刚按住这人的双臂,后边的民警一拥而上就将其压制住了,师父抽出身上的麻绳把他捆了个结结实实。大师兄一下子扑在左边那张床上,连被子带人都压在下面,直压得那个家伙"呦呦"叫唤,紧跟着的民警掀开被子将他铐住。顷刻之间,不费一枪一弹,"二王"落网。陈思华命令:两人分开,就地审讯,核实身份。不一会儿,情况反馈:不是"二王",但是东北方向流窜至本市的盗窃惯犯,已作案十余起。

　　事后的一次"散讲",我请教师父,房门关得紧紧的,您怎么知道右边是大个儿左边是矮个儿?他反问,门在右边还是在左边?我想了想现场,说右边。对啦,贼也有防范心理,更懂防人,大个儿人高马大自然睡外边,抗打嘛。大师兄又问,我们有钢铐,您还带麻绳干啥?师父呷一口酒,说东北匪厉害,我怕铐子锁不住他,再说我用麻绳习惯了,顺手得劲。我带点儿怨气对他说,明知道是持枪的歹徒,还人高马大的,您第一个冲进去,万一枪响了,万一您抵挡不住……毕竟您老了呀。

　　师父端碗呷了一口,满脸神采奕奕,歪着头问,我老吗?

　　破案您是高手,徒弟佩服得五体投地,可抓罪犯是个力气活儿,而且有危险,就说这案,明知道对方有枪,百分百的悍匪,万一枪响了，万一他拼命反抗……这些事就让我们年轻人上嘛。我带点儿怨气却是真情实意说的。

对，对，让我们年轻人上，比您上有力多了。大师兄还扬起右臂，左手握拳伸去比画大头肌、肱二头肌。

结果，你们还是嫌我老啊。师父放下酒碗，郑重其事地说，这正是老的一种资格。你们想想，我这把年纪了，该死也死得着呢，为你们这些小年轻挡子弹，值啊。

这话又让我想起大师兄踢开门那一瞬间，师父右手握枪，左手伸出来拦了我俩一下，把我俩挡在了身后，他自己先进去了……我望着他那张起了褶皱的脸，泪水夺眶而出。师父嘴里没说什么牺牲、奉献、保护他人安全之类的大话，但我看到的真是这个老警灵魂深处的崇高境界。

见我拿纸巾擦眼，师父说，哭什么，没多大出息吧。你想想，我就是抓紧干也干不了多少，你们年轻，还没成家立业，还有多少事要干呀。

师父，您老真值得崇拜。大师兄高高举起又倒满的酒碗，也是眼泪哗哗的。

师父也端了酒碗，反倒笑意盈盈说，我说嘛，这老又回来了吧，这种老，这种资格，不是随便哪个人能够替代的。

那一夜，我彻底失眠了。第二天天不亮就翻身起床，下到楼底的办公室，隔着庭院就看见里边灯光明亮，师父佝偻着身子戴着老花镜在看案件的卷宗。

不管怎么说，自然规律不可抗拒，师父确实老了。可能正因为他意识到自己老了，他不仅是抓紧干，而且是拼命地干，不要命地干。事实上，身处基层警队的刑警成天泡在案件堆里，破案不是一件接一件地"串联"起来破，更多时候是一件叠上一件两件"并联"着破。师父自己率先干，还带着我们不分昼夜地干，调查、破案、取证、抓人，经常是白天黑夜连轴转。

有一年年关将至，天气特别冷，但城区街头到处张灯结彩，一派节日气象。这天周日，分局院内那棵黄葛树落叶遍地，孤零零地傲立在寒风中，突然涌进一群人打破了清晨的宁静。陈思华站在楼上"小办"的窗口喊，老扬在哪里？出去接待一下，看什么事。

经过多次表扬，队长已经习惯叫师父为"老扬"了，这也成了师父略显骄傲的资本。

师父立马从办公室现身，问，你们是干啥子的？谁是头儿？

我，我们来报案。我是经理，姓王，王金山。一个头顶秃了一大块的中年人从人群中跌跌撞撞冲出来，神情惊慌。

报案？什么案？

盗窃，我们公司的库房被偷了，几十万的货啊。王经理说话带着哭腔。

哦，你先叫他们安静一下，这分局又没间大房子给大伙儿坐坐。师父挠挠头，又说，你跟我到办公室做个笔录。

进门，师父喊，李建，高劲松，拿开水拿纸杯给外面的人倒杯热水，天寒地冻的，别让人冻坏了。

我俩出门一看，嗬，四五十号人男女老少都有，个个都是一脸悲戚，看来案子不小。

给外面等候的群众一个一个倒完水，我俩哈着冷气回到办公室。看来师父已经问清案情，他说，事不宜迟，通知技术室一起出现场，我去请示队长。

现场就在大阳沟菜市场的一处库房，我们一干人马到达时，派出所民警和公司保卫科干部已经把现场封闭了。从破损的库房门钻进去，打开电灯，到场的人都倒吸一口冷气，地面泥泞不堪一片狼藉不说，偌大的仓库竟被偷得空空如也。

这贼胆儿不小,心眼也太狠。王经理说,之前这库房堆满了年货,准备春节前销售的。又说,今年小型国企试行改革,大家刚把这家副食品公司承包就撞上了该死的强盗。

师父转头,大声说,技术员去勘查现场,要仔细啊,这么大个场地,更要细致啊。其他人统统退出去。

出门,师父问,被盗的货价值多少?

王经理伸出两根指头,说,二十来万吧,都是些腊肉、香肠、海带、豆粉之类的货。

我心里一沉,不由自主地说出了声,码起来多大一堆,要好几辆汽车来拉呀。

我们身边都是公司员工,这时有的嚷嚷开了。有的说,我家把垫底的钱都拿出来给公司了啊。有的说,搞承包,我们出钱囤的货,公安破不了案,公司得赔。还有一个年龄偏大的女职工,拽住王经理的胳膊,哭兮兮地说,破不了案,我们一家都活不下去了,我就拉你一起跳长江。王经理使劲挣脱了她,冒火说,我说了我不撑这个头儿,你们非得要我干,今天出了点儿事又要我的命,你们就不相信扬队他们能破案?不会追回损失?

人们把目光聚在了师父脸上,师父一点儿尴尬窘迫的样儿都没有,居然双手合十举过头,不卑不亢地说,拜托大家了,安静下来,给我们一点儿时间,我们会尽力的。

场面静顿。

师父把现场的民警叫进警戒线内,一一做了安排:一组去周围的货场查可能来这里运货的汽车;一组到市场的"棒棒军(力夫)"中调查;分几路人马顺着可能出城的小路访问,看有没有拉年货出城的,这几天拉货进城的正常,出城的就不正常;分几个人围着市场往外圈儿排查暂住户、租赁户,年关到了,有家有室的打工仔都回农村了,逗留在出租房里的人要么生活所迫,要么有点儿心机,要特别关注。这时,他把两个老警叫过来,意味深长地说,老张,老邓,把下面的搅起来呀。这话警察能听懂,就是深入到犯罪层去摸排线索。最后,他一挥手,说,晚上 9 点,警队"大办"凑情况,仔细点儿啊,分头去干吧。

师父的安排在我看来,滴水不漏,有条不紊,他指挥若定的样子真像个将军,我想,就是陈思华来了也不过如此。高劲松,你跟着我,一边联络各路人马,一边记录工作措施,包括现勘情况。听见师父点名,我闪回神,立马回应,好。

我进到库房里的保管室找一张桌子整理工作记录,技术员在外间勘查现场。师父在干什么呢?推开门,见他弯下腰,在亮得刺眼的灯光下,手举一个强光电筒,像是在淤泥和各种残渣搅和而且是不同脚步、物件留下的痕迹中寻觅着什么,亦步亦趋慢镜头似的,许久也不抬一下头。我想,有这个必要吗?好几个技术员在勘查,有什么蛛丝马迹会逃脱他们的法眼?您这把年纪了,该谋划如何突破案件才是。

不知什么时候,师父进了保管室,后面跟着王经理。高劲松,你做记录,我问王经理几个问题。

没待坐定,师父的问话连珠炮似的迸出,堆满这么大一个库房的年货,恐怕不止 20 万吧?也就是说,不止 20 万块钱的货被盗吧?你说你安排最负责任的人值班,你又把他约出去喝酒,喝得酩酊大醉又不回值班室,不得不让人怀疑啊,对吧?往来业务单位多,来往于现场的人员鱼龙混杂,这里边的重点嫌疑人肯定有,你又说不出来,怎么回事?还有你公司的人中会不会有内外勾结的?这么说吧,你想让警察给你破案,又不予配合,你把警察当神仙呀?

这,这,我,我是肯定没问题啊,扬队。王经理紧张了,光秃的头顶上冒出热气,说话囫囵不成语。

师父说，我是有耐心的，你好好把事情的前因后果想想清楚，把案件分量掂量清楚，你这个公司是国营的，被盗的货里有国有资金，如果破不了案，你是单位法定代表，是脱不了干系的。

天寒地冻，王经理不说话嘴里也吐着股股热气，这时激动了，说，扬队，我们是受害者，我们被盗了来报案，你不审案却来审我，有没有搞错呀！

审案？审你？你是戏文看多了吧。师父眉头拧紧，好气又好笑的样子。你不把案情说个明明白白，只能是两种可能：一种是你们有所隐瞒，这就说明有内鬼；另一种就是给破案增加难度，甚至破不了案。

破不了案，那损失就追不回来了，我跟上级和职工怎么交代呀？

王经理抱屈，声音带点儿哭腔，骨子里好像缺点儿什么，又像是藏着掖着点儿什么，听起来不怎么顺畅。我暗想，这秃头里打了一些什么鬼主意？难道这起看起来简单的粗糙的盗窃案里还藏着另外的隐情？他让我想起沙雕，那是个长年游走于合法与非法、罪与非罪之间的灰色人头，不知多少次逃脱法律的制裁，但最终栽在师父手上。一个老贼，一个老警，斗智角力，每当那场景在我脑子里回想就觉着嚼劲绵绵，余味无穷……眼前这王经理，哦，他不是沙雕，他是党员干部，他是报案人，不过……但有一点我敢肯定，他绝对不是我师父的对手。唉，我不自觉地轻叹一口气。

做好记录，小高，他说的每一句话他都是要负责任的。我点头。王经理也点头。

冬天的夜来得早，谈完话了，天已擦黑。师父站起身伸伸懒腰，说，去看看，那些兄弟还在这儿，一起去吃个晚饭。

我已经叫人准备好了,就在前面的会仙楼大饭店。王经理热情相邀。

师父坚决拒绝,说,好不容易才过来一趟,丘二馆的鸡丝小面全城闻名,叫上弟兄们,我掏腰包。

晚上回到分局,刚过门房,陈思华沙哑的声音就在院子上空响起,老扬,你上来一趟。

师父叫我跟他上楼,走进"小办"还没落座,两支"大前门"扔了过来,话也到了,说说案子,我着急。

汇报案件师父轻车熟路,先说结论,再说措施,然后简要谈过程,言简意赅。陈思华指头夹着烟的手撑着下颌,一动不动,燃着的香烟成了一根白色的灰棒,待师父说完,才把烟把揿进烟灰缸,抬头说,好,说得不错,干得很好。下一步,我的意见是抓住盗案不放,至于破盗案的过程中发现其他案子或者线索,再分别立案或者移交。

嗯,英雄所见不是略同,是高度一致,我早就这么想的。师父掉头对着我说,小高,都做了详细记录?

我用力点头,意思是百分百肯定。

陈思华绷起脸,嗬,嗬,老扬头儿,你比老子还聪明,夸你两句就翘尾巴……今天长江边的南纪门一个涵洞又发现一具碎尸,这下通天了,上下都忙得脚后跟踢后脑勺,队里三个头儿都上那桩大案了,当然,你这也是一桩大案但顾不上啊,就交给你统领,行不?

行啊,怎么不行?不就一专案组长,干起来比您也差不到哪儿去,是吧?师父瞪圆了两眼,但语气显然是调侃。

嗬,老扬头儿,封你个官你就蹬鼻子上脸啦,我跟你说,干不好我中途换将,撤你的官。

官?老子想当官年轻时就上了,而且比您官大。师父鼻孔里冒冷气，不屑地翘嘴唇。这样，两个大案，您那边分量重兵强马壮，我这边即使老弱病残也得把案破了，看咱俩谁先告破，行不？立军令状，敢不？

我这起案子难度多大呀。陈思华疑虑重重。

虚了吧？老头子撒尿——虚的。谁破案在后，谁请弟兄们喝大酒。师父得意之情溢于言表，脸上放光。

我在一旁仿佛看两个老头儿入戏，按脚本进角色惟妙惟肖地表演，但听得出两个老警"斗趣"之间知根知底的相互信任与和谐。

好，就这么定了，你要老子出血，老子给你放血。陈思华说着，两支烟又飞了过来。你是不是定的9点集合，我去给你扎场子，把劲鼓足，可只能讲五分钟啊，那边专案组还等着我呢，耽误不得。

您讲那么长干吗？多剩点儿时间给我，安排破案措施，我会讲的，陈队长。师父也不嫌多嘴多舌。

下到"大办"已是人头攒动，师父招呼大伙儿坐下，说，队长有事，急着要走，先给我们讲几句，然后我们静下来研究案件。

陈思华坐他的老位置，提高了嗓门儿说道，我已授权老扬当专案组长，大家务必听招呼讲规矩，把案情吃透了措施做实了，争取早日破案……最后，我给大伙儿披露一个内幕，目前咱队上两起大案，我要去忙那头儿，但跟老扬约定，谁破案在后，谁请大家喝大酒，你们可不能叫老扬头儿出大丑啊。

这劲头鼓足了，顿时就沸水开锅一般人声嚷嚷，还有人声音高八度，叫板呀，咱们也不吃素。虽说那时的刑警干起活儿来个个嗷嗷叫，但这情景也说明师父在大家心目中是有相当分量的，是德高望重还是能力超群，或是兼而有之，反正不是一个"老"

字叫囊括的。

案情分析会开至后半夜，师父当头儿，大家没了往日的顾忌，反倒畅所欲言放开了谈，但各路人员汇总情况之后，竟无一条突破性的线索，但都提出来了看起来有效的下一步工作思路。师父就增添了一条措施，指令一个老警令狐带一个组深入公司员工内部摸底找线索。

散会后，我和师父都上楼回宿舍，他把案件的记录和材料都要去了，说是要好好琢磨琢磨。我劝他早点儿休息。他说睡得着吗，一点儿线索都没有。我说这刚发案，用不着着急。

发案初期才是破案的黄金期，不然刑事案件怎么会要求快侦快破呢。他嘟囔一句，不理我了，径直走进他的单身寝室。

我立刻意识到自己嘴漏了，说了外行话，慌忙挡住他要关的门，说去给他打一壶开水过来。

那一夜，不，只有半夜，师父房间的灯光一直没熄。早上我睡眼惺忪起床，下到分局食堂吃饭，看见他已在庭院里踱步，迎着寒风踢腿扩胸，偶尔还挥出几拳，那一招一式刚劲有力，招招到位，一看就不像花架子。记得有一次，我们师徒三人办案路过解放碑广场，猛地听到远处有一女声惊叫：抢劫啦，救命！师父顿时停住脚，辨明方向就狂奔过去，只见一歹徒抓住一个中年妇女的皮包死命拽，那女人拼命护着皮包不松手，歹徒正在踹她。师父从侧面冲上去，一拳直击歹徒的右太阳穴，一记勾拳击中他右颚，连续两拳致歹徒向后倒下。在他倒地的过程中，师父还补上了一脚。这一连串动作堪称漂亮，颇具练家子范儿，丝毫不见老态。

师父说过，干刑警就得有一副好身板，不然的话，甭说制服歹徒，擒凶杀敌，就是熬夜也得把身体熬垮。跟他干这几年，我早就有所体会，也在努力实践。

办专案几乎每天晚上都得汇总情况，分析疑问，遇上问题或者发现线索绝不过夜，这像是警队固定不变的传统，没人质疑其是否科学，没人抱怨这是超时工作，更没人索要加班报酬。说真正的刑警个个都是夜猫子，这话一点儿不假。

这天晚上的专案会上，一个外查组汇报，说发现一个酉阳县籍的货车司机节前行为反常，人家那些司机是把车停在停车场，只身回老家过节，他是把租赁经营的货车开回乡下过春节，据说还邀约了七八个老乡一路走。

七八个人？七八百公里路？货车怎么坐？把租赁的车开回老家，耽误七八天，板板钱是多少？得做多大一笔业务才舍得？嗯，事出反常必有妖。师父眼睛盯住这一组的组长，眼光里仿佛闪起火星，按捺不住兴奋说，洋高人，您怕是要喝头功酒呀。不过，眼下不说这话，得突破全案。您带李建他们几个赶快查到车主，再顺线查清那个"酉阳人"的情况，不要浪费了这条有价值的线索，连夜查。

"洋高人"就是老警王志，因为人长得高，身材匀称，头发自然卷曲，平时着装有些讲究，看上去帅而洋气，故得此名，破案也是拼命三郎。师父话音未落，他已掀开椅子站起身，说，李建，你带上一把枪，听说那家伙块头大，脾气还暴烈，得防着点儿。

内部调查的情况咋样？师父回过头来问，这里边一定会出状况的。

回答是，没有什么突出点。

不可能呀。那个保管员胡三，可是个重点呀。

反复审查，他把公司财务方面的事一股脑儿朝王经理身上推，王经理是党员领导干部，我们又不敢轻易惊动。

账呢？账查得怎么样？

查了，没什么破绽。

师父不甚满意地撇了撇嘴，沉吟不语。

扬组长，我这儿有两个建议，不知当讲不当讲？有一个年轻刑警在后排举手发言。

讲，小吴，研究案子嘛，就是要畅所欲言，再说了，年轻刑警比咱们这些老家伙对事物更敏感，又有文化，尤其需要锻炼锻炼。师父和颜悦色地说。

小吴受到鼓励，噌地站起来说，我在内部调查的过程中，总是感觉这案子有猫儿腻，是什么又说不好，但有一点可以肯定，除了是一桩盗窃案之外，还应该有点儿什么，建议在内部扩大范围调查；再就是建议外围组把租车的线索往前查，也就是说，查"酉阳人"之前的情况。

好，你这小子是动了脑筋的。师父击节叫好，取下老花镜，从笔记本里翻出一张笔录纸，上面贴着半张残缺的脏兮兮的像是诊断书之类的东西，在手中举起，说，看，这半张处方是我在现场的角落里捡到的，上面依稀可以看到垫江县×××中医院，姓名刘玉丹或者刘王丹，还有几味中药……这可能是重要线索，这么深的库房，掉东西的人要么是职工，要么是贼，至少是关系人，对吧？由内往外查，再通过垫江县公安局查人，一定要查个水落石出。

一个晚上两条线索，至少分析起来对案侦有价值的线索在显现，确实也让人兴奋。

又是一个不眠之夜。

接下来，连续两天无进展，师父可没愁眉不展。他去了一趟发案的公司，还去了陈思华的专案组，既给队长汇报案情，又顺便了解杀人案的进展情况。我见他每次回到办公室都情绪平稳，不急不躁的样子，就问，师父，又成竹在胸喽？

他说，不急，那起碎尸案连尸源都没找到，唉，着急也没用。

我们这案子有线索无下文，结果都差不多。我说。

不一样啊，洋高人、李建那边总得有个结果。接着，他又补充道，我还有一招"撒手锏"没用。

什么"撒手锏"？我猴急，恨不得马上知道。

明天就知道了。

第二天早晨，几缕阳光穿透乌云喷薄而出，虽无暖意，但在冬日里确实给人心底抹上明媚的灿烂。一上班，两个刑警就把胡三正式传唤来了。走进办公室见到师父，胡三大叫，扬队长，公安不能乱抓人呀，我又没犯罪，他们凭什么铐我？

师父正埋头看材料，此时猛地站起身，一掌砰地拍在办公桌上，震得桌上的茶杯墨水瓶摇曳晃荡，怒目呵斥道，胡三，你放清醒点儿，这里是公安机关，你敢在这里放肆，就依法传唤你，铐你？告诉你，你不老实交代你的问题，铐你是轻的，还要判刑坐牢，你老实掂量一下。

老刑警的气势压倒了老贼的气焰，我在一旁又见证了两个老头儿斗智斗勇的较量。

胡三耷拉下脑袋，像秋后霜打过的茄子蔫了，嘴里却依旧不软，说，我，我又没做什么坏事。

没做坏事就铐你？没做坏事就会开出盖着公安机关红彤彤的章的传唤证把你传到这里？做没做坏事，你明白我们也清楚，你不要揣着明白装糊涂，今天是叫你来交代问题，不是了解情况，明白吗？师父疾言利齿，容不得他狡辩。

反正我没做什么坏事，你们想怎么办就怎么办。胡三开始耍无赖。

报告。门外响起一个响亮的声音，屋里的人都抬头看向办公室门口。两个刑警押着王经理,身后卷起一股寒气推开门走进来,说,报告扬队,王金山押到。

我注意到胡三看见王经理的一刹那全身打了个寒战,脸色唰地变白了。我想,师父这出戏奏效吗?如果不奏效,案侦一定会陷入僵局,接下来的一幕就不知道该怎么演了。

师父根本就没理会刚进门的这拨人,继续虎着脸对胡三说,好啊,你跟警察下去接着讲,涉及垫江的那些人和事要讲详细点儿。

师父这话前言不搭后语,好比牛头不对马嘴,一屋子的人似乎都听愣了。我心里一乐,这话虽然不"承前",但拿捏得好一定会"启后"。

哎哟,哎哟。胡三刚张嘴想说什么,被两个刑警一人提起一只手臂抖了抖,钢铐又给他手腕上紧了一箍,疼得直叫唤。接着他被押起绕过王经理走出办公室,安静的空间里听得见手铐两个钢圈之间的链子发出的金属碰击声。

垫江?师父突然提到的这个地方,甭说胡三,就是我听了也愣怔,难道师父在那里发现了线索?或者这话是故意说给王经理听的?

走了一拨人,偌大的办公室里还剩下我们五个人,霎时静顿,凛冽的风似乎在空中吹起旋儿,觉着肃杀,让人瘆得发慌。这屋子里,师父不发话,谁也不敢打破这氛围。师父自己坐下,过了半晌才对王经理说了一个字,坐。

两个刑警把王经理嗖地按到一把椅子上,他撑了撑又被牢牢按住了,原本怒容满面的脸顿时涨得通红,说,扬队,我这么配合你,你还派人来抓我,什么意思?

依法传唤。连一个多余的语气词都没有。

平白无故抓人到公安局,你是要负责任的。

执法。依旧干脆,这跟讯问胡三完全是两种风格。

好歹我也是共产党员,不大不小也是个领导干部,不是你随便可以抓的。王经理火气更旺。

法律面前,人人平等。师父岿然不动,嘴缝儿里出来的话干净利落。

我看着他像一尊雕塑,忽地一愣,心想这塑像的底座上可以镌刻一行字:老,是要有资格的。再看看对面坐的王经理,也是老党员了,表面气势汹汹的样子,但似乎能够窥见他心底的慌乱,这应该是一幅什么样的画像?两个老者,至少一个立体丰满,一个扁平单薄。

师父这副尊容彻底激怒了王经理,他冲动地挥舞紧握拳头的双臂,几乎歇斯底里地喊,扬老头儿,你想陷害我,老子跟你没完。

别冲动啊,没给你上手铐算是给你面子。师父依然神色不动,吐字不多。说吧,你干了些什么?

我要去公安局党委告你,你是办冤案,对我是非法拘禁。

师父抬头问两个押解他的刑警,你们把传唤证给他宣读了吗?

他自己签字画押,带他走的时候还向我们求情,说不要给他戴铐子。一名刑警说。

这就叫正式走法律程序,法律告诉你,你已经违法了,知道吗?师父义正词严。

王经理沉默了,眼睛直勾勾地望着师父,面如死水。

寂静场面维持好一阵子,冷淡的阳光从窗户射进来也静悄悄的。我清楚地判定,师父肯定是故意在冷他,王经理则在脑子里自己跟自己叫战,而且十分激烈,像是在烈焰上炙烤。

既然胡三已经被你们抓了,垫江的事儿你们也知道了,我坦白算不算主动？王经理抗不住这无声的压力，开口虽有些迟疑，但已选择投降。

算。师父咬字嘎嘣脆。

来公司联系业务的是垫江人，他们叫他蹇麻子，脸上长肉麻子，说话还结巴，说事情半天抖不清楚，人看着挺憨厚，作案的不知是哪里人，给公司的发票写的是梁平力军副食品商店，但是，这些都是胡三干的，与我半毛钱的关系都没有。王经理在搪塞也在推责。

师父心无旁骛地听完，半晌没说话，像是在静听下文分解。

没了，就这些。王经理像是自言自语。

没了？

没了。

真的没了？

真的没了。

师父对王经理的讯问，像国画大师笔下的简笔画惜墨如金，不像他一贯的风格。

那好，我告诉你，蹇麻子，大号蹇泽西，长期行骗江湖，垫江县太平乡人，其妻刘玉丹，病恹恹的……师父咬文嚼字故意拖得很慢。

我说，我说，你们什么都知道了，我还瞒什么呢……王经理惊慌失措，语无伦次。

不一定吧，比如这货怎么又去了梁平县？比如又一批货去了酉阳县？一个在渝城东北方向，一个在西南方向，两地相距上千公里，怎么联系到一块儿的？垫江人、酉阳人、梁平人、市中区的人，八竿子打不着的人，怎么走到一处的？20万的案子，缺的货起码是四五十万，还有二三十万的货不翼而飞。这些谜在你手里玩得花里胡哨的，你看我这水平解得开你出的难题吗？师父稳住神，掰开手指一一数道，像是大惑不解，也像小学生小心求教。

你就装吧。装，你啥都知道，还把我当傻子耍吧。王经理深信师父在耍弄他，再就是想争取主动交代，说，这不是很简单吗！在公司仓库被盗之前，还被蹇麻子一伙儿骗走一批货。你说的一批货去了酉阳县，我可不知道啊。

你怎么可能知道？那是一伙盗窃惯犯，深夜撬开库门，直接开了大货车上门来拉货，明火执仗像打劫，而你的库房却空无一人。

是胡三，是胡三值班，那天该他守库房，他却约了几个职工还拉上我去"老四川"酒楼喝酒，他喝醉了，几个人把他送回了家，你说他和强盗不是一伙儿的才怪，是吧？这话完全是自然流露。

你说呢？师父往前探了探头，既感兴趣又像是亲切的模样。

我说他们就是一伙儿的，这边约人喝酒，那边下手偷东西。这胡三可不是好人啊，你看啊，蹇麻子是他介绍我认识的，后来那个什么力军是蹇麻子给搭上的关系，货拉去了梁平县，我们去查了，根本就没有什么力军副食品商店，这不明摆着上当受骗了吗，难道这不是胡三在搞鬼？

知道受骗了，还不报案？

又是胡三捣乱。王经理似乎义愤填膺。我们去了梁平县，根本没有什么力军副食品商店，也不见邓力军这个人，立马回城找胡三算账，他说就跟那个力军吃过一顿饭，是蹇麻子介绍认识的，还说这事不能敞风，要让职工知道了，你我都脱不了干系。这事就被瞒下了。

你们不知道找那个力军和蹇麻子吗？

找过的，横竖没找到，这事就放下了，万万没想到不出一个月,库房又被盗了。这人倒霉呀喝水都噎人。我倒是满心希望扬队快些破案,追回我们的损失。

谈到这里,我记着笔录,心里真觉得有些搞笑,甚至滑稽,这哪里像讯问犯罪嫌疑人,简直就像两个人推心置腹在聊天,关系一度还十分融洽。

这个当然,这里边既有国家财产也有职工利益,我们理当全力以赴。师父话锋一转,说,说了半天,都说人家的事儿,你的问题总得谈一谈吧?

这种氛围之下,王经理再推诿就显得尴尬了,几乎是顺理成章地接着说,我有什么问题?我就跟胡三、那个力军、蹇麻子和他老婆一起吃了一顿饭,那天散席的时候,蹇麻子出门送我,悄悄往我包里塞东西,估计是钱,被我挡开了,没收。后来,胡三拿调拨单和发票底单找我签字,我再三问可靠不,胡三拍着胸脯说没问题,还说已经打了五万块钱到我们账上,我才签了字……这事全怪那个狗日的胡三。

这么说,你真没事儿?

真没事儿。

王金山同志,我最后叫你一声同志,现在说你的问题,说了,小高这里记录在案,可以从轻处理,不交代就走法律程序,就得从重处罚了。

我既没贪污也没盗窃,真没干坏事儿,相信我,扬队同志。王经理眼眶里像在闪光,神态真诚得可以哦。

嚄,这是真实的场景吗?我都玄幻了,怎么又演绎成了两个革命战友相互在嘱托什么重大事情似的,简直就是一部情节曲折形象生动的话剧,甚至可以说高水平大师写出来的剧本、骨灰级的演员表演的舞台剧,也比不上眼前这一幕让人一饱眼福且感觉余味无穷。

你，是有问题的，好好想想再说，好吧？师父的话内容硬邦邦，语气却婉转温润，说完，抬头对两个年轻刑警说，你俩陪着王经理写材料，不得有误。

师父端上茶杯，走到一旁放置开水瓶的办公桌续水，还用搪瓷茶杯给王经理沏了一杯绿茶端过来，说，喝杯热的，说自己的事儿会比较恼火。

师父对我说，小高，走，我们去伺候胡三去。话音未落，已经头里走了。我看见他这一串言行让王经理很错愕。

文戏告一段落，该武戏登场了。

果不其然，师父见了胡三，问了一句，招了吗？正审讯他的刑警说，顽固得很，没招儿。这下像是点着了满腔怒火，师父疾言厉色不说，还把桌子拍得山响，出口恶语相向脏话连篇，敏感地方点一个关键词，没几个回合，胡三败下阵来，吐案如同竹筒倒豆子一般抖了个底朝天。

师父终于踩刹车了，说，好了，胡三，你也别说了，说半天，人呢？我要人，到哪儿去找人？

人？什么人？哦，哦，作案的，都是一些土贼，肯定回农村过年去了。胡三回过神来，想想，说，可能蹇麻子还在，他婆娘回乡下去了，他趁机裹女人，他狗日的就好这一口。

他平日住哪里？

郊外石桥铺的出租屋。

你带我们的人去找他，行不？

怎么不行？找到他才能结案啊。

问到这里，师父出了审讯室的门，一会儿就回来了，对两个刑警说，再叫上两个人押上他，去找蹇麻子，队长那台"嘎斯69"车就在分局院子等着。

忙完两个阵势已是夜幕降临，华灯初上。师父突然捂住肚子喊疼，说是胃病犯了。他去办公室吃药，我急忙拿了饭缸跑到院外买饭。

吃完饭，师父点燃一支烟，缓缓说，要干好刑警，没神经衰弱和胃病是不行的。我笑着说，什么奇谈怪论。他说，多干几年，你试试。我劝他抓紧时间休息一下。

他立眉竖眼，怪我不识时务，说，你没看见啊，明天一早要去垫江县捉贼呀。

我揶揄他，说，看见什么呀？什么状况都没有。你现在就我一个兵，光杆司令一个。

小瞧我了吧？瞧好了，不出夜半，捷报频传，信不？

不信。我坚定地摇头。

嘀，看不懂吗？

看不懂。

回头摆上敬师酒，好好点拨点拨你。

好嘞。我答得爽快，想要的就是这个结果。

当几路人马回"大办"坐齐的时候，我看了一下手腕上的上海表，刚好晚上 11 点，等大家汇总商量完工作，已是凌晨 3 点。师父说，下午我抽空儿上楼找到值班的郭政委，先汇报了案侦情况，再缠着他批了点儿办案经费，就联系友邻单位租了一辆面包车，早上 9 点准时出发。最后强调，多带上几副铐子和警绳，带上枪。

长庆牌面包车载着押着塞麻子的十个刑警，翻山越岭，长途跋涉四五百公里，到达垫江县太平乡时天已黑尽。找了一家小饭馆，大家稀里哗啦几下子就解决了晚餐。师父叫饭馆老板准备了一桶煤油，还有十来根竹子，一头破开夹上棉条。有人问，这是干吗？师父答，照明。那人说，我们不是有手电筒吗？是不是有点儿多此一举。师父直接对大家说，走，抓紧时间。

车来到一条小路边停下,寨麻子说,就这条山路通我们村。

师父问,究竟有多远?

起码20里。

没别的路?

没有。

车灯熄灭,四周黑得伸手不见五指,有人打开手电筒,几束光亮像几只萤火虫闪发的光,孱弱而昏黄,有人说从没见过这么黑的夜。

黑暗中,师父说,把棉条沁上煤油夹在破开的竹筒里,点燃,只点三支啊,剩下的备用。

突,突,突,最简单的火把点燃,在漆黑的夜里格外亮。寨麻子在亮光中显得有些惊慌,说,扬队,说好了的哈,你保证不把我寨女人的事告诉我老婆啊。

我保证,不说。亮光中看见师父郑重其事地举起了右手,像发誓一般,补充道,这男人的事绝对不跟婆娘说。

寨麻子仍是慌乱,说,我,我,憋不住了,撒泡尿可以不?

还是师父,朗声应答,撒吧,这里都是男人,吓谁呀?

寒风凛冽的天,空旷如野的地,顿时响起一阵热气腾腾还有点儿邪乎味的笑声。

走。师父一声令下,啪地响一声,一副手铐的一端铐进寨麻子的左手腕,刚小解完的他疼得两手打战,哎哟一声后有些恼怒,说,我这不是戴了一副铐子吗?

啪的一声,师父将手铐的另一端扣进了自己的右手腕,说,走,咱俩一起走,走前面,带路。

大师兄大叫,师父,使不得,要铐铐我,我跟他一起走。

不争,人家寨麻子要我陪他,是吧?

对,对,对,扬队够哥们儿。寨麻子捣蒜似的点头。

这一路走进去，一会儿爬坡下沟，一会儿过田坎穿小道，深一脚浅一脚走在坑洼凸凹泥泞或者根本就不是路的路上，到寨麻子家已是后半夜时分。师父召集大家做了分工，规定抓到的嫌疑人一律上手铐并在膝盖处拴羁绊绳，一律都押解到这里集中。

当七名犯罪嫌疑人抓齐集中时，天色大亮，师父下令，原路返回，到县城吃早饭。

原路返回的路上，才见其路之险之峻，好几段一边是绝壁一边是悬崖，难怪我们几个年轻刑警走起来都上气不接下气，师父这把年纪走得有多艰难可想而知，再者如果寨麻子趁着黑夜使坏，摔下一边的万丈深渊那不是轻而易举的事儿。看着险峻，想想更是后怕，由不得背脊都飕飕发凉。

就在这段路上，一个长得膀大腰圆被叫作"癫巴子"的嫌疑人突地一蹲，就地一滚顺着山坡溜了下去，到沟底的平坝就站起身向茂密的树林里跑，无奈手上戴铐腿上拴绳，跑着费劲还迈不开大步。

这一幕来得太突然，让一行人都蒙了头，不知所措。押解癫巴子的刑警还惊叫，癫巴子跑啦，滚下去了。

啪。枪声响了。大家回头看，是师父开的枪。

癫巴子像是被子弹击中一样，一个趔趄倒地。

这一枪是朝天开的，射完，师父索性在路边的石头上坐了下来，不用喊，声音在这空旷的山野里也穿得很远。他说，跑啊，老子还懒得追你，看你跑得快还是我的子弹快。

癫巴子双手撑起身体，连滚带爬又往前蹿。

啪，啪。连续两枪都射在癫巴子脚前一米左右，打得尘土飞溅，这次吓得他瘫坐在地上，远远地仿佛看见他掉魂似的六神无主的样子。

师父沉着得有些夸张，两枪之后还用嘴吹了吹冒烟的枪口，然后又喊，癞巴子，你再跑，老子的枪可是长了眼睛的。话音未落，又一枪打在他身后的土里。

大师兄在坎上，双手捧嘴，喊，癞巴子你个傻屄，我师父是老刑警出身，打你分分秒秒搞定，快，往回走。

师父说，李建，不用劝他，他再往前走一步，老子就击毙他。

癞巴子蹒跚着朝回走，走到陡坎边爬坡很吃力，几次滑落下去。师父吩咐，放绳，拉他上来。

回城的路虽然顺利，但毕竟路途遥远，跨越整个白天，回到警队又是夜幕降临。师父安排，分头讯问，固定证据，分头关押。

接下来的几天，就是这一系列案件的梳理，我记录的战果是：破一起盗窃大案，价值25万元，追回财物损失24万元，另破云南、贵州各一起盗窃案，批捕7人；破一起经济诈骗大案，价值23万元，追回财物23万元，批捕6人；移送检察机关侦查职务犯罪1人。

再往后，走完法律诉讼程序，蹇麻子、癞巴子和那些酉阳人中的一个头头被判处死刑，王经理因职务犯罪被处"判二缓三"刑罚。

这天一早，师父走进办公室就高声说，走，咱们找队长讨酒喝。他吩咐大师兄和我，拎上装有案件材料的公文包，去陈思华设在南纪门派出所里的碎尸案专案组。一脸憔悴一身疲惫的陈思华，听完案侦汇报，两眼放光，特别地闪亮，一拍桌子站起身，一边踱步一边说，好，总算破了一起大案，春节前啊，总算有个交代呀。

师父关切地问，队长，你这案有没有关键线索？

唉。陈思华垂头说，你看啊，大案小案破了一大串儿，本案就没条像样的线索，唉。

师父的眼光一直追随队长来回走动，马上接了一句，要不要我来给您效犬马之劳？

陈思华停下步，略思一刻，说，犬马？你是大将啊，一班人的思维都走入了死胡同，你来打破一下也好。这样吧，我先兑现承诺，你们今晚去庆功，菜钱算我的，我另出两瓶五粮液，吃好喝好，代我向弟兄们道一声辛苦，说个谢谢。

师父说，您抽空儿参加一下，我出两瓶尖庄，洋高人要出两瓶剑南春，要喝就喝个一醉方休。

我一高兴，脱口而出，都是川中名酒，我出两瓶金江津。

我就不参加了，也没心情。陈思华补充道，明天放弟兄们休息一天，后天你带几个人来我专案组报到，哦，对了，高劲松不能来了。

我心头一紧，出错啦？

队长说，队上来电话说上级机关的调令来了，叫你明天去省厅办公室报到，下午你到指导员那里拿调令和介绍信。我就不送你了，这些年你干得很不错，上报的材料写得扎实，人家看上你了。

既突然又不舍，我执拗地说，我不去，队长，师父，求你们想想办法。

上级的调令都下来了，违抗不得。陈思华认真地说。

师父给了我一肘，说，好事呀，大机关干大事，我徒弟有出息了，我们都脸上有光啊。

当晚这顿酒，摆在分局后面小米市的川菜馆里，二十几个刑警坐了三桌。师父发表了热情洋溢的致辞，末了，高声宣布了我的调令。老实说，这桌餐菜品一般般，酒而且是高度白酒却喝得高潮迭起，山呼海啸，在我脑海里留下永远抹不去的记忆。

席间,师父端着一大杯酒,走到我面前,慈祥的笑意写在脸上,说,小高,跟我干不知不觉就是近十年了,临别我送你一句话,谨慎做人,谦虚低调。

我诚惶诚恐,急忙将三杯酒倒进一个大杯高高举起,眼睛直盯着他银白的头发和布满皱纹的额头,不敢再往下看他的眼睛,脑子里老是闪现一棵黄葛老树满身瘢痕和身下蜿蜒突出的虬根,这个老刑警的影子已经镌刻在了我心上。

干。师父和我碰了一下杯,玻璃器皿发出清脆的响声。

我闪回神,一下子喝了个杯底朝天,激动地说,徒儿终生谨记师父教诲!

刑警的大奖

与往日没什么不同，晨曦未露，天未破晓，安绥就已洗漱完毕，泡上一杯浓酽醇厚的普洱沱茶静静地坐在了书桌前，掀开电脑盖板用大拇指揿一下开关键，显示屏上立马闪出一抹亮色。

从窸窸窣窣走出卧室、穿过客厅，到在书房里坐定，这一系列的动作都是习惯性的或者说是轻车熟路的。今天早上，似乎只有一丁点儿不同，但这一丁点儿的不同在他心里的感觉大着呢。往日从梦中醒来，立马精神抖擞，还算是别具一格的构思便迅速融入写作状态。但今儿个没有了，即使用力眨了眨眼睛，还下意识甩了甩脑袋，也没赶走一脑子如糨糊一般的混沌，今天，不，是这些日子以来都是这个样子，他不明白自己这是怎么啦。

是缺了强刺激？基层警队的刑警可能下一秒面对的就是无法想象的案情，眼前温情脉脉的生活转眼就可能出现血肉飞溅险象环生的景象，是生是死都是眨眼间的事，难道这还不是万分惊悚的强刺激？干刑警可能是和平时期最刺激的行当，用老刑警的话来说，那不是刺激，是玩命，是用身体用生命在换日子，早间出门是大活人，晚上能按时归家就烧高香了，到告老还乡之时落下个"全尸"，就算此生功德圆满领了个"大奖"。

这不，前几天才破了一桩杀人大案，场面也够惊心动魄的了。费了九牛二虎之力挖掘出一条有价值的线索，初步锁定了犯罪嫌疑人，布控、监视，又不失时机地显露步步紧逼的侦查措施，迫使犯罪嫌疑人自感罪行暴露，藏身之处已经被发现，早上天未破晓就惊慌出逃，刚跳上网约出租车就被蹲坑监视的警察截住。犯罪嫌疑人跑下车朝路边的小巷里逃窜，谁知慌不择路，穿完小巷竟是一片开阔地的日月光广场，这时不知道从哪里钻出来好几个警察对他形成了围追堵截之势。他急红了眼，一把抓住广场上一个正屏气凝神练太极的老大妈，把匕首架在她的喉咙处，气势汹汹地喊话让警察让路。他在警队值班，从接到报告到出现在现场不到十分钟。走进广场，见聚集的人不少，一边吩咐扩大警戒范围，让警察做好射击准备，一边走上前去同犯罪嫌疑人谈判。他慢慢靠近，喊话叫犯罪嫌疑人别伤了老太太，再动情地低声劝几句，什么谁家没有老母亲，什么如果伤着了老太太你于心何忍，云云。搭上话没谈几句，枪砰地响了，穿灰色褂子的犯罪嫌疑人和穿红绸衫子的老大妈一同倒地，他三步并作两步跨上去一看，犯罪嫌疑人头部中枪，老大妈双目紧闭全身抽搐，看样子是吓坏了，并无大碍。这过程旁人看来刺激、经典，现场有群众给警察鼓掌便是明证，在他看来却极平常，这场景有点儿像三流编剧四流导演编导出来的电视剧，这也出现在他自己写的小说里，嘀，不是一般的俗套。不过，有两点让他略感惊诧。一是开枪的警察枪法之准，一枪毙其要害，要知道这可不是专门的狙击手，而是自己手下的刑警，有这等本事却也令人刮目相看；二是他自己，怎么那个时候突然想起对一个寻死觅活的犯罪嫌疑人，手指喷薄欲出的太阳说，放下刀你就有新的一天，你看新的太阳出来了，犯罪嫌疑人抬头看天，手中的刀刚离了人质的脖子，那一瞬枪响了。

旁人看来惊险刺激的刑警生涯，对他而言，破案擒凶化险为夷的场景重复多了也会出现视觉疲劳，感觉也麻木了。这样也好，他常常想，这样使自己把生死看淡，淡到什么程度呢？如家常便饭。再者，把生死都看淡了，也好集中精力研究专业性的技术问题，到了案侦现场也就心无旁骛只考虑怎么处置的问题。如此，专业水平倒是提高了不少，但时日长了便缺了激情。

不知是"学有余力便习文"，还是"大脑麻木寻鲜计"，一次偶然的触动，他挥舞激情写了一篇纪实文字投给了晚报，竟然还发表了。带着油墨香的铅字、身边战友的好评、圈子里熟悉的亲朋好友的赞许，居然再一次刺激了长期高速运转后的大脑倦怠，疲惫的生活填充了几多新鲜元素，从此一发不可收拾地写了下去。写多了，各种题材也尝试了，仿佛肚子里的那些货吐完了，即使偶尔还拿点儿什么奖项、作文被选进什么选本都激发不起兴趣了。

这不，电脑旁边放着一本红彤彤烫着金字的证书，是前些天收到一家知名杂志一年一度评出的优秀作品获奖证书，从快递小哥手里接过来，撕开包裹皮只看了一眼，就顺手扔在了书桌上。这一扔就好些天没动过它，安绥也没有翻开封面看看里边的内容，看看是哪一篇大作获奖了。他提不起兴趣打不起精神。是的，没有了当初还是小年轻时，一个名不见经传的什么"征文奖"到手那份激动万分的欣喜。这些年写的东西多了，虽说与茅盾奖无缘，与诺贝尔奖相差十万八千里，但大刊大报大网大 V 多有署名的文字相见，小奖大奖也拿到了甚至不想多看一眼的地步。得的奖多，写的东西就更多。最近一段时间，不知什么原因，感觉情绪低落到了无底的深渊，敲键盘码字的精神都打不起来，常常是打开电脑就呆坐一阵儿，屏显上一片空白，脑子里一张白纸，又无奈关机。这状态究竟是怎么回事？莫非男人也有更年期？不然就是进入了人们常说的心理倦怠期。是的，白天忙工作，清早忙写作，长久以来两头儿的活儿一拨接一拨袭来，忙得他几乎无暇出神，更不可能出现这种无所事事的状况呀。

习惯是厉害的，刻意或者不经意间经年累月养成的习惯几乎会变成永久磨灭不了的顽症。这不，今儿个他依旧起了个大早，依旧坐在了写字台前。揿亮了台灯和电脑，明晃晃的光亮得扎眼，获奖证书的红和烫金的字醒目得很，但依旧刺激不起他的情绪。屏显上排列整齐的篇目、App、小程序仿佛都在向他招手，他却不知道按下哪个键、点谁，或者输入什么密码去寻找他也不知道该寻找的什么。人脑电脑这么大容量的"储存"，竟然像中了病毒一般"遗忘"，像丢了魂一样无所适从。忽地，屏幕下端跳出一封邮件的提示。谁呀，这么早？不过，他顺手就点开了。嗬，是他的小侄女霍芳发的，这个小妮子在报社当记者，大方漂亮也不失俏皮，绝对算一个有内涵有气质的美女。大清早的，这姑娘不是赶稿子没睡，就是有什么急事，嗯，也许又是她设的一个顽皮的局，他经常上她的当，但一解谜底又是小小的出乎意料的激动。今天这邮件得小心读，他想。

这个邮件像是在说正事。她说，这事"闷"好久了，人家一个闺女埋在心头不好轻易出口，我也忙啊，忙得高跟鞋的后跟崴了，瘸着腿走路。嗯，这家伙开始卖关子呢。他抠出一支烟，打火点燃，慢慢吸一口吐出去，静静心，再接着往下看。有一个要好的女朋友叫龚娜，读了他写的书和发表的文字深受感动，一直存有想和他深度交流的想法，得知他是自己的长辈，多次央求她予以联系，要求无论如何见见面谈谈话。还说龚娜是他的铁杆儿粉丝，能够大段大段背诵他书中的原句，滔滔不竭地说她读他的书的感悟，有的见解恐怕比原著还深入几分。末了，重复强调，今天一定要给她去电话，当然不是现在而是天亮以后，因为美女睡懒觉是必须的。

　　手机、微信、视频通话多方便呀，还发什么邮件，打这么多字，话说得这么细，不像是这个又讨厌又可爱的小姑娘"捉弄"老辈的"玩局"。虽说他俩是两辈人，其实年龄相差并不多，有时闹起玩笑来也没大没小的，不过这事，直觉告诉他该是郑重其事的了。

　　龚娜。美女。粉丝。怎么会有兴趣读我的书？这名字有点儿美感，也有几分耳熟，依稀记得是霍芳的大学同学，对，好些年前好像她有件什么事情，记不起了，唉，不想了，晚点儿打个电话不就知道了。

　　起身踯躅至窗台，打开一扇窗，抬眼望望天，月落星稀依然黑黝黝冷峻峻的，嗖地一股寒风袭来，他打了个寒战，突然感觉到了孤单。虽然是一个人单身独居这一套两室两厅面积颇大的单元房，而且一住三四年，却从未有过茕茕孑立形单影只的感觉，即使旁人看他会有一些不甚了然的说法。譬如说，他挨边四十的大男人身边没个女人，会不会有什么生理问题。再譬如说，有人替他叹息，他是这个城里的刑警队长，也破了一些大案，是一个名气挺大的公安作家，也写了一些作品，虽说是功成名就，毕竟无家无后，不能不说是缺憾。更有经他手被打击处理过的人或是社会上一些不三不四的人在背后咒骂他，满世界找遍了都找不到婆娘，断子绝孙呢。他才不管这些闲言碎语也好恶语毒言也罢，顾自干自己的活儿，整日忙得脚后跟踢后脑勺，充实得不得了，从来没感觉有半点儿落寞或孤单。

　　但是，今儿个怪了，脑子里极力想集中精力思考一下正写着的一部长篇，可怎么也进不了状态。脑子一松懈，孤单的意蕴竟从四周弥漫上来，倒是有模糊的美女影像零零碎碎闪烁其间，并且渐渐活泛起来，使人有点儿兴奋的感觉。好吧，那就想想霍芳说的龚娜吧。嗯，没想到自己费力劳神写了那么多，也收到过许许多多勉为其难的恭维和应付场面的赞美，刚开始如沐春风，时间一长怎么觉着也有些浮光掠影，那些溢美之词的不瓷实，况且时下文学萎靡，想想都禁不住心灰意懒，死水无澜，手上的笔手下的键盘都无趣无力躺在那里，正所谓好生无聊的时候，居然还有人读书，而且读的是自己所写的虽然殚精竭虑自以为是但较之于名家大家名篇经典却差之千万里的文字，不能不让人有所感动。嗯，这个电话得打，就凭人家费时费力读了你狗屁文章的那份热情，也得给人家道一声谢，况且人家还是一小美女……

磨磨蹭蹭，胡思乱想，不觉间已是天色大白。他又点上一支烟，醒醒神，按霍芳给的号码拨过去，铃声一响就冒出一个兴高采烈但不失柔情的声音。

"您是安绥老师，知道是您，读您的书就像听到您的声音，看见您的样子……"电话里的女声百灵鸟一般清脆。

像细雨霏霏下个不停，好不容易等了一个空当，他插问一句："您怎么这样熟悉我呢？"

"嘿嘿，读了您这么多书，以为我是白读？对您是了如指掌，熟悉如老朋友一般。对不起，我也不知道叫您哥，还是把您当老辈来尊崇，芳芳也经常提起您，她崇拜您那样儿简直让人嫉妒，您粉丝多喽，尤其是女粉丝……"

霍芳在她的圈子里被叫作芳芳，龚娜应该就是她们那一群小姑娘中活跃可爱的一个，她们都叫她娜娜。对啦，想起来啦，她，高挑的身段真有些婀娜飘曳的样儿，白皙的脸上悬着两个小酒窝，笑起来像两朵简洁的荷花隐隐约约挂在脸颊，一点儿不娇艳但耐看。对了，有一次，对，好像是第一次见她，她们学院邀我去做讲座，谈一个业余作家的创作经验。说来汗颜，我算什么作家，没什么成功的作品，遑论"洛阳纸贵"的传诵，居然会有学院找上门来。好在我干刑警却不蹩脚，接触的人和事可谓三教九流形形色色，于是从案到人，从人事到文学中的人物，拉拉杂杂讲了三个多小时，好不容易说出谢谢算是勉强过了关。座无虚席的阶梯大教室里竟然响起一片热烈的掌声，我以为是大学生们出于礼貌的反应，不料互动环节的踊跃，倒给了我一些鼓励。学生们争相举手，抢着提问，前排有个女生一直在举手，怕没引起主持人的注意，手举得老高不说，还站起了身着急地跳了跳。终于话筒到手，她说话的声音倒是出奇地平静，我是中文系大三的学生龚娜。她提的问题也非常犀利，记忆中好像说的是，您是警察又是作家，写了很多的文学作品，有人赞扬您是警营里的优秀作家，不知道您干好了作家，会不会影响您干好警察？不要种了别人的田荒了自家的地。当时我心头一颤，毕竟我的职业是警察，那么干作家是玩票或客串，这就注定出不了好作品，也没资格在这里谈什么文学创作；如果专注于写作，或多或少会影响干好警察工作，毕竟那是一个专业性极强的警种。我不知如何作答，只好模棱两可地敷衍说，这两者我都做得很用心。那时我们的认知都囿于要取得成就必定长期专注一个领域的学习和研究的传统观念，而现代人的思维提升了，像比尔·盖茨、乔布斯、马斯克就能够在多个领域成功，他们用"迁移学习法"学不同专业知识，研究时集约不同学科专攻一域。知道她对此回答不甚满意，正欲张口时，话筒被其他同学拿走，她只好无奈地坐了下来。

电话里的声音喋喋不休，慢慢激活他的脑子，记忆如潮水般涌起，但她的面容始终记不起来或者说是碎片拼凑不完整。

"喂，喂，安老师，您在听吗？"

安绥回过神来，掩饰道："听着，我一直在听，你说得那么好，声音也好听。"

"不是我说得好,是您的作品好,看得出来您花了很大的心血呀,说呕心沥血也不为过吧。"

怕她又不停地说,他急忙踩刹车,认真地说:"水平太差,花了心血才写成这个样子,你得多批评多指教!"

"批评?指教?我推崇都来不及。您笔下的人物丰满睿智,您写的故事有曲折的情节,一些见解颇有独到之处,绝不是恭维,我实事求是……"

"这么多年下来,语不惊人,文不出众,羞于见人,想懒下来,不写了。"安绥见缝插针,说的是真心话。

"不行,您不能停笔,怎么能说停就停呢。"这口气有点儿强硬,像老师训斥一个犯了错的小学生。或许她觉着唐突,立马又变得柔软一些,"您的作品很有感染力,至少能吸引我一页一页读下去,读了还想读。"

"不可能,现在没几个上心读书的人。"安绥有些漫不经心,"好作品没几部,像我这种不入流的所谓作家满山遍野,像蚂蚁一样往山上爬,怎么努力也爬不上一座看似成功的高峰。"

"蚂蚁?哈哈,满山遍野?哈哈,那是您的视角。其实,这个社会没几个人写书,没几个人读书,这不是坏事呀,物以稀为贵,您是那稀少的几个作家之一,我是还想读书的那几个玩人中的一个,但说来都算是贵人,是吧?"说完,她的笑声响起,爽朗中更显温柔。

这姑娘有趣,安绥仿佛受了感染,不住点头:"是的,是的,同命贵人。"转眼又正色道,"不,我跟你一样是读书的人,算不上什么作家,我是哪个门子都没入,算是无聊罢了。"

"特立独行一定是高尚灵魂的行走,写出来的东西一定是高尚的作品,更难能可贵啊。"

"别,别,别把我说得那么高尚,我这么无聊啊。"

"至少您干警察也好，当作家也罢，赋予了生命特别的意义。"

"没干好也没意义，唉。"

"没意义？那就进入了人生至高的境界。"

"从何谈起？"

"大学者陈寅恪，被誉为教授中的教授，做那么大的学问还自称是'聊作无益之事，以遣有涯之生'，早把功利、意义之类抛在脑后，那才是至高境界，您和他有一比啊。"

"独立之精神，自由之思想"是陈寅恪的倡导和写照，妇孺皆知，而这句名言知者甚少。安绥暗叹真遇上一才女，嘴上连连退却："惭愧，惭愧，较之陈寅恪教授我在十万八千里之外，连一个起码的作家头衔都没有，你这是拍马屁，而且拍过分了啊。"

话筒里响起咪咪的笑声，稍后，又是平静温润的声音："真想和您聊，这样吧，下午我在丁香咖啡馆等您，见面聊。"

电话挂了，那个悦耳的声音戛然而止，似乎漠视他的存在，至少缺乏对通话对方起码的尊重，这"后倨"而"前恭"巨大的反差令安绥有些蒙头，却没让他有半点儿恼怒，回过神来，从心底到嗓子眼儿倒是反复流淌丝丝香甜的清新味，醒脑、提神、明目开窍，精神也为之一振。

阳光从窗户直射进来，阴郁的秋天露出如此强劲的日照很是难得，光洒在红彤彤的证书的烫金字上一闪一闪晃起扎眼。安绥起身把证书反扣在桌上，还没放稳又顺手把它插进书架上那一长排厚薄高低参差不齐的各种表彰奖励证书中间。坐下来，点开霍芳的邮件，想和她聊点儿什么，聊娜娜？聊什么好？打听她的近况？聊聊耳朵里传来的感觉？不好说也说不好。

安绥不安，起身又坐下，又站起来走了几步，偌大的单元房似乎没个合适的去处。循着最大的阳光来处走吧，他拉开最大的两扇落地玻璃窗推叠至最大位置，一步跨进半圆弧形的阳台，深秋的阳光一下子涌上他全身，温暖的惬意漫进他心底，全身心都沐浴在一股热浪里。蓦地，浪花里跳出一张姑娘的脸，明眸皓齿，笑意连连，她冉冉出清水，高挑的个儿、婀娜的身姿踏浪而行，步履轻盈，双手高举做"天问"状，向他走来……眨眨眼，她不见了，他定定神，自问，她是谁？

他去了单位，集中精力处理完几件公务，脑子又散漫开去，不断闪现那个用悦耳的声音和热切的语言勾勒出来的"娜娜"形象，心旌摇曳，浮想联翩，几次想给霍芳打个电话谈谈娜娜，可几次拿起手机又放下了。

下午，他兴冲冲地驾车跨过长江、嘉陵江大桥，几乎穿越半个江城。刚驶上北城的丁香路，挡风玻璃一下子无声地扑满了小蚂蚁，这个地处北纬30°的西部城市四季分明，秋季的细雨说来就来说停就停，但阴郁的天，密匝的雨，一点儿都没破坏他的好心情。看见写着"丁香咖啡馆"龙飞凤舞几个字的招牌，就把车停在路边，开门下车，一阵风夹着细雨扑来，他不禁打个寒战，忙把外套的小翻领竖起来遮住脖子，趋步走向丁香巷。

这是老城保留不多的几处旧址之一，巷口的一边岩石上站立一棵百年黄桷树，悬根露爪，茎干粗壮，又浓又密的枝叶撑起一把大伞，伞下的一块地面不同于周围湿漉漉的路面，干燥而洁净。安绥在树冠底下站住了，掏出香烟和打火机点燃一支，狠狠地吸了一大口吞咽进喉咙，抬眼看着这条并不宽大但却绿意阴郁显得幽深的小巷，一下子意识到心跳在渐次加速。

这地儿他曾满怀憧憬地来，全身心沮丧地离开，可谓刻骨铭心。

哎哟。火头燃过过滤嘴灼痛了他的手指，揿灭残剩的烟头，扔进旁边的垃圾桶以后，他又点起一支烟，脑子沉入往事的回忆中。

当年，曾经与女朋友约会，印象最深也是对他伤害最深的一次也发生在这个小巷深处的咖啡馆。

那个"曾经"已是十几年前的事了。那个"女友"曾经是他最心仪的一个女孩儿，第一次见面就在心里把那个姑娘视为女朋友。同学聚会，公安大学分配来江城的同学原本不多，但一年一次的聚会却必不可少。那次是柯立建做东，他老婆姜姐带来一个闺密，上桌一介绍，安绥眼前一亮，尤其她露出那略含羞涩的笑靥一下子就吸引住了他。他不失风度地主动出击了，攀谈，寻找共同话题；套近乎，他从没感觉到自己会如此"厚颜无耻"。而她呢，不仅不拒，长长的睫毛下晶莹的眼光闪烁的绝对是接受和欣赏。那天的聚会，安绥盼的是永远不结束，就算回到家上了床，聚会的场景到天亮都没散。平生第一次尝到了失眠的滋味。

对她，他简直就是迷了心窍。第一次碰面过后没几天，安绥迫不及待地找个理由安排了一个饭局。他在公大同学群里发出邀请，立刻就有人质疑，什么理由？破了一桩大案？你身在刑警队天天有案破，那不得天天请客？只有柯立建看出点儿端倪，问是不是醉翁之意不在酒。他佯装不懂，柯立建直接问可以带老婆吗。他回你特许。又问增加一个名额可否，他回你懂的。引来一片懂的懂的。届时，来了一大帮人，吃好喝好还包下一个KTV包厢K歌，热闹倒是热闹了，安绥两个月的工资没了，暗自心痛不说，遗憾的是与她私下接触的机会全都丧失。但能和她近距离待在一起也是愉悦的，甚至是亢奋的，她举手投足一颦一笑激起的爱慕之情，也可说是爱欲之火如火如荼般燎原，他心中暗暗发誓此生非她不娶。

自认为意志十分坚强的他居然害起了相思病，茶饭不思坐卧不安了，破案中奇招妙术迭出，而面对这突然闯入心里的美丽小鹿既无胆直追，也无妙招自然而然地接触，偏偏那段时日破案任务又重，留给他的空余时间太少。终于有一天他向柯立建吐了真心，在他的极力鼓动下，他鼓足勇气直白地给她发了邀请，她答应了，第一次单独的约会就定在了这个朋友们说起颇具浪漫氛围的咖啡馆。

那是一个风和日丽的下午，灿烂阳光下，绿绿的草坪，花草松篁，鸾凤鹤鹿，仙乐齐鸣，他和她终于牵住了手，先在林荫道上漫步，他想把她拉进怀抱，她挣脱他撒开腿跑了，他使劲在后面追，可怎么也追不上，追着，追着，梦醒了……这电影电视剧里看到的情景一次又一次出现在他梦境，更使他向往那一天的到来。而那天可真不凑巧，南山区发生一起恶性杀人案，快要下班的时候接到报警。作为一线刑警的安绥除了在心里咒骂歹毒的犯罪分子，还不得不按捺住焦躁的心，马不停蹄地随警队人马赶赴现场。紧张的现场勘查告一段落已是午夜时分，抬头看看飘洒着淅沥小雨的天，念想起与那位无论面容身段还是内涵气质都十分中意的女友，念想起第一次单独约会的愉悦，推断的结局肯定是告吹，阵阵遗憾甚至沮丧情绪涌上心头。转念，他想，也许她是执着的，也许她还在等着这份该有的爱情。于是，他忙不迭地往这儿赶，走进小巷竟一脚踏空摔倒，好在他身手敏捷迅速伸手撑住，才不至于全身倒地而狼狈不堪，起身见丁香咖啡馆还亮着灯，在暗自庆幸中加快了脚步。推开镶嵌雕花玻璃的木门，见咖啡馆里就几对卿卿我我的情侣，只有她是一个人坐在角落的卡座静静地捧着一本书，台灯映照出孤零零的身影也是十分优美的，整个氛围静谧而轻松。

他竭尽全力压抑住心中的那一份几乎要冲顶的喜悦，蹑手蹑脚走到影子后面，轻声说了好几个 sorry（对不起），才一步跨上前坐在了她的对面。料想的惊喜情景没出现，倒是她静静地看了他一眼,轻声细语地说:"好不容易把你等来了,就为了说一句拜拜,否则,不礼貌。"说完,她合上书本拎上座位旁的小坤包,站起身朝门外走,又说,"太晚了,妈妈会担心的。"

他几步就追上去,就差伸手去抓住她,不停解释说:"真是有案子,理解啊。"

她回头瞥了他一眼,丢下一句话:"知道你是警察,破案是你的本分,可谁理解我呢?"

想起她在细雨织就的帘幕里毅然决然渐行渐远的背影,不难想象当时他那一副呆若木鸡的傻样儿和心中的那一阵刺痛。一阵寒风袭来,从树叶掉下冰凉的雨水淋进脖子,冷不丁地使他打了个寒战,也从沉思中清醒,但心中那一丝隐痛犹在,这似曾相识的地方,眼前叶片发黄的梧桐树、紫色白色淡蓝色花朵已经失去光艳的丁香树,让他心底生发出一些悲凉和寂寥。

这个娜娜怎么会选这么个地方碰面?她不可能知道这是他的伤心之地。难道冥冥之中真有一只无形之手在安排?难道真是上苍对他自初生爱情受创后的这些年全身心地奋发作为,干警察连破大案,干写作笔底行云流水般不断涌现长篇短篇随笔散文的褒奖?煲电话粥几个小时还舍不得放手,他不得不承认心里的欣喜,或者说是喜爱之情。依警察的职业习惯判断,娜娜绝对是个才女,从码字这些年的形象思维来看,她称赞他的作品气象非凡,从警察与罪犯斗智斗勇殊死较量中窥见正义与邪恶、危险和死亡,体味生命的渺小和人的伟大,还说作品最终展示的都是作家的人格。从她爽朗、热情的声音里可以听出这个心理充满阳光的姑娘对他存有仰慕之情,当然也不乏爱慕之情。想到这,他心里一暖,如果能收获从内心深处认可的爱情,不啻为我这个大龄青年的人生大奖,真是苍天有眼。

推开咖啡馆嵌着雕花玻璃的实木门,他看到偌大的店堂座无虚席，热气腾腾，但感觉特别宁静。正当他不知朝哪个方向举步时，服务员迎了上来，按她的指引绕过环形吧台来到一个一面靠窗一面靠墙的火车车厢座后。安绥心里一咯噔，这地儿又似曾相识，在长方形格子间里放着两排粉红的皮椅，正中放一椭圆形天然石材桌面的茶几，上置一个蓝色玻璃瓶斜插一枝康乃馨，一杯黑咖啡还冒着缕缕热气。难道这咖啡馆特别适合约会？几乎所有的厢座卡座台座都是对对情侣亲密地窃窃私语，没有高声喧哗说明他们的心灵走得很近；这靠墙的犄角又是分手的好地方，少有人耳闻目睹的悲情之处。怎么会冒出这些想法，他自己都觉着莫名其妙。

映入眼帘的这个倩影又似曾相识。斜靠皮椅坐着显得清瘦的身影正好背对过道，她手里正捧着一本书在静静地看，一头又黑又直的长发搭盖住半边脸庞再垂落在白色套装的后背，像一泓亮汪汪的清水直流而下。安绥呆立半晌，脑袋里勾勒出这是一个何等清丽纯情美少女的形象，所有的思绪都在这愿景前融化了，仿佛全世界都在此停顿。

"安老师来了，请坐呀。"背影说话了。

嗯，是龚娜脆而柔的声音，安绥听出来了。

"哦，娜娜，sorry，我迟到了，公事耽误了一下。"动作和说话都小心翼翼的，安绥生怕弄皱了这幅平静的画。

"没事儿，没事儿，等您，等多久都没问题。"爽朗的声音出来，可背影一动不动。

安绥在茶几的另一面坐下，把被雨水淋湿的风衣脱下来放在一边的椅子上，再转头望着她。

人影依然没动，黑发盖住了大半张脸，两只眼睛也躲在浓密的发际后面，只是手上的书已经放在了茶几上。安绥瞥见那本书是他新出的文集《刑警放歌》，心不禁又一动。正欲开口，看见服务员端来了食品,便低头不语了。一杯卡布奇诺,一块芝士面包,一盘巧克力味的小麦片,几小袋伴侣和方糖,服务员一一放下后悄然转身。这又让他怦然心动,神呢,她怎么知道这些都是他爱吃的食品。

职业习惯和文笔细腻的写作使他养成了观察事物重细节的特点,一连串心动让他坐下来仍觉不安,更使得他对就在眼前的她疑惑重重,世间真有这么多巧合的事,而且会巧到这般细微?

"累了吧?歇歇,先吃点儿喝点儿吧。"黑发中冒出的声音轻柔而不无关切之情。

他坐下的位置看见的是她的左侧面,斜靠的身体显示出修长优美的曲线。她依旧埋头,浓而密的黑发遮掩住了半张脸,连眼睛都不见,像是故意低着头让人不识庐山真面目,有点儿顽皮的意思,也像是生涩、害羞、腼腆的女孩儿碰见陌生人或者见某个重要人物之前的忐忑。不过,这优雅的身姿和静谧的气氛,不仅没使他生出半点儿反感,反倒感到一丝欣喜,初恋的那个美女不也这么沉静和矜持吗?他静下心来,小口啜咖啡,静静地欣赏眼前的景色。大厅里低喁的人声,窗外黄色的蓝色的紫色的丁香花已开始枯萎,这静谧的氛围衬托这个优雅身姿的美女,一切都自然而和谐美好,口中差点儿冒出"绝美"的称赞。

待的时间长了,他感觉受了冷落,心里开始犯嘀咕,也有些愤懑,没有预想中洋溢热情的迎接也就罢了,如此尴尬究竟是哪一出?

"安老师,您喝了咖啡先走吧,看见您我就心满意足了。我,我想一个人待会儿。"头没动,声音从黑发丛中飘出来,轻柔里听出有点儿哀怨意味。

"怎么啦?龚娜,你这是怎么啦,跟我当面捉迷藏?"安绥笑了,"我大老远地跑来见你,你见了我,我还没见你呢。"

"您见了我了,我就这样,您请回吧。"这话干脆但不利落,明显带着伤感。

"怎么回事呀?你就不能抬起头来,我们好好交流交流?是怕我这黑脸包公掉你的份儿,还是你这天香国色不轻易示人?"这话不无讥讽意味,脱口而出后他才觉着不大妥帖。

半晌没动静,原本宽敞的厢座里一下子变得逼仄,愉悦的空气像被撒下一把辣椒粉一样呛人。安绥紧急调动他"警察+作家"的思维,思考为什么,一时竟无所得。他拈起一块小点心塞进嘴里,把装有点心的瓷盘推至她面前,想低头自然而然地窥觑她的脸,不想她又把头和身子扭了过去。

"安老师,您走吧,我不想让您……看。"说完,伸手从茶几上的纸盒抽走一张纸擦脸。

抽纸,擦嘴?擦泪?为什么会有泪水?他似乎听见嘤嘤的抽泣或者是泪水落地的滴答声,定神仔细听却什么都没听见。

"不行,你不把这些为什么解释清楚,我决不会走。"安绥牛脾气蹿上来。

"那好,你不走我走。"依旧轻声,只是多了几分无奈。

她欲起身,安绥慌忙伸手拉住背影的胳膊,迭声说别别别,但手上已经强烈感受到了她身体的颤抖。

两人都各自坐下,她依旧背对他,安静无语。他却手足无措,不知说什么好,心里却甚为郁闷。这些年干刑警,三教九流五行八作,什么人没领教过,居然在这个小丫头眼前不知所措,不,不是眼前,连她是杏仁眼还是柳眉眼都不曾经看到,一个自以为有点儿水平的刑警竟会如此无能!

"龚娜,你叫我来,究竟是为什么?有什么难事吗?说说看,我能帮助你吗?"安绥正襟危坐,一字一句说得极严肃。

"安绥老师,如果您不计较我这个样子是对您不尊重,至少是不礼貌,我们就聊聊……"

"不计较,不计较,咱们聊聊,咱们也算是老熟人了,聊什么都可以。"他想,只要她开口,结束眼前的尴尬,就是他最感欣慰的事。

她一只手撩开头发,另一只手端起咖啡杯慢慢喝了两口,稳稳地放下。安绥看到两只手皮肤白皙,十个纤秀的指头温润如玉,不禁让人浮想联翩。他轻轻地换了一个坐姿,点燃一支烟长长地吸进去一口。

她悦耳动听的声音如涓涓溪流潺潺流淌。

"知道您干警察风生水起,写文章行云流水,两者都是翘楚。您别否定,别打岔,听我说完,我就说说您、警察和您的作品。您熟悉警察就写的是警界那些事儿,您的作品既气象峥嵘又曲折委婉,塑造英雄人物高大英武,智慧勇力都表现出了相当的高度,笔下的吸毒者、卖淫女、歹徒、罪犯丑陋、污秽、无耻、残暴,情节也都够曲折,读起来有读福尔摩斯探案之类侦探小说的意味,很多读者满足于这一点,而且一听说是警察作家,想到的也是侦破小说,但我觉得这样的作品读起来就像喝白开水淡而无味,因为没逃脱一般性窠臼,而您胜人一等的是透过案件和人物本身去写,不仅分析了案件背后个性和普遍成因,更深入透析了人物的人性及其精神世界,这之间自然衔接,详略得当,环环相扣,引人入胜。我读过之后,深受感染,对您对您的大作心怀崇敬,将您的作品推荐给身边的朋友,也有些轰动效应。"

"你评价太高,我一直觉着写得太差,几乎没什么起色,更谈不上什么轰动,差不多写不下去了。"

"告诉您别谦虚,别打岔,我没必要恭维您。就拿您写的长篇小说《威武金刚》来说吧,这篇小说名挺俗的,写的刑警王刚为解救人质挺身而出,先是与罪犯谈判,后与罪犯周旋,提出与人质互换，此时枪响了，同时噼啪一声炸裂，轰地腾起几股火焰瞬间吞噬了那间平房。这一系列动静太大太突然了，几乎是同时发生，把现场的警察都弄蒙了，有人以为罪犯开枪打死了王刚或者人质，也可能是自杀了，有人以为是狙击手开枪击毙了罪犯，定睛看到现场的情形是，王刚还站在原处，罪犯倒在屋子中央的血泊里，手中还抱着孩子，烈火熊熊燃烧直往上蹿。那天的西北风刮得正猛，现场只听见火焰燃烧的噼啪声，可王刚还听见了微弱的哭声，立刻意识到那个作为人质的三岁小女孩儿还活着。他距离中心现场最近，几个箭步就冲进屋里，抱起地上的孩子把她的头埋进自己怀里就往外跑。不料被什么东西绊倒了，为了保护好孩子，他一手撑地一手抱紧小孩儿，腰椎却严重受挫，火势扑上来裹住了他全身，当他踉跄冲出火场竟一头栽倒在地……'英雄的事迹鼓动整个江城，两江奔腾呼唤着王刚的名字，或是这个名字呼唤着两江的波涛。'

"您，安老师，写得很精彩，我的叙述只能把事说清楚而已，一点儿文采都没有。这里，我有一个问题啊，您写的是小说，是虚构，有原型没有？你们警察队伍里真有这么英勇无畏舍生忘死的勇士？生死关头真的是决不考虑自己就冲了上去，职责所在不用说了，职责之外也这样只想到别人的安危吗？这个王刚您就塑造得很高大，在火光冲天熊熊烈焰中与其说是他听见了孩子嘤嘤的哭声，还不如说是他心里感应到了孩子孱弱生命的呼唤，他把生死置之脑后冲进火场救下孩童，这不能不说是他高贵的灵魂展现。至于罪犯的死，事后查明是爆炸的液化罐的不锈钢盖弹射过来击中他脑部而死，这一点也为王刚进现场的目击所印证。"

安绥沉醉在她的叙述里，听她停了下来，急忙答道："是小说，有虚构，但人物、事件绝对真实，只是距今有十来年了，主人公现在活得好好的，我们警队逢年过节搞活动还经常请他一起聚聚。"

"好吧,还回到您作品来吧。"像是老师在讲评学生的作业,听得见她有声有色循循善诱的语气,"行文至此,故事跌宕起伏,人物形象丰满,一篇好小说可以说圆满完成。但是,作者,哦,就是您,安老师又掀起一个更大的高潮,我把这后半部看作是整部作品的重心,或者说是重头戏,除了感染人的情节描写,主人公的心路历程写出来感人至深。王刚全身烧伤面积达60%,面容全毁,裹满绷带,在ICU里待了20天,他醒来的第一句话问的是那个孩子,接着问案子,再问的是家人,没问一句自己的伤情。可当他解开绷带露出双眼,请人拿镜子给他屡遭拒绝时,才意识到情况不妙,最终看见自己尊容的那一刻差点儿崩溃。那是一个什么样的痛苦在心灵煎熬,原来英武帅气的小伙子秒变不堪入目的丑八怪,接下来是曾经海誓山盟即将走进婚姻殿堂的女友不辞而别,这一刀扎进他心里更是鲜血淋漓,这个刀枪不侵的怒目金刚,不惧烈火的钢架金刚,已经瘫倒的身体灵魂出窍,人生至暗,几欲寻死,金刚终于倒下了。这段波澜起伏的心理描写作者是狠下了一番功夫的,细致入微,感人心弦,不得不说确有独到之处。"

静静听着,安绥心里也是波澜起伏,一直以为这个社会浮躁、焦虑,能静下来读书的人不多了,像自己这种不入流的作者写的书,除了身边的几个朋友,几乎无人捧读,再加之这些年揭露出警界诸多糗事、丑闻,甚至恶行,使警察高大上的形象缺损好大一块,再也没有过去那种只要是涉及警界的作品就受热捧热评的盛况了,没想到这姑娘逆行,读得有滋有味如痴如醉,确实令人陡增一分感动。

龚娜没注意他的情绪,十分稔熟地继续讲作品:"这个'危难'时刻出现了一个姑娘,您用很隐讳的笔法暗示她是一个曾经受他冷落的暗恋者，是为了圆梦，更是被他的壮举所折服，顶住社会和家庭的压力来爱他，还得承受他一个心理扭曲甚至变态的残疾人种种刁难，包括难听的话、难堪的举动，在忍辱负重中将浓浓的爱意注入他的心灵，使他能够重新认识自己，调适心态，走上正轨。您还让这个冰雪聪明叫薛莉莉的姑娘说了一句爱情经典语：'外表的美，不过悦眼，而内在的灵犀，却美不胜收。'终于，两个相爱的人走进婚姻的殿堂，还生下一个可爱的小萌女儿。细微的关切与浓郁的爱情汇成的热流，将这个威武不屈的黑金刚完全融化，也激励他勇敢站立起来，强忍住剧痛进行康复训练，最终重回警队一头扎进实验室研究证据鉴定技术，居然连破几起大案，令同人们惊呼：'王刚，真金刚也。'第一次读我就被感动得稀里哗啦，老实说读您这本书我不止一次流泪，以后再读依旧感动不已，细品您笔下的文字既优美也流畅，促使我一次又一次把整本书读完。"

"写得不好，只是我感觉很努力。"安绥受到感染，思绪随她频率波动，声音有点儿喑哑。

"不是恭维，也不能算拍马屁，这部作品结构合理，内容深刻，譬如交代罪犯的悲剧原因，写了当今社会底层人群的生活状态，写王刚和他妻子曲折蜿蜒的心路深入而细致，影响的因素有个人的家庭的，更有警队的社会的，揭露了一些问题，把握的分寸恰到好处。我想请教的问题是，这些客观的东西是从人物那里取材的，但更应该是作者体悟出来的，是不是？那您的方法是什么？这故事真实程度占多少？"

从来都是直面他人，至少直对人的眼睛，不管两束折射心灵的光是残暴与仇恨，还是平和与尊崇，他都是迎面而上，可现在一直对着她的侧面，还好不是后脑勺，心里一直存有不适感，但他隐忍了，甚至在交谈的过程中一直微笑着，看见一个人头侧面微微颔首，心中升起的仍有欣喜。

她又谈到了他的其他作品，又轮到他频频点头，因为她的复述和点评确实有理。

不知不觉间，两人喝完了不知什么时候服务员又送上的两杯咖啡，窗外的天色明显地暗下来，花园的灯光把丁香树摇曳的影子投射到硕大的落地玻璃窗上，才意识到相"见"甚欢的一个下午结束，开始咕咕叫唤的饥肠提醒大脑早已过了晚餐饭点。安绥是特能忍饥挨饿的，但他期待的是撩开她的黑发"面具"。他轻声提议："这旁边街面有一家色香味形俱佳的川菜馆，我们去那儿点几个简单的菜，或者就在这儿点牛排、披萨、红肠什么的，填饱肚子，怎么样？"

"不。"她断然否定，说着从身后的包里拿出一沓打印纸文稿，从茶几面上推了过来，"安老师，这是我写的一篇评论和学着您写的一个中篇，请您审阅、修改，不好意思，初次见面就给您添麻烦，回头我可以发到您的QQ邮箱或者微信。"

"这样好，甚好，乐意接受任务。"安绥身体前倾，一脸媚笑，显得有点儿滑稽，不知"侧影"发际后的眼睛瞅见没有，不见半点儿反应，才觉着遗憾。

"好，就这样，安老师，再见。"她站起来转身就朝大厅的门口走去。

他像是被定格在了厢座上，怔怔地望着那个高挑匀称婀娜的背影连同飘逸的长发消失在那扇木门后面，心中一片惆怅。瘫坐一会儿，他叫服务员买单，被告知那位女士在预订时就预付了，不禁又长叹一口气。

刚坐上车，霍芳来电话问什么情况，语气像是谍报人员交流情报，也像是在做局看谁入了彀。安绥正郁闷，想发泄："今天创造了一个世界奇迹，人家是从眼睛这个窗户走进心灵，我们俩四只眼连一次对视都没有，直接从嘴里插进心灵。不过，你这闺密确是才女，也可以说是超女，不得不服啊。"

"哈哈。"霍芳嘻哈笑起，毋庸置疑地含着戏谑得意的味道，"您，刑警，刑警队长，生死都不服，还服了一个小女子。"

"我再次严肃提醒你，我是你老辈，跟你老爸老妈是一辈的老子，不能随便开玩笑。"

"哈哈哈。"笑声又起，更放肆，"您比我们大不了几岁，还妄称老子，有本事您去跟娜娜称老子去，不敢吧？在美丽的姑娘面前胆怯了吧？人家可是冰雪聪明，都不正面看您一眼，为什么？不屑呀。"

安绥疑惑："是呀，她为什么不正眼看看我？这里面一定有隐情。"

"什么隐情？警察动不动就质疑的职业病又犯了吧？什么事都想一探究竟，那好，待会儿我发几张照片给您，满足满足您的好奇心。"

安绥不想跟她耍贫嘴，点了点头就摁断了通话。谁知这一摁，屏显跳出几十个未接电话，心里大惊，出大事了，忙选了警队现场勘查大队长李希偶的号码拨过去。对方响铃，半晌没人接听。他既懊恼又自责，平时怎么要求队员的，说是干刑警就得睁着一只眼睡觉，手机是万万关不得的，一有情况得迅速出动，早一分钟到现场就有六十秒的主动权，早一分钟获得线索就能最及时破案，因为办案如救火，还说要求大家做到的自己首先做到。这下好了，手机设置为静音毫无察觉，误事了。他怪罪霍芳，竟生出一丝恨意，而对龚娜心底居然无半点儿怨尤。

电话通了，李希偶的粗嗓子炸雷般响起："头儿，怎么啦？青天白日的，泡吧还是泡妞啊？电话都打爆了，不接，什么意思？"

这家伙从来说话都没大没小的，安绥倒也不计较，可此刻碰上了心情不佳，唾沫如喷火星吐出去了："怎么啦？傻粗，怎么说话呢？你找剋是吧？这不天黑了吗，老子泡妞还是泡吧，关你屁事。说，不就发案了吗？说，什么案？一桩鸡毛小案还惊了老子大驾？"

对方挨骂，被压了一头但仍不服，嗫嚅道："给你打第一个电话的时候不是大白天吗，现在当然天黑了哦。现勘，我已经做完了。"

"什么案？这么快就做完现勘了。"听见案子，安绥立马进入状态。

"命案。"

"什么？命案？你这么快就把现勘做完了？"他一脸疑惑，"命案就是大案，人命关天啊，可不能马虎啊。"

"马虎？头儿，咱什么时候做事含糊过？这是命案，现场却简单，没几下就搞掂了。"话筒里是叫屈的声音。

"简单？命案会简单？后续措施采取没有？我马上过来，发现问题找你算总账。"

丢下一句狠话，安绥驱车就往现场疾驰。只要有案子其他什么都抛在了脑后，包括手机上还有几十个未接电话都来不及看一眼。

命案确是命案，现场也简单，但案情却不简单。

现场位于南区商业中心一个公共厕所内的单间女厕。当天下午4时许，清洁阿姨清扫时，发现一具沾满污血的女婴尸体，遂报警。派出所民警和李希偶他们几乎同时到达。

现场一目了然，狭小逼仄的空间内，婴尸躺在坑式便池边沿，地面有少量血迹，散落着沾有血渍的白色厕纸，板式墙上有血迹擦痕，但出厕所门后就再也没发现涉案痕迹。

警队侦技人员按部就班开展工作,保护现场、固定证据、法医采样、初步鉴定、走访群众、逐步扩大搜索范围同步铺开,紧张而有序。当安绥赶到时,这些工作已接近尾声。

安绥干刑警就在一线踏实干活儿,当上队长后仍注重深入现场掌握一手材料,作出自己的判断,这已成了一种职业习惯。看完现场及周边区域,他把各路人马招到附近派出所的一间会议室,汇总情况,分析案情,研究下一步工作措施。原本应该是简短的碰头会,却在案件定性、分析犯案动机和案犯条件刻画几个关键问题上卡壳了,与会人员依据不同职责、开展工作的进展各抒己见,议论演变为争议,最后争议渐渐归拢为两种意见:一种认为是故意杀人,依据是弃婴行为存主观故意,致死原因是塞进婴儿口腔里的一团纸巾使其窒息,弃婴肯定是非婚生子,凶手极可能为被人包养的情妇,也可能是吸毒者;另一种则针锋相对,认为是过失行为,现场表现的一切迹象似乎都是惊慌失措的举动,譬如没冲洗干净的血迹和纸片、纸团,朝婴儿口腔里塞纸团,如果作案者故意要窒息婴儿,想到的应该是捂鼻,由此可以看出是涉世不深毫无生育经验的妇女所为,事发突然,不得不在惶恐、惊慌、畏惧中应对。李希偶是前者的代表,安绥则认为后者与自己的判断一致,更接近案件事实,于是拍板重点依据后者划出侦查方向和范围,铺开侦缉工作。

忙完现场,案侦走入正常轨道。安绥松弛下来才感觉头痛欲裂,想必是下午进丁香咖啡馆之前淋了雨受了寒,看看表已是凌晨3点,又觉全身瘫软无力,只想回家睡个好觉。刚发动汽车,右前门被拉开,钻进一个人,是李希偶,他说:"头儿,今天对不起哦。"

安绥皱了皱眉:"什么意思?"

"您还没到,我先干了,违规。"驾驶室里黑漆漆的,车外稀疏的街灯和远处的广告霓虹灯射进来，看得见李希偶一脸愧色，"您定的规矩，凡大案要案，安队不到，现场不准动。"

"今天你干得好，先干了，干得有条不紊，还替我解了围，错在我不在你，我得谢你。"

"头儿，我看您歪歪趔趔地打不起精神，有心事？病了？头儿，您是我领导，可您是我兄弟，我得说一句实诚话，您也老大不小了，挨边40岁了，成天忙完案子又去爬格子，身边又没个人嘘寒问暖，该找个媳妇儿了。"灯光映射下，李希偶脸色实诚，语气也恳切。

大冷的天，安绥心底一暖，暗叹这个大块头的老刑警随时冲冲杀杀地咋呼，实则心细如发呀。

回家，推开门，蹬掉鞋，栽进被窝儿，一头昏睡过去。不知过了多久，安绥被一阵接一阵的手机铃声振醒，睁开眼已是杲日丽天，也只好极不情愿地接通电话。

"老辈，您不厚道吧？电话爆表了没？"听半句就知道是霍芳的声音。

"你才不厚道，这大清早的把人家吵醒，还让不让人活呀？"话里多有反感且带着睡意。

"大白天的睡大觉，您倒是睡得香，人家可哭了一夜。"霍芳满嘴怨气泄洪一般怼出，"您是警察，您强势，气场大，就不把人家放在眼里？您是大作家，有魅力，怎么把人家惹恼了，瞧不起人？"

"我瞧不起人？笑话，我连人都没看见。"安绥反唇相讥，依然懒意洋洋，"咦，你说发她的照片给我，发了没有？"

"人家死活不让我发，伤心着呢，不是您伤害了人家，就是您无意之中得罪人呢。"

"没有的事。"安绥一边起床，收拾洗漱，一边用腮帮和肩膀夹着手机说话,"这样好不好,小公主,我手上有一桩案子,命案,人命关天,懂不懂?我先处理一下,晚点儿,我请你……"

"喝咖啡,丁香咖啡馆,这,还差不多。"

"又,丁香……不,我请你吃饭。"提到那地方,安绥有些头大。

"不,我请,丁香,咖啡,简餐。"电话不由分说地掐断了。

安绥穿戴整齐,出门去了警队。这些年除了对手中的案子、对警队的弟兄、对笔下的作品可谓精益求精之外,对自己的个人生活一贯马马虎虎简单对付,不过今天他刻意翻出一件灰褐色的小西服穿上,对着镜子一看,精神多了。途中吃了一碗麻辣小面算是填饱了饿得咕咕叫的肚子。刚到办公室坐下,内勤小郑进来报告今天的警情,先说有一个叫霍芳的女孩儿打电话到队里找他,见安绥没理会这件事才说起了工作。

这时,李希偶拿着一沓材料进门,说:"头儿,正式法医解剖报告出来了,女婴是窒息死亡,就是口腔里那团纸巾直接造成的,是故意谋杀,没错。"

安绥示意他坐下,扔一支烟给他,笑笑说:"你这家伙执着,老刑警,坚持自己的观点也对,不过,这案子不能朝那些老谋深算罪大恶极的犯罪层方向去挖,应该在那些涉世不深的少年里去找,叫弟兄们抓紧延伸范围,至于动机的探讨,我们破案之后再做定论。"

谈完工作,小郑出门去了,李希偶赖着不走,安绥端起茶杯,说:"李大,忙你的去。"

李希偶慢吞吞地吐出一口烟,细眯了眼,说:"头儿,案子忙不完的,案子破完了,咱刑警不就失业了吗?所以啊,自己的私事儿还得抓紧,对上眼的就是缘,抓上手的就是分,缘分就这么回事儿,您也老大不小了,别老是高不成低不就的,人世间哪有圆满的事儿呀。"

对眼,是有所心仪,是想入非非,迄今人家的眼都没见过,怎么对眼?他说的句句扎心,安绥心尖在滴血,也慨叹到底是警队出生入死的哥们儿知事暖心,嘴上却说:"我的私事儿,你别管了。"

深秋的天黑得早,当安绥坐在霍芳面前的时候,满大街已是华灯齐放,流光溢彩。霍芳自然又是一番数落,安绥想插嘴也插不上,便爱理不理地喝咖啡,想自己的事。

啪。霍芳将手机往茶几上重重一放,说:"老辈啊,您这一副孤傲的样子,换了谁也会生气,况且人家娜娜是个敏感的才女,怎会不伤心?"

安绥不慌不忙,吸一口烟,笑笑说:"此一时彼一时,我这么谦恭对她,自始至终受的是后脑勺的冷遇,我还憋屈呢,还不知道去哪里喊冤。"

"笑话,大侦探,堂堂刑警队长,还会冤屈?"霍芳也笑,有点儿怪怪的味道,"您不是想知道这是为什么吗?"

"你不是说要发她的照片给我吗?说话不算数的人,还有什么资格责备我?"

"照片?哦,哦,先听我讲讲她,再说照片的事儿。您知道她跟我从小一起长大,读大学都在一个寝室。娜娜是独生女,父母都是中学老师,但她很自立,学习很优秀,言行很自律,一直是她爹妈的乖乖女。我跟她比吗?那可是差得远呢。读大学期间,她是本硕连读,毕业时拿到手的是双学位。不要以为您是大才子,人家这小女子不仅早慧还真有才,又当学生会主席,又是校刊编辑,还写诗写小说写散文,人又长得漂亮,能歌善舞,在年级在校园风光无限,在男生眼里可是追之不遗余力的偶像,而女生看来简直是神一级的人物。"

老实说，在安绥眼里霍芳也是个美丽的女人，仅是那双眼睛就像是会说话一般传神，看着她说话也是一种享受，加之她描述的是他心动的女人，备受感染，几乎全身心沉醉进去了。

"不知是谁触动了她哪根神经，大学毕业的她'逆反'了，惊天逆反。这么优秀的人才，学院要她留校，她坚辞；城里好几个单位来校招聘点了名要她，她不理；父母亲属劝她出国留学，她拒绝。她的选择大大出乎人们的意料，突然宣称要去西南边陲的山区支教，说哀牢山的孩子缺文化缺教育，尤其是那些女孩子一双双清纯无瑕的大眼睛完全就是对知识的渴望，还放言要与立志教育甘愿奉献的同党结伴而行，寻一幽静山坳，观日出赏月落，看着一个又一个孩子在他们的教育下，装满知识，载着理想，伸展强大翅膀飞出大山，这描述这画面够理想够浪漫的吧。有人，也就是她的追求者看见她不是闹着玩儿的，便一个接一个地打退堂鼓，结果，只有她一人孓孓独行。我送她上高铁的时候，她哭了，问她为什么哭，她抽抽噎噎只说不理解不清楚，自始至终没说一句后悔的话。她爹妈早已气得躺在家里，气息奄奄，简直是大病一场。

"去了南高县偏僻的农村小学，这一干就是两年，从她发的邮件、微信、抖音看，她过得挺丰富挺充实，也干得欢，山区的孩子、家长，学校的老师和领导对她赞扬有加。不料一场意外的灾难将一切都毁灭了。第三年开头，也就是放寒假前的一天，一间学生宿舍半夜里突然起火，说是学生宿舍其实就几间木板草房。在学校留宿的学生本来不多且都是远处大山里的小孩儿，这间起火的房间住的全是一年级的小孩儿，他们被突兀而起的熊熊大火吓蒙，不知向外跑，反倒哇哇大哭着往墙角躲。娜娜就住在学校的教师寝室，看见火光，立马披衣起床朝起火地点跑，气喘吁吁跑过操场爬上一面斜坡来到起火的房间前，呼喊并组织学生撤离到安全地带。这时寒风裹挟火势越燃越猛,听见房间里还有孩子的哭声,她二话没说就冲进房内,抓住一个个小孩儿就往门外拉往窗外推,六七个小孩儿就这样获救了。就在她自己往外撤的时候,门已被火焰封死了,可房间里还听得见哭声。她冒着浓烟烈炙四下摸索,最后双手在一个墙角触摸到一个瘫坐在地傻哭的小女孩儿,就一把抱起她翻窗逃生,刚着地,一根燃烧着的屋梁椽子砸下直中她头部,她仰面朝天倒在地上,昏死过去。

"老话说天妒英才,天妒美颜,我说这叫天道不公,真是绝对不公。"霍芳话里带着哭腔,两眼噙着眼泪。

安绥听得一脸悲戚,用抽烟来止住唏嘘:"后来呢?"

"她全身多处被烧伤,关键是脸部被毁容,唉,您说是不是天道不公?不仅不公,还无情,还残忍,唉,这么一个爱美的姑娘,天理何在啊!"

安绥听了心底一惊,难怪她对《威武金刚》读得真切,原来她感同身受,又一个舍身救人的王刚啊,不由得关切地问:"烧伤严重吗?现在怎么处理的?没问题,现代科技这样发达,植皮、美容、恢复,容易得很。"

"唉。"霍芳幽幽地长长地叹了一口气,"能想到的办法都想尽了,就这样了,上帝仍无回天之力。"

"到底毁得有多严重?你不是要发照片给我看吗?怎么没发?"

"您是看尊容,还是看真容?"

"当然是看真容,看能补救不。这么可爱的姑娘,就这么毁了,无论如何都是让人痛心的事情。不能就这么毁了,人家可还有下半生,还要有美丽人生幸福生活呀。"安绥这番话发自肺腑,情真意切。

"老辈。"霍芳两眼怔怔地盯着他看了好一会儿,接着说,

"我真崇拜您了,也真佩服了那个才女。"

"此话怎讲?"

"您这人有善心有才情有人格,真没看错您。"

"这话又是什么意思?"安绥有点儿摸不着头脑。

"这些话不是我说的,全都出自娜娜之口,是她对您的评价,原话可多呢,我也不想复述,也复述不了。"

"我跟她素昧平生,怎么会对我了解至深?是你在她面前饶舌了吧?"安绥大惑不解。

"您写了那么多重磅作品和深度好文,人家读了不就了解您了吗?"

"记者同志,小说都是虚构的。"

"娜娜的原话是这么说的:'作家说写的是作品,其实写来写去隐头藏尾都是写他自己,怎么着也能找到他的影子。'"

"嗯,这话有点儿道理。"安绥点头。

"再说,您这刑警队长从发案破案,其中不乏要上电视登报纸的,这不是真实的吗?我再郑重地提示您,一个姑娘,尤其是一个沉寂下来的姑娘宁静专注的心可是特别地通灵,万万不可小觑。"

安绥连连吃惊,这些高学历高智商高情商的现代"小女子"确实非同小可。丁零零,他的手机不合时宜地响起,接通,李希偶欣喜的声音传出来:"头儿,婴尸案告破,杀人凶手抓住了。"

"什么杀人凶手?就那婴儿的母亲。还有一个呢?"安绥说。

"对,对,就那婴儿的母亲,一个人作的案呀。"

"那婴儿没父亲?"

"哦,哦,也找到了,两人都不到19岁,都是邻省山区南高县考进城的大专生,懵懵懂懂的,男生不知道女生怀孕了,女生害怕学业受影响,不敢告诉任何人,自己用裤带使劲勒,找游摊买打胎药吃,没管用。这天去商业街突然肚子痛,进厕所产下一个哇哇大哭的婴儿,她吓坏了,便使劲捂婴儿嘴,还是不行,就用卫生纸塞进婴儿嘴里,哭声倒是止住了,孩子也捂死了。无知啊,没有起码的生理知识。两个少男少女就半拉子大的孩子,就知道哭,哭得像个泪人。头儿,怎么办?"李希偶语音里动了感情。

对着手机说话,像是说给霍芳听的,也像心有所动自言自语,安绥念念有词:"南高县,懵懂少年,走出大山,冲动啊,无知啊,愚昧啊,人有情法无情啊。"

"您说什么呢?头儿。案破了,真凶抓了,我们的事儿完成了。"

"法律是一把硬尺子,可办案的人有一颗肉长的心。"安绥大声说,"破案是一码事,把案子怎么办好是更深入一层的事。一要依法办好,要讲法律效果;二要合情合理办好,要注重社会效果。这起案子的重心恐怕还在对这些半拉子大的孩子负责。好,等我回来审定结案报告。"

两人的对话,霍芳听得清清楚楚,不禁慨叹:"孩子长大会滋生爱情,这是天性,谁也阻挡不了。您考虑了社会效果,慎重处理当事人,这是人性。"又说,"等案子有了结果,我去做一个深度采访。"

"采访什么?也就是一些大孩子,学了文化,通过考试走出了大山,娜娜她们的使命完成了,可孩子们要继续成长,尤其是进城以后,会面临许多困惑,今后的路还很长,仅有一点儿文化知识是远远不够的,弄不好会成为新的社会问题。"安绥感触良多,"不过,我推崇纯洁的灵魂交融的爱情,此乃神圣的。"

"娜娜这一生可是集大幸和大不幸于一身呀。"霍芳朝后一仰,双手向后摊开,动作大而夸张,似乎感慨万分。"独特的才情源于天资聪颖的灵感,取之不尽的灵感其实靠的是几代血传文脉的积淀,仪态大方气质雍容的她却不是一般才女可媲美的。您读过她的散文、小说,也只能窥见一斑。您这一番话又让我想起娜娜美女。"

"我说过与她素昧平生。"

"娜娜叫我给您带话,您破的案子,您办的案子,您写的作品,都是您的人品。还赤裸裸地推崇您的作品,说从来就没有什么作品能走入她的心底,只有您的作品对她的灵魂感染至深,这里边至少有两个人,一个是作者您,另一个是读者她。"

"呵呵。"安绥会心一笑,"好可爱的小女孩儿。"

"明天晚上咱们还在此一聚?我保证,娜娜必到,您呢?"

安绥顾左右而言他:"我要回警队处理此案,先告辞。"

霍芳说:"回头我就把娜娜的近照发给您。"

安绥去警队,精心研究处理了结案报告和提交检察院的法律文书,细致到了字斟句酌逐字推敲的地步,完了交给小郑,叫他上班后立即交出去。

回到家,他径直进了书房,摁亮房灯和台灯,书架上那一排红彤彤的获奖证书第一个跳进眼帘,今晚感觉特别刺眼,他抽出一本看了看,又默默地放在了桌上。在书桌边坐下来,抬眼又看见那一排红红的证书,脑子突然蹦出一个疑问,难道这就是对我熬更守夜辛勤耕耘的奖励?破案,是为群众;写书,是为读者。终于访到了一个读者,他在心里自嘲,这读者长什么样儿都不知道。想到娜娜,他连忙打开电脑,呵,哗啦啦跳出几大排,细看,几乎每张都是美丽的倩影,找到一张面容照,照样光彩夺目,哪里去找霍芳所说的耷拉眼皮鼻孔朝天的模样,无法想象她说的狰狞恐怖的形象,他心里祈愿这就是真实的娜娜。但是,当他把画面拉近,放大,细看,原来贴着一副高度仿真的面具,一股寒气从脚跟蹿起直冲脑门。

窗外窸窸窣窣响起雨打芭蕉风掠树丛的天籁之声，不知是深秋的寒意还是想象中娜娜的真容，不可抗拒地从肤肌侵入心肺。安绥瘫坐在椅子上，仿佛全身僵硬似一座泥塑，只剩脑子急速转动。半晌，他像是突然想起来什么，又把脑袋凑近电脑，就差脸贴上了那副"姣好"的面容，想揭开那一层面具看看是否真有那不堪入目的残酷。他真的揭开了那一层薄薄的精致的面膜，看到了纯洁的高贵的灵魂奔腾着炙热的爱情，直接向他喷涌，使他全身灼烧，抬头望见那一排红彤彤的证书仿佛点燃的烈焰，要将他和它们一起化为一片红红的火，经久不息。

他几步跨到窗前，望着雨淋淋黑漆漆的夜，心中呐喊，大奖，这才是大奖。

他打开手机给霍芳发了一条微信，明天，领奖，必到。

不一会儿，微信里显示了一个头像表情包，眼睛里疑惑，脸上傻乎乎地笑，可爱得温馨。

俗　好

辛国义在局里号称"双一把",局长兼党委书记,这个明面的一把手局里局外都得公认,另一个称号先是他自封,号称一技在手,杀遍全局无敌手,那不是第一是什么?继而是大部分人承认,再后来有人叫板但都一一败下阵来,不得不拱手称臣。

全局人都知道,这一技就是下中国象棋,与他上过阵领教过他凌厉棋风的人,最后都一败涂地还跷起大拇指称赞,辛局长厉害,技高一筹。说得具体的,赞扬他围魏救赵声东击西,杀出黑马一招制敌。说得最多的是他有一招无可抵御的功夫:绝杀。

辛国义当局长的名气不大,工作上出实招做实事重实效,低调务实,但他的棋名却如日中天,市直机关工会举办象棋比赛他拿第三名,第一名是书记,第二名是市长,这意思大家都懂。中国象棋普及得很,街头巷尾院落墙角到处可以摆战场,男女老少都能够支吾几句,所以,辛国义有这一好也不足为奇,只是他一般不对外出手,只在局里与人对弈,传闻那32颗棋子通过他的手,在楚河汉界之间,调配得当进退有据左奔右突纵横驰骋,顷刻间置敌方于死地。曾经有一个刚分配来的姓高的硕士研究生,据说对博弈学研究颇深,在大学和研究生院也是数一数二的象棋高手，听闻局长也是高手，欣喜遇上了知音，怯生生地发出邀战信息，没想到这么高级的领导干部竟一点儿架子都没有，欣然接受，约定一个午休时间开战。第一次三局战绩，一胜两败，第一局胜得极艰难，第二、第三局败得兵溃如山倒。这过程中，局办主任和几个业务处的处长或站或坐都围绕在棋盘边，议论、参谋、指导，甚至不吝动手挪一颗棋子，局长本人倒是对棋局无可置喙，只说一些传统的国学知识。刚开始小高还能够心无旁骛专心致志，譬如第一局，后来就越来越分心了，毕竟个个都是掌握自己前途命运的人，不听不行，听了不应不行，走上两步臭棋就哗啦啦败得不可收拾。回过头来，小高居然想不起自己输在哪步棋上，不得不伸出大拇指说："局长，您高，实在是高。"

局长哈哈大笑："你高，你才姓高。研究生，宝贝呀。"

紧接着又战了几次，格局都差不多，小高彻底服输。之后，只要是合适的场合提到棋局，他就会赞扬局长不仅棋技高超，还将这门起源于两千多年前战国时期的古老棋艺，与阴阳、术数、兵道等传统学问融为一体，同时贯通现代管理理论，实在是知识型的领导干部。这些赞扬出自全局唯一一个研究生之口，自然又让人高看一眼。

辛国义"棋局一把手"的名声比他当局长的名气大多了，也并非一时一局，而是由来已久。如果真要说这些年伴随他名气上升的一个人，那就是传达室的老陈。七八年前，老陈从计划处的科长位置退下来被安排到传达室管机要，事不多闲暇多，便在午间休息和下午下班以后操起了打小就喜好的象棋，好些爱好者也渐次加入进来。遗憾的是，凡来战者均败下阵，有不服输者仍屡战屡败，于是他被大家称作"常胜将军"，另有一个绰号"一把手"，当然全称是"门房一把手"。

门房，棋局，老陈，口口相传，名气渐大。

一天中午,辛国义来了,进门就敞开嗓门儿大叫:"好啊,好啊,好热闹啊,老陈啊,是不是对我有意见啊?你这个'一把手'要和我分庭抗礼啊,在这里摆摊拉拢局里干部啊,搞什么团团伙伙啊。"

这一串正气十足的官腔,将正在下棋和观战的人都吓得不轻,立起身来个个浑身不自在,有的脸色惨白,有的尴尬似无地自容。辛国义自己倒是坐了下来,从腋下拿出一盒象棋,说:"来来来,老陈,坐下来,咱们大战三回合,看看谁是'一把手'。"边说边打开棋盒,铺好塑料棋盘,一一摆上棋子,又说,"我这可是牛角的,以后这棋就放你这儿,有空儿咱们就干它几盘。"摆好棋,见大家都还伫立在侧,不知所措的样子,不禁开怀大笑,"你们这泰山压顶,我不就压力山大吗?这棋我还敢下吗?"众人面面相觑,不知该怎样应对。他又说:"嘿,这可是密切联系群众的好方式、好地方,好,我们两个'一把手'干,你们看,欢迎围观,欢迎评头论足,欢迎议论纷纷。"

这番话亦庄亦谐,众人转忧为喜,讪笑、喜笑、窃笑、媚笑,不一而足,纷纷说,局长高见,站得高看得远。

老陈不干了,仿佛赌气似的,说:"您才是'一把手',我敢吗?"

辛国义说:"管这么多干什么,咱两个老头儿干一仗,行不?"

"不行,这两军对垒得讲公平正义,一定要平起平坐才干得成。"老陈就是一科级待遇的一般干部,心里早就淡出官场,也就没把什么官儿看在眼里。

"讲规则、守规矩、不悔棋、落地生根,这些咱懂,为人做事也都是这么做的,大伙儿说是不是呀?"辛国义话音未落,众人又是点头又是附和,再劝老陈坐下来开战。

老陈这才坐下来迎战，众人才把提到嗓子眼的心彻底落回肚里，欢颜初显，笑语迭起。就在这种氛围下，老陈也不敢赢棋，结局自然是输得很惨，但嘴上却不服输。

第二天又战，老陈又输。如此一路输了下去，即使偶尔出现一个绝佳的节点，眼看差一两步就可取胜，不承想对方使出绝杀高招，神出鬼没地反败为胜了。不过，败绩却没影响老陈的情绪，他反倒心情愉快。一是不用套近乎就和局长走得不能再近了，这层关系足以奠定他在局里的一定地位；二是局长待他也不薄，经常扔给他一条烟两瓶酒三盒茶叶，他也时常帮局长接收一些外来的小物件小邮件，甚至有人来拜访局长，盘问清楚后还亲自带上楼去，累是累点儿但毕竟揩了点儿油，更显示了他与局长的关系非同一般；三是利用这层关系能办一点儿事……总之是好处多多，他当然乐此不疲。

辛国义呢，自然把这事的效应用得更足。大会小会，上纲上线拿这说事，说这样联系群众，悄无声息绝不做作，深入调研不讲排场；说自觉融入群众中，听民声解民意，把听到的看到的都作为决策的依据，这是最好的方式；说联系好老陈就等于联系了一片群众，借这种方式还可以解决一些问题，有助于领导干部作风的转变。转折是在党内民主生活会上，他说自己什么都好，就是管不住自己，老是喜欢玩棋，有时候处理工作时脑子里还想棋局，想老陈，想门房……毕竟玩物丧志啊。其他党委委员说，书记作为一把手需要思考的事太多了，下下棋也是一种调剂，更有利于干好工作。他坚持说，不行，作为党员领导干部更要严格要求自己，不能容忍这种错误或者说是缺点。有悟性高的委员发言，对，局长就这点缺点，改了就好。大家赞同。

年底的述职述廉报告中，辛国义列举了一些虚头巴脑的问题，实质性的缺点就这一条，但他挽回来说，比那些贪官以"雅好"被围猎，我这只能算是"俗好"，没有任何含金量，没有被人利用来行贿受贿。

辛国义在局里的口碑本来不错，以老陈作陪衬，他的廉洁名声更隆，若有人背地里说他坏话，自然有人站出来反对，人家这么大的官够意思了，不贪不占，还不能让人有点儿爱好？

突然有一天，一辆帕萨特靠近局门口的铁栅栏要保安开门，保安以要见证件为由拒绝。老陈出于职责，从传达室出来询问。车上下来两个穿藏青色夹克的中年人，径直过来问他："你就是陈金水？"

他疑惑道："你们是谁？怎么认识我？"

对方说："我们是市纪委市监察委的，请你去了解一些情况。"说完出示了介绍信和证件。

他只好乖乖地跟着上了车。

来到市纪委，他被明确告知，是调查辛国义的问题，必须配合，必须如实谈他的问题。

他接连摇头，一律否认，说什么都不知情，以至于僵持不下。

办案人员不得不把问题说得具体了，是不是收到某公司的一个大包裹，是不是收到某单位的邮件，是不是带过某女士去了局长办公室。他只得承认有其事，但确不知内情。

办案人员以为他耍赖，声色俱厉地问："你收过辛国义送的名烟名酒名茶没有？"

"收过，而且不止一次。"

"这些都是受贿物品，而且价值不菲。"

"啊！"他大惊失色。

"你利用辛国义的关系办了一些事，你是收了人家好处的，不能不算是受贿。"

哎呀！他差点儿吓瘫在地。接下来，他把所闻所见所知只要是扯上辛国义的事，谈了个彻彻底底。

晚上回到家，他辗转反侧睡不着觉，脑子里一直回响着办案人员对他的警告，不能对任何人泄露今天的谈话内容，否则对他严处。

第二天中午，饭点刚过，辛国义同往常一样进了门房，主动摆好棋盘，说："老陈，你执红出先手。"他一反常态，让老陈一惊，莫非……再看他有些萎靡的神态，不禁惊颤不已。但见围观人多，连研究生小高也来了，老陈只好稳定情绪，红先黑后架起了中炮。没几步，辛国义明显处于颓势，小高急得压低嗓门儿叫："局长，使绝杀，再不绝地反击就偃旗息鼓了。"众人起哄，闹闹嚷嚷。

啪的一声，老陈把一个车狠狠地砸在棋盘上，怒吼一句："将，看你绝杀还是我绝杀。"大家从未见过他发怒，简直是怒火冲天的样子，不知出了什么状况，一时蒙了。

这一惊像是使辛国义清醒了，只顾喊冤："你这匹黑车从哪里来的呀？"伸手要去拿已经摆上"仕角"的红子，老陈把他挡了回去，说这车一直躺在"象位"，这时杀出来就一绝杀，没命了啊。

"你才没命了。"辛国义也愤怒了，大骂出口。

众人见状，左一个右一个地溜了出去，不一会儿，房间里就剩他俩。老陈抓起了黑车，说："绝杀，绝杀呀。"他一边说，一边眨巴眨巴眼睛。

辛国义似懂非懂，站起身，说："老陈，你真疯了。"说完，头也不回地走出了门。老陈在身后喃喃自语："绝杀，绝杀呀，懂不起就算了。"

翌日一早，辛国义被通知到市委开会，走进会议室即被市纪委市监察委的同志宣布留置。两个月后，他被移送司法机关处理。老陈受党纪处分，被责令提前退休。

在宣布处理决定的全局干部大会上，市委领导讲了一段令人玩味的话：辛国义自以为聪明，在组织面前玩花招，以所谓"俗好"作障眼法，以老陈作陪衬，以暴露不起眼的缺点作掩护，心思缜密地设计捞取廉洁奉公的好名声，表面清廉到顶，背后大搞权钱交易权色交易，腐败透顶。

连　锁

　　简建思躺在床上，满眼都是白色，清醒时像是知道这里是哪儿，迷糊时那浑然一体的白色会自动幻化出根本就说不出的色彩和画面，奇妙的不是3D而是完全回到原点的真实生活……

　　简建思一直都自以为是一个经商的天才，而不是做公务员做干部，尤其不是做领导干部的料。熟悉他的人都说他自己对自己的评价是准确的，不过，这也可能是他当上副市长之后的谦逊之词。而不了解他的人却认为他就是一个当官的天才，不论是业务管理还是选人用人仿佛都游刃有余。

　　石德灿与简建思都是土生土长的肥城人，而且是肥城师范学校同一个班同一间寝室最要好的同学。早年的生活经历都差不多，父母都是在土里刨食的农民，只是他俩分别来自肥城下面不同的县不同的乡镇。大山里的孩子完全靠的是自己不知从哪一辈遗传下来的天分，会爱上写着字的本本，会自觉去读书，读书明白一些道理，才会刻苦努力学习参加考试跳"农门"。考上中师进了城的两人，共同的身世使他俩十分投缘，在校三年几乎形影不离，好到什么程度呢？同学们说他俩穿一条裤子。

　　但毕业以后却分道扬镳了。简建思成绩突出，留校当了老师。石德灿被分配去了家乡军山县史家寨当小学教师。彼此间，几年没有联系。

一天中午，一辆崭新的奥迪驶进肥城师范学校，停在了操场的一角，走下一个略显发福的男子，他就是肥头大耳的石德灿。清贫得有些寒酸的简建思被他拉进轿车，径直去了本城最豪华的翡翠大饭店。两人一边喝酒，一边叙别后经历。简建思很简单，一直在学校教数学，过着不好也不差的日子。趁着酒酣耳热，石德灿开始炫耀自己回乡后，没干几日就辞职下海随石氏家族的一个老辈子出门包揽建筑工程，如今虽不是大富大贵，也算一个有钱人吧。石德灿点的是川中名酒五粮液，说到高兴处频频举杯，热情相劝。简建思情有不堪，也不胜酒力，屡屡婉拒且早早提出辞别。这时，石德灿悄悄从身后抽出一个厚厚实实的信封，使劲塞进他大衣的口袋里，他略显惊慌，几次欲掏出来还给石德灿，都被石德灿死死按住了手，动弹不得。

简建思清瘦而苍白的脸涨得通红，说："教书拿份工资，写点儿狗屁文章挣点儿稿费，我这日子虽不是很好，但勉强过得去呀。"

石德灿仿佛沉浸在回忆里，说："记得我们俩坐在学校的篮球场边的石梯上说的那句古语吗？"

简建思说："记得，苟富贵，毋相忘。可还有一句，男儿当自强，决不食嗟来之食。"

"不是，不是嗟来之食，是我有求于你。"

"哈哈，你已经是大老板了，还求我这穷酸死了的教书匠？"简建思半是疑惑半是挖苦。

"正儿八经的，我的哥。"

"什么正经的？你这有钱人求我？要我还差不多。我既无权又无钱，连个女朋友都谈不上，你还求我？"简建思虽心里对这个当年学习成绩差一大截的同窗不服气,但在金钱面前自觉矮了三分。

"你有知识有文化,在肥城教育界你是数一数二的人物,这不是我,也不是随便哪个能比的。"石德灿挺他像挺自己一样有底气。

"这,有用吗?讲算计你比我精明百倍,难道你会聘我去给你算账,当你的账房先生?"简建思语气似有点儿玩世不恭。

"我哪敢聘你这名师。"石德灿把一片生鲍片塞进嘴里,三下五下吞咽下肚,擦擦嘴,"是这样的,我的哥,我们公司的甲方老板要申请立项一个大项目,可是卡在了市计委主任劳德雄手里,反对的理由一大堆,我们八方做工作都不行。你知道的,甲方没项目,我们这种公司就没工程做,没工程就没钱赚,对吧?"

"你说这些,我不懂,也跟我没关系。"简建思主动喝了一口酒,又说,"这酒好喝,比咱那个苞谷糁好喝多了。"

"好喝?好喝就叫司机送一箱到你寝室去。"

"那敢情好。不过咱无功不受禄啊。"简建思还是不受用的样子。

"你要立大功啦。我们打听到劳德雄有个宝贝儿子两次高考都失败,正在复读,差的就是数学,所以想请你出山,帮他补补课,你看行不?"石德灿一脸祈望的神情。

"行啊,这不小菜一碟嘛。"这个简建思有把握,这些年经过他"一对一"的辅导,高考分数提高二三十分不在话下,便欣然应允。

"那好,咱们一言为定。这事做好了,你就是咱公司的大恩人。"石德灿高高举起了酒杯。

酒局结束,两人又去了楼下的KTV,姹紫嫣红若明若暗的灯光掩饰了简建思的窘境,在酒精和荷尔蒙的支持下,搂着美女近乎疯狂地唱歌跳舞，直至精疲力竭。

说这顿饭刺激到了简建思的灵魂深处，一点儿不为过。不仅让他眼界大开，见识了他蜗居以外的世界，更使他暗下决心一定要过上这有钱人的日子，一定要超越石德灿。

简建思倾力帮助劳德雄的儿子补习数学，得空时还尽力帮他复习语文，半年后参加高考居然考得全城的理科状元，一时名声大噪，劳德雄也觉着脸面有光，满心欢喜。这半年间，简建思每周去劳家两三次，在劳家蹭饭成了常事，偶尔时间晚了还在他家客房里凑合一夜。劳德雄公务繁忙，天天在外应酬，有时夜不归宿，但只要他在家，简建思都不失时机不失分寸地去曲意巴结，先博取了好印象，再深入聊聊时局大政，渐渐地赢得劳德雄的欣赏，尤其是劳家儿子考上京城的名牌大学以后，劳家两口子简直就把他当作了家里一员，有时还把一些家里的事务放手给他去处理。

俗话说好事不易成双，可这一年，也就是他满 29 岁的这一年，简建思就撞上了狗屎运，好事接踵而来，先是已升任副市长的劳德雄把他调进了市计委机关，使他一夜之间成了国家干部，再接着是与劳德雄老婆隋性给他牵线做媒的杨桦喜结正果，须知杨桦是隋性闺密的女儿，被劳家两口子视作家人一般，这一结合使他真正融入了这个家庭。更让他有成就感的，也是让他察觉自己具有经营才能的事，就是他的"连锁"理念的开花结果。

真的，这些年最令他刻骨铭心的事，并不是他的洞房花烛夜，而是他给石德灿当参谋扩大企业取得更大效益的事。

那天夜里，洗完桑拿以后，两人在翡翠酒店的西餐厅坐了下来。石德灿要来一瓶轩尼诗，喝了没几口便露出苦相，说："老兄，您得帮帮我，这生意做不下去了。"

简建思闻言大惊，原以为花钱如流水的老板，在这个物欲横流的世间哪有用钱摆不平的事儿,忙问:"咋啦?"

"老实说,这个酒店就是我们公司搞的,可经营不好,连连亏损,这是一;建筑工程公司拿项目不容易,肥城虽然有劳德雄支持可体量有限啊,肥瘦工程都接,还要垫资,也亏得厉害呀,这是二;市中心的那个快餐店,赚的钱都塞进亏损的洞洞里了,这是三;还有,要求人得拿钱,数目小了还不行,你是知道的。"石德灿大倒苦水,一脸愁容。

简建思点燃一支大中华,悠悠地吸上几口,说:"经营我不懂,跑项目我不懂,但是,数学我懂,1+1我懂,1×2,2×3,我懂,效益的几何级增长,我略懂一点点。"

"什么意思?您快说。"石德灿像是找到了救星,忙不迭地又是敬酒又是递烟,"从前读书读不赢你,现在做生意也得求教你,唉,少壮不努力啊。"

简建思续上一支烟,说:"这叫'连锁',懂不懂?"

石德灿似懂非懂地摇头。

简建思天资聪颖,虽然进大机关的时间不长,却对官场潜规则浸淫很快,此刻居然玩起了矜持。他转头将目光移向落地窗外,仿佛在欣赏一个陌生城市的夜景。

简建思前恭后倨的样儿,令石德灿后悔当初将他推荐给劳德雄,而现在,对,眼下,一点儿小钱,已经不能使他心动了,可想想自己的老板,就是那个带他闯天下的老辈子,不仅无子无嗣且已病入膏肓,留下这么大个摊子可不知怎么经营,只好涎着脸说:"什么锁不锁的?我没路了。"

"怎么会没路?没路是因为你智商不够。"

"这不,正求教您了嘛。"

"怎么着?"

"这样吧,我把公司20%的财产给你,我们就是一条船上的人了。"

简建思转过头来,笑笑说:"不是财产,按股份吧。"

接下来,简建思给他出主意:"到省城复制一个酒店,到省内其他城市同样模式复制餐饮店,延伸到省城和省内其他城市做房地产开发,你不仅做建筑工程,还当甲方发包工程,到那时你就牛啦。"

"股份,省城,复制,开发,发包,这就是你说的连锁?"石德灿听得云里雾里,讷讷嗫嚅。

"对,连锁,包括融资、关系、管理,环环相扣,企业就做大了,不,做大了就是事业。"简建思循循善诱。

半晌,石德灿缓缓摇动高脚玻璃杯,怔怔地看着轩尼诗在若明若暗的灯光下荡起金色的漩涡,仿佛顿悟开来:"还是你聪明。"转念想到简建思挖走一块肉,实在心疼,又说,"你不出血不流汗,白白拿走企业那么多,空手套白狼啊。"

"眼看你明白了一点点,怎么又迷糊了呢?没我给你出金点子,没我给你通关系,你能办到吗?老子帮你的路还长着呢。"简建思自己都吃惊,居然第一次骂了老同学。

石德灿也吃惊,可说出去的话泼出去的水已经收不回了,只好忍住性子,装出一副豁达样子:"听你的,先谢了。"

"明天你把你的劳斯莱斯幻影借我用两天,再派一个司机。我带杨桦去省城给幸竹石祝寿,老人家53岁啦。"

"幸竹石,你说的是副省长幸竹石?"石德灿又吃一惊,"你傍上他了?"

"奇怪吗?不奇怪。官场一样搞连锁,环环相扣,只是玩转于无形罢了。"

这一夜,石德灿受益匪浅,也刺激到了灵魂,尤其是简建思的那一句国骂,哼,想当初你那穷酸样儿,老子都没骂你,你还没怎么发达就骂我，咱们走着瞧！

表面看是两驾马车在不同的道上跑，实际上在劳德雄的引导下，车同轨，事同理，政商两界均是风生水起，兴旺发达。没几年工夫，劳德雄干上了省委主管党建、组织、人事的副书记，简建思坐上了由肥城市计委改名的发改委的主任位置，仕途上被人看好，风头正健。石德灿的公司按照简建思设计的"连锁"路子坐大成势，在肥城在全省只要提到德灿集团公司的名头，无人不啧啧称赞，尤其是耸立在省城中心路段金碧辉煌中外合资的翡翠菲尔德大酒店，居高大上之顶端，万人景仰。

没受羁绊没遇坎坷的车驶得飞快，简建思当上副市长这年，召集当年师专的同学聚了一场。简建思决定同学会的主题为"重温旧情，再创辉煌"，石德灿承办，安排了两辆豪华大巴将三十几个同学拉到省城，吃喝玩乐一天一夜，他无疑是所有同学中的翘楚，自然占尽风头。有同学质疑，毕业17年不上不下的，开什么同学会？简建思说，随时随性，开心就成。有个在京城大学已评上副教授的同学，也算颇有成就者，揶揄道，如此奢华没必要。石德灿说，咱有的是钱，不怕。这期间，简建思干了三件事：他把同学群改名为"斯哥思妹"，大家一致称赞，雅俗共赏；在集体合影之后，他与每一位同学单独留影；令他最得意的一件事，是他把读书时暗恋的女同学追到了手，虽然这个同学已是两个孩子的母亲，虽然他羞于说出口。

几度春秋过，这年眼看年关又至，石德灿准备按照往年的惯例在省城的翡翠酒店摆一大桌。征求劳德雄的意见时，劳德雄说要小范围但要特别隆重，幸竹石刚去了人大干上正部但没了实权，心理变化微妙必须"冲喜"，幸老永远是我们这个圈子的主角。于是，石德灿早早发出家宴的邀请，备下了丰厚但很别致的礼物。

这天傍晚，落日余晖拉长了影子，把个方碑尖顶形的翡翠酒店映得金黄。石德灿安排车分别去接幸竹石和劳德雄，自己则带着女秘书在大堂恭候。

简建思带着老婆杨桦先到。这些年他的发迹，杨桦功不可没，毕竟她是劳德雄两口子的干女儿，所以，不管他在外面如何花天酒地，回到家里可是一副忠贞不贰的样子，在外人眼里他们仍是郎才女貌天设地造的恩爱夫妻。

劳德雄到了，四个人一起上前，开门的护檐的牵手的搀扶的不亦乐乎，高高兴兴把他们两口子簇拥进了电梯，上到位于38楼的大包厢内。

一边吃零食、闲聊，一边品茶，从大落地窗欣赏长河落日下江城的最后辉煌，宽绰的大厅笑声连连，其乐融融。可是，过了饭点，天黑了下来，远方高楼近处长街华灯初放，没等来幸竹石两口子的影子。石德灿一直在问司机，他还是那句话，一直守在楼下，没见老爷子出门。劳德雄说："我来打电话。"给他家里打座机，通了半响没人接。打幸竹石的手机，不通；再打幸夫人的手机，也不通。劳德雄急了，额头上开始冒汗。杨桦说："我有他家保姆施阿姨的电话，我来打。"但是，依然不通。这下，一屋子的人出现惊慌，几个女人慌慌张张说着不知所云的话，叽叽喳喳的声音又尖又嘈。劳德雄大声说："别慌，石德灿，叫你司机去敲门，看看动静。"不一会儿，司机回话说，敲门没听见里边有动静。劳德雄把电话打到省人大办公厅，对方说，今天是星期日，老爷子不会来的。

幸竹石瞬间失联。

砰。劳德雄手里的手机突然滑落地上，他察觉失态，立马弯腰捡起来坐回到沙发上，正了正身体，极力稳定情绪，吩咐说："石德灿，把无关的人叫出去。"石德灿立马叫服务员和他的女秘书出去,并且关上了包房的实木门。

"老爷子可能出事了,注意啊,我说的是可能啊,但是,我们必须防患于未然,以后谁问起老爷子什么事,我们都推说不知道,切记,切记啊。"劳德雄临危不乱,颇具大将风度。

隋性呜呜地哭出了声,说:"劳德雄,什么防患于未然,这事都发生了,还怎么推?这一窝子,这一堆人,一个连一个,环环相扣,连锁起的,怎么推?"

连锁?简建思闻言,心里咯噔一下,忙上前劝住:"隋性阿姨,稳住神,听劳书记的,没错。"

劳德雄拍拍脑门,说:"这都怪我,中央巡视组刚走,反馈的情况还没出来,我都疏忽了。"稍停一下,又说,"不过,情况紧急,容不得我们从长计议,今天就只定一条杠子,只推不说。"

隋性不依不饶,又叫道:"幸竹石怎么办?我们以后怎么办?你得拿个主意呀。"

劳德雄已经起身,拉住她的手,转头对大家说:"如果要谈,就说自己的问题,千万不能连累别人,一旦连起来就把自己锁进去了。"说完,率先朝门外走去,接着说,"大家好自为之吧。"

回到家里,杨桦的脸阴郁得像是可以拧出水来一般,无论简建思说什么问什么,她都一声不吭。简建思终于在她面前大为光火,骂她母狗、癞皮狗,怎么突然憋气啦?老子有事的人都扛着,你他妈还这么窝火。

杨桦讷讷地说,连起就锁死了。说完竟呜呜咽咽地哭出了声。

简建思心里又咯噔一下,我有事不说了,难道她也牵连其中?这些年我怎么没察觉?唯一的疑问就是这些年她坚持不要孩子,而且什么理由都不说,这里边难道有什么蹊跷?

第二天是星期一,近晌午时候,偌大的肥城市传开了一个消息，说德灿集团公司老板从翡翠酒店13楼跳下来自杀。微信、QQ、肥城论坛上信息汹涌，议论纷纷。有说他不是自杀，是被黑帮拼杀致死的，他胸部有枪伤。有说他是被贪腐的大官逼死的，为的是封口。还有人爆料说他打砸抢的案例，就差烧房子炸营了。更多是骂他的，说他为富不仁，强抢强要，官商勾结，早就该死，上天有眼，活该他死得惨。

简建思坐在市政府的办公室顾不上吃饭，关起门来刷屏，信息滚滚而来，按理他知道一些内情，但没网上说得那么触目惊心。嚄，照片出来了，是他，全身血肉模糊，头破了，血腥，太血腥，石德灿真死得惨。

当天下午快下班的时候，一个朋友从省城打来电话，说劳德雄两口子被纪委带走了，说是今天一早上班的事，信息封得严，现在他才知道，立马就传了过来。这消息对简建思不啻五雷轰顶，一下子竟站立不稳倒在地上。他感觉大脑里的中枢神经就差一点点被熔断，幸竹石、石德灿出事已经使他意识到大事不好，但没想到这么快就是劳德雄被纪委留置。

简建思不知道怎么回的家，两条腿像灌了铅一样沉重，好不容易坐进客厅里的沙发，保姆小心翼翼地凑过来说，夫人收拾停当出门了，说是要去见一个重要朋友。他头痛欲裂，无心理睬任何事情，顾自昏睡在沙发上。半夜醒来，睁眼见周遭黑漆漆冷冰冰的，他似乎恢复了一些记忆，起身揿亮电灯，疾步将几间房巡视了一遍，除了保姆房关得死死的，竟空无一人。倒了一杯水，咕噜咕噜喝下去，感觉清醒了一点儿，再坐回沙发掏出手机拨杨桦的号码，忙音，再拨，又是忙音。他又蒙头了，像是被重击了一锤，几欲昏死过去。愣怔一阵子，他拿起公文包出了门，坐电梯下到车库，开上自己那辆丰田越野，几脚油门就冲上了大街。

翌日清晨，早起的人在泡江大桥中央发现一起车祸，一辆越野车将桥边的铁栏杆撞成了一个向外翻的"V"字形,车头凹陷破损,零碎部件散落一地,整辆车已变形,司机卡在方向盘与座位之间,血肉模糊,失去知觉。出现场的警察一看,竟是副市长简建思,立即将他送往医院抢救,再迅速勘验现场,判明车辆几乎没有制动痕迹,换句话说系驾驶人放任或者主动所致。

简建思身体多处骨折,脑部受震严重,躺在病床上一会儿清醒一会儿昏迷,清醒的时候,警察来取证车祸的情况,市领导说上几句安慰的话,他爹妈从农村赶来照顾他也说不上几句话,昏迷过去。他人事不省,但嘴里念念有词,而所有的人都听不清他说什么。尽管来医院里看望的人络绎不绝,可都被医生和护士挡在了病房门外。房间里摆满鲜花,芬芳四溢。

不知道过了多少天,有一个好不容易进到病房的人告诉他,杨桦的尸体找到了,在泡江下游的回水沱被冲上岸边。听了这近乎噩耗的消息,他脖子一歪又昏迷过去。

突然有一天,他清醒了,发觉身边起了变化,鲜花不见了,爹妈不见了,门外嚷嚷的人声不见了,静悄悄的房间里多了两个穿西装的年轻人。见他醒来,一个年轻人给他宣布了省纪委监察委的留置决定,还没听完他又昏迷过去,嘴里嘟嘟囔囔念叨个不停,凑近了怎么听都不知所云,只好拿一支录音笔录下来。后来,经过反复播听,仔细分辨,记录下来是这样一段断断续续的话:"哎呀,石德灿就是'死得惨',我这连锁,哦,简建思不就是'渐渐死'吗?天哪,这是爹妈起的名,是天注定?连锁,连了,死了,锁了……劳德雄,哦,'捞得凶'。幸竹石,哦,'幸猪死'。啊,还有隋性、杨桦,不就是'水性杨花'吗?连锁,连锁,连锁。"

斗　场

此心安处，便是吾乡。

是心安了，他读的书非常人所能比，从农村高考出来时他是全县的文科状元，在大学里就把硕士学位拿了，进入职场后又读了在职博士，这些不打紧，厉害的是他稍有空隙便一册在手捧读不倦。此时此刻便是长时间无休止的折腾后的彻底静息，心安，他有一丝情思涌动，第一个想到的是苏轼，想到他与好友王定国受乌台诗案牵连流放，回京后闻听他与侍女柔奴暖心的对话，怦然心动写下了《定风波》："……万里归来颜愈少，微笑，笑时犹带岭梅香。试问岭南应不好，却道：此心安处是吾乡。"心安了，他竟然低声吟哦出来。

是心安了，像是肩上驮着的大包袱一下子卸在了地上，心头那一块一直压着的坚硬冰凉的巨石哗啦落地，顿时感觉一身轻，仿佛整个人都可以突地蹿起，随便蹬墙上房。意识也脱离了浑浑噩噩的状态，清醒得不得了，抬眼瞄上一眼，见四周皆是厚实雪白的墙，头顶的天花板也是雪白坚硬的，只有立面的墙开一扇铁皮门，离地三尺的一扇方窗被银光闪闪横竖整齐的钢条焊得牢牢实实，脑子里嗖地蹿出一幅战争片中构筑的碉堡图像，坚固得像是伊拉克战场美军钻地导弹都炸不烂的地下暗堡,这样的房怎么蹬墙上瓦?

是心安了,但心安处不是故乡;是清醒了,大脑不再沉甸甸的,而是清醒地知道这儿是监狱,是他不出意外就要待上15年的地方。也就是说,他失去自由的这15年就要在这个狭小的空间里度过,旁边还有一张木板床,床单洁净,估计随时会有新狱友进来与他做伴,可此时安静,监舍、楼道、整个监区大楼静得像是掉根针都能听见,也真实地听见了自己胸中不甚规则的心跳声和呼吸声。从窗口望出去,远远地看见高墙电网背景下一个武警哨兵肩背长枪在回廊上来回走动的身影,近处偶尔能从铁门上端的窗口见到看守警察探头巡视的影子,除此之外,不见半个人影。

"开饭了。"一声吆喝,哐当两声金属碰撞的声音,狱警拉开铁栅栏门外的小窗口插销,耷下的小铁栅栏就搭起一个小平台,然后就把一个装菜一个装饭的两个铁钵放上。他从床沿起身最多移动五六步,就到窗口取了饭菜,返回放到床头柜,拖过塑料小板凳坐下来。主食是两个白面馒头,副食是酸菜肉丝和几块白萝卜,端在手他就嗅着香。他是地道的南方人,吃不惯这北方的馒头酸菜之类的食物,而现在吃起来喷香,心定了味觉触觉都正常了,有了饥饿的感觉,吃什么都狼吞虎咽。

吃完饭,他感觉脑袋昏昏沉沉,窸窸窣窣摸上床,拉过被子想蒙头大睡,可真奇怪,刚把身子躺平又没了睡意,大脑里蹦出一些说不清的东西。他摇头晃脑,极力闭上眼睛,想捋清这些,哪怕理出点儿轮廓也行,可怎么努力也没办到,只好瞪大两眼直勾勾地看天花板,不时还翻翻眼皮瞅瞅头顶后的监控镜头,扮一下苦脸。唉,什么感觉?什么味道?到这境地他连脑子里的东西都懒得去理了,任由思绪乱飞吧,就像铁窗那一个小孔外的天白云苍狗随风飘……

"轰",一声巨响的爆炸裹挟着巨大冲击热浪的呼啸,从华庭宾馆底层的前台大厅直接震碎厚重高大的玻璃门,又是一阵稀里哗啦尖利的破碎声,爆炸形成的火球和热浪一直冲过宽阔的门前中庭花园,延续到镶嵌着花式雕图的围墙才停息,滚滚迷雾带着浓烈的硝烟味四散开来。

从未见过如此猛烈的爆炸,刚好进到宾馆大院门口准备下车的王挺举,透过前窗亲眼看见了这个远景,霎时惊恐万分,仿佛天塌下来一般。他关上车门从裤袋里掏出手枪,把头埋在车窗下,待浓烟过去,依稀能够看见周围的景象才下车,站稳了脚跟,仍警惕地观察四面的情况。

"报告王局长,特警赶到。"身后传来一个洪亮的声音。

王挺举转身看见全副武装的王一亮带着一队荷枪实弹的特警已经集结在他身后,连忙整理了一下情绪,清清嗓子说:"好,王队,来得好快。你看现场这情况,恐怕不是一般的刑事案件了。把你的人散开警戒,先把华庭宾馆包围起来,所有人不准进出,包括救护车抢救伤员也必须登记,其他的事交给派出所、刑警队和治安队去办。"

"是。"王一亮敬个礼,转身欲走。

"回来。"王挺举叫住了他,又说,"警戒线靠远一点儿,告诉队员警惕刀枪凶器,还得防着再来一响。"

这时,当地和周边几个派出所以及分局刑警、治安、技术的警力都赶到了。王挺举把现场单位的头儿都叫上了路边停靠的现场勘查车,简短地凑了凑情况再分头布置工作,末了,再次强调了安全。

十来个刑警、特警分作两队分别从两侧冲进了大门。

消防车、救护车和两江市公安局的增援警力都呼啸而至。

"最新情况怎样?"莒南区分局局长韦东明刚踏上勘查车,粗大嗓门儿响起的洪亮的声音已经冲进车厢。

王挺举很是吃惊,韦东明因为肺部囊肿住院治疗,大前天去看他时还躺在病床上气息奄奄的样子,怎么……不过,作为纪律部队规矩还是要的。他闻声站起来迎接他:"您怎么来了?该好好休息才对呀。"

"放这么个大炮,我还躺得下去吗?说情况。"韦东明说话硬气,但是掩饰不住一脸病容,加之惊恐和焦虑,越发显得憔悴。

王挺举简单地把情况讲了讲,说了自己的初步判断:"这绝不是报警所说的两个团伙发生冲突打了起来,至少是两个有组织的团伙之间的火并,而且背后一定有极大的利益作祟。"

"现在管不了这么多,先把现场解决了再说后话。"韦东明没接他的话茬,果断下令,"外围警戒要加强,进去的警察要注意自身安全,一边抓犯罪嫌疑人,一边疏散群众,刑警赶快勘查现场。120和119可以少放几个人进去,主要考虑的是安全问题,绝不能再发恶性事件。"

王挺举对韦东明的雷霆作风一贯敬佩,忙对一旁身板站得笔直手里拎着两台对讲机的分局指挥中心主任点点头,干净利落地说:"立即把01的命令传达下去,执行。"

这时,有警察上车报告,分局的指挥车到了。王挺举请韦东明上了指挥车,自己则奔现场去了。

此时离爆炸声响过有半个小时了吧,空气中还可以嗅到硝烟的味道。王挺举目测了一下,从大院门口进来绕过莲花池、樱花林、玉兰花圃和一片茂盛的杂树林地得有三公里,而直线距离起码也有两公里,这么远在路上都见到散落的被爆炸肆虐后的残枝败叶和泥土,心里不禁又咯噔一下。从爆炸声响起到现在,他的心都没平静下来，悬空，乱跳，慌神，尽管干了近20年警察，从来没有这种感觉，真不知道心在哪里安放。这一炸响得弄出多大动静？这案也够恶性的了，背后隐藏的东西曝光，可怎么收场？突然脚下踩着一块碎石，一个趔趄差点儿摔倒，身后跟随的几个年轻警察惊呼小心，忙上前扶住他，他稳住神，收回思绪振作精神又继续在头里走。

他径直走进中心现场，正忙活儿的技术大队长李秋平瞅见人影，迎面走过来敬礼。王挺举压低嗓门儿问："死伤情况怎么样？"

"两死三伤。"

"正常勘查情况之外，有什么意外？"

"有枪伤，一个死者身上有枪伤，现场没找到弹壳。"

"死者是炸死之前先中枪？"

"现在判断不出来。"

王挺举继续挨着看现场，只是安静地看，一言不发。遇上王一亮，他问："抓了几个嫌疑人？"

"11个。"

"怎么判定是嫌疑人？"

"离中心现场最近的，带轻伤的，身上有凶器的，神色惊慌的，还有一个喜剧人物，可能是被炸弹震晕了，醒来看见有人就喊救命，等看清是警察吓得翻身就跑，完全没有垂死挣扎的样子。"

"把犯罪嫌疑人全部移交刑警，叫他们抓紧甄别审查。"

"是。"王一亮转身离去。

回到指挥车上，指挥中心主任说韦局长被叫到市局汇报案子去了，还说市委汪书记到了市局。王挺举心里已经平静了，出这么大的案子不惊动市领导才怪呢，弄不好省里领导也过问呢。对讲机基地台又叽里呱啦响成一片，吵嚷嚷地听不清楚成句子的话，像是说又抓住一个嫌疑人，像是华庭宾馆的总经理，叫什么季华庭，说是在逃跑的车上拦下来的。

指挥中心主任说，给他泡了一碗方便面。他抬腕看表，已经下午两点半，立马感觉饥肠辘辘。吃得正香，市局甘长柏副局长来了，他连忙放下碗起身迎接。甘长柏把他按住了，连说辛苦，忙到半下午才吃一碗方便面，回头案子结了，他请吃大餐。

王挺举刚把一口面塞进嘴里，急忙叽里咕噜地说："好，说话算数呀，大局长。"

"算数，算数，这省城最好的饭店随你选，最好的菜品随你挑，行不？"甘长柏笑意盈盈，连连挥手，一副不屑于此的样子。

"嗯，还是大局长大气。"王挺举三口两口扒完面，把碗里的面汤都喝得一口不剩，擦擦嘴，从裤兜里掏出一包烟，抠出一支递给甘长柏，"还是大局长体恤下情，怜悯我们这些干活儿的人。"

甘长柏伸手挡住了他递的烟，自己掏了一包点上一支，语气有些暧昧地说："你那个太粗了，我抽细支的。"

王挺举略有尴尬，只好说："粗，本来就粗，大老粗。"

两人哈哈大笑。王挺举心里老大不舒服，季华庭刚抓到，甘长柏就走进了车厢，是偶然吗？他在市局分管治安，从不过问刑事案件，今天却到了刑案现场，为何呀？我们俩从来没有交集，听说他平常都是高高在上的样子，初次见面竟对我如此热情，一直都笑脸相对，为何呀？

"你一直守在现场？这么长时间了，够辛苦。"甘长柏显然十分关切，又问，"案件进展情况如何？"

王挺举郑重其事做了汇报。

他问："季华庭抓住了吗？有没有抓住主要人头？"

王挺举摇头："到现在为止，没人给我汇报，抓了哪些人头我也没来得及过问。"

"你在现场,掌控情况应当及时才对呀。"

"我们定的是晚上七点在分局凑情况,那时各路情况都知道了。"

"这案非大非小的,处理起来,你一定要慎重啊。"甘长柏说这话很有点儿意味深长,接着又说,"这个宾馆可是野山猫集团的支柱产业,听说许多省、市、区领导都常来常往啊。"

王挺举点头。

甘长柏话锋一转,语气慎重地说:"不过,乾龙集团的张龙也是手眼通天的人物,他在莒南山北坡的锰矿,还有年产量几百万吨的煤矿可是财政支柱,也是全省 GDP 大户呀。"说完起身,下车握手告辞时还用力拍了拍王挺举的右肩膀。

王挺举微蹙眉头,双手撑起脸颊,呆坐在指挥车里的会议桌边,心情越发沉重。平日不见首不见尾的大神,出了大事都露脸了,这个似乎很正常,恼火的是他们到底是哪路神仙,"姓蒋"还是"姓汪"?他一时分不清楚。

晚上回到分局,王挺举一边吃饭,一边听现场各路人马的头儿汇报,还不时拿起笔记上几句话。结束的时候,他说:"很对不起大家,至少不礼貌,我吃着饭和大家谈案子,可是没办法,晚上九点市里来分局开会研究案子,我不清楚怎么汇报。大家更辛苦,现在还没吃晚饭,据我所知有的同志连中饭都还没吃,抱歉啊,咱们兄弟回头补上。这里散会了,大家抓紧去食堂吃饭,吃完再回这里,我上楼去汇报,看大领导们有什么新的指示。还有我们得组织一个强有力的专案组,采取什么措施得抓紧出来呀,吃了饭大家先议一议。"

晚上九点,分局最大的一间会议室座无虚席,人头攒动,但异常安静,最后走进来的是市委常委、政法委书记程东,副市长、公安局长张铭功。张铭功主持会议。他先介绍了到会的人,王挺举这才注意到省厅也来了领导,也才发现韦东明不在会场。

先是市局的技术处长汇报现场勘验情况,下一个该他汇报调查情况。这时后面有人拍了一下他的肩,他扭头一看是朝阳街派出所的李东所长,忙压低嗓门儿问:"李东,啥情况?"李东把手里握着的手机晃了晃:"有人找你,接电话。"

他说:"谁?"

"马耀武。"

"谁?马耀武,我不认识呀。"

"出来接吧,接了就知道是谁了。"

王挺举迟疑未动。

李东有些急了,几乎央求似的说:"局长,先接吧,我会害你吗?"

王挺举只好随李东走出会议室,来到廊道上。

李东说:"马耀武是组织部长马耀文的亲弟弟,他想给你说几句话。"

"现在?有必要吗?"他突然想起省委组织部就在朝阳街派出所辖区,李东可能跟马部长有点儿特殊关系。于是,他接过手机,贴近耳朵说:"喂,请讲。"

"你是王挺举同志?"声音稳重但中气十足。

"是。请问您是谁?"

"好,王挺举同志,你听着,就听,别说话。这件案子尽快了结,绝不能扩大,最多只能到季华庭为止,我的话完了。另外,我要告诉你今天我们的通话不能让任何人知道,你开会去吧,会上要宣布你主持分局的全面工作。我是马耀文,以后我们会有机会见面的,再见。"

电话挂断,里边响起忙音。王挺举手举着手机发呆。

"怎么啦?王局长,他马耀武说什么了?威胁你呢?"李东问。

王挺举把手机塞给他,转身轻轻推开会议室的门,蹑手蹑脚地走进去,回到座位坐下,抬头就望见会议桌上首左边的陈娜正拿眼看他,两人的目光对碰了一下,她像是微微点了一下头,就迅速移开了。挂了电话,他的心一直被震撼着,这下更像是重锤在打鼓似的,心里骂了一句,这娘们儿,难怪这么年轻就干上了区委书记,不就是生了一副好皮囊。

该他发言了,他已经整理好思路,坐上去就侃侃而谈,但他对案情有所保留,绝口不谈案件分析和下一步工作措施。他的想法并不仅仅是顾及马部长打的招呼,还想给各级领导留足表现的空间,这场面上他是最小的官儿,绝对不能抢了大官儿的风头啊,再说反正事儿都是落在自己头上,到时该怎么做就怎么做吧。

他说完,陈娜宣布:"经区委区政府研究决定,鉴于韦东明因病住院治疗,目前公安工作任务繁重,暂由王挺举主持分局全局工作。"

主题又回到案侦上,毕竟破案、擒凶、消除恶劣影响才是当前两江市的头等大事。

从这个角度讲,王挺举的提拔完全顺理成章。

"小狗,去,去把割草的镰刀给妈妈拿过来。"妈妈的声音从来都是那么柔弱。

"小狗,去,该去放牛啦。"妈妈的声音从来都是那么清脆。

从小他就是一个乖孩子,都是按照妈妈的吩咐去做事,四五岁就牵牛上坡吃草,回家就帮父母做这做那,每天就吃两顿苞米加菜或者加糠的米糊糊,天黑睡觉天亮起床,日复一日地过着,直到有一天早上看见两个哥哥和一个姐姐背着书包上学去了,他跑到房后的菜地里，冲着正在锄地的爹妈喊："我也要上学。"

爹妈停下手中的活儿，有些像突然遭遇到什么意外似的惊讶。他爹挂着锄头把直起身，裸露的上身更显瘦骨嶙峋，说话时胸腔的肋骨也一起一伏的，待脚下站稳，才说："举儿，你还小，缓一年吧。"

他说："我不小了，都七岁了，隔壁张小妹跟我一样大，都上学一年了。"

他妈扔下锄头，从菜地里跑到坎上，一把将他搂进怀里，用手摩挲着他的头："要上学，要上学，我举儿一定要上学。"

他感受到了母亲的温暖，感受到了母亲把他搂在怀里被压得憋不过气，也感觉到了母亲的眼泪滴在他头顶的热。这场景他经历了好几次，他确实不知道什么是"穷"，只知道上山干活儿，每天吃两顿饭，碗里装上土豆、红薯、米糠糊糊吃个肚皮滚圆是理所当然的事，读书要花钱确实难为了成天在土里刨食的爹娘，而且是三个孩子上学。

他上学时已经八岁，这是不知对父母提出过多少次的请求才得以实现的梦想，每天去乡场中心校上学来回三十几里山路，他唱着歌去，哼着小调回。他太想读书了，中午在学校不吃饭，把时间用来读书做功课，每学期考试他都是全班第一名。

"来来来，大家举杯，为了王局长荣升，王局长为江城人民的安宁鞍马劳顿劳苦功高奉献巨大，我提议大家连敬他三杯。"马耀武西装革履，站立有范儿，热情洋溢地发表着祝酒词。"俗话说，不是一家人不进一家门。今天在座的都是多年的兄弟，知根知底，相亲相爱，亲如一家人了，放开喝，讲真话，不尽兴不散，不醉不归啊。"

"好，喝，干。"一大桌十几号人兴奋响应，吆喝声碰杯声响成一片。

人生最重要的是机遇,这机遇包括遇事、遇人、遇时,遇上了你还得有本事抓住,抓住才得以攀缘得以上台阶过顺境,乃至大功告成。这一点,王挺举体会太深。他临时主持分局一把手时,这年只剩下四个月,但他抓住机会做了好几件大事。

华庭宾馆爆炸案顺利破获,圆满结案,王挺举确实功不可没。侦查、抓捕、讯问这过程的艰辛不说了,省市区三级公安机关的协调形成合力还得统一认识。检察院对此案提出两点质问:一是打上门来的乾龙集团公司一帮人涉嫌敲诈勒索罪、杀人罪、爆炸罪的全部追刑,野山猫集团一方是受害方,同时也是加害方,凡涉案者都应当追刑;二是本案作案者具有黑社会性质,应当以涉黑打击,没收资产、追查保护伞。但这些都被他坚持己见反复解释而统一了意见,全案就案断案,顺利进入司法程序。他提出的"就案办案"原则,简洁明了,快刀斩麻,公检法几家都乐于接受,也利于结案。这样,案情没有往深处追查,该保住的人包括季华庭、张龙都免于追刑。因为此案成功破获,专案组荣立集体二等功,他个人记二等功。年底收官,公安工作考核,莒南区分局在全省公安区县局综合排名中被评为第一名,省委组织部授予分局党委"全省优秀基层党组织"称号。

转眼进入新年,韦东明因为肺癌病逝,他顺利当上分局局长、党委书记,上台伊始就在全分局范围内开展"除积弊,强基础,抓重点"活动,并以此为纲全面提升公安工作。在他的提携下,李东当上了分管刑警的副局长,王一亮当了分管治安的副局长,还轮换、提拔了一批科所队长,队伍面貌可以说是焕然一新。

"三杯过后尽开颜,主角地位不动摇。"马耀武摇唇鼓舌,十分熟练地叫起酒令,煽情地鼓动,"今天是为挺举兄庆功,他是鲜花，我们可是绿叶啊，春节也快到了，我们最最亲爱的兄弟们欢聚一堂，也过个节。好了，我不啰唆了，大家欢迎王局长发表热情洋溢的讲话，好不好？"

在热烈的掌声和欢呼声中，王挺举端着酒杯站起身，像是在会场上发表讲话一样，清清嗓子说："挺举同志能够有今日，全凭在座诸位至爱亲朋的鼎力相助，兄弟我十分感谢感激感恩，情到这份儿上，说什么都多余，这样吧，我敬大家三杯，我喝三，你们喝一，好不好？"

"好，好。"一致叫好声中，王挺举连喝三杯，眉头都没皱一下，最后还悬亮杯底，又赢得一片叫好声。

季华庭像是鼓足了勇气噌地站起身，猥琐的样儿把人高马大的身板也缩矮了半截，但嗓门儿还挺大："老大举了杯，发了话，小的我来敬王局长三杯，按您老的规矩办，我喝三，您喝一，行不？"

"季总过谦了，我陪你三杯。"王挺举像是稳坐钓鱼台，笑看鱼上钩，"从我开始，你走一圈都得照此办理呀？"

"好，只要大哥高兴，我豁出命也得按大哥指示办。"季华庭在王挺举的关照下免了牢狱之灾，自然视他为救命恩人，此刻拿出一副慷慨激昂的样子，"大哥什么人啊，咱们得拿命来换的大哥呀，没大哥还有我吗？弟兄们你们说对吗？"

众人皆呼"对"。

有人嘀咕："季总，这一桌16个人一圈下来48杯，不喝死你才怪。"

季华庭这下找到发泄口了，手叉腰站直了，爆粗口的嗓门儿简直震耳欲聋："你他妈谁呀说这话？挺举哥是咱们的大恩人，敬他就是喝死了我也愿意，怎么啦？"

"别，别，别为我，啊，大家喝个高兴，尽兴即可。"王挺举像是受了感动，只好站起身，笑容可掬地说，"兄弟，有你这份情，我陪你喝三杯，其他的我是鞭长莫及啊。"

喝完三杯，季华庭顺着往下喝，高潮迭起。

趁着空隙，马耀武把头伸过来，附在王挺举耳边说："挺举兄，咱们已经不是外人了，上周五晚上你手下的弟兄把民国街的几家场子给砸了，不瞒你说其中有一家宾果机和两家桑拿浴是我手下开的，小兄弟手头缺点儿零花钱，您看……"

王挺举放下正举起夹菜的筷子，似乎有点儿吃惊："是吗？我怎么不知道？"

"这些小事情，您手下那么多弟兄干了，不可能都给您汇报，再说您这么忙，怎么管得过来。"马耀武脸上显出媚笑，但话里藏针。

"今天你说了，我回去就立马过问。"王挺举像是很诚恳，又说，"现在治安形势复杂呀，官场、商场、江湖关系搅都搅不清，鱼龙混杂呀。"

马耀武顾左右而言他："大哥最近还在关心您，说是新的一年该有新的气象啊。"

"没问题，咱怎么也得把工作干好，对得起马部长的关怀。"

对着马耀武冷下来的脸，王挺举又想起昨晚与甘长柏喝大酒的情形。因为华庭宾馆爆炸案的侦办，因为王挺举由副提正，甘长柏主动约了他好几次，也从甘长柏嘴里知道了他是省委常委、市委书记王长春的人，有小道消息说张铭功会去人大任职，他会在不久之后升任局长。当时王挺举心里就打鼓，难怪这家伙的仕途走得这么顺，从全市最边远的一个县局局长，没干两年就直接升任省会市的公安局副局长，原以为这家伙的人品、能力就像他的外在版型，既相貌堂堂又魁梧高大，背后居然走的是王长春的这条线。几次酒局上，甘长柏借着酒劲儿明里暗里说张龙是自己人，要他予以关照。联想到张龙和他的乾龙集团是有名的矿产、房地产企业，而他最大的锰矿产业就在甘长柏曾经任职的那个县，王长春也曾任那个县的书记。这几年乾龙集团向房地产开发、餐饮业、娱乐业乃至金融业发展，像畸形般膨胀耸立起来的巨无霸，名头大得惊人，张龙及其手下也是专横跋扈，时有恶行传闻，这样串联起来一想就不难明白这个中的来龙去脉，细想又让人不寒而栗。

今天的酒席，季华庭近乎跪舔般地讨好，马耀武故意提到马耀文而玩矜持，在马耀文手里毁了他的仕途岂不是轻而易举的小事，那么已经砸烂的场子怎么办？野山猫的场子摆平了，乾龙那边的又该如何收场？毕竟莒南区是南方省，也是两江市的首善之区，如果"黄、赌、毒"泛滥，群众反响太大，人大代表一再质询，他这个地方公安局长也交不了差呀。

酒席的场面倒是热闹，只是宴请的主宾半晌没出声。季华庭回过头来了，酒气熏熏地说："马老板，我这一大圈儿都喝下来了，您和王局长一杯都没喝？"

"人家王局长在思考军国大事，还没顾及眼前的酒局啊。"马耀武的口气不无揶揄。

"哪里，哪里，我这小Q会想到那么远那么高吗？能把这一亩三分地弄好就不错了。"王挺举脸上一直挂着笑意，此刻还自嘲了一下。

"你，过来。"马耀武对季华庭招招手，待季华庭走过来伫立在两人中间，弯下腰像是伸长了耳朵的样儿，"你猜猜，王局长一直在想什么心事？"

季华庭几乎想都没想，说："军国大事呀。"

王挺举一愣，立马意会笑起。继而，三人捧腹大笑，惹得整个桌上的人都转过头来愣愣地看着他们。

"呵呵，这年头儿，日子过好了，虽然吃的是地沟油，操的可是国务院的心，人人都大格局。"马耀武解嘲，故意把声音放得很大。

众人听了，也都嘻嘻哈哈笑了。

"不过，怎么开心都不能忘了咱挺举哥，今天的主角，今天的太阳，我提议我们集体再敬哥一大杯，好不好！"马耀武再掀高潮。

"好，好，好。"众人几乎同时高呼，偌大的豪华包厢里热浪喧天。

"来。"马耀武一招手，季华庭立刻弯下腰把耳朵凑过来，马耀武吩咐，"待会儿酒喝好了，就安排一大一小两个KTV包房唱歌，叫娜娜来陪我哥。"

季华庭鸡啄米似的点头："这些小事，不用大哥操心，我都安排妥妥的。"

王挺举心里明白，这些都是表演给他看的，不过心里很舒坦，尤其想到可以与娜娜交欢，更禁不住心旌摇曳。娜娜姓幸，不是"三陪女"，是华庭宾馆的一个部门经理，被季华庭叫来陪酒的一次宴席上让王挺举一眼相中，叫起娜娜来，一声比一声轻柔甜蜜，发泄的快感除了肉体的享受，内心深处还多一层慰藉的舒适，这点隐秘只有他自己最清楚。

去KTV途中的廊道上，王挺举给王一亮打了一个电话，训斥他端民国街那几个场子不分青红皂白，不搞清来头就一气乱砸，还要不要执法规范了。王一亮在电话里摸不清状况，支吾着什么，含混不清。王挺举怒了，大声说："不要再啰唆了，立即纠正。"说完摁断了电话。回头见身边的马耀武专心在听，又说，"不好意思，我说话大声粗气的，又忘了关免提，打搅你了。"

是夜，王挺举醉眠温柔乡，娜娜嗔怪他从不主动约她，害得她就是想死他了也不敢给他打电话。清晨醒来，在空不见人的大套房里转悠了好几圈，他也不知该何去何从。

终于，他感觉走到了尽头，不仅是他，也是他全家的尽头。

高中毕业的时候，他在大巴山里的水码头大镇放了一个大炮仗——高山县高考文科状元。这个在他眼里已经够大了的"城市"——大湾镇，他居然成了著名人物，走到哪里都有人指指点点，都有人嘀咕几句，投来艳羡或赞扬的眼光，但他内心依然感觉还是低人一头。

大临河在这个大峡谷里弯绕出一个大湾，千百年来河水从千山万壑中带出来的泥土、沙子、石块就淤积下来形成一个冲积平坝，人们缘水而居，聚集成市，毕竟平坝比地无三尺平的山沟里生活便利一些，加之由此向下河水丰盈可以行浅底船，周边山货齐备往外运，山外日用品拉进来，贸易促成市镇日渐发达，变成高山县除县城之外的繁荣大镇。但是他始终感觉这里的一切都与他无关，只有这次成了全县的高考状元，似乎才和这个山外的世界产生了一点儿关系。

这不，县教委王主任专程下来调研了，专门邀请他参加座谈会。这个会议室他从没来过，这么多领导他从没见过，坐在会议桌的一角忐忑得手足无措，像是埋头听审。王主任叫他站起来，叫他走过去坐在他身边，这才开始听汇报。把该问的话问完了，王主任转身关切地问起了他家，问起了他面临的困难。他从没见过这么大的官，怯懦得有些自卑，嗫嚅着努力把每句话说完整，总算回答完了各位领导的提问，不觉间已是满头大汗，感觉已经湿透了内衣。王主任把目光从他脸上移开，转向会场，笑一笑说："大家看啊，咱家门有幸，山旮旯也出了状元，应了那句话，梅花香自苦寒来。"停了一停，又说，"不过，他家庭确实贫穷，孩子上大学都有经济上的困难,我个人捐送他300元,县教委的培优基金奖励他500元。"校长说:"小王同学不管读京城、省城或者其他城市的学校,交通费都由我校解决。"镇长表示,今年由镇上送他家里200斤种子谷,保证到位。

带着好消息,他飞也似的奔跑回家,推开又破又烂的房门,他热腾腾的心一下子降到了冰点,仿佛走到了时间的尽头。他爹患肺气肿时不时一阵猛烈的咳嗽,停下来便是奄奄一息的喘息,仿佛命若游丝。老妈也真老了,看见儿子回家,僵硬的脸上聚起的笑容都是哭相,佝偻着腰去烧水,动作颤颤巍巍的,仿佛快被风吹倒一般。泥土坯的墙裂开无数乱七八糟的大沟小缝,房中间的火塘上架起烧水的铁锅已经缺了半边耳朵,水在锅里冒热气半晌不见翻涨。他从大挎包里掏出一摞烤饼和一袋白面馒头放在缺了一条腿半依靠在墙上的木桌上,然后给两个老人舀一碗开水,再掰开一块烤饼一人分一半递到手中,自己则蹲在火塘边加柴续火。

给两位老人讲了自己的消息,老爹听到"状元"两字时,混浊的目光闪了闪亮又耷拉下眼皮,老妈只是拉住他的手不停地摩挲,眼眶里红红的,但掉不下一滴泪。

最后他像是绝望地说:"爸妈,我也不知道这学上还是不上。"

"上还是不上,举儿,你定。这家里有我呢。"母亲翻来覆去唠叨的话就这意思。

父亲断断续续说了他的意见,这个家还是以他为主心骨的,他说这学还是不上的好:"你看啊,为了供你上学,你姐早早嫁人了,她不情愿那也没办法,再苦再累也得找个吃饱肚子的人家。你哥嫂带着两个侄子去了南方打工,有时候寄点儿钱回来还不够我吃药的。你看这个家像家吗?唉,都是我的错,我没本事,落下一身病,还连累你妈,你上大学一走,这家就垮了,再说这家里还有值钱的东西吗？我们上哪里去找钱供你读书？"

老爹举起的手像枯瘪的树干，一个一个掰着数的指头像一根根点火就着的枯枝，他的每一句哪怕是不完整的话都像尖利的刀在剜割他的心，使他痛苦万分，不堪忍受。突然，他一头撞上沟壑如蛛网的土墙上。

那是一个喜出望外的傍晚，王挺举终于走进了马耀文的家里。

马家也没什么特殊，就是省城香溪河畔的省部长大院内四五排联排式别墅中的一套，格局都一个样儿，进到门里，马家甚至比一般人家的摆设包括装饰都更简单一些。

他既感失望又倍感荣耀，失望的是一个在他眼里高高在上权势炙手可热的省部级领导家里也不过如此，甚至还有些寒碜，当然也足见这位领导的自律和廉洁程度，深感荣耀的是他能够参加部长大人的家宴，纯粹的家庭聚会，除他之外全是他的家属亲戚。待他局促不安地在主桌前坐下来，听马部长夫人介绍才知道今天参加的是部长53岁生日宴会，心中更是充满按捺不住的喜悦。

马夫人的祝酒词说得稍长了点儿，说马部长反感为个人过生日大操大办，从来都是简朴过日子，今天的家庭聚会是我操持的，他却来亲自动手，你们看这醋熘鲤鱼、生煎白鹅和红烧猪蹄都是他的杰作啊，大家好好尝尝，这关起门来就是一家人，大家就别客气了。

一番朴实的话藏着深情，王挺举体会出一家人的感觉。他曾数次向马耀武提出去马耀文家里拜访，马耀武推脱了好几次，只是叫他再等等，万万没想到把他这样迎进了家门。原本他想的是礼节性地拜访，还准备了几样贵重的礼品，却被部长大人挡在了门口，近乎严厉地拒绝或者训斥后，只好灰溜溜地将礼品放回车里，这样一下子成了部长圈子里的人，不，是家里人，比圈子里的人紧密得多，由不得他心中狂喜，但他明白自己在部长眼里有几斤几两，只能是一脸近乎谄媚的笑，几句应对得体的场面话，小心翼翼地挨过这顿并不十分丰盛的生日宴。

就餐期间，部长说话也少，没有吹蜡烛切蛋糕唱生日歌之类的仪式，只是在闹嚷嚷来敬酒的家人面前，才说几句应酬的话。王挺举猜想，这级大官儿够谨慎了，惜字如金啊。就是临别的时候，他握了握他的手，就两句话："注意廉政，好好干事。"

马耀武走出别墅大门，陪王挺举走到远处的林荫道去开车，边走边说："你别在意啊，我哥就这么个人，成天少言寡语的，不会多说话，但他心里特有数，你放心吧。"这话有点儿让人摸不着头脑，不过当王挺举坐上汽车就待开走的时候，他递进车里一个信封，然后伸手比画了一下指头，"没多少，就六位数。那几个场子的事，拜托拜托。"接着，频频挥手叫他快走。

深夜回家，洗漱完毕，可怎么也不想上床睡觉，他有些兴奋，倒背着手在卧室、客厅、书房几个房间里踱步，转过去踱过来，像一只雄狮在巡视他的领地，好像期冀着什么，期冀什么呢？他自己也说不清楚。自从韦东明将他领进警界，从警员干起到如今的处级领导，他也是够拼的了，老婆孩子留在了老家县城，哥嫂还在南方打工，老爸老妈移到了姐姐家里照顾，除了每月资助点儿钱，一切照旧，自己则苦行僧一般在省城里生活。也像是很忐忑，心里焦虑不安，张龙、甘长柏的影子老是在眼前晃来晃去，哦，他们背景也不一般呀……

嘟，嘟。裤袋里的手机响铃了，是甘长柏。这么晚了，会有什么急事呢？王挺举不敢怠慢，刚接通就传出一番亲近的话："挺举兄，这么晚了还没睡，操劳什么军国大事啊？"

"大领导不也没睡吗，半夜三更不也在操劳吗，有什么吩咐？您指示。"

"是这样啊，"电话里的声音很郑重其事，"我排列了一下，近段时间全市最不稳定的因素就是山南县那个矿产纠纷，利益冲突大，牵扯面广，昨天的纷争还死一人伤一人，我不知道你们区里的那几起争斗是矿产纠纷的起因还是结果，总之得把它们妥善处置好，如果几者之间串联起来，弄不好会整出大事，局面会不可收拾哦。"

"哦，是这样啊，那就难办喽。"王挺举听着，心里咯噔一下。他想到了事件背后，无非就是比背景、比势力、比利益，没想到与全市范围内的稳定大局相关联。"那，您说，该怎么处置？"

电话里一阵沉默。王挺举反倒有些慌乱，也急了，也依稀产生一丝恐惧，事整大了，或者影响整大了，弄不好会是小事拖大，小事弄炸，把天捅个窟窿捂不住也补不上，那就一起玩完。细思极恐。他试探着说："领导，您下指示派市局治安、刑警、防爆支队来区里指导和增援，我们一起干，怎么样？"

"怎么样？我也不知道，看着办，不过有一条底线，就是绝对不能再激化扩大矛盾。"双方静顿好一阵，甘长柏说起了题外话，"兄弟，这蛇有蛇路，鼠有鼠道，不要靠上大树就忘了自己何许人也。"这话语气甚重，说完断了线。

啊。王挺举心头一惊，忽地意识到：难道甘长柏的狗鼻子这么灵？他像是什么都知道了。是夜难眠，也睡不了。无力再走了，他瘫坐在客厅的沙发上，思绪乱翻。

第二天上午的党委会，王一亮拿出来一个整治全区治安乱点的行动方案，把行业场所的乱象都罗列了进去，提出工作措施、目标、时段安排，完整而周密。

作为全省全市的首善之区,此时抓治安整治谁也无可厚非,谁也不容置喙,可嘴上不说不等于心中无语。作为一把手,在警界打拼二十来年的王挺举比谁都明白这无言背后的人心,甭说是专项整治出重拳打击,就是一起一般的治安案件进门,只要有人情有利益所在,执法者心里向灯向火的都有,处理结果便有所差别,所以在强调时,他说:"既然大家都没意见,一致通过,那么,执行起来就一定要落到实处。这次整治一定要形成合力,打出重拳,打出声威,要真正抑制住'黄赌毒'的蔓延,给省市领导和全区人民一个满意的交代。"

孰料这一记重拳砸下去,还真把江城的天捅出个窟窿来,王挺举仿佛面临灭顶之灾,真傻了眼。

王挺举盯着他那布满坑坑洼洼肉疙瘩的脸,居然傻了眼,一句话都说不出来。

张校长的话不容置疑:"这趟差是美差也好,是苦差也罢,你是去定了,人家韦东明书记点名叫你去参加市里的工作组,明摆着给你一个机会,你真是不识抬举,死活不去。告诉你啊,没商量,你必须去!"

作为师范学院的一个普通教师,面对几乎是掌握着自己生杀大权的校长,完全是没有话语权的,但令他不解的是,当初一心传授学识毕业时又苦心劝他留校任教的恩师,怎么会转眼变成一个寡情的人?要赶他出校门,当然也出了师门。

作为一个县的文科状元走进两江市师范学院的中文系,自然受到师生的关注,有人为他抱屈,有人表示不可理解,就是没人知道他是因为家里穷得揭不开锅,而读师范不仅不要学费,还可以领一点儿补贴。即使升格为两江师范大学和中文学院后,他依然备受关注,这就不仅仅是曾经的一县状元,而是他在学业上的刻苦努力，连读研究生，间或有学术文章上校刊或核心期刊，每一门功课都有所建树，还是学生会的优秀干部。这一切的背后推手就是他的导师——中文系主任，后来成为院长、校长的张东方。

王挺举只知道张东方与韦东明是一起插队下乡的知青，一起上大学的同学，却不知道他俩曾经是生死之交，在一次知青之间的械斗中张东方受伤倒下，是韦东明冒死将他救了出来。他不知道已经身为政法委副书记的韦东明这次牵头的一个专项调研关系他下去任实职的考核，急需一个能写出扎实材料的写手。他更不知道他俩在一个酒局上，趁着酒酣耳热就把他的命运给敲定了，次日张东方即使反悔也只得忍痛割爱了。

王挺举对外面的世界因为无知而畏惧，因为隔绝而抗拒，从大山里走出来上大学，既跃跃欲试又焦虑不安，如今习惯了校园生活又要去另一个完全陌生的职场，心底是胆怯而抗拒的。由于信息不对称，他以为是被恩重如山的导师抛弃了，想想都惊悚不已，这不傻眼了吗！

"去吧，傻小子，你在学校固然优秀，但进步慢呀，跟韦东明干，那可是官场，弄不好会一步登天的。"张东方苦心劝他，还逗乐子，"你这人心眼实，学问也厚，是块做学问的好料，但是，我想未必不是做官的好料，有学问的人去做官，至少这水平总高人一等，骨子里总比市侩多一分清高。再说，现在提倡干部知识化、年轻化、现代化嘛，也许咱们也得殊途同归，也得走仕途呀。"

他是被逼上官场的，而且偶然。

没想到一起治安案件，或者说是一起普通的刑事案件居然扯上了省委常委会，而且在会场引发轩然大波。

起因很简单,新上任的省委书记蒲志杰在讲话中说全省的治安形势不太好,有的地区黑恶势力猖獗,"黄赌毒"泛滥,已经到了非整治不可的地步,接着就直接问起王长春:"两江市的治安状况怎么样啊?"

"总体平稳可控,没什么大的治安问题,没发现什么影响较大的刑事案件。"王长春字斟句酌,颇为稳重地汇报。

"是吗?怎么我收到的情况和我听到的反映不一样啊?"蒲志杰眉头拧紧了,脸色沉了下来,语气也有点儿凌厉,"有省会市的,也有其他城市的反映,说是黑社会性质的组织犯罪猖獗,包揽了有色金属矿产、房地产、娱乐业,'黄赌毒'泛滥,群众意见极大,有点儿敢怒不敢言,还有的外资企业被骗被欺诈,向公安报案就是一拖再拖,了无结果。这不,省委组织部管的一个培训中心,叫什么宿方宾馆,这边住的是全省优秀共产党员表彰会的代表,那边楼里在抓毒贩抓卖淫嫖娼,警察接警出动,进去还伤了人,动静闹大了。全省的先进党员代表好不容易来省里开会就碰上这么个丑闻,你们说这省委的脸往哪儿搁?这事儿严重了啊,这事儿的背后是什么?大家想一想啊。张东方,你是政法委书记,这些情况了解吗?"

"报告书记,我,我刚从文教口转过来,对,对政法口的情况还不太熟悉,当然,这不是理由,我要尽快进入角色。关于宿方宾馆的事我已经签给省公安厅专门调查,结果还没报上来。"张东方确实长期在文教部门工作,怎么会让他进了常委,还分管从未涉及的政法委工作,他自己也摸不着头脑。

蒲志杰的眉皱已经陷落很深,像是要放下其他议题,把这个在他看来更重要的事捋清楚似的。没等张东方说完,他说:"这事儿看起来小事一桩,我了解到的背景却不一般呀。地方官不知情,管政法的不清楚,还有谁清楚一点儿?马部长,宿方宾馆归组织部管，你应当了解，你说说。"

"就在全省党员先代会召开的当天晚上，莒南区公安分局和两江市局治安、禁毒部门的民警去宾馆抓毒贩，宾馆不让进说是正开重要的会议，民警说是接到报警有贩毒和卖淫嫖娼的情况，要进去查看。宾馆方阻拦不住只好放行，结果在附属的三号楼的一个房间抓了几个吸毒贩毒的人和两对嫖娼人员。毒贩带有火药枪，与民警对峙时打伤一个民警，有一个毒贩被民警击毙，枪声惊动了会议代表，影响很坏，现在还不知道公安的调查结果。"马耀文翻开笔记本，像是做好汇报的准备。

"这么重大的活动，党代表驻地，为什么不清场？"蒲志杰问。

"清了，莒南区分局还派民警进驻负责安保工作呢。"马耀文速答。

"既然清了场，既然加强了安保，违法犯罪人员是怎么进去的？内部是怎么管理的？'黄赌毒'势力有这么大能耐吗？警察破案的节奏可以协调，为什么非得此时闯进去？是抓现行，还是故意给谁难堪？这里面有什么利益没有？而且这事儿举报不断，说什么的都有，大家怎么看？"蒲志杰声色俱厉的一连串诘问在偌大而安静的会议室响起，好比狂风暴雨倾盆而下，以至于无人敢应。

长时间的冷场，寂静得连每个人的心跳都听得见。谁都没有摸到新上任的一把手的脉搏，谁也预料不到新书记在这件事上做什么文章，所以，谁都不好开口，但都盘算着自己的心思，琢磨着应对之策。

"我初步判断，这事儿啊，没这么简单，一定要彻查，要把前因后果都查清楚，这里面牵扯到的官商勾结、警匪一家、黑社会性质的组织操纵、保护伞等问题都要一一查个水落石出。这事儿就交给地方官长春同志来办，行不？"说完，蒲志杰拿眼看着王长春。

王长春急忙振作一下，说："行，坚决按书记指示办，不管牵扯到谁一定彻底查清楚。"

"好，这事儿马虎不得。以此为契机，要在全省上下掀起打黑除恶专项行动的高潮，省委政法委要拿出既切实可行又声势浩大的工作方案，迅速行动起来，省里各部门要密切配合，首先把全省的治安环境净化了，还人民群众一个安居乐业的家园。大家看，这样搞有没有针对性，行吗？"蒲志杰不说了，会场又安静下来。

"政法委一定牵好头，坚决完成打黑除恶任务。"张东方首先表态。

"涉及保护伞的问题，需要组织部门配合的，我们认真积极跟上。"马耀文立马跟上。

蒲志杰补充说："马部长，打黑除恶是一场政治运动，要打开新局面，一定要注意提拔新干部，要不拘一格用人才呀。"

"这方面组织部有所考虑，下来后专门给书记您汇报。"马耀文及时跟进。

其他的常委纷纷表态赞同。

"好，这个就作为常委会的议题定下来。另外，我给大家通报一个情况，为了深入开展打黑除恶工作，我提议从外省调任焦儒生来担任公安厅长，这事儿政法委和组织部抓紧协调，尽快落实。"蒲志杰以不容置疑的口气做了总结。

当晚，王长春把两江市委、市政府的分管领导，市政法委、市公检法司安各家主要领导，以及市公安局领导班子全体成员一起叫到了市委三号楼会议室，先是传达了省委会议精神，再就是谈了宿方宾馆案件的查处问题，责成市委常委、市政法委书记兼公安局长张铭功牵头组织全面调查组，点名甘长柏负责案件本身的查处，政法各家必须配合，最后强调将此案列为本市头号案件来办，必须办好。

这天晚上，王挺举被张东方一个电话叫到了省政法委的办公室。

沏茶，落座。王挺举递了一支烟给张东方，他犹豫了一下，接过来拿到鼻子底下嗅嗅，又放下来。"啪"，王挺举把打火机点燃递到他面前，示意他点上。他把烟含在嘴里凑过去，吸气点燃再猛吸了一口，这下被呛得不轻，猛烈地大声地咳嗽起来。

王挺举站起身，跨步走到他身后，轻轻地拍了几下他的背，调侃说："恩师，别急，悠着点儿，悠着点儿，够刺激了也得慢慢来。"

张东方一手把他推开，喘着粗气说："别叫恩师了，现在该我叫你师父了，还看你愿意不愿意当我的恩师呢。"话还没说完，又接连咳嗽不停。

今晚从接到张东方的电话开始，王挺举就接连吃惊。本来他对张东方推举他跟了韦东明一事早就心中愤懑，后来随韦东明到莒南区任职，自己也干上一个副处级的小官，实际上也尝到了一些甜头，心中块垒才渐渐融化。后来闻知韦东明在江湖上与各方不法势力交往甚深的传言，虽说把他视为仕途上的引路人，其实心理上已开始远离他了，不料他身患癌症英年早逝，却也为他操持了隆重的悼念仪式，使其备享哀荣。但是，他心里对张东方的芥蒂一直未消，知道他在教育口任职却从未打过交道，突然从电话里得知他干上了省委政法委书记，不禁心里倒吸一口凉气，既惊叹他这些年火箭一般的升迁速度，又惊诧于他一个学者型的书生浪迹鱼龙混杂的官场而得心应手的转身，更惊奇于他面对完全陌生的领域敢于去接手管理，这一切在同为官场中人也见过诸多人事的他看来颇为冒险。

待咳喘平息，张东方开始悠悠地抽烟，王挺举坐回他对面的沙发上,诚恳地说:"老师,恩师,您永远是我的恩师,这规矩永远不能破啊。"

"挺举啊,我走到今天这个位置,并非我的初衷,也非我的本意。你知道搞学术才是我的最爱,搞教学勉强还行,混迹官场我也是身不由己啊。不管你信还是不信,我说的是真话。"张东方已显皱纹的脸露出全是诚挚的微笑,"就拿吸烟这事儿来说吧,从不吸烟,当老师干教育,不吸烟是形象也是美德,进了政法公安的门就不一样,哪个不是抽烟喝酒吃肥肉的角儿。"

"是吗,我们这些警察在您这个大领导眼里就这形象?"这话虽平和,却让王挺举心底咯噔一下吃惊不小。王挺举故意侧头,眯着眼看他,心里想着看你作秀到什么地步,嘴上说:"这也是没办法的事儿,谁叫警察几乎天天熬夜,谁叫警察同那么多形形色色的人打交道,谁叫警察要去处理那些复杂的案件事件,烧脑费神压力大,不抽烟喝酒吃肥肉干得下来吗?"

"是这个理,是这个理,谁都有无可奈何的时候,履职嘛,职责所在,还得有所保障。"张东方频频点头,居然主动掏出烟来递给他一支,"这不,我进了这个门就得干好这件事,这不,今天请你来就是拜师求教的。"

"这个,这个使不得呀,不行,不行。您永远是我老师,恩重如山的恩师。"王挺举慌忙站起身,双手急速摆动做否认状,原本叼着的烟也掉在了地上。

张东方起身,弯腰捡起掉在地上的烟递给了他,说:"过去在学校,原来搞学术,我做你的老师当之无愧,毕竟需要师父领进门。现在干政法,我是两眼一抹黑,不找个导师我连门儿都摸不到。再说啦,你是我最信得过的人,又在这个行当早干十几二十年,要头脑有头脑,要经验有经验,我不求教你还推我去求教谁呀?"

这动作，这番话，让王挺举想到"礼贤下士"这个词，也有些心动，转念想到他能够这么快上位，除了极深的背景和隐秘的不得示人的某种交易之外，他自己还是应该有一些过人之处的，再说人家这么大一个官如此待你，你还不能有所动心吗？想到此，王挺举谦逊地说："求教，绝对谈不上，我一定据实汇报。"

张东方哈哈大笑，说："咱们俩谁跟谁呀，这几十年的交情。来，咱们先说说宿方宾馆这事儿。"

王挺举呷一口茶，放下杯，娓娓道来。

这一夜，他俩谈了很久也谈得很深，当张东方把省委常委会的内容告诉他后，他顿时觉着天昏地暗，也庆幸自己把握住了情绪，没把丝毫的不满表露出来，更庆幸自己又抱住了另一个省委常委的粗腿。

告别时天已微明。走出大楼，仰望天空，乌云密布，一阵寒风袭来，王挺举不禁打了个寒战，心里直呼："好冷，好险，好恶。"

不过，谁都有无可奈何的时候，谁都有身不由己的事儿。王挺举心里老叨咕这句话。

宿方宾馆是省委组织部下属的一家招待所，早先规模不大，也就接待下面市县区组织部系统的来办会、开会和出差来往的干部，有级别的领导都住进了省里的国宾馆。就这么一座看起来敦厚朴实的大楼静卧在那一大片湿地的一角，既显幽静又在一般人眼里保持一种神秘庄重的形象。熟悉内情的人知道它太老了，也就是太陈旧太简陋了，不过人人都习惯了对它熟视无睹，似乎它就是应该这样存在。可有一阵子喧闹了起来，旧的主楼掀天揭地进行了一番彻底改造，离主楼不远处的地块上仿佛一夜间耸立起两栋高楼，院内的道路拓宽，绿化也错落有致，大院的门楼架上了宾馆的金字招牌,整个儿给人焕然一新的感觉,也给人以高档现代的视觉冲击。

宾馆的新老员工都知道这是他们老板的功劳,别小看这个身板单薄的女人,她浑身充溢着无比昂扬的激情,干什么都是风风火火的,说什么都言必称马部长,凡是同她打过交道的人都说这个叫徐丽雅的女人不简单。省里的报纸电台电视网站都对她有着连篇累牍的报道,什么"国企改革的开拓者",什么"时代的弄潮儿",不一而足。其实,了解她的人知道她骨子里的强势。

全省的先进党员代表大会召开,除了会场设在省委礼堂,其余吃住、礼品、奖品、接待都被徐丽雅揽了下来,她要求员工全方位为代表服好务。党代会开幕那天晚上,宾馆门口来了一群警察声称要进去搜查"黄赌毒"人员,被保安和住店安保的莒南区分局警察拦下,说这里在开重要会议,代表都已休息不好打扰。来者称接到群众报警,消息准确,一定要进去查证。门卫阻挡不了,只好报告总经理徐丽雅。

徐丽雅匆匆赶到宾馆大门,一脸怒气,问:"你们是哪个单位的?这么晚了来扰民,你们不知道这是组织部的宾馆?你们不知道正在开全省重要的会?还来查房,查什么房?"

领头的警察认识她,回答说:"徐总,我们是接到报警,是执法,没有哪条法律规定你这个宾馆不能查。"

"你们是哪个局的?我要给你们局长打电话。"

"我们是市局的,也有莒南区的警察,我们是依法执行公务,请你不要阻碍我们。"

"别忙,我给你们市局的王局长打个电话。"

领头的警察说:"我们市局没有姓王的局长。"

"没有啊?马上就会有了。"

"谁?"

"王挺举呀。"

"哦,那是莒南区分局的局长,这里有他的人。好啦,你别啰唆了,放跑了犯罪分子你要负责任的。"

徐丽雅张开双手拦住,怒不可遏道:"你们要干什么?这里归省委组织部管,你们没资格进来,我,我要给马部长打电话。"

"你打吧,我们执法去了。"

几个警察搬开门口的路障,几辆警车冲进门沿着林荫大道直接抵达三号楼门厅,三队警察分头上楼,敲开了三个房间。

徐丽雅恼羞成怒,拨通了马耀文的电话,大声武气地吼叫:"马部长,两江市公安局的人不听劝阻,闯进党代会代表驻地……"

马耀文耐着性子听完,半晌没吱声,最后吐出两个字:"知道。"

是夜,警察抓获两对卖淫嫖娼人员和几名吸毒人员,这些不重要,重要的是现场起获两公斤"白粉",这不仅是聚众吸毒,而且是贩毒的重要证据,案件性质和重要程度急转直下,警方手握坚决查处的依据,要命的是警方与宾馆方发生的冲突,这是徐丽雅怎么也咽不下的一口恶气。

那一天,张龙在闭月山庄宴请王长春和甘长柏的时候,不知是流水潺潺芳草萋萋的环境宜人,还是什么新的信息给他打了一剂强心针,王长春的心情格外放松,喝了一阵子茅台,又主动要来一瓶威士忌,就着内陆的南方省很不容易搞到的深海鱼贝鲍蚝鲜品,一杯接着一杯地细品,吃得津津有味,不知不觉已经酩酊大醉,嘴里不停地嘟囔着"高兴,啊,有味,啊,舒服"之类的字眼。

忽然,王长春坐正了身子,双手高举过头朝后扬,再挥挥手。张龙会意,对包间里的服务员说:"出去,你们都出去,没人叫就不准进门。"

古色古香窗明几净的包房里只剩下他们三人,越发显得宽敞明亮。王长春醉态依然,通红的脸容光焕发,嘴里吐出像是嗓门口压着一颗玻璃珠子的咕噜话。他俩仔细听认真辨别,依稀明白了点儿意思。咕噜一阵,王长春大喝一声:"喂,艳艳来了没有?"

"来啦,来啦,大哥,我早来啦,没您召唤,我敢进来吗?"随着清脆的柔声,小碎步跑来一个穿职业装的姑娘。

"快,扶着大哥上房间休息吧,大哥喝多了一点儿。"张龙说话也是轻轻的。

张龙和甘长柏进了一间布置古朴典雅的茶室,一个端庄美丽的侍茶姑娘已经完成那一套洗冲泡的程序,待两人在精致的根装造型的茶几旁坐定,才用一口杯逐一送上已经沏好的透亮呈烟熏红色的熟普茶水。

"一杯好茶下肚,酒足饭饱解半。张总,你在这山庄里过的是神仙的日子啊。"这时,两位村姑打扮的服务员娉娉袅袅走进来,用格调考究的木盘给客人递上洁白的热毛巾。甘长柏擦了一把汗,由衷感叹:"你看,这,丝竹绕耳,美女环伺,心旷神怡啊。"

"这山庄的主人是我,也是您,没您哪有兄弟我的今天。哥,这儿就是您的家,想怎么舒服就怎么干。"张龙笑脸相对,不乏殷勤。

甘长柏对几个服务员说:"再给我们沏一杯茶,你们就休息去吧。"他对张龙说,"咱们兄弟俩自己喝几杯。"

茶室空荡。甘长柏起身,推开木窗,满池荷花映入眼里,一股清风掠过,由衷感慨:"春光无限好,池藕正花开。"

张龙凑上来,说:"哥今天情趣很高啊,是不是首长的话刺激了您呀?"

"首长在喉咙里咕噜半天,我是一句都没听完整。"

"我用心体会啊,好像首长说了两层意思,一个是说省上要换一把手了,看怎么弄出点儿大动静来,引起关注,他还提示了一个意思就是打黑是个重点,还有一层意思就是张铭功就要安排去市人大任职,公安局长空缺,这些都是机会,得好好琢磨琢磨。我也没太听清楚,好像是这些意思吧,您说呢?"

"你说我们该干点儿什么,这江城就咱们两人是首长的铁兄弟,既要为首长分忧,又要给大家创造新的机会呀。"甘长柏临轩眺望,竟像是顾自思忖。

张龙伸手关上窗,把甘长柏拉回到茶几旁坐下,语气恳切地说:"从来都是富贵险中求。咱们是得好好谋划一下,不能让首长失望啊,你我兄弟俩也都得上位呀。"

两人点上烟,一支接一支地抽,不时喝上一杯茶,陷入沉思。

突然,张龙一掌拍在脑门上,啪的一声,有点儿兴奋地说:"我们可以设个局,既可以让首长的政敌马家军难堪,甚至下课,打击打击他那个姓徐的情妇不可一世的嚣张气焰,还可以使野山猫集团损兵折将,他们这些年手里可掌控了一些好资源,那可是一箭三雕啊。"

"哪儿去找这么周全的主意?来,说说具体的。"

"是这样啊……"张龙用手指蘸了茶水在茶几上画圈,然后仔细地说了他的设想。

听完,甘长柏颔首称道。平日里他是瞧不起张龙的智商的,今天说的计划倒是新颖而完美,令人刮目相看,但心里想这些所谓资本家随时随地想的都是利益,心肠也够歹毒啊,心里隐隐生出不快,说:"你在宿方宾馆设局,你的人一定要做到丝毫不露痕迹,到时候我会把打击力度用到最大,而且把动静搞大,上头怎么运作,怎么用这事儿做文章,首长自会安排。"

张龙面露滑稽的表情,伸出双手,跷起了大拇指。

甘长柏爽朗一笑,想到可能取代张铭功的仕途升迁,心中那点儿不快已经烟消云散。

就在宿方宾馆案件调查处于各方博弈的胶着状态时,南方省公安系统发生了两件颇具轰动效应的事,一个是蒲志杰从外省调来的一个叫焦儒生的地市级公安局长,一到任就被任命为省公安厅长,再一个就是王挺举从市辖区的公安局长一下子升任省会市的公安局长。两个人升官跨度太大,两件事间隔不出两周,让全省警察突然脑洞大开,以至于震动不小,热议不断。

接手查处宿方宾馆案件后,甘长柏立马就找来了王挺举,以不容商量的口气说:"任务市委书记下到我头上,我负全责来侦办,但案件发生在你的地盘,你也有责任,至少你得全力配合我,譬如组建专案组你得抽调精兵强将,研究案子你得一起拿主意,如果案件办得有差池,我有责任,你也脱不了干系。"

王挺举熟知此事,但没想到自己发起的治安整治这记重拳砸出这么件大事,居然惊动了省委,结局是福是祸,目前难以预料。他也没想到案发当日市局会插手,而且出动这么快,是信息灵情报快,还是事先有准备?不过有一个基本判断,他自信不会错,这事儿肯定是马家军的对立面干的,因为他知道马耀文与徐丽雅的关系,了解宿方宾馆与野山猫集团的投资乃至建设的合作,这一点也不是什么秘密,作为政企合作城市建设项目的改革,官媒都适时报道过徐丽雅闯出了一条新路子,为此徐丽雅还被誉为改革家。所以当甘长柏提出要求时,他极为爽快地应承下来,还说:"感谢市局领导对基层的帮助和领导,大局长指到哪儿我们就打到哪儿。"

这下,甘长柏心中的一块石头落了地,有了王挺举在前面开路，事情查个水落石出之后，结论一定会达到预期的效果。

两人静心坐下来研究案件查办的具体步骤，有一点在桌面上达成了共识，就是抛开其他因素，这案件本身就是一件公安职责范围内该侦办的刑事大案，必须查清楚。

可是，案件办理过程并不那么顺畅。按照两人商定的"抓大不放小"原则，专案组重点围绕毒品开展侦查，但接手的人头没锁定，毒品来源查不清，扩大的范围也界定不了……加之各方因素干扰，甘长柏和王挺举一起听汇报，也深入研究两次，仍无法厘清。

就在这过程中，王挺举被直接任命为两江市公安局局长，张铭功去了人大任副主任，这不仅让甘长柏瞠目结舌，觉着脸面扫地，也使王挺举感觉意外，这个速度似乎快了一点儿。

甘长柏坐不住了，满含怒气去了张铭功办公室，见他铁青着脸，也是一副伤心难过的样子，也说不出个所以然，只好垂头丧气回到办公室。

关上门，退回到沙发边坐下，抽闷烟，生闷气，思前想后，甘长柏怎么也想不通这突兀而来的变故。前29年在江城地面上怎么混也是风生水起，几乎人人都知道他最有希望接张铭功的班，可，可这情何以堪呀，甭说别人，就在这王挺举面前，昨天他毕恭毕敬给我汇报工作，明天我就得去他办公室请示事情，这脸面往哪儿搁呀？不禁哀叹，时乎？运乎？这突然之间，怎么一点儿征兆都没现，时运咋就转背了呢？不行，我得去找王长春问个究竟，看还有什么补救措施，实在不行就换个地儿去干。

看见他小心翼翼推开门，进门时还面带怒容，王长春示意他去隔壁的会议室坐，吩咐秘书给他沏茶，随后端着茶杯踱步过来，顺手关上了门，坐下说："有你这么沉不住气的吗？亏你还是这么大的领导干部呢。"

"书记,这不公平啊,再说这也跳级了呀。"面对王长春的亲切和蔼,甘长柏似小儿一般耍起了无赖。

王长春依旧沉稳,平静地说:"马耀文过问市公安局的人事安排,我的意见是推你当局长,王挺举呢,考虑安排一个副局长位置,他不置可否,市委常委会就这样通过了提案。按理说呢,省委组织部不能插手市里下面一个局的人事,可省会市公安局长必须报省公安厅审批,省委常委会还得过一下。就这过一下出了纰漏,会上,人家一个组织部长力挺,一个一把手力排众议,最后拍板定了,还要不拘一格使用,什么公平不公平,人家官大一级压死人,你说咋办!"

"干什么都得有个先来后到嘛,这不明摆着欺负人吗!您是市里的一把手,不看重您的意见?"甘长柏依旧愤愤不平。

王长春语重心长地说:"什么先来后到,蒲志杰的施政路数我也没摸清楚。再说呢,我也力争了,再争就过头了,还有,人家王挺举的考察结果比你好,口碑比你好,以后做事要学会低调,学会盖住脚背。"

甘长柏嘀咕:"不是说这个位置是我的吗?"

王长春重重地把茶杯往长方形会议桌上一放,"啪"的一声,厉声说:"哪个位置是你的?我的?他的?告诉你,都是党的,人民的。"

甘长柏傻眼,语噎。

王挺举对自己的进步也颇感意外,知道是得力于马耀文的赏识,他私下也做了一些工作,但没想到来得这么快,这一步跨度这么大,以至于他都没有做好充分的思想准备而深感忐忑不安。但上任了就大刀阔斧地铺开工作,对宿方宾馆的案件抓得够紧了,他要尽快给马部长一个满意的结果。没想到省厅这么快就换上了焦儒生，一上来就高调打黑除恶，还点了这件案子的名。看来，退无退路，只得往黑恶案件上靠，就把此案作为全市打黑的一号案子吧，如果办成了典型，既向马部长报恩，或许又会靠拢焦儒生，他可是蒲志杰身边的红人哟。想到这一层，王挺举心中那点儿忐忑已被欣喜之情所替代。

甘长柏第一次走进局长王挺举的办公室，虽然满脸堆着笑，在王挺举看来，是假笑或者说是皮笑肉不笑。但王挺举是真笑，心底里发出来的笑，不过笑得很克制，微笑，更显亲切。

"一直没找到毒品源头，上家的人头没锁定，我请了省厅禁毒总队和公安部禁毒局做指导，扩大范围找，我们又设定了新的条件，看能否见效。"甘长柏原来可以自己定的事情，现在要请示王挺举了。

"该想到的措施，我们一定要早想到。这案子一要抓紧，二要办成铁案，三要按黑社会犯罪严惩。"

王挺举说得很笃定，原本想上门来探测一下风向的甘长柏又进一步说："您看，这专案组负责人要不要调整一下？"

"不用，就你，你负责到底。你我两兄弟谁跟谁呀。"王挺举说得斩钉截铁，心想我正要拿这件案子开刀呢。

"好，好，王局长果真有魄力，说一不二。"甘长柏点头称赞，心里想到最后会让这个风头正劲的家伙难堪，甚至下不来台，也就欣慰了。

甘长柏手里拿了一个请示，这时递了过来。王挺举仔细看了，修改了一个地方，还给了他，说："甘局长，到底是大领导，水平就是高，就这么干。"

甘长柏走了没多久，季华庭敲门进来，反手锁上门，转身朝着王挺举双手抱拳："祝贺祝贺，大哥高升。"

王挺举指指办公桌前的椅子，叫他坐下，他依然站着说：

"不好啦,大哥,您抓的人中有两个是我们的人,其中一个叫冈竞的,是华庭宾馆的保安队长,另一个是矿山那边财务室的主任,我是刚才得到的消息,报告了马哥,接着来报告您,这可不得了啊,大哥,怎么办?"

王挺举仿佛五雷轰顶,一下子慌了神,语塞,突地瘫坐在皮椅子上。

季华庭与王挺举打交道不多,但从未见他惊慌到这种地步,就急忙绕过大班桌去扶住他,说:"这事儿怪我没把手下管好,出了这么大的事也不及时报告,今儿个知道惹出这么大的事儿来,捂不住了才报告给我。"

王挺举努力镇定了一点儿,极力掩饰自己的情绪,待清醒了一点儿才说:"这事儿我也疏忽了,从来没问这些人的背景和来头儿……事已至此,不能慌,一定稳住阵脚,我来处理。"他掏出手机,拨通,起码是高八度的声音说,"李东,你马上到我办公室来。对,马上,市局的办公室。"

"这些人都是你们野山猫的人吗?没有乾龙的人?"王挺举转身问。

季华庭使劲摇头。

"你先回吧,告诉马哥我来想办法,一定把案子处理好。"王挺举伸出手同季华庭握了握。

李东来了,王挺举没多说一句话,就说:"赶紧把你专案组抓获的所有人员列出清单,注明身份、出处等基本情况,给我报上来。"

"什么时候要?"李东问。

"越快越好。"

第三次终于成行,焦儒生走进了两江市公安局大院,前两次一是蒲志杰书记紧急召见,二是接待公安部领导派来的工作组,已经通知了的,只得临时取消。

王挺举了解到新厅长喜欢仪式感,尤其喜欢轰轰烈烈的大场面,所以把相关警种和能移动的警用装备都拉进市局大院排兵布阵,宛如阅兵一般,气势非凡,连他自己都感觉震撼。但他看到焦儒生在整个调研过程中眉头紧皱,只是礼节性地应付几句,心里不由得又有些忐忑不安。

最后一个环节是听完王挺举的全面汇报后,首长讲话。

焦儒生清了清嗓子,从国际国内形势讲起,一直讲到全省全市的打黑除恶斗争,口若悬河,一讲就是两个半小时,这中间举例又点了宿方宾馆案件,说是据他分析肯定是几方黑恶势力"斗场",谁赢谁就扩大地盘,坐大成势。边说边歪了头问王挺举:"江城公安有没有能力把这几股黑恶势力铲除干净呀?有困难的话,我就把这件案子提到省厅或者异地用警调其他城市的公安局来办,没有什么羁绊没有什么顾虑可能办起来顺手一些。"王挺举忙说:"没困难,没问题,我们一定把这件案子办好。"焦儒生说:"好,要把犯罪分子绳之以法,把他们经济基础背后的保护伞统统铲除了……"

陪焦儒生离开大院的途中,王挺举像是极谦逊地请教:"首长说的'斗场'是什么意思啊?"他鄙夷地发出鼻音:"哼哼,这你都不知道?在我以前工作的那个省,几个人或者几方势力打架、斗狠、决斗,都要约定一个场子一决高下,这个场子的选择有点儿考究,也有可能是随时随地。"说完,钻进轿车绝尘而去。

干警察这么多年从来没有哪件案子让王挺举为难到如此地步,一切皆源于原来自以为是的判断错之又错,已经开打了,开弓没有回头箭,可彻底打下去一定会砸了自己的脚,思前想后竟不知所措。看了焦儒生不可一世的样子,听了焦儒生一番透出杀气的话，他心里咯噔一下，突然意识到这是一把锋利闪亮的剑，也是一棵靠得上的大树。

主意拿定，王挺举立马将甘长柏、李东等几个专案组领导召到市局党委会议室重新研究重点，决定全力搜捕毒品上家、扩大涉案人员、挖掘团伙成员新的犯罪线索，并且迅速拟定行动措施，限期见效。

王挺举指定李东负责追查毒品源头这块，务必尽快找到上家。他说："毒品是此案关键，谁都知道这是杀头的罪，谁都在推脱，谁都在掩饰，所以难度很大。"

甘长柏想到的是正合我意，查下去看谁难堪，至于查到上家，恐怕是竹篮打水的事了，所以他表态最坚决，一副完全拥护王挺举的样子，说："我们应当全力以赴，既扩大本案战果，又拓展打黑除恶的场面。"

这时，王挺举裤兜里的手机响了，掏出来一看，是马耀武，便一指掐断了。

忙完案子，王挺举接着同局办主任一起研究了全市打黑行动方案，马耀武的电话又来了，只好对局办主任说："你先去休息吧，我们明天再研究。"转身接了电话。

马耀武电话里的声音先是强硬，再是胁迫，最后是乞求的口气，但他的意思表达得很明确："这件案子不能再查下去了，判处几个人倒无所谓，关键是那个冈竞和那个财务主任知道许多事呢，重重压力之下或者把他俩判重了，他俩张开嘴巴乱吐，血口喷人，那，全盘崩溃的可能都有，所以，赶紧打住啊，挺举兄。"

王挺举咬紧牙关听着，一声不吭，这些情况他不是没想过，反复想了，可他已经骑上老虎背下不来了。最后他回答："知道了，我会处理好的。"便挂了电话。

这不也是"斗场"吗？一个接一个，不，是一个覆盖一个，不，是交集、覆盖加暴露，唉，太乱了，而且不在一个场子里争斗，谁也不能置身事外，谁也当不了裁判和观众，斗成了一锅粥，太复杂。

夜阑人静，王挺举却静不下来，止不住地连连哀叹，又是一夜无眠。

"你确定，刘珂难确实走了？那两个人肯定出境了，你确认？"甘长柏不止一次这样问张龙。

"我确定，领导，刘珂难是我亲自送去机场的，转道第三国去的目的地。那两个人本来就是境外的，刘珂难把他们找来，毒品赚了钱，又领了赏金，拿了钱还不跑得飞快。"张龙不厌其烦地回答，像是小学生背课本一样稔熟。

甘长柏洗完桑拿，全身裹了一条大浴巾，走进张龙的套房，坐上皮躺椅，点燃一支雪茄还没来得及将第一口烟气吐完，又问起刘珂难的事，还追问他是不是把赏金落实了。

张龙耐着性子，用十分肯定的语气说："放心吧，领导，我的哥，都落实了，绝对万无一失。"

甘长柏终于把一口烟气吐得干净利落，长舒一口气，像是自言自语："人家可是拿命在换钱呀。"

张龙给他送上一杯茶，说："哥，给，大红袍，上等的肉桂，爽爽口。"似乎心有不甘，又说，"这么大一笔钱够他一家子在国外过上舒服日子啦。"

甘长柏呷一口茶，放下茶杯，全身放松地躺在了皮躺椅上。

"山南县那个矿产纠纷还有些遗留问题，有几个小老板纠结一些赔偿金额低了的矿工和农民到矿产集团公司闹事，这次怕有点儿不达目的不罢休的意味，是不是后面有了新贵的支撑？"

"难说，这世道天天在变啊，不过现在还没发现后面新的大佬儿。"甘长柏说得漫不经心。突然，他一下子坐了起来，犹如恍然大悟，"会不会他们靠上了焦儒生这棵大树……"

不仅甘长柏大惊失色，张龙也意识到了不妙，说："现在，如今，我们得收敛一些了，不要去撞南墙，没必要啊。"

"嗯，你是比较理智的企业家，不张狂，好。"

张龙不无沮丧地说："那有什么办法呢？再强的民营企业遇上权力，完全是鸡蛋碰石头。"

"不管怎么说，现在是退而不是进的时候，切记切记。"

甘长柏对宿方宾馆案件的侦办却是大步前进乘胜进攻的。线索越滚越多，情况越来越明朗，几乎都是野山猫的人作祟，几乎每件事都牵涉野山猫这条线的官商两界的人，但每一次案情分析会上，他都只说事只说人，不谈背景，故意淡化其背后的勾连关系。王挺举呢，似乎只关注案件进展，其他都不上心。李东两次没来开会了，说是去追逃未回，也不知道结局如何。

宿方宾馆案件说来简单，但随着调查的深入越显复杂，像是一团理不清的乱麻，自以为看清楚了的就甘长柏和王挺举两人，但对案情的走向都心中无数。

这天晚上，忙完手里的事儿已是深夜，王挺举准备就在办公室的沙发上凑合睡了。这时，手机铃声响起，一看是李东，忙接通："喂，伙计，好事吧？"

"好事啊，我们锁定的那个刘珂难到手了。"电话里按捺不住的兴奋。

"别说啦，你现在哪个位置？"

"城东区东风大道的路边，两辆车，罪犯在那辆车上。"

"好，你选一个安全的地点停下来，待着别动，不能把人带到本市公安的任何一个单位，就待着等我命令。"

挂了电话，王挺举走出了办公室，下了电梯，自己把车开出车库，拿起手机拨通一个号码，说了几句话就一脚油门，消失在夜幕里。

一早，甘长柏就被王长春叫到了市委的办公室。推开门瞧见王长春伫立在玻璃窗户边，一手叉腰，一手握着卷烟悠悠地抽。

甘长柏对着背影，拱手抱拳说："首长好，首长昨晚一定梦见小甘了，这一大早就召见我，可有什么大喜事？"

"早看见你进门了，稀奇古怪的样子，装什么装，你才是有事瞒着我，看样子是喜事。吃早餐没？"王长春依然伫立，一动不动。

"这么早，首长召见就激动，哪里还记得住吃早饭。"

"小于，给甘局长冲一杯牛奶咖啡，一杯绿茶。"王长春提高了嗓门儿，仍然像是对着窗户的玻璃在喊话。

甘长柏尴尬了，站也不是坐也不是，不敢也不愿靠近他，直到秘书小于端了茶和咖啡放在了茶几上，请他坐才在长沙发上坐了下来，小酌一口咖啡，没话找话说："首长这咖啡好香啊，受宠若惊啊。"

这时，王长春踱步过来，满脸都是慈祥的笑，说："好喝你就喝呗，咱们一边喝一边聊。"在一旁的沙发坐下，接着说，"昨天，王挺举到我这里来汇报打黑行动，想请我去视察公安局，看什么打黑除恶阶段性成果展，我推了，问起宿方宾馆案件，他说没全破，我说这件省里定的标志性的案子都没破，还谈什么成果。那么，你给我说实话，这件案子进展究竟怎样？"

"应该叫进展顺利吧，里边明显有野山猫的影子，再打下去，马家军就难说啦。"甘长柏坐正了身板，极其正式地汇报。

"是不是啊？"王长春一脸狐疑，眼睛也眯小了。

"是，为什么不是？我什么时候对你说过半句假话？"甘长柏犟起了脖子,眼睛也鼓得老大。

王长春又站起身,开始在办公室里踱步,边走边说:"那好,我问你几个问题,王挺举叫你负责整个案件,难道他会把这立功受奖的机会给你?你这件案子没查清毒品的来源,那就结不了案,问题就卡在这儿,对吧?王挺举难道不知道我对他不感冒,不知道你是我的人?王挺举难道不知道是马家军推他上的位,这里边他不知花了多大价钱多少工夫,然后叫你使劲打击马家那条线的势力,这不是出卖你和我吗?再说呢,不知道那个焦儒生何时出手,怎么出手,那可是个手眼通天的人物啊,涉及案子,蒲志杰也会听他的,不是吗?"

甘长柏听得一愣一愣的,端着茶杯的手悬在了空中,不喝也没放下。

王长春走着走着,没听见声音就停下了脚步,目不转睛地盯住他,不无感慨地说:"这官场时刻都在斗,凶险着呢。随时随地都可能翻船啊。"

甘长柏被盯出了一丝慌乱,放下手中的茶杯,神色立马变得坚毅起来,说:"我确实没有首长想得那么多那么深,但是,我可不可以说首长多虑了,因为这件案子到目前为止,肯定是朝着有利于我们的方向在前进,您就等着看好戏吧。"

"是吗?但愿我是多虑了,但我们千万不可麻痹,凡事多问几个为什么,没错的。"王长春眉头舒展了,临别又拉着他的手叮嘱,"眼界放宽点儿,耳朵伸长点儿,随时汇报情况,熬过这一阵子我们再议以后的事儿。"

甘长柏抬头挺胸,显得目光炯炯、精神饱满,颔首告别。

像是受到了感染,王长春重新容光焕发。

焦儒生又要来市局视察了。头一天晚上电话通知到机关每一个副科长以上的干部,第二天九点之前,该到会的已经整整齐齐坐进了会场。市局纪委书记上台宣布了几条会场纪律，语气严肃，要求严厉，尤其强调了"不准录音，不准录像，不准记录"的"三不"规矩，前所未有，大家这才注意到会场的几个出入口都站上了头戴白盔佩戴金属胸牌手戴白手套的督察民警，顿时感觉到了紧张还带着一丝恐惧的气氛。

焦儒生在王挺举的陪同下准时出现，一起走上主席台坐定。王挺举偏头，征求了一下焦儒生的意见。焦儒生微微点头，示意可以开会。

王挺举字正腔圆，用普通话开始主持，说会议的主题是整肃队伍，深入推进打黑除恶斗争，说了这场斗争的重要性必要性和当前斗争的进展情况，说了省厅党委，特别是焦儒生厅长对本市公安队伍和打黑除恶斗争的重视，要出席今天的会议，要直接指导全市的公安工作，云云，宣布请焦儒生厅长作重要讲话。

焦儒生伸手把台上的话筒往胸前挪了挪，对着话筒就喊："甘长柏，到了没有？"

主席台前第一排坐着的甘长柏突地一愣，马上答道："到。"

"站起来。"焦儒生喝令。

这时，四个全副武装的特警旋风一般从大门外扑到甘长柏身边，一下子给他戴上黑布头套，抓住他的手臂，把他押出会场。

会场气氛骤然紧张，但仅响起一阵嗡嗡声。

焦儒生又点了两个人的姓名，如法抓走。

待会场平静下来，焦儒生宣布："这些人已经没有资格在这里开会了。"接着进入他讲话的主题。

第二天傍晚，市级机关大院传出一个消息，说是市委书记王长春失联了，秘书、司机、办公厅找了他一天都找不到。

第五天上午，人们在泡江下游河段的沙滩发现一具男尸，经确认，正是王长春。

"你是怎么找到刘珂难的踪迹的?"王挺举把李东一直拉到泡江上游的九滨路,沿着河边僻静的公路一边欣赏沿江姹紫嫣红的夜景,一边散步。

"您的判断正确、英明呀,他确实没走,张龙送他进了机场,他进去溜达一圈又出来了,是的,是的,他老婆孩子是去了国外,也安顿好了,可他舍不得他的小情妇静静,当晚就住进了她家,第二天就带上她全国各地到处旅游,那日子可是有滋有味的。"李东兴致颇高,娓娓道来。

"刘珂难黑道起家,卖粉的人本身就不缺钱,这笔可是他赚得最多的,当然高兴。"王挺举好像兴趣不大。"我想知道的是你们怎么发现他的。"

"这,还不简单?他在国内,跟两江市有千丝万缕的联系,还愁找不到他?"李东语气有点儿邪乎,故意卖关子,"人嘛,都有弱点,都有软肋,找准了一抓一个准,对吧?"

这时,一辆轿车开着雪亮的灯,迎面疾驰过来,李东一手举起挡住眼帘,另一手用力将王挺举拉上人行道,那车嗖地呼啸而过。

"好险,狗日的瞎了眼。"李东骂了一句。

"他倒不一定瞎了眼,好歹我们在明处,人家在暗处。走,前面有一个咖啡夜店,进去喝一杯热咖啡。"王挺举倒无半点儿惊慌。

坐下,喝上咖啡,李东说:"我继续汇报找刘珂难的过程吧。"

"呵呵,你还知道是汇报啊。"王挺举不乏嘲讽。

"说来有些狗血,刘珂难瘦得像个干条子,原以为他吃粉,结果不吃,但十分好色,那个静静不过是他若干情妇中的一个,不知道是因为他出手阔绰,还是他功夫了得,好些夜妹还为他争风吃醋,其中有个叫点点的女孩儿,出道前跟静静要好,见静静巴结上了刘大老板就穿金戴银,心生嫉妒便处处盯上了她。那天见他俩像是出远门的样子,就用偷配的钥匙开了她家的门,把她家的金银首饰偷了个精光。刘珂难也有偷偷回来探听风声的时候,静静回家看见被盗,以为是刘珂难把她骗走,然后指使他人作案,两人关起门来大闹一场,最终以刘珂难答应全赔了结。"

李东不厌其烦,像是说书,王挺举无可奈何地摆手,又递给他一支烟,催他:"浓缩浓缩,今儿个咋的了?啰哩啰唆的。"

"接着讲,哦,哦,这不就容易了吗?还是您英明啊,叫我们去犯罪层里滚去夜店里摸,这不就抓住刘珂难了吗?"

"下一步,抓紧审问刘珂难,上家是谁?源头在哪里?为什么选宿方宾馆做交易地点?他知道的最深的一层是谁?这些起码的问题不搞清楚是交不了差的。"王挺举近乎强硬地说。

"放心吧,我看这家伙就一厌货,不费事的。"顿了顿,李东又说,"这个过程中我们又发现了几个贩毒团伙和强迫卖淫的团伙,因为忙这件案子没时间去理,这边完了,我把这些案子全扫了吧?"

王挺举没兴趣:"那是你管的事儿,不用给我讲。该给我讲的,你怎么啰唆个没完。好了,今天就这样了。"

"领导,不就是想让您轻松一下吗!"李东慌忙解释。

王挺举莞尔一笑:"我像生气的样儿吗?"

第二天上午,王挺举被马耀文叫去了办公室。王挺举进门,还没在沙发上坐定,马耀文就铁青着脸走到近前开骂了,什么忘本,忘恩负义,什么不顾一切,目中无人,往死里打,什么号称公平正义,实则徇私枉法,什么换了主子,靠了大树,不可一世了,云云。

王挺举几乎没有解释的机会,心里难受极了,恨不得地上立刻裂开一条缝儿钻进去再也不出来了。好不容易等到马耀文的万钧雷霆逝去，他委屈而又沮丧地说："部长息怒，事情正在发生变化，一切都会翻转，再看看嘛。"

"看，看什么看，鸡蛋已经砸烂了，事情已经成了一个烂摊子怎么收拾？"马耀文立马怼过来。

"这，这个，完全出乎意料，起初都以为是对手选择宿方宾馆设局可以放开打击，可打下去发现有误，已经收不回来了，只好千方百计去追毒品源头，最终揭秘……"王挺举忙不迭地做解释。

"揭秘，揭秘又怎么样？破案立功受奖是你的事，这边已经有省厅的人在暗中调查马耀武了，怎么收拾？省厅怎么会插手这件案子？这不就搞大了吗？"马耀文又是一番诘问。

王挺举像是捞到一根救命稻草，想借此开脱一下自己，不无抱怨地说："焦儒生对两江市公安局的什么事儿都直接插手干，他才不管什么属地管辖，什么分级管理，想怎么干就怎么干，遇事还得向他请示。"

冷场。长时间的冷场。谁都不知道说什么好。王挺举额头上沁出来的汗水都干了，禁不住暗想，这官场就是"斗场"，免不了时时斗事事斗，冷场意味着什么呢？不觉间冷汗又冒上头来。

马耀文顾自点燃一支烟，鼓了劲抽上一口，扑哧一声吐出来，语气沉重地说："我告诉你，这案子必须踩刹车，越快越好，不然会翻车的，车毁人亡，都会死得很难看。"又说，"我决不是危言耸听。"

王挺举稳住神，一声不吭。

"王挺举，关于你进市政府班子当副市长的事，省委组织部已经拟出方案，准备上会了，但是，我要告诉你，我是种树的，也知道怎么培育，如果要砍树也简单，就是我的分内事。你好自为之吧。"

这话等于是在下逐客令，王挺举浑浑噩噩地不知是怎么灰溜溜地走出组织部，回到市局的。

刚从电梯里出来，局办主任迎了上来，说："省委政法委张书记来了，在您办公室。"

"先去你办公室坐坐，休息一会儿，匀口气再过去。"

"局长，您脸色好难看，生病了吗？"

王挺举瘫坐在沙发上，示意他静声，叫他去拧一条热毛巾过来，使劲擦擦脸擦擦眼，再拧来一条热毛巾直接盖在了脸上，小憩一会儿才感觉出窍的灵魂回来了，深呼吸，哦，情况好多了。他站起身，大步走出局办主任的办公室，穿过廊道，朝自己的办公室走去。

轻轻推开门，见张东方正背着手欣赏他办公桌后面的一幅字，恰好背对房门，他轻声说："首长好。"

张东方转身，热情洋溢地说："听说你下基层去了，辛苦，辛苦。"

王挺举请他坐下，恳切地说："您这么大的官儿，应该前呼后拥气场十足摆够架子呀。"

"你这是在骂我，还是在提醒我呀？你知道我最讨厌的就是兴师动众前呼后拥的阵势，拿出一副颐指气使不可一世的样子，平生厌恶啊。"张东方像是有所指而发感叹。

"恩师骨子里是书生啊，怎么会成了官油子，二两猪皮熬出八两油来呀。"王挺举带点儿滑稽的喜剧腔，使人听着拗口。

张东方呵呵笑起抿不住嘴。

王挺举跷起大拇指，说："您这轻车简从，真成孤家寡人了。"

"好了，闲言少叙，言归正传。我来是给你反馈一个情况，开展打黑除恶行动以来，在你的主导下，两江市公安局表现不俗，战绩突出，蒲志杰多次在政法委上报的材料上做肯定性批示，最近省委正筹备一次阶段性总结表彰会，可能评你为打黑英雄或者叫作人民卫士，还有正准备提名你为副市长人选。我给你说这些的意思是提醒你这段时间要特别谨慎，不能出差错啊。"张东方说得极其郑重。

王挺举闻言，心中暗暗叫苦，脸面上却不露声色，平静地说："谢谢恩师提携，小生确实不敢当啊。"

张东方跷起大拇指，说："这些年在官场在警界打拼，你真的成熟了，闻喜不惊啊，不简单。我虽然尽量置身山界外，不介入那些尔虞我诈甚至暗藏杀机的斗场，但本省形势的复杂我是了解的，你也是真不容易呀。"又说，"你处在这斗场的旋涡中心，至少是紧靠旋涡，想站稳脚跟，难上加难啊。"

王挺举做激动状，双手抱拳，接连说："谢谢恩师理解。"

接下来，张东方过问了一些打黑的情况和数据，王挺举因为了然于心，自然对答如流。告辞时，他握住王挺举的手，目光直视他的双眼，十分关切地说："我个人认为，你这打黑该稳住了，毕竟自己站稳脚跟最重要。"

是夜，王挺举好不容易入睡就做了一个噩梦。三个人，脸庞清晰的三个人，王长春、马耀文、张东方站在高台上，各执一支长长的红缨枪把他挑在枪尖上高高举起，险乎危乎，倘若有一人使劲，枪尖就会从后背穿透他的胸膛，倘若有一人松劲，另外两支枪同样会刺穿他；如果他掉下去，焦儒生、马耀武、甘长柏几个握着锋利的宝剑，虎视眈眈地等候着将他捅成马蜂窝；再下面张龙、季华庭及众多喽啰挥舞刀枪剑戟跃跃欲试，欲将他剁为肉泥。啊，突然，他眼前血沫飞溅，一惊就掉了下来……他翻身坐了起来，全身冒出冷汗还战栗不止。

果然，在全省的表彰会上，王挺举被评为打黑英雄，蒲志杰亲自给他授勋。

果然，王挺举顺利走上副市长位置。

当他第一天走进自己在市政府的办公室，在大班椅上坐定，长舒一口气，忐忑的心也安定下来。他想，也许这就是各方博弈的结果，维持平衡的表象。

然而，仿佛看见焦儒生手持长剑走来，不是冲着他，也像是奔他而来……事实是长剑落处，甘长柏、王长春应声倒地。

两江市、南方省官场震动。

王挺举刚放下的心又提了起来，悬乎乎地在空中晃荡。

马耀文给他发来微信，点开一看，就三个大大的感叹号。以为是为他而赞，为他而叹，心绪稍安。

张东方在电话里告诫他，蒲志杰最近强调要稳定形势，稳定队伍，你那里也该稳住了。

南方省的"稳定"不出一个月，王挺举看到马耀文调到外省任职的文件，心头咯噔一下，马耀武进了监狱，他居然去了外省任职，陡然想起那三个感叹号是给他自己完美脱身而感叹的。

这之后不久，张东方去了省政协任第一副主席。

三支挑起他的红缨枪撤了，王挺举心安了。孰料焦儒生仗剑袭来，长剑挥舞，他魂飞魄散。

"哐当"一声巨响。

"17号，站起来。"一声喝令。

王挺举受惊，举手，对蒙眬浑浊的两眼又是擦又是揉，还像是在雾里云中。

"17号。"又是一声喝令。

"到。"他清醒了，站直身体，大声应答。

"17号，这是16号，你们一个监舍，要互相监督，认真反思，好好学习。"眼前的监狱警察严厉如一尊铜像，身后跟着一个矮胖猥琐的中年男人，那男人佝偻着身子点头哈腰。

"哐当"，铁门关闭的声音在安静的走廊里传得很远也很响亮。看守警察走了。

"大哥，这是哪儿啊？"那个脑满肠肥的胖子，凑上来一张肥头大耳的油腻脸，只一眼就可以看出是一个雁过拔毛贪得无厌的家伙。

"不知道。"王挺举鄙夷地乜了他一眼。

"大哥，唉，怎么进来的？"明显讨好的语气。

"不知道。"明显没好气。假想当年同基层警队的弟兄们一起跃马横枪破案擒凶时，撞上这么一个家伙，肯定将他好好戏谑一番，岂不开心透顶。

那家伙接连叹息，蜷缩进了对面那张床，嘴里念念有词："完了，完了，我玩完了，我那摊子也完了。"

王挺举心里拔凉，嘴里念道："尔曹身与名俱灭，不废江河万古流。"

"大哥，你还挺有文化的，出口成章啊。"

"不是我说的，是杜甫。"

"杜甫？是哪个单位的？水平高啊！"

"唐朝。"

"哦，对对对，唐朝食铺，我去过，那里的生煎鲍鱼好吃得很，我一顿吃六个。"

王挺举心里冷到了冰点，想到要和这蛆虫待在这个逼仄的屋檐下15年，哀从心起，禁不住叹一句："原本一草根，何必二世人。"

"嗯，这话谁说的？这话有水平，像是说我呢。"

"我。"

散文

碎思断想(之二)[①]

(一)

　　一觉醒来,天还黑咕隆咚的,但脑子里已经意识到起床的时辰到了。掀开被子翻身就起,三下两下穿上衣裤,进书房瞅一眼书架上小闹钟,嗬,离上班还差四个小时,除去赶路、早餐花费一个小时,还有整整三个小时读书写作。抓紧时间洗漱完毕,电磁炉上烧的水咕嘟咕嘟开了,赶紧沏上一杯绿茶,看着翠绿的尖叶在水中上下翻转浮沉,点燃一支还不算劣质的香烟,任思绪冉冉飘飞,手指落在了熟悉的键盘上敲击,一行行文字从眼前流淌成了欢快的小溪,流向远方的山峦深涧,融进澄净的夜,投入初生的日……散文,随笔,歌赋,小说,就在黑夜慢慢退去而日光渐渐东升的时刻诞生。日月星辰同行,山川草木陪伴,天地心田耕耘,我思飞扬,满眼碎金飘洒……

[①] 《碎思断想(之一)》收入本书作者文集《天衣无缝》(群众出版社,2020年7月第1版)。

（二）

人之生命来之不易，而且不可复制地只有一次，怎么个来路不可预，怎么个去向不可知，那么，怎么活，如何死，一半是把握在自己手里的。因此，怎么活得有意义，怎么死得有价值，几乎是每个具备理性思维的人毕生考虑还践行的大事。古往今来，这既是一个沉重的思考题，也是一个有趣的话题，更是一条激励心志以至于促其砥砺前行的人生道路。

（三）

不要以为人有多么高等，尽管人把自然界的生物分为动物、植物、微生物，仿佛自己置身事外，甚至能够支配地球上的所有生物的命运。其实不然，一个小小的病毒、细菌都足以让人类灭亡。反过来讲，人类很多东西取之于生物界，包括专门学习生物的大知识大学问——仿生学。有些时候，人类连禽兽都不如，譬如人性泯灭的时候残噬同类，以杀戮同类为乐事。

（四）

皇帝的宫殿像天堂一样，皇上的日子似神仙一般，黄土高原饥渴难耐的农民想象着他住青砖瓦房顿顿吃白面馍馍，南方日子过得风调雨顺的平民憧憬那个至高无上的人佳丽三千夜夜新郎。

中国历史上，自公元前221年秦王嬴政始称"皇帝"，到1912年满清最后一个皇帝溥仪被辛亥革命推翻，历时2132年，这期间真正上位的皇帝计有421个。如果算上在这块土地史上有载，包括前秦的、短命的、自封的、割据的、边陲民族的有记载有名号的皇帝，也就不到1000个。这些个人头，应该算是上下数千年煌煌荡荡人流中的佼佼者，同时代人潮中的弄潮儿，不同时段位居顶端的人物，但是，仔细数来，如此贵为天子者，我们耳熟能详者有几多？掰着指头数得出名姓的有几个？认真考证，他们并非个个威赫当世，时时享阿谀奉承，处处受歌功颂德，有的是背负举国之垢千夫所指，有的受尽人间折磨与屈辱，临死还哀叹：愿世世代代勿生帝王之家。他们也并非天天珍馐佳肴夜夜莺歌燕舞，有的是提心吊胆，命悬一线，且死无葬身之地。

（五）

皇上并没有多么光鲜，皇上的日子也没那么美好。从来就没有看到过不见折射不见阴影的阳光。

（六）

短文要短得精粹，精当别致，才能称之美文；长文要言之有物，围绕主题保留必要的文字，才可谓耐看。但古今文人形容的"增之一分则嫌长，减之一分则嫌短"的精当境界，号称天下无人能增删一个字，窃以为无一人无一文能达到，且不说字现意到，字有多解，意有歧义，即使断句与未断句的文字改变标点符号的用法，其意大变，况且古今尚有"文无第一武无第二"的说法。还有学者称"绝不重复前人和他人说过的话"，事实上也做不到，一般人熟识并能熟练使用的汉字不过3000个，学问深厚者不过5000字，区区数千字构成的句子不重复使用，刻意作文或许能办到，随口说话，即席演讲，哪怕着意讲学也不大可能。

（七）

农历牛年的初一凌晨，中国人计年的又一个新年第一天，天依然黑漆漆，依然慢慢放亮，远方的山峦从摸黑不见到似蹲似卧的牛马羊形，从轮廓初现黛色到青翠刺天，风照旧猛吹，间隔一阵又微掠一遍大地，人世静悄悄，继而市声渐起不规则起伏……跨年第一天似乎与去年最后一天没什么不同。寰宇苍穹，日月星辰，山川海汐，依旧依然，照行照样，顾自运行，能够衡量这种变化的是人的触觉、感官。人感受到了，是因为人为时间设置了刻度、划定了阶段，而且制定了起点、节日、季节、结尾，数千年积累的文化赋予了特定的内容，于是，中华民族这个族群在不同的节点热闹了，欢腾、庆祝、祈福乃至追思、抚憾，各种情感以不同形式迸发出来，更渲染了不同的气氛，节味则丰富多彩，而过去一年最后一天——除夕，新年最新的一天——春节，作为农历年最大的节点，成了全世界华人心目中固守的辞旧岁迎新年的最隆重的节日。

（八）

人生若无念想，世间便是地狱。祈望明日东升，时时心处桃源。

（九）

　　谎言说上一千遍变成了真理，说一万遍就成了神言仙语。神言仙语像是神仙说的话，是神的旨意，犹如"仙人指路"不听不行，不信也不行，否则，后果很严重，上下左右都这么说，你再坚强的神经也得弯曲甚至熔断。

（十）

　　一个人要做到身体健康极为不易，从母体降临人世就开始有各种各样的体征指标等着衡量你，完全达标说明你是健康的，有不达标或差距大的指标，就得深入地查，直到查出病症查出病因查出病根，再对症医治，当然也有查来查去没查出什么问题或者查出的问题医生也无可认知的情况，查无可查，体检到头儿了，人和兜儿里的人民币也折腾得差不多了。甩甩头，一头雾水落地，脑子里陡然冒出几个大大的问号，这个标准的体检指标怎么来的？体检的仪器和手段都科学吗？筛查10年或20年后可能出现的癌细胞，准确吗？为什么不少人趋之若鹜排着队去体检？认真请教了医生，详细咨询了专家，煞有介事地查了查资料，几乎没找到标准答案，综合起来看，大概是这样，标准的体检指标是抽样按概率计算出的平均值，目前的检测手段是国际最先进的，至于筛查的若干年后可能出现的病灶只能届时再验证。换句话说，体检的标准指标不是上帝造人时给的，是来自人类再返回来对照衡量每个个体的人；再先进的检测仪器都是现代人创造的，是否科学或适合现在或者将来的每个人也要看实际情况。再看看各大医院把体检专门做成一个部门，城市里只做体检的专门机构一个接一个地不断冒出来，再听听专家、教授、大咖、雷人或语重心长谆谆告诫科普养生和健康知识，热心地讲解体检与健康之关系，宣传并且鼓动人们去做体检，"早发现早治疗"成为一句耳熟能详的口号，"身体健康从体检做起"成为诸多国人心动行动的依据，凡此种种，联系起来细细咀嚼，一定会磨出一个词"过度体检"，通过"思考"这条路走上"过度医疗"，禁不住恍然大悟，原来又一个产业诞生，或者是医疗的产业化包含了"体检"这个可以独立成长的项目。"韭菜们"又一次被忽悠被收割，可悲的是均表现出心甘情愿的神色。其实，真正的健康首要的应当是人的心智健康。

（十一）

　　读了不算多的历史书籍，包括正史、野史、口述历史、历史补正、私人笔记、回忆文字，发现许多史实尚存诸多不一的地方，有的还留下疑团多多，由此成问，我们读到的历史究竟有多少真实的成分？有文字就有了记载，有了记载就有了选择、删减、编撰、整理、保存，靠什么能够将史册藏诸名山能够传之万世？读书不可能没有质疑，读史不用质疑，几相对照，居然会自现"裂缝"。于是，我们不得不问，是原本的"锅"漏，还是"补锅匠"把"漏洞"补错了？去了天国的古人，无法对证，只好将错就错而无可奈何。

（十二）

今天，2021年5月12日，遥想当年四川汶川8级地震，当日下午，重庆自我应急处置，同时驰援灾区，禁不住连连唏嘘慨叹：

依稀记得清晰的场面，
汶川山崩地裂，
重庆地动山摇，
救援，驰援，
应急通信居要，
英雄车，陀螺转，
网不断，齐声唤，
国人一起战地患，
前头自有人干，
是兵是警也是民，
熬心洒泪同心在。
逝者长逝，长天当哭；
英雄常在，苍生有幸。

（十三）

燃一支香烟，敬神敬佛敬天；
沏一壶清茶，品香品味品心。
聆鸟鸣莺歌，沐满眼春意，
读自写的书，意蕴不知何！

(十四)

不要说我们绵绵瓜瓞,
不要说我们生生不息,
没有了个体的生命,
一切都是奢侈。
可怜的人啊,
生,我们不能决定;
死,我们不知去到哪儿。
唯有生与死之间那点儿时空可以腾挪,
该干些什么?
该怎么干?该怎样活得趣而值?
快,决定吧,
行动吧。

碎想断想（之三）

【**标尺不一**】没有金标尺与普通标尺的不同衡量，企业效益上不去；没有两把标尺的差异化用人，企业就没法儿管理。这是一个私企董事长的一句感叹。

用人恐怕还是得把品德放在第一位，能力不能力的无所谓，毕竟权力还是要握在信得过的人手里才放心。这是体制内一个单位主要负责人的经验之谈。

按规则办，才能使人人守规矩；尊严有保障，干起事来才舒心。毕竟人活一张脸，树活一层皮。普通人士这么说。

管人用人者手里两把标尺，被管被用者祈望一把标尺，似乎谁说的都有道理，但对立的矛盾就摆在了社会生活里，千百年来都知道"显规则"与"潜规则"在明里暗里较劲争锋，到底该怎么改？改之源头在哪里？无数有识之士都在研究在探讨，理论上都可以说一套，实际上依然故旧，这顽瘴痼疾改之源头到底在哪里？

【**坐拥大师**】大师级人物于吾辈不足挂齿者，可以说是神一样的遥不可及，远视、仰观而心驰神往。想要和他们亲近，一个绝佳的办法就是把这些尊神一一请进到你的书房,让他们上下左右环拥在你身边,还随时供你差遣,为你所用。如果你萌生了一个想法,想同某一位大师交流,那好,你就从书架上取一本或者两三本他写的书去查找你想要的观点、论据、理论。交流是互动的,而大师是不说话的,有时候你会觉着这是一种缺憾,那么我告诉你,大师想说的话都在他的书里,是他殚精竭虑思考的结果,也就是他最想告诉你的话一定在他的文字里,就看你有没有把它寻觅出来的智慧。老实说,你就是费尽千辛万苦面谒大师,他也不一定字字珠玑,像书面语言这么经典。再说,你面见了大师甭说是顶礼膜拜,至少得行见面礼说恭维话,还不如就在你的书房偷偷地"窃"取大师精髓来得自如来得深入,或许这正是大师们最喜爱的交流方式。

如是,你可以骄傲地宣称:坐拥大师!

【独占意义】 就几千个汉字,不管是独创,还是翻译舶来品,或是反复注释周全解读,只要在华语世界里传播交流,就要对这么点儿文字精挑细选匠心独运地搭配组合。呵呵,没想到居然还真出了一些历经千百年的经典,还真在横挑鼻子竖挑眼的审视下流传开来一批名家大师。读来读去,我终于看清楚了他们都是一个又一个独特的存在,正因为独特他们在民族群体在民族文化中具有独占意义,所以能够传诸当下继而传诸后世。这个"独占意义"是绝对的个人的独有的,至少是第一的独到的见解、解构、解析,重点在"独",要义在"意"。只要是要传之于读者的文字,一定会有这"独占意义"蕴寓其间,否则人云亦云,当弃之如敝屣。

【两套规则】 有史以来,夏商周经时漫长,可考不可考的史载语焉不详，但有两点基本可以肯定，部落也好，王国也罢，权力都是以王族为核心的家族分配，土地或者领土都是分封给以王族为核心的家族，而且世袭。到了东周末期，经济发展了，财富积累了，有了一定的阶层分裂，各个封国需要有能人来征伐或者固守，庞大的官僚体制才开始向世族以外的人开放。战国商鞅变法，实行军功爵制，谁能打谁上；汉代实行察举征辟制，谁道德高学问好谁上；魏晋实行九品中正制，按图索骥，谁符合要求谁上；隋唐是科举制，谁文章写得好谁上。这些都是史载的"显规则"，事实上的用人选拔规则，不一定如此，唯权力掌握者可变通，于是产生了"潜规则"，王权体制下用人大都两套规则并行。

【输入输出】 如果你的大脑有了相当大的知识"储存"，一定是你大量阅读的结果，一边阅读一边析义，接着"输入"大脑丰富"储存"。如果你能写出相当数量和质量的文字，一定是你调动"储存"运用"处理器"进行"输出"的结果。但这绝不是人脑模仿计算机的结果，而是计算机仿照人的思维被设计制造出来的运行效果，只是这种逻辑图显示得更清晰。

【信仰献身】 我不会为我的信仰而献身，因为我可能是错的。英国大学者伯特兰·罗素著作等身，金句名言甚多，而读到他的这一句话时，我的心灵震撼了，振聋发聩，掩卷而思，颇有"顿悟"的感觉。这个世上人人都有信仰，但人人生而受限，认知失误的可能性极大，为"不值"的"信仰"去贡献只有一次的生命，至少是缺乏理性的轻率，不得不深思熟虑。这绝不是怯懦贪生的借口，也不是缺乏担当的托词，更不是精于世故的圆滑，遑论世象之复杂真相之掩蔽，不得不承认"我可能是错的"。

【多听少说】人脸上长有两只耳朵一张嘴巴,除了叫你多听少说之外,还意在要你听取两面不同的意见,听进去让大脑去综合去分辨去思考,考量清楚对错、合适、恰当之后,再用一张嘴说出来,也可以是对一些无关紧要或者容易引发歧义的话,一只耳朵进一只耳朵出,不经大脑也就用不着嘴巴。脸上器官对称而生,只有嘴为唯一且居中,这就告诫你说话要公正、平衡、和谐且不失偏颇,因为不管多隐秘,你嘴里吐出的八卦十有八九都会传回当事人的耳朵里。或许可以称之为中国式智慧。

【读书写作】读书是学习,写作是深入的更好的学习。这个世界上哪有这么多新知识新思想新理论,不过是把读过的书掰碎成字、词、句,按照大脑的差遣重新组合加工形成另一些文字,所谓新书新文章便诞生了,这里边"独占意义"便是"新"特有的标志。读书、写作都是熬制"独占意义"的学习过程。

【真情实意】发乎真情的言一定是心底的实意,但并不一定是客观真实的人或事不失偏颇的反映。

【尊崇内心】做人做事尊崇自己内心的选择,有独立的思想,做特立独行的人,这话没毛病,似乎还颇具一定层次的认知水平。但细思极恐,倘若囿于带缺陷的认知,不足以辨别是非的能力,低层次的文化修养,一旦内心蹦出邪念,尊崇内心就可能干出糗事傻事恶事来。

碎思断想（之四）

  冷不丁冒出来的一个字，细想竟深究出乾坤一般的大世界，不期而遇的一个词、一个句子、一段话本身就具别有洞天的境地，倘若大脑里不经意间邂逅一鳞半爪灵悟，抓紧喽，赶快，刻不容缓，用笔、语音、键盘把这些稍纵即逝的思维成果记录下来，也许，可能就是可遇而不可求的金句、精言、经典，因为出新出彩，所以有些价值，哪怕只言片语，碎不成章。

  【文化之力】到处可以看到某种文化现象，随时能够见到体现某种文化的具象，但是谁都没有看见文化之力何在，谁都不可能否定文化之力的存在，这就是文化之力的玄妙所在，更是它的魅力所在。这种力量隐藏在文化具象的后面，深入族群的基因，代代传承，绵延不绝，甚至族群毁灭，文化的生命力尚存。

  【宿将还山】英雄到老皆皈佛，宿将还山不论兵。这是一句老话，似乎概括了一种普遍现象。不过，要想成就一个英雄，必然要建功立业而且彰显于天下，要想成为一名宿将，不花一番工夫岂能成全？除了自身的付出，身经百战也好，历经万难也罢，恐怕更多的还是他人的付出方能成就。唐朝诗人曹松有诗为证："凭君莫话封侯事，一将功成万骨枯。"及至告老还乡，不只对自己的"所作所为"闭门思过，也该对那些为了所谓的"宏图大业"付出了人生乃至生命的人作一番刻骨铭心的忏悔，由此，皈依佛门完成对余生的救赎，恐怕就是最好的选择。

【文化地理】事实上，以文化现象来标注地域地块是有这种记忆的，反过来说，也就是那些特别的地理环境让不同的人群得以生存，以血缘、习俗、语言的相同或相交形成不同的族群，族群文化给那块地域涂抹上不同的色彩，又相对固化在人们的认知里。

【书衣边角】近日读到孙犁老先生《书衣文录全编》一书，既惊叹于老先生在包书纸上记人记事记慨叹记思想火花，内容读来有滋味，也心感先生惜书爱书对书的尊崇之情。对比自己拿着一本书，旁批、眉批，脚注还钩玄提要，自诩"记下琐碎事，缀成千秋史"，不仅未见一星半点儿高论，反倒污损了许多好书的宏旨和美颜，仅此一项高下立见。

【读写裨益】朱光潜先生说："研究文学只阅读决不够，必须练习写作。"我不搞研究，但若干年来，尝试把阅读与写作放在一起同时做，相得益彰。一边读书，一边把所思所想所见摘录或者记录下来，对读是促进深刻理解，对写不啻为一种不经意的积累，譬如上午大量读书，下午就放开了思想去写作，哪怕两者的题材、内容、体裁各不相同甚至霄壤之别，也感觉到在文字上或者形式上的相通，内容上至少相互启迪。似乎能够感觉到一种魂灵层面的融通，两者有着相互促进、补充的关系。这就有点儿像大师指出的学工科的要读点儿文理的书,学文科的要读一些自然科学的书,似同一理。

【需求层次】美国心理学家马斯洛创立的需求五个层次结构理论,是心理学中激发人们努力由低层次向高层次进步的动力,最终达到尊重和自我实现目标的激励理论,以后成为衡量人们生存生活状态的标准,更是反映人类社会文明程度的标志。层次越高,人们的自由度就越高,创造力得以充分发挥,社会就稳定繁荣。

【高人指路】生活中,我们常常渴望有高人指路,这样既不走弯路,还可以走坦途走捷径。谁是高人?身高者?年长者?抑或是学识高深者?可是,身高者未必见识远,自诩"吃的盐比你吃的饭还多,过的桥比你走的路还长"的年长者未免太过自负,学识高深者在资讯发达信息爆炸的互联网时代也难免张皇失措,况且时事瞬息万变,谁又能准确把握时代走向?既然高人无处觅,又祈望何人指路?走过一段人生路,历经坎坎坷坷方知:真正的高人,乃是生活本身。

【灵与身体】生活历久,书读多了,自然会产生一些思考,就会有一些精神生活,一旦灵魂开窍,脑子里的世界便天开地阔任随自己的意识纵横捭阖恣意汪洋,进入一个自由自在的境界,也是一个怡然自得的状态。这时会冒出一个想当然的念头:只要有一个灵活自如的大脑,无须有生老病死的身体,岂不是获得了人生的大自由?及至日久,方知失去身体的支撑,失去肉体的滋养,失去脑细胞的运行,灵魂无以寄托,精神无以支配,思想无以实现。灵与身体的有效结合才足以构成完整的人,灵与身体的完美融合才使得人生实现其应该有的意义。换句话说，人生的价值取决于魂灵对身体的支配程度，身体的所作所为促进思想的更新换代，迸发跨越障碍的动力，直抵灵魂的更高峰境界。

【人间纯粹】人间哪儿有这么多纯粹？没受污染的水，未遭污损的土，不沾污点的人，几乎无处可寻。我们在构建钢筋水泥森林的时候，别忘了给小草留一丝出头的缝隙。

【文武去向】古代文人学子流传有许许多多皓首穷经勤耕苦读的动人故事，也有文武并蒂绽放的人事，什么"凿壁偷光"、"集萤映雪"、"燃糠照薪"地苦读，什么"闻鸡起舞"、"冬练三九，夏练三伏"地苦练，如此苦熬精进，"学成文武艺"之后怎么办？"货与帝王家"，这些成语的主角大都实现了这个目标，大概率的出路也就这样。但是，"学成文武艺"在己，把四书五经熟稔于心或者刀枪剑戟练熟于拳脚，几乎全在于个人的努力，而"货与帝王家"在他，则取决于人家的掌控，走科举包括武举是千百年来的大道。此外，文人以文闹出一些名声，武人在攻伐守备之战中闹出一些动静，从而惊动手握重权的大官甚至皇帝，进而受到赏识受到重用，虽然这"货与"也就是"卖货"的过程有诸多"考究"，溜须拍马、花钱认门之类的猫儿腻少不了，总的来讲还算是正道。如此，前半生的辛劳也值了。但遗憾的是另一面邪门歪道的人事也充斥世道，没真学问无硬本领的人，靠投机钻营博取"大人"乃至皇上的欢心，同样圆满实现了"货与帝王家"的目标，史上这种"遗臭万年"的人事不胜枚举。好像千百年来的真学问者和武林高手并没有对这个心心念念的目标质疑过，其实，没实现这个目标或者在这个过程中受挫折，反倒是一种解脱，一种灵魂的释放。自由思想，独立人格，创造出更杰出的"流芳百世"的成功成名成家者。这样看来，没有这些逐臭苍蝇似的奸诈小人在名利场上嗡嗡嚷嚷挤挤挨挨往前拱，怎么能衬托出那些走正道讲武德的高风亮节者之大义在史上熠熠闪光。

【小民小书】前不久在书店的书架上居然又发现新出版的《浮生六记》，不薄也不厚，简装也朴实，细嗅仿佛还散发出油墨香味。想起青少年时曾经将一本传借到手的已是残缺不全的此书，当作"淫书""禁书"般躲在无人处偷偷摸摸地看，尤其喜欢沈复与妻子陈芸情投意合伉俪情深的叙述，记忆中欢乐大于其生活的悲切。现在可以大张旗鼓地读了，感受依然颇多。沈复生于清代嘉庆年间，长洲（今江苏苏州）人，家境比较优渥，很有些文才，但却是一不见经传的小民，倘若不是他的这本书见天，人们从他的自述中识人，也就淹没在远去的岁月。可就这么一个小民写下类似自说自话的手稿居然在苏州的一个旧货摊上，尽管"六记"已逸散后"两记"，还被有心人发现和赏读，又被人刊刻行世，这时距其成书已经过去 70 年，后来林语堂觉着写得有趣还翻译传至欧美。小民记小事，文笔够功底，清新真率，情节起伏，像这本书写得伉俪情深，也悲切动人，即使被尘世淹没也会终见天日传诸后世的那一天；小民记小事，也不乏从"小"窥"大"的折射，可以补充或者证明那个时代烟火尘世一些状态；小民记小事，既然动笔了，思想也在其中，就这么一本小书也不乏金句，摘两三句可品之意隽："布衣饭菜，可乐终生，不必作远游计也。""情之所钟，虽丑不嫌。""风传花信，雨濯春尘。"

【无欲无命】无欲则刚，字面上的意思是，没有欲望，才会刚正不阿。人们熟知或者推崇的是林则徐留下的一副对联："海纳百川有容乃大，壁立千仞无欲则刚。"但事实是，无生命之物无欲可以,生物做得到吗?只要是有生命之物,微生物、植物、动物,从生命诞生那一刻起便有了基本的生存欲望,就会对这个世界有所求有所取。从某种意义上讲,无欲则无生命,何谈什么刚正刚强。正因为有生命就有欲望,生物世界才蓬勃兴旺千姿百态。人因为有思想才处于所有生物顶端最神圣的地位,人之所以神圣,是因为他在满足了与其他生物一样的基本的生理欲望之后,还有高一层次的创造欲望、表达欲望和实现自我价值的欲望。唯其如此,人类才朝着文明方向前进,社会才会进步发展。至于"无欲则刚",是指人在某一个方面无欲或者经过修炼克制了不必要的欲望,才做得到刚正不阿。

【人生快活】 快活相对于难过,生活过得愉悦惬意就快活,日子就过得快;生活捉襟见肘坎坎坷坷,日子就过得难,过得慢,所谓度日如年。其实老天是不管你这些的,它照样不紧不慢走自己的路,那么,快活与难过就成了你自己的事,也就是说很大程度是由你的感受决定的。

【读写评研】 十年前在书店森林一般的书架上寻觅到一本老舍的《写家漫语》,一读便入港,购买回家细读,以后回想起来,觉着确实读到了先生的几个名篇。2013 年春风吹开百花的季节,不知是大脑哪块区域的细胞作祟,竟然萌生出一股子文学创作的冲动,一番构思之后居然想写一部长篇小说。"眼高"不用说,看看自己才真知道什么叫"手低",甭说写而是从未试过,一鼓作气而眼看底气将泄,蓦然瞥见自家书架上的《写家漫语》,取在手就开寻急救良方,呵呵,先生不愧为大师,救我于渊潭。大师不仅教我怎么写,细到景物、人物描写,小到文字的简练,还有鼓励文章《别怕动笔》再谈几个问题,这下好了,风帆又鼓动起来，于是，奋笔疾书，三个月，长篇小说《绝对意外》写成。如今心怀感念再静心读《写家漫语》，被大师极其深厚的学养所震撼，这本不算厚的册子，集大师阅读、写作、评论、研究文学创作为一体的经验、方法、路径、成果之大成，读一篇获益一寸，深读再思考，大获收益，欣然而激发心底的喜悦，更感受到大师长期积累读、写、评、研诸多成就的高水平展现，联想到他献给这个世界的那些脍炙人口意蕴深长的长篇巨作，又不得不哀念他受迫害而走投无路万念俱灰，以沉湖自尽了结这样一个本应该更加辉煌的生命，不禁连连唏嘘慨叹。

随笔不随意

稍加考证,"随笔"并非随记一笔那么简单,可是有些来头的。

就我而言,最早接触"随笔",是从读到《容斋随笔》开始的。那是上世纪70年代中期还在读中学时,在一个同学家一堆旧物中无意翻到这本书。那是一个连文化都被"革了命"的时代,能到手这样一本看起来古色古香的书,虽说牛皮纸封面有皱褶,书页有缺失有残破,散布油渍污迹,通体脏兮兮的,但说如获至宝翻开就读还不足以形容当时的心境和氛围,一是稀罕而惊奇,二是心里很忐忑,毕竟那是合法读物之外的"四旧",属于被扫除之列,如饥似渴般捧读又怕被人看见,只好躲着读。书版是文言的,许多字还不认识,好在有白话注释,又借助手里一本学生版的《新华字典》,边读边查,读得很慢,有的还囫囵吞枣,不求甚解,但几则读下来,小故事短评说,文史、典章、官制、细节考证,写得有趣有味,知识性亦强,竟一下子被吸引住。央求人家借了回去细细读完之后,就再也没找到过类似的读物。随着时间推移,书中的具体内容没记下多少,而"随笔"却镌刻在大脑中,但不知是个词,是个概念,还是一个文体,从没细掰过，留给人的印象就是信手拈来，挥笔一记，短小精悍，富有知识性，读来有点儿嚼味的一些"短文集合卷"。

多读几本随笔才知道，看似随意挥笔成篇的作品，其内在的功力非同一般，其魅力会让你深陷其中。"文化大革命"那场灾难式的浩劫结束，可供人们阅读的书籍多了。一次偶然的机会，读到一本《蒙田随笔》，循着"随笔"的老印象，也是如饥似渴地读，也像是被吸铁石吸住了一样连更连夜地读了个遍。书的内容丰富，观点新鲜，作者对自己对生命对生活的见解独特而深刻，且写作风格新颖，文笔舒畅，读完一本忙着找第二本，直到读完他的三卷本仍意犹未尽。觉着余味无穷反刍时，才发现《蒙田随笔》与《容斋随笔》似有许多不同之处，随即查资料补知识，再后来读了更多的随笔，包括文集，对其异同才逐步有所认识。这种现代风格的随笔，在近百年来涌现的文学大师笔下，滚滚而出，犹如徐徐展开的绚丽多姿的画卷，魅力不断叩击人的心灵，感觉美不胜收，让人徜徉其中不能自拔。

不是随意勾勒几笔就可以成一篇随笔，不是随意发几句不同凡响的声音就可以成就一篇好的随笔。甭说是好，就是一篇"像样"的随笔一定要有值得玩味的笔触。总体不长不短的篇幅，无论是博古通典，文章的作法、布局、结构独特，曲折婉转，修辞讲究，建立在人类丰富而美好的经验之上的书卷气洋溢其间，还是看似云淡风轻随意而出的闲言絮语，实际意蕴深厚，饱含人生睿智、豁达的真谛，即使留白，也足以引人咀嚼和品味。《容斋随笔》就是这样一部文集。每个篇章似乎信手拈来倚马而就，而集卷成书于距今700多年前的宋朝，且传至设都临安的南宋宫中，连宋孝宗都手不释卷，恋恋不舍。作者洪迈出生于官宦世家，以博学宏词科中进士，一生博览群书，最可贵的是自幼养成勤思考勤做笔记的好习惯，书海泛游，肚里藏书多了，挥笔写来，信马由缰，纵横捭阖，《容斋随笔》几大卷文集著作存世。我们现代称之为的"碎片化"阅读多指读"短小、零碎、不成体系"的作品，而《容斋随笔》短小但精悍，零碎但内容博厚，且考证有据，品鉴精当，颇有韵味。譬如《名仕择良主》一则，寥寥几笔，数百字，写了韩信、陈平，点了项梁、项羽、刘邦，最后忖度出对"择主"独具高见的萧何。再举一则《列子的办法》，洪迈引用了惠盎拜见宋康王时的记载，对话原文不到一百字却说了一大段道理，语言简洁干脆紧凑，在理有味。令人略感诧异的是，这类记史载道考据写实的文章，虽词句不俗显丽但无虚构，却被文史学家和文体学者列为笔记小说，且视之为宋代文学的一大特色。

现代随笔敞开了视野，拓展了维度，游记、论文、哲思、事件、人物，什么题材都可以拿进去写，一大批作品诞生，内容丰富绚烂，气象峥嵘，其中多的是经得住时间检验的精品，光大师级的作者就能列出一长串名单。将现代意义上的"随笔"归入"散文"大类中的一种体裁，有学者认为在中国是从近代译介《蒙田随笔》开始的，其实不仅在中国，在世界文学史上它一面世就是被作为散文来看的。当然，《蒙田随笔》的世界影响力不仅仅是它散文的体裁，而在于它对宗教、战争、教育等世相的独到见解，对幸福、闲逸、生命等社会生活的个人看法，以及对人性、以人为本的人文主义思想，都有自己切入角度的表述，新鲜、新颖、新构，一反欧洲中世纪以来的沉重和窒息，如清新的春风扑面，亮丽而沁人心脾。作者蒙田是法国文艺复兴运动的代表人物之一，是著名的思想家、散文家，于1580年至1587年创作了这三卷随笔。他写作的动机很简朴自然，就是"……要人们在这里看见我平凡的、淳朴的、天然的生活，亦无造作，我的弱点与本相……"。作品问世几个世纪以来，一直受到各国人民的喜爱。与《容斋随笔》不同，它是一部散文作品，更是一部哲学和社会政治著作，品格和境界也更高更现代，不仅对 400 年前的欧洲，还对近百年来中国民智的启蒙都影响巨大。他把"人性"看作最崇高最神圣的概念，表现以"人"为本的思想："在一切形式中，最美的形式是人的形式"；人的价值应以"本身的品质为标准"。还有对日常生活的认知，要善于区分两种情况：一是"走自己的路，休管别人议论"，一是"固执己见，自以为是"。

一篇思想深刻意境独特风格醇厚韵味隽永的随笔，绝不可能随意而成。随笔，作为现代散文的一个分支，内容不拘，形式多样，对现时发生的事情或即时的想法可以"随手"一记，可以不论格式、论点、论据、文字长短而"随便"一写，可以不受限制地"随心"一录，或抒情或叙事或评论或说明或兼用各种文字手段，自由灵活，随时成篇成章。但是，真要写好一篇随笔，决不可以随意。首先要吸取各种素材的养分，包括文学体裁、手段的使用，要在不可能太长的篇幅内，拥有尽可能多的信息量，应该囊括人事、思想、情感、文采、韵味诸多元素，如猪肚一般的容量；再者，也是最重要的，必须酝酿良久，匠心独运，呈现出自己特有的"亮点"，要么切入一个事情的新的角度、新的视点，要么写入与众不同的观点或闪烁另一种颜色的光彩，抑或是穿越时空产生了更邃密的见地或更睿智的思考，给人以启迪，促人以深思，供人情不自禁地停下来细嚼慢咽，品味再三。如果能够再进一步，言他人不能言，言他人不敢言，且言之有据，言之有理，便自成高格。近现代许多耳熟能详的文学大师在忙于宏大叙事鸿篇巨制之余，也信笔写下了许多脍炙人口的经典随笔，读来余味无穷，如飨饕餮大宴结束前那道精致的佐餐，既可以视作压轴硬菜独食，又是恰到好处的配肴，令人回味不已，仰慕不已。

《容斋随笔》记帝王将相、官场吏治、士林典章、宫闱秘闻，属居庙堂之高着意涉猎和热衷的内容,长期以来"以吏为师"的封建社会和素有"家国天下"胸怀的平民百姓,即便处江湖之远,仍追捧这类读物也不奇怪;《蒙田随笔》以其人文主义的思想、平俗的笔调、娓娓道来的叙事,赢得那个时代各个阶层人们的争相阅读,也受后世人的追颂。两部随笔从进入人们的视野起,就受到那个时代眼光的凝视,以后也足以换取不同时代哪怕是挑剔的眼光审视,这样来看怎么也算是经典。

随笔从来不随意,勤学苦琢慎笔头。尊崇经典,追随大师,我也在学写随笔的路上艰难跋涉,苦于勤读不够、功力不深、慧根不具,勤学苦练,笨拙笨工,仍出不了哪怕是"像样"的文章,只好再回头捋一捋学习的思路,也就趁着再读这两部随笔,于比较中悟出写作之精髓,更深入地了解人世,剖析人性,探索真相,以便更好地记录和讴歌这个时代。

《我的乡愁是座城》系列之七①

囿于家园话巨变

"梁园虽好,非久恋之乡。"司马相如这句话直白地说就是他乡没有故乡好,故乡才是日思夜想的"久恋之乡"。其实未必,我眼前对家园的感受就是"故园虽好,也并非无愁无嗔无恼"。

从来未离故土,忽如一夜醒来,睁开惺忪的睡眼居然会突然产生一种"人是物非"的感觉,揉揉眼定定神再细细地审视,确有"人非物非"的陌生感,也像是"似曾相识"的隔膜阻止了我与这座城之间几十年须臾不离的关联,我该怎样重新去认识这座城?是拨开眼中的云翳,还是一一去分辨那些曾经熟悉的人、事、物,或是去重新认识这块土地上突兀而起的大厦楼群,拓宽的通衢大道,绿荫冠盖的人行步道,沿崎岖陡峭江岸构筑的码头、古镇、滨江公路,以及横跨两江造型迥异的多座大桥?我禁不住一再追问,为什么会是这样?脑子里当朝皇上赐名800多年的重庆城虽历经沧桑仍"依然故我",而映入眼帘鳞次栉比高楼层叠穿梭交通摩肩接踵人流与大城之侧奔腾两江巍巍南山铁山歌

---

① 《我的乡愁是座城》系列之一至之六,收入本书作者文集《天衣无缝》。

乐竞相媲美,媲生机勃勃媲大潮浩荡媲峥嵘气象。现代化都市在大自然一个不起眼的缝隙拔地而起突兀而现,惊天泣地的巨变容不得你情愿不情愿,发愁不发愁,也不得不令你以全新的鲜活的多彩多姿的景象去更新大脑里关于这座城陈旧而残破的底片。

想来也不必惊诧,我们的前人早就说过:"世界是一天一天往好里去的。"世界著名作家斯宾塞·约翰逊断言:"世界上唯一不变的是变化本身。"

现代重庆城"两江四岸"绚丽多姿璀璨夺目的灯光夜景红遍网络,名声响彻大江南北,而这宏大的城市构架发轫于这座城市的首任市长潘文华。

"3000年江州府,800年重庆城,100年开埠史。"远的不用说了,近代100年的城市发端起于潘文华,1925年6月以川军第四师师长身份任重庆督办。他上任第一件事就是将城市建设突破通远门城墙,城门外迁坟平坟开拓新城,又造菩提金刚塔借以"消灾息鬼",将城区拓展到了上清寺、曾家岩、菜园坝、牛角沱、李子坝一带,扩大好几倍面积;接着沿两江和城中心规划并修建三条大路,中央大道就是现在的中山路,一直通到曾家岩山顶。1929年2月15日,重庆正式设立为省辖市,潘文华任第一任市长。这位抱负非凡的市长搞起城市建设来不仅手笔大,还一发不可收拾,主持修建了自来水厂,新建发电厂、电话所、消防航运码头、城区中央公园,最令人惊奇的是他建立了公交系统,还规划开发了地铁的建设。在任上,他还做了两件意义深远的大事,一是收回了王家沱日本租界,二是协助创办了重庆大学。潘文华其人其事,完全超越了千年古城人的思维限阈,让时人大开眼界,怎么也想象不出被人蔑视为步枪、烟枪"双枪将"的川军小军阀会有如此之大格局,出手不凡,在一个袍哥遍地帮派林立、文化低俗、环境逼仄的码头城市建成了颇具现代文明因素的基础设施。之后的重庆城，能够在第二次世界大战中成为同盟国中国战区司令部所在地，成为中国抗日战争的战时首都，新中国成立后又两度成为中央直辖市，不能不说是仰承潘文华创建的重庆大城格局。

然而，历史前进的路径曲折而蜿蜒，事物的变化往往出乎人的意料。1937年全民抗战爆发。12月1日，国民政府迁入重庆城新址办公。重庆作为全国抗战的大后方，作为"二战"同盟国中国战区司令部所在地，承受了日本侵略军长时间极其惨烈的大轰炸，整个重庆市区被炸得满目疮痍一片焦土，有一张传之甚广的黑白照片，画面中一道被炸后残剩的墙顽强地屹立着，雪白的墙体上用饱蘸墨汁写着四个遒劲刚毅的大字"愈炸愈勇"，周遭全是破壁残垣。初具近代城市雏形的重庆城早已荡然无存，至于重庆人为此付出了多少生命的代价，重庆人参加国军出川抗日有多少青壮年牺牲在了战场上，重庆人在抗战胜利后恢复和重建这座城又付出了多少辛劳，难以估量。

见证这座城沐浴血与火的考验，几经毁与生的变化，莫过于位于城中心大十字广场的"人民解放纪念碑"。这座八面体柱形标志性建筑本身既是抗战的产物，也是世事变迁的具象，历经"建—毁—重建—更名—新赋纪念意义"的过程，成为一个见证沧桑又颇具象征意义的符号。始建于1940年3月，由中央国民政府兴建，是为高26米（七丈七尺，象征"七七抗战"）的木质塔，命名为"精神堡垒"，抗战期间被日机炸毁。抗战胜利后的1946年10月，国民政府在原址上建造了钢筋水泥的纪念碑，命名"抗战胜利纪功碑"，是全国唯一的一座纪念中华民族抗日战争胜利的国家纪念碑。新中国成立后，由开国元帅刘伯承题写碑名"人民解放纪念碑"，重新赋予其全新的寓意。今天的它，当初建时直插云霄睥睨周遭的高大身姿在广场鳞次栉比的高楼大厦的环伺下,无论从哪个角度看都显得矮小,但其文化内涵、精神意义客观地保存在那里,是中华民族近百年来抵御外族入侵取得全面胜利的历史见证,是新旧两个时代更迭的见证,是这座城两次直辖跨越式发展的见证,可以毫不夸张地说,解放碑是千百万重庆人的集体记忆和精神家园,犹如它永远不失阳刚之气的造型一样傲立而不可替代。

我曾经无数次徜徉在长江南岸的建文峰下,一峰孤悬四周围山,植被葱茏树冠如云,山无言水无语,游览景区内人影幢幢,远处山头上疏落有致地散布几幢白墙黑瓦的农舍倒是一个幽静雅致的好去处。此山不仅景色宜人,而且颇有传说颇有来历。明朝朱元璋传位给孙子朱允炆,号建文帝,燕王朱棣对削藩不服,发动靖难之役,攻占南京,建文帝下落不明,有传说流落在此峰下一寺庙了此残生,后人建有一建文塔作祭,改称此禹山为建文峰。寻踪觅迹峰顶立有一"建文遗迹"石碑,有建文庙,内有让皇殿,有一小井名"玉泉",下至半山有一座国民政府财政部长孔祥熙留下的一座别墅院落,门前白色墙面书有"孔园"二字,山脚就是重庆四大温泉之一的南温泉。古事已飘远,我更看重的是这里曾是解放重庆最后一场大战的战场。1949年11月25日刘邓大军先头部队,历经血战,消灭敌军守敌,而后直扑长江南岸渡口,过江,顺利占领重庆城。

近代重庆城最大的一次巨变是在1949年,惨绝人寰的"11·27"大屠杀发生在10月1日毛泽东主席登临天安门城楼宣告中华人民共和国成立之后,也就是说那时的重庆城还在国民党军手里。刘邓大军挥师入川直捣重庆,在彭水地区的黄家坝马头山、笔架山一带遭遇国民党军宋希濂部的抵抗,解放军展开激烈攻击,打了三天三夜才突破防线,二野12军36师参谋长安仲琨在战斗中牺牲,是解放大西南战役牺牲的最高级别的我军将领。

接着，强渡乌江夺取龚滩，在武隆的白马山经过五次大的激战，完成了对重庆的三面包围。11月25日，二野三兵团先头部队飞兵直抵重庆南岸南泉，消灭了罗广文、宋希濂部守敌。11月30日黄昏，二野11军32师95团团长严大芳率全团官兵，从南岸铜元局、海棠溪两个渡口分乘两只小火轮和三只木船，分批分次渡过长江。严大芳部进城后，首先占领两路口一带，解放了渝中半岛。国民党军眼看大势已去，想破坏城区的电厂、水厂等基础设施，遭到重庆地下党组织的工人和警察的有力阻止，未能得逞，却对关押在白公馆、渣滓洞两个集中营的几十位革命志士进行了集体杀戮，鲜血染红了歌乐山麓。1949年12月11日，重庆市人民政府成立，二野三兵团司令员陈锡联任市委书记兼市长，解放军上海西南服务团团长曹荻秋任副市长。随后，中共中央西南局进驻重庆，邓小平为第一书记，刘伯承任第二书记，贺龙任第三书记。

这是重庆城一次意义重大的巨变。

打开中华人民共和国地图，我们可以看到重庆居于西南腹部的中心部位，历史地理的水路枢纽决定了它的区域经济、交通地位。经历抗战时期确立为全国政治、军事、经济、文化中心，使这座城如朝阳一般不断升腾、发光、变化，蒸蒸日上。

1997年6月18日，重庆直辖市正式挂牌，成为继北京、上海、天津之后的第四个直辖市。事实上，这种行政管理上的中央直辖，于这座城已经是第三次。第一次是国民政府时期，重庆为陪都，也是特别市，也称直辖市。新中国成立后，直到上世纪60年代，重庆先为中央直辖市，后改为西南行政大区直辖市。

这次直辖将原四川省的万县、涪陵、黔江地区划归重庆，形成地域面积达8.24万平方公里、人口超3000万的特大城市。不难看到，这又是一个世界上绝无仅有的特殊城市，绝大部分地域是农村、山区和"三峡工程"的库区,三分之二人口为农业人口,还有百万库区移民,行政区域的合并能否带动整体发展?西南腹地这颗明珠能否熠熠发光?

24年来,重庆发生了翻天覆地的变化。

明珠不仅发光,还红了,红透了天。网红城市,两江四岸山水间架高楼依山傍水,静物闪动流线立体交通,朝霞夕阳继之七彩溢光,洪崖洞、穿楼列车、彩虹桥梁、朝天门广场、重庆大剧院、滨江路景观……布置恢宏,点缀别致,嵌砌精巧的射灯、彩灯、带灯、光柱、LED显示屏、3D动漫大屏,将夜晚的山城立体地展现于世人眼前,将夜晚的天空涂抹得五颜六色,与北斗七星、银河星带融为一体,使天幕增色,人间润泽。由此吸引数千万中外游客成群结队前来打卡,重庆原住民限制自己出行,把道路、大桥让出来供游客观光。洪崖洞前新建的南北通衢大桥——千厮门大桥废去了车行,上千米长四车道两个人行道宽的桥面被摩肩接踵的人流塞得水泄不通,一时传为网络强奇观,闻名世界。

网红,游人喜目,旅游业兴旺……繁荣的背后支撑着的是城市建设日新月异的变化,城市的骨架高耸入云,城市的血脉增网加速,城区交通立体化,公交车、网约车、出租车川流不息,远程交通多元辐射,民航、高铁、渝新欧专列、长江黄金游轮、万吨组合货轮江海联运、二环八射型高速公路四通八达,"世遗"及众多自然人文旅游景区遍布全域各地,餐饮住宿娱乐土特产纪念品市场无处不在,完全是一个综合产业链的培育至发达,既是巨大的投入支撑,也拉动了更可观的经济效益,综合效应良性循环、持续上升。

工业制造业基础从抗战时期内迁至渝的军工和机械制造厂,算是全国除东北外的最后工业基本生产能力了,新中国成立后虽然有所发展但前景不大。1997年直辖后，工业尤其是汽车、摩托车发展跃起超前，更新换代也快。信息化互联网产业起步冲刺，不输国内发达城市。

当然，我们可以睁大眼睛看房地产业、汽车制造业、互联网产业和这座城强大的综合实力，可以自豪地宣称这个城市发生了前所未有的巨变。

当然，我们可以看到高耸入云的摩天大楼里美轮美奂的星级酒店、堪称豪华的高档餐厅、大牌众多的奢侈品时装档、琳琅满目的珠宝黄金店、高端大气的健身娱乐轻奢场所，可以足不出城品享国际一流的时光，这些变化前所未有。

当然，我们还可以低下头来看看我们的身边人，年长的容衰颜老但乡音未改面带满足而自信的笑容，年少的活泼可爱体健貌端充溢勃勃生机，街间长巷摊开了重新开张并传承的老字号，丘二馆、陆稿荐、老四川、吴抄手、小汤圆、鸡丝米线、回锅肉、豆腐鱼，数不胜数，楼宇深宅亦生长出新派火锅、渝菜、西餐等各地各式的菜系，人间烟火也体现百姓生活质量的大变化。

有的爱从恨中生，我的乡愁从真情里来，对这座城的爱和情源自魂灵充盈肺腑，哪怕就是于细微深处见差池显不足，又添新愁。囿于家园的喜悦并不排斥这新愁，放眼世界领教现代文明，我们丝毫没有理由关起门来作揖——自己恭维自己。

囿于眼光，我没有看到可持续的足以支撑这个超级大城的支柱产业诞生、发展、壮大。尽管从1925年潘文华建起了那一点儿薄弱的工业基础，抗战时期集中了全国仅有的工业机械设备，上世纪70年代大兴"三线建设"时从东南沿海移迁一大批重点工业产业进山，直到改革开放国企的兼并组合和混合制改革，重点引进外资、外企、外技注入新的动力源，以后的直辖市设立助推了一些产业，尤其是电子、汽车、交通业的一度强力发展，但显而易见的是崛起缺后劲,盛衰周期短,全面创新能力弱或者无力寻找新的突破口。

  囿于认知,我没能寻觅到突破高精尖科技水平的产业孵化和基础研究。这座城古老,老得有资格自然不必赘言,但是仅持有老本,随时代的发展就一定会陷入抱残守缺的尴尬,缺乏瞄准高新目标的锲而不舍的基础研究,不具备科技转化产业的机制和条件,难免将曾经的优势迅速跌落成颓势。

  囿于知性,我没有发现这个直辖大市带动广袤的大农村大山区,凸起新兴产业来振兴乡村。食色,性也。古往今来,农业问题一直困扰这片土地上的人们,落后的耕种方式尚未彻底更新,新的产业发展也伴随诸多困惑,我曾无妄猜想,"三农"大题由这座城引领、思考、实践,蹚出一条从根基上改观农业面貌的路子,那该是这座城无上的荣光。

  囿于心智,我没有发现这块土地在新的时代人文科学的长足进步。小心翼翼展开祖国雄鸡一般气势磅礴的地图,我们设计以一个历史时期的文化标志来标注地理,依据历史的记载叠加上去,也就不难看到北方的陕、晋、津、京、豫、鲁一片,南方的皖、浙、苏、沪一带,甚至两湖都比西南西北地区要厚重得多宽泛不少。落到这座城,除了历时都不长的川江文化、码头文化和袍哥文化,随时代而动的抗战文化、红岩文化,其思想精神人格的崛起、挺立和拓展,形成身后的文化底蕴还需后辈的努力。金秋十月,这座城内连接上半城与下半城之间的"十八梯旧城景区",在历经五年的重建后开街,"复古整旧,整旧如旧",比照这个小城先前"整旧"而已经成为网红的洪崖洞、白象街、湖广会馆、通远门城墙公园、巴蔓子将军墓,一展尊容即被大量吐槽,不仅没有体现这座城的底蕴,而与其他的古街旧镇一个模样。这由不得深思,新城一个模子,整旧一个模样,我们的创新在哪里？我们"整旧"还要"吃"先辈多久？仅就文学方面设问，陈忠实、路遥领衔的"陕军"在黄土高坡异军突起，山东高密东北乡那个胶东半岛的小块地儿随莫言的笔触蜚声海内外，重庆这大城经一大群自视甚高的文人的笔漂洋过海了吗？

没有比较便无以见差别无以识长短，远不说国际大都市，就较之于国内京津沪三个直辖市老大哥，我们缺人文历史少经济积累，较之于上广深这些个经济大城，我们没有上海引进外资的桥梁基础和金融优势，没有广州对外商贸的经营传统，没有深圳的创新活力。还有一个正在发力脚步噔噔往前跑的海南自贸区，又是一颗明珠，一个经济巨人。

我的城，我的原乡，因为你"似曾相识"惹人愁，因为你已经站在了世界大城初具的规模上尚未腾飞而使人愁，因为你在日新月异的大势下尚未"脱胎换骨"走向全新而使人愁上添愁。我只能责备自己，也想弱弱地问问身边的父老乡亲，我们该拿什么奉献给这座城？该怎样抚平这褶皱的乡愁？

从这个意义上讲，即使愁眉不展愁肠百结我绝无怨言，心甘情愿永远把这浓郁的乡愁绾结在这座城上。

《我的乡愁是座城》系列之八

反思孕育未来

　　既然是一座城,不可能被一眼望穿的。姑且不说天南海北汇拢的城里人,长居的也好短聚的也罢,至少都有些来历,就说眼前脚挨着脚站立的高楼大厦棚屋矮房,里边不知掩藏和上演着多少人间剧,至于那些古老的城堡城墙秦砖汉瓦名胜古迹无一不无声地诉说着斑驳陆离的过去。

　　说不出有多少种差异的自然条件滋生了不同的人类族群和文明,诞生在这个星球上不同地域的人类,尽管文化千差万别,文明程度参差不齐,但是,他们都有一个表达和阐释自己尽其所能达到的创造性的欲望,并且最大限度地展现欲望产生的伟大成就——在地球表面建造出一个又一个大大小小的城市。作为人类的发明,造城的历史没超过七千年,造型和风格各异、风情与风骚独具的城市不计其数,但没有两座完全相同的城,每一座都表现了那一个族群在那一个时代的经济社会综合实力,都是科技成果、文明程度和人文智慧的结晶,哪怕几经建了毁、毁了建、建了再拓展的轮回,依然独一无二地彰显它的"个性"。

　　无数次站在这座城曾经无敌高的通远门城楼上,打量近前高高低低挤挤挨挨的楼宇，俯瞰浩浩荡荡环绕重庆城的长江、嘉陵江，眺望两江四岸既是城又是山，公路、桥梁、轻轨、索道多维度多方向飞架，飞机、汽车、列车、缆车如彩练当空舞的景象，想象着顷刻之间即可见的山外还有青山城外还有大城的奇观，脑海里禁不住阵阵震撼，拉胶片一般展现这座城的前世今生。记录起来根本就停不下键盘，系列随笔《我的乡愁是座城》竟一气呵成达七篇之多万言以上，城郭寓史，山水寄情，以"愁"情统领，欲将这座城的方方面面犄角旮旯都囊括在一个集子里，但这个城确实宽大而厚重，不能"一眼望穿"，甭说"前世"挂一漏万，就议"今生"也只能浮光掠影，深入进去还发现许多的瑕疵和遗憾。

无数次从东南西北方向乘机飞回这座城，刚从另外一座城眨眼间抵达这座城，脑袋里自然会产生一些直观比较，想想这座城在世界城市群落里该居什么样的位置，不禁生发另一种看见差距的"愁"。最强烈的一次刺激是曾经的一场"国际旅行"之后。那是一次结束在美国的公务考察之后的返程，极不凑巧也极为凑巧，转机几乎无缝衔接，从纽约起飞中间经停一个小城转洛杉矶，未出机场一个小时内直飞香港，又停留不到两个小时转飞上海，而后从上海飞回重庆，一天之内起落六个城市飞行二十几个小时。再一个凑巧的是，因为时差，从起点到终点都是黑夜，机窗下那四个国际国内大城市明亮璀璨的灯火一眼望不到边，令人震撼，接着长时间地穿越漆黑的夜，猛一见脚底下闪现几簇散落的星光，才意识到回了家乡，暖意浸润的同时，巨大的失落感也油然而生，较之于那些大城的灯海，飞机的落点无异于千山万壑中的"穷乡僻壤"。

愁是忧虑，是一种忧伤的情绪，把它与故国家园亲人好友联在一起的惦记、感伤和焦虑情绪，就是"乡愁"。古今中外书写乡愁的文章何其多也，文字何其优美，名诗名篇汗牛充栋。台湾诗人余光中一首现代诗《乡愁》以既具体又形象的意境，契合时局现实而扬名世界。乡愁是因为相隔时间太长记忆淡漠，及至想起又无法清晰地复制过去的美好的画面的焦虑；乡愁是因为相隔距离太远，及至想起又一时无法返回重新游历的苦恼。然而，目光老是聚焦于一座城，老是一片褒扬声，可以理解的深入到骨子里的挚爱无可厚非，但不得不承认是狭隘的格局限制了认知。且不说放眼世界的比较，人文历史厚重的罗马、伦敦、巴黎，现代化国际大都市纽约、东京，我们就拿国内一线城市——北上广深来说吧，稍作比较差距即现。

与一线城市相比，也是文化、经济社会发展的巨无霸，西南内陆的重庆无论哪一个方面都差距甚大，横向比较，爱恨相生，恨铁不成钢的"恨"。

《我的乡愁是座城》系列我前后写了七篇文章，发表之后勉强有些反响，有人点赞，说写了它的前世今生，写了它的耀眼辉煌，"愁"绪里充溢的全是爱，对这块土地浓浓的情与爱，也有诸多批评性的意见，说什么抱残守缺，说什么缺乏现代意识的审视，没有国际眼光，没看见现代化之下的差距与缺陷。更多的人说，对这座城失去了期望，也就漠视了它人文精神文化底蕴的渐进积累，但没有批判的眼光，就不能精细化推进城市建设、创造性拓展、重点行业飞跃，使这座你所热爱的城失去美好的未来。

像欣赏自己亲生的儿女一样细读关于这座城的文字，借"愁"叙"爱"，或者说是无病呻吟絮絮叨叨念"愁"惹人怜惜，或者对这座收纳了自己50多年生养历程的地方的点点滴滴抒发的爱意浓密而昂扬，但我们确实不能容忍这座城从此躺在过去的辉煌里吃老本，落伍于时代，差距于当今，而无觉悟之时更无奋起直追之势。

爱之深，不因一"爱"遮百丑；责之切，理因由爱至"恨"。毫无疑问，这完全是更深一分的"愁"。

我国是世界上为数不多的产业门类齐备的国家之一，但每个城市不可能也没必要建设全产业链，有一个或几个突出的支柱性的可持续发展的，当然是创新或者全新的产业链就足以支撑一个有规模的城市。试问我家乡这座城，能够在国内外叫得响的产业品牌是什么？

概括一国的力量可以用综合实力来衡量，评价一个城市实力也可以分为硬实力和软实力，但更多的是以某个特点或突出优势作为标志，很难综合去概括。每一座城市都有自己的文脉文明演绎发展史，都有自己的定位。那么，我的城，你的突出优势在哪里？软硬实力的坚实基础是什么？

以现代视角看，这座地处北纬30°上下，位于中国西部四川盆地东部边缘的重庆城，以其四季分明的自然气候，大山大川间隔丘陵、平坝、沟壑，丹霞、喀斯特、冲积性滩涂多种地质地貌的自然条件，可资特殊用途而得天独厚。上世纪40年代，国民政府以其群山绵延水路航运便利为战略纵深将此定为战时首都，因为政治中心的定位，军事、外交、经济、文化、教育、工业也随之而至，使这个中华腹心的山野小城迎来了"脱胎换骨"和"重整河山"的大变身，也可以将其概括为这座偏僻落后蒙昧初开的小城一脚跨进现代化的门槛。国际地位、工商业兴旺、文化文明的提升，迫使重庆母城大幅度地跨越原有的规模，不断越过两江和周边的许多山头无限制地四下扩张，初步形成以舟楫之便公路之利串联起来的"山中建城，城中留山"的组团式大城市结构。倘若假以时日，这座城早就建成一座现代化国际大都市了。对这座城来说，辉煌和繁荣都太短暂，只几年时间。随着抗战的胜利，国民政府迁回南京，仿佛什么都在萎缩乃至湮灭，此地空余"陪都"的名号。遗憾的叹息里，当初号称"中国敦刻尔克大撤退"从长江中下游抢运至重庆的工业设施设备，在抗战中开足马力生产出大量军工产品支援前线，这些"宝贝疙瘩战后留了下来，作为这座城以后的工业基础，算是对这座城和城里的人的巨大牺牲的告慰"。

重庆城的"三起"都是时局的政治原因拉动的，随时局的变化必无悬念地衰落，但是，"三落"之后遗留下的工厂、技术人才、大型企业管理模式和经验，奠定了它以工业化踏入现代化的基础。在"军转民"生产方针调整以后，尤其是改革开放以来，引进外资、外企，扩大与外企的技术合作，大规模地上摩托车、汽车、洗衣机、热水器、仪表，以及后续的笔记本电脑、手机硬件诸多项目，在本世纪初形成了一定规模的产业链，在一定程度上赢得了西部汽车城和工业城的赞誉。不得不说的是，由于改制转型、持续引进外资外企、创新型产业产品不足等诸多原因，使这座城迄今拿不出驰誉中外的品牌，跟在发达城市后头仍追赶不及，换句话说，就是科技和产业的创新力后劲不足。

巴国文化固然源远流长，但相较于中原文化黄河文明，文史记载、文物发掘、文化元素的挖掘和拓展差之甚远。川剧、川江号子、方言，不见声名远扬，反倒缩手缩脚重回厅堂，日趋小众；川菜、火锅、麻辣小面、万州烤鱼、黔江鸡杂等吃食虽不胫而走，即使在境外的唐人街也能一饱口福，虽热闹且大众化，但并未打上本土独具的标签，个中文化含量更无从谈起。文化事业上既无大牌更无大师，直面底蕴丰厚的京派海派文化、异军突起的陕军，几乎望其项背，但城内"起高楼，宴宾客，唱大戏"煞是闹热，是否用得上一句本土方言来囊括，叫作"关起门来作揖——自己恭维自己"。社会底层流行上百年的码头、袍哥、江湖文化，暗流、低俗而上不得台面却大行其道，曾经响彻中华大地的抗战文化、红岩精神缺乏更大范围的倡扬、持续打造和深度挖掘，托靠依山傍水两江四岸的灯饰工程，以及轻轨穿楼、磁器口古镇、江北嘴中央公园建筑物造型打造的网红景点，可作为吸引外地游客眼球的名片，提升旅游经济增长，但"红极"可能"一时"，如无纵深开掘迟早将难以为继，更遑论文化竞争力。

对照香港，重庆缺乏建立国际金融、商贸、航运中心的起码条件，在西部的成都、昆明、贵阳、拉萨都各具特色地充分发展的现实境况中，想一展曾经的引领、牵动、辐射的地域性作用的风采，非一个"难"字可言；直对上海，其国际化的历史和现实的"高大上"地位，外资外企的引入，尤其是精英人才的引进、培育和储备，可以睥睨所有国内城市，重庆更可谓一个"小"了得；与深圳相比，彼全新的创业活力四射，一张白纸已经画出了最新最美的图画，不用形容也直追香港，运用大量的修饰词包裹重庆也无法在短期内赶上或者超越这座改革开放的前沿城市。至于老牌城市广州，规模渐大，积淀甚深，工业制造的升级换代，进出口贸易的扩大，都是内陆重庆无可比拟的。于此，可不可以冒昧地断言，国内一流城市在左，无论硬基础还是软实力，重庆不在右而在下，得奋起直追。

城市，是一个伟大的现象，集中展现人类宏大的聪明才智。新中国成立尤其是改革开放以来的伟大成就之一，就是造城。到1998年，直辖市增加至4座，城市总数量由新中国成立之初的百余座增至600余座，到2013年，中国城市数量为658座，城市人口在2011年首次超过农村人口。但是，这些了不起的发明者，既缔造了一些值得百年自豪千年夸耀的伟岸现实，也摧毁了一些可能是更美好的幻想和未来。事实上，这个世界上还没有一座全产业全方位发展且永远不落伍的城市。但并不是说，我们不以国际思维、创造性理念、未来视野来理性、客观地衡量这座城，看到差距是一种愁，更是深一分的爱。

老重庆城即是长江嘉陵江汇流的朝天门陆路延伸至半山腰的七星岗通远门，蕞尔小城而已。大重庆地域8.24万平方公里，辖38个区县，人口3100万，行政上属中央直辖市，如此地位和体量的城市在世界上怎么排名也该名列前茅。遗憾的是，真正意义上称得起城市名号的中心城区仅5467平方公里，人口890万，其余大山区大农村无论如何也算不上城乡一体化的城市。尽管几年前重庆GDP就跻身于全国的万亿俱乐部，但人均下来排位掉后。这样的经济体量走的路子依然是房地产重头、制造业辅之、"三产"跟进，既无创新也无支柱性产业，更无特色优势。这个似老非老的城市，最缺乏的是精英人才，看似人口流动量大但主要来源多为周边区县，而非国内国际的人才流入，地界上仅有重庆大学、西南大学、川外、川美几所域外闻名的大学，培养育成的顶尖级人才几乎为零，即使有，本土条件也留不住人。城市的竞争力在人才的去留上体现明显。有便利的生活设施、创业的基础条件、激发创新思维的氛围，就留住了人才，聚集了一大批人才的城市，其发展、创新、内动力是无可匹敌的。

从城市学家的研究成果可以看到，城市衍生发展有其自身的规律，是经济社会进步到一定阶段的自然产物，而不是人为地集中建高楼集中城市人口。原来工业化时代到处冒黑烟遍地是烟囱的城市画面，早已被洁净环保蓝天白云但却是高楼鳞次栉比的面貌所替代，随着物联网、人工智能产业的快速推进，单一模式的城市发展必然受到种种限制，而走向与乡村的高度融合无差别发展，传统意义上的城市终将变成一个历史的人文的标志性符号。

站在雄踞七星岗的通远门城楼上，这里是这座城母城的最高峰，也是母城的最边缘，如今是大重庆的繁华中心所在。耳边清风缭绕分不清是长江还是嘉陵江上来风，絮絮叨叨仿佛诉说着这座城的古往今来,穿过高楼大厦的缝隙才能四下张望出去,太阳升起的地方是长江奔腾的出口铜锣峡,亘古不息的两江在城址侧畔浩荡流淌,北边越过一片楼宇丘陵可见葱郁的铁山,长江南边离岸不远耸立着巍巍南山,西面逶迤连绵的歌乐山,远远近近拱卫这座城。城墙内外商场、公园、文化宫、艺术馆、医院、住宅隔着通衢大路和拐弯抹角坡坡坎坎的小径,无规则地矗立,巍峨而瑰丽。建城之初,这城楼肯定是这座城的最高点,凭栏望去,一览无余,古人视之甚高甚远,天高地阔之间何等壮观!渐次生长起来的钢筋水泥的森林仍阻隔不了天地、江风、明月,依然如大文豪苏东坡写《赤壁赋》所言:"惟江上之清风,与山间之明月,耳得之而为声,目遇之而成色,取之无禁,用之不竭。是造物者之无尽藏也,而吾与子之所共适。"思古观今,同样惬意,犹如古人登泰山凌绝顶而小天下之情怀,与今人脚踩珠穆朗玛峰而傲立天地间之气势、胸中涌动的诗情画意一样汹涌喷薄。

我想,三千年来,这座城无数次变换画面,旧貌变新颜,小尺寸换大幅度,凭借优势每个时代都有不同的定位,但见"风月无古今",当然"情怀自浅深"。这里边隐藏着一个"变"与"不变"、"无"到"有"、"小"趋"大"的哲学问题。城之子孙的伤心,城之故人的愁思,或深或浅,倒是一种甚是高雅的情愫。

无数次地猜想,今天以后的重庆该是一种什么样的角色呢?且不说城里的人,关注这座城的所有人都在思考,但很难言简意赅地概括它,一方面是它的内涵太丰富外延太宽泛,另一方面是它的角色定位模糊,尤其是继往开来的方向和路子。

国家给这座城未来一个时期的定位是西部大开发的重要战略支点,处在"一带一路"和长江经济带的连接点上,要建设具有全国影响力的重要经济中心和科技创新中心,要建成内陆开放高地,成为山清水秀美丽之地,努力推动高质量发展、创造高品质生活。

立足"两点",建设"两个中心",实现"两地、两高",既是目标又是任务,也是这座城未来发展的依据。比照这幅弘旨高远的"大蓝图",差距是巨大的,加快脚步奋进是必须的。

重庆城下的长江、嘉陵江唯恐落后,波涛汹涌,浩浩荡荡,不远千里分别从青藏高原和秦岭深处赶来为这座城注入新鲜活力。难以想象这两条大江携多少知名或者不知名的江河溪流,冲破了多少巉岩险障,全身心地载满能量来为这座城加油,我不禁泪如流水,庆幸这方土地得天独厚,得水独倚,也憬悟唯恐胼手胝足地努力不够,唯恐明智理性的步子迈得不够稳。

这座城的美好愿景,又添了一分我的愁。

认宗、寻根、蹭祖

春意昂扬的一天,一湖碧水荡漾,临湖的高档餐厅开窗近水的豪华包房,几家人围坐一桌就餐,开心地吃着喝着。因为太熟悉大家无话不说,不知怎么又聊到了"认宗寻祖"的话题上。座中一男子已喝得面红耳赤,敞大嗓门儿说:"我姓岳,祖上是民族英雄岳飞,岳家军抗金,直捣黄龙,威风凛凛,爱国事迹不用说了吧,人人皆知。"接着,又掰开了手指头说,"你们看啊,岳飞,字鹏举,公元1142年1月,宋高宗赵构和宰相秦桧以'莫须有'的罪名,将岳飞及其子岳云、爱将张宪杀害……"座中有人揭短:"咱们几十年的朋友,知根知底,谁不了解谁呀,你姓张,是东北人,人家岳飞祖籍河南,葬在杭州,跟你八竿子打不着,是你什么祖宗?"张姓男子安然,不慌不忙说:"我家是东北人不假,但我妈姓岳,我妈的爸祖上是河南人,跟岳飞同宗,我查过族谱的。"另一男子双手端起酒杯举过胸前说:"好,民族英雄之后,我敬你一杯!不过,说起我的祖上恐怕对大伙儿有些不敬了。""怎么个不敬法?说来听听。"众人嚷嚷。他接着说:"说来有点儿大言不惭,我祖上乃大宋赵家皇帝,是的,大宋最后一个皇帝赵昺,七岁的时候,南宋与元军的'崖山海战'中战败,他被左丞相陆秀夫抱起跳海而亡,但是,赵氏皇族就此一个赵昺吗?赵昺之后无后吗?赵家宗亲遍布全国,海外也不少,走到哪儿赵家人都会有所照应,不过,祖上载入史册的最大污点就是错杀了大英雄岳飞。"众人静顿良久,一个稚嫩的童声响起:"我姓曾,我爸姓曾,老家在湖南,祖上是曾国藩,我查过家谱的。"大家定睛一看,曾姓朋友的小孩儿模仿大人的口吻和神态确实令人忍俊不禁,哈哈大笑。笑声稍停,孩子一本正经地求教:"叔叔,阿姨,是不是祖上是大英雄,后代一定也是大英雄?"众人愕然。他爹拍了他屁股,说不一定的。小孩儿不解,又说:"后代就一定是个大笨蛋。"众人纷纷否认,七嘴八舌,说不一定。小孩儿眨巴眨巴眼睛说:"祖宗太远了,祖爷我都不认识,我们非得要大老远地去认一个祖先干吗?不一定相干呀。"众人哑口无言。

正因为童言无忌,"皇帝的新衣"都是稚气未脱的小孩儿说破的。

然而,屡屡被不谙世事不识时务的童言戳破的"皇帝的新衣",不知多少次又被谙世事识时务心智成熟的人"拾起"给别人"打扮",或者自己就"穿上",甚者还浑然不觉,招摇过市,显摆于世。

显然,世事远不是被一句无忌童言说破那么简单。

几乎所有的现实世相,都能从过去的社会形态里找到原因或者惊人相似的地方。不可否认的事实摆在那里,认宗亲,寻同根,蹭祖宗,以此为原点为主线向外拓展,哪怕是盘根错节转弯抹角的关系,也要千方百计地攀附上高枝,即使费力费神甚至捏合线索穿凿附会也要依附上权贵,倘如是,人生发达从此始。

始于隋唐止于1905年的科举制,被近代国人诟病为将人们的思想和学识束缚于八股制艺的牢笼之中,斥之为保守、僵化、愚昧、落后的象征，急欲彻底推倒而痛伐之，殊不知它在创立之初是颇具先进性的，是它打破了西晋以来被以血缘、地域、亲情为纽带结成的世族把控，选官只看出身不看才能，致使有才学有能力的寒门子弟庶族地主的上升渠道被阻塞，被史家抨击为狭隘、落后、腐朽的九品中正制选官制度。要知道中国长达两千余年的封建王朝，是建立在围绕土地做文章的农耕经济之上的，封闭、自足、相对稳定的农村社会里，人们想要出人头地或者提高身份，可供选择的上升渠道不多，要么就是扩大占有土地成为地主甚至坐大成势为豪强地主，要么就是进王权体制做官。兼并土地无非公平买卖或按丛林法则巧取豪夺，都属民间行为，而做官必须是占据王朝政权所设置的职位，属官方的，也是社会主体的行为。加官晋爵绝对是朝廷的一件大事，最高统治者为了维护家天下及皇族、贵族的利益，必须建立并依赖金字塔型的官僚体系来治国理政，不管是追求效率还是讲求稳定，自然要选择贤士能人并合理安排到各级各类官位，以忠诚敬业悉心贯彻上意以有效牧民以凝心聚力拱卫皇权体制，这样看来，选官制度就成为历朝历代维护皇权的重中之重。

选官制度既是维护皇权的重要措施，也是农耕社会精英人士的晋升之阶，更是体制对社会的强大吸附力。因此，历史上各种选官制度的确立、改进和发展，首要考虑的是要达到这三个目的，其次，还不得不显现其公平、公正和广泛性，以利于帝国的巩固和社会的安定。非常遗憾的是，这些起点甚好的制度走着走着就变了质，到后期简直就是腐朽不堪，除了跟不上经济社会的发展、人类文明的进步之外，致其腐败的最大因素，就是被以血缘、宗亲、地域为纽带结成的利益集团所控制，从"任人唯贤"转变为"任人唯亲"，又回到自下而上以"认宗亲""搞关系"攀附的怪圈。以这种背景踏入官场的人，势必又以"亲缘"层层结为利益集团"把持朝政"再"滥用职权",到"卖官鬻爵",到"徇私枉法",最终蛀空政权,导致改朝换代。

中华民族有文字记载的最早的选官制度,是公元前2600年"三皇"时期实行的"父死子继,兄终弟及"的血统继位制。黄帝之后开启了上古时期的"禅让制"。进入夏、商、周朝实行的是"世卿世禄制"。到了春秋战国时期,各国统治阶层为了富国强兵,破格任用了一些地位低下而才干出众的人,出现"军公爵制度"和"养仕"之风并存局面。秦一统天下后,则以"辟田"和"军工"作为选官与提拔的依据。汉代推行"察举制",自下而上推选人才,逐步设定了察举科目、具体标准、"对策(考试)"等第,保证了竞争的相对公平和下层人士进入国家管理层的机会。魏晋南北朝时施行的九品中正制,实际是两汉察举制的一种延续、改进和发展。隋唐建立的科举制,废除了传统的州郡辟举制和九品中正制,采用通过考试、分科取士的办法,彻底打破了血缘世袭关系和世族的垄断,显示出生气勃勃的先进性,初期对社会中下层的平等公正,使一些饱读诗书确有能力的士人"朝为田舍郎,暮登天子堂"成为可能,有了合理的上升渠道,不仅如此,这种用人机制刺激了社会的活力,因而延续了1300多年。但长期以来,因为格式、内容过于苛刻,衍变为对人们思想文化的限制和束缚,催生了一些社会和家庭悲剧,到后期导致了科举制度的政治化,天地君亲师的教育造成师门裙带关系盛行,拉帮结派,贿赂公行,腐败透顶,直到20世纪初被废除。

任何人间事物都有一个初起生机勃勃,继而持续发展趋向极盛,接着由盛而衰,直至彻底消亡的过程。我们五千年文明史中至少存在有三千年时间的选官制度,也逃脱不了这一规律。科举制兴旺的时候,唐太宗李世民去视察御史府,看见新录取的进士鱼贯而出的景象,不由得感慨:"天下英雄,入吾彀中矣。"其状扬扬得意，笑容可掬。九品中正制是在汉代的"察举制"乡荐里评基础上，又经过了考试考察程序的制度，应该说既公开又公平，但至后期竟出现"上品无寒门，下品无士族"现象，成了门阀士族培植私家势力的工具。

不管是哪种选官制度，在权贵把持期间，以认宗、寻根、蹭祖为理由和形式攀附上去，不失为一条有效而便捷的路子。脚跨清朝、民国两代的风云人物袁世凯，年轻时相貌堂堂，勤勉读书，常常读书累至吐血，但两次参加乡试未中，气得弃笔投军，仍念念不忘科举晋身，发誓说："弟不能博一秀才，死不瞑目。"中规中矩当兵、勤奋努力读书均不见人生起色，袁世凯便想起了梳理宗族祖上关系另谋他途。通过梳理发现，在京城当官的堂叔袁保龄虽不居什么要职，但与清朝重臣李鸿章说得上话见得了面，便多次携重礼上门求袁保龄举荐。袁世凯攀附上一时权倾朝野的重臣李鸿章之后，被保举出任驻汉城清军总理营务，主管朝鲜防务。在朝鲜期间，袁世凯施展文韬武略，表现突出，回国后被李鸿章保举去了天津小站主持练兵，建立起了中国第一支近代化的陆军——北洋新军，以此为支撑，他才一步步走向近代中国权力的顶峰。但袁世凯没能在科举考试中举，成了他一生"最大的遗憾"，以至后来成为力主废除科举的清朝重臣之一。

事实上，封建王朝历史上，选官做官虽有明确的制度摆在那儿，但看出身重宗族视祖上分地域的痼疾，一直如妖魔缠身一般附着在官僚体制上。一般人想要有所长进，"学成文武艺"是一方面，另一方面"货与帝王家"还得找关系寻门路，千年封建史上从高层到底层无不如此。

南宋洪迈在《容斋随笔》中记录了这么一件事：梁武帝时，有一个叫并韶的人来京应试以求升官显贵。主持考试的吏部尚书蔡撙看了他的文章，又考问了他的学识，认为他是一个才能上出类拔萃的人,但考察其祖上和之前没有显赫人物,就没按其才使用,而是安排了一个广阳门郎的小官。并韶深以为耻,拒官回乡,且走上聚众造反的路。如此小事不见经传,却引发洪迈的感叹,像蔡搏这样享有贤明盛誉的高官,都以门第高低来任命官职,由此不知埋没了多少人才,又使多少庸碌小人得志。

世事如此,难怪世人会热衷于"认宗、寻根、蹭祖",一旦攀缘上去可用为晋升之阶,也可借为发财之路,还有,在这一过程中又可以发现新的可利用的资源。上千年封建社会遗留的这些陈规陋习顽疾痼病,不可能一下子清除得干干净净,也难怪会有人拾取残渣,仍以功利性目的去搞这类活动。

当然纯粹出于学术研究,另当别论;出于兴趣者,属"行有余力"之私趣,旁人也无可置喙。

令人欣慰的是,我们这个伟大的时代,革故鼎新,已经从机制上、主流上根除了这些痼疾,正把那些封建社会的残渣余孽统统扫进历史的垃圾堆。

悠悠说死生

人出生就注定要死,及至死乃死者为大。

换种说法,人从出生的那一天起,就开始一步步一天天向死亡走去。这话听起来刺耳,感觉极不舒服,但没办法,事实如此,概莫能外。回过头来,向死而生,岂不会活得更好?

排除疾病、意外诸因素,人类的寿命在逐渐延长。史载明清时期国人的人均寿命40—50岁,民国至新中国成立前人均寿命50—60岁,"人生七十古来稀"该是那些时期的真实写照。时至今日我国人口正常死亡的平均年龄男73岁,女77岁,"人活百岁不是梦"成为身边可见的现实。但是,这个不同寻常的"但是"转折下来的重锤,足以让你清醒,不管你活得多长立得多久,终将倒下,归于尘土。杨绛先生在《一百岁感言》中写道:"我今年一百岁,已经走到了人生的边缘,我无法确知自己还能走多远,寿命是不由自主的,但我很清楚我快'回家'了。"

人活着,脑细胞就会活动,脑细胞转动就叫思考,尽管人类一思考上帝就发笑,各种各样的想法还是会蹦出来,把这些想法一整理就有思想。感谢上苍给予了人类最大的恩赐——造字,有了字,以字组句,所想才有了载体,所思才有了语言的表达,有了思想而且是能表达的思想，才使人区别于仅求生存的一般动物成为高级动物。文字装载语言，语言在不断"输出"、"输入"及两者之间的摩擦碰撞中形成思考，思考的"钻头"从不同方向、角度、维度射向世界和人的内心，理性和非理性的思想由此诞生。亚里士多德说："人生最终的价值在于觉醒和思考的能力，而不只在于生存。"

但思考来思想去，把人世看了，似乎又回到了原点：人生的终极提问。我是谁？从哪里来？要去哪儿？这三个关于人生的提问促成了人类的哲学思想，对这三个问题的思考、探讨、研究形成了卷帙浩繁无穷无尽的学问，也可以说成了考验人类智慧的终极问题。2400年前，古希腊著名的哲学家、思想家、教育家苏格拉底和他的学生柏拉图，以及柏拉图的学生亚里士多德并称为"古希腊三贤"，被后世普遍认为是西方哲学的奠基人。因为史料的缺乏，因为苏格拉底为"三贤"之先，且一生述而不作，靠学生的记叙、梳理和阐述，才将其言论、思想及所作所为编撰为文传承于世，后人梳理总结前人的哲学思想，有人便将这终极三问称为"苏格拉底三问"。类似的提问还可以在《圣经》的不同部分不同章节里找到原问，出自耶稣或其他的神或人之口。法国著名画家保罗·高更曾画过一幅题为《我们从哪里来？我们是谁？我们到哪里去？》的画，也许可以认为"三问"是高更提出来的。事实上，出自谁之口并不重要，重要的是"三问"促成了人类的积极思考，促进了人类的深刻思想和实践，并且抽象出了它的哲学意义。于每个人而言，生而在世必须追问其自身生命的本质、来源直至归宿。反过来说，每个人都用一生来践行或者证明这终极三问及其意义。

"三问"都是大题，是大难题，可以大胆预言，似乎永远不可能探索到答案，不管他是何方神圣，不论他具备多高的高度、多深的深度，也不论出类拔萃的人类发明多少高精尖的科学技术，只能是在此岸止步而不能在彼岸登陆。"至圣先师"孔子与弟子之间的探讨，《论语》是这样记载的：子路问死。孔子曰："未知生，焉知死。"尽管"大哉死乎"，不管后人怎么去阐释，上升至极高的哲学意义，毕竟这两头在彼岸的说法还是让人摸不着头脑。哪怕人类灵魂深处衍生最虔诚最极端的宗教，依然是有提问但无果，有的倒是无尽的揣度和无边的猜测。

　　我是谁？千百年来困惑着自己提出此问的人类自己。公元前6世纪，古希腊人在德尔菲神庙阿波罗神殿前的石柱上刻下这样一句看似轻描淡写细思却震撼人心的箴言："人啊，认识你自己。"他们认为只有认识自己方才具备智慧。千百年来的后人们，迄今都没能缜密、周全、深刻地弄懂这个问题。古希腊充满智慧的哲学家苏格拉底，审视自己一生后不无感慨地说："未经审视的人生不值得过。"为了认清"我是谁"，古今中外的人们，不管是自以为手握乾坤可以主宰人类命运的伟人，还是在不同领域大有作为或者小有成就的功成名就者，抑或是命贱如蝼蚁的芸芸众生，都在自觉或不自觉地审视自己，不断地设定人生目标然后用实际行动去证明自己，这个过程延伸在人出生以后死亡之前，实际上就是解决一个"人怎样活着"的问题，这个问题在史上又被称为"苏格拉底命题"。

　　世界走到21世纪，人文学科各个领域的研究成果可谓汗牛充栋，科学技术的发展不仅是前所未有，可以说是超出自己创造奇迹的人类自身的想象。踏上月球的人类足迹、近距离探索火星的触角、可以在某些方面替代甚至超越人本身的智能机器人、几乎无所不能的互联网……日新月异的科学技术简直就是一场革命，高度发达，迅猛前进，但同样解决不了人出生前的"来向"及死亡后的"去向"问题。于是更广泛的族群更多的人聚焦于

"人怎样活着"这个命题,这着实让活着的人做足了文章,足登高山者写下鸿篇大著,步履低谷者绝大多数悄无声息地来默默无闻地去,能在人海中史籍上留下只言片语尚属凤毛麟角,即使如此,其后的史料既浩如烟海也千奇百怪。

我是谁?践行了"人怎样活着"这个历程最能够证明或者说明,所谓"盖棺论定"是也。西方人习惯看重过程,东方人则凝视结局,但最终殊途同归——走向死亡。排除被动、意外、疾病诸多意志以外的因素,主动面对甚至主动选择死亡的人无疑更能说明"我是谁"。

公元前399年,苏格拉底被雅典法庭以侮辱雅典神、引进新神论和腐蚀青年思想的罪名判处死刑。在喝下那杯毒汁之前,他语出惊人:"现在,分手的时候到了,我去死,你们活着。究竟谁过得更幸福,只有神知道。"何等自如,何其潇洒。原本他是可以选择不死或者逃避死亡的,可他选择了死亡,临死前他还阐述了对死亡的独到见解,因而死得其所。

作为思想家、哲学家,从来还没有哪一个像苏格拉底的死在后世引起这么多不同凡响的反思,产生这么大的影响力。这桩注定要影响历史的死亡判决案中,一方是追求真理、舍生取义的伟大哲人,另一方则是以民主自由为标榜、被后世视为民主政治源头的雅典城邦,而且审判他的法庭由500名来自城邦社会各阶层民众的陪审员组成,陪审团又遵循的是"少数服从多数"的原则做出判决。说苏格拉底主动选择了死亡是符合历史事实的,这就使得此案笼罩着一团迷雾和极其浓郁的悲剧色彩。如果凭借智慧,他完全有能力说服多数陪审员站到自己一边,他的朋友愿意代他缴纳一笔可观的罚金保他被判流放,即使被判死刑后朋友们也能够帮他越狱逃生,但都被他一一拒绝。他说:"我宁愿选择死也不愿婢膝地乞求比死还坏得多的苟且偷生。"他不愿意为了活命，就利用言论自由替徒有其表的民主制作最后的辩护，使自己失去精神内核。

他无愧为先哲，就是死也死得何等从容，何其优雅。1787年，法国画家雅克·大卫创作了油画《苏格拉底之死》，这幅画形象地描绘了他临死的情景，尽管不具真实性，却可以看见他安之若素饮鸩自尽的冷静和最后谈论哲思的潇洒。这是一幅画，但表现的绝不是他的做作，因为他的内心对死亡自有他别具一格的认识：死亡对人来说是一个秘密，要么是无，要么是灵魂从这个世界迁移到另外一个世界。基于这样的认知，死亡还有什么可怕的呢？甚至可以说是一件高兴的事。

主动面对或者主动选择的死亡——人的生命的最后篇章，也各式各样形形色色，或兴高采烈，或甘之如饴，或默默无闻，或壮烈绚丽，或奇彩独具，或被演绎为以为迥异的传说，留下生死千古事的史载。

一般人眼里对那个未知世界充满恐惧，认为死亡是痛楚、悲哀而可怕的事，而先哲们似乎先知了那个世界的感觉和模样，独具欣然的认识，甚至对自己死亡的方式都做了一番研究，再做出一道道奇特的别具一格的选择题。2400年前的苏格拉底之后，类似的典型人物在西方文明中可以列举许多。德国著名哲学家亚瑟·叔本华是唯意志论的创始人，认为生命意志是主宰世界运作的力量，人生是以受难的方式逐步走向死亡。西方文明中有这样的先知，东方历史上同样有许多认知旷达的先哲。印度大诗人泰戈尔以诗为歌，吟道："死亡不是油尽灯枯，它只是熄灭灯光，因为黎明已经到来！"《庄子·至乐》中记载："庄子妻死，惠子吊之，庄子则方箕踞鼓盆而歌。"惠子认为，死人当哀。庄子大笑："她仰卧天地间安睡，太阳和大地都是她的棺木，我在旁边哭哭啼啼就太不懂生命自然的道理了，我该替她高兴才是。"

对死亡认知通透、豁达的先哲，对死亡无惧、无悔、无疑的姿态和言行，为他人为后人对死亡的认识作了几乎是先知也可以叫作神明的引导，姑且不论其深度、广义和可信度，至少对芸芸众生消除对死亡的恐惧，对死后世界无妄猜测产生的惶恐心理，起到了积极的舒缓作用。

不容置疑，世间绝大部分人都生活在功利世界，出于其他的目的追求而主动寻死或者以死明志，也是把死亡作为人生的最大事，以结束生命为代价来彰显生命价值及生命以外认为值得追崇的意义。从寒食节的起源，来看看介子推之死吧，人们引申出几多意味。春秋时期，晋国公子重耳逃亡19年，在饥寒交迫之时，跟随他的介子推从自己腿上割下一块肉让他充饥。重耳即位后遍赏功臣，介子推则隐居绵山，重耳为寻他出山，纵火烧山，事后发现他竟背着母亲烧死在一棵柳树下，并留下遗言："割肉奉君尽丹心，但愿主公常清明。"为纪念介子推，晋文公定当天为寒食节，第二天为清明节，改称绵山为介山。介子推"割肉奉君"以死明志，明的是"忠君"之"志"，是为本意，而后人演绎的意义可就多了，为国为民，不慕名利，无私奉献，救人济困，克己为人不图回报，总之，成为后人绵绵不绝的学习和教育资源。

谁都知道清末"戊戌变法"失败后被诛的"六君子"，谁都记得留下豪迈诗句"我自横刀向天笑，去留肝胆两昆仑"，高呼"有心杀贼，无力回天！死得其所，快哉快哉"，大义凛然地走向刑场的变法志士谭嗣同。但是，有多少人知道，1898年9月28日，慈禧下令对谭嗣同"特别照顾"，用未开过刃的"大将军刀"将其斩首，这种连切菜都困难的钝刀却将大呼"快哉快哉"的志士足足砍了30多刀，其痛其状何其惨烈。有多少人知道，闻知变法失败，谭嗣同能够脱逃可以避死，但时年33岁的他坚决说不，还掷地有声："各国变法无不从流血而成，今日中国未闻有因变法而流血者，此国之所以不昌也。有之，请自嗣同始。"又有多少人知道，被押往菜市口刑场途中和刑场周围里三层外三层的旁观者，只知道这是一群该死的乱臣贼子，却无人真正了解这六具被斫的身躯到底是为谁捐躯。再置一问，更有多少人知道，谭嗣同父亲谭继洵当时乃一位高官，既无力救子，又不得不服从朝廷，还得承受教子不严的苛责，只能以泣血的心颤抖地写下一副"谣风遍万国九州，无非是骂；昭雪在千秋百世，不得而知"的挽联，足见一位父亲万箭穿心般的痛楚，暗暗长夜中其情可哀可悯。"戊戌六君子"之死，固然彪炳千秋，可在当世究竟唤醒了多少国人的觉悟？

没有人一出生就注定成大事做伟人，人生在世有千万种活法，绝大多数人都是顺着自然所给的本性生活，就像草木虫鱼该生生该长长该死死，一切顺其自然，听天由命，安之若素。但是，因为人对人生的认知不同，对生命的感悟不一，追求的价值和意义的差异，生命的活法甚至死亡的方式也千差万别，确实值得深思之细考之，毕竟人之生命来之不易，而且不可复制地只活一次。对人生结局的思考，更是对人一生的"回光返照"，历经沧桑之后有的安然、有的黯然、有的粲然，思之甚远的还不止于"盖棺论定"。作为一个时代思想先锋的哲学家，对死亡的思考、假设、猜测还具探险意味，不然，怎么解释有的哲学家离奇乃至匪夷所思的死法。美国学者西蒙·克里切利就在《哲学家死亡录》一书中搜集了大量古往今来的哲学家对死亡的思考和死亡方式，这也是一个光怪陆离的世界。

人啊，总是把死亡当作生命的一部分来对待的，哪怕它是最后的一部分。

如果把人生比作一场大戏，你能够演绎最曲折的剧情最华美的乐章，也可以暗淡无色甚至腌臜污秽挨过这场不可重来的戏，好在这一过程的操演一半在天一半在己,你可以主动选择提前离场和种种谢幕的方式,但开幕闭幕的大绳最终完全攥在上苍手里。当你站在人生的止点,在他人眼里有高低贵贱之分,有伟大崇高卑下无耻之别,而对自己对生命的本质而言,统统都是一样:不知去到哪儿。

既如此,我们不妨"笑谈死生悠悠事,做好人世大文章"。

大历史与小人物

不错,历史是由许许多多的大事件构成,这些大事件孵化了大人物的诞生,大人物又生发了许多大事件……历史就这么在无限的时空中延伸。

现代社会也许真是因为人们借助科学技术的进步而提升了认知能力,看事物做事情都讲究一个"大"字,颇为疑惑的是应用到什么领域都没把大概念的来头,以及它的内涵外延讲个透彻。这里,审视历史讲究的也是大历史观,书本上没说清楚怎么个"大"法,我的理解也就是把一些历史上的人或者事,放在一个大的背景上来看,放进一个源远流长波涛汹涌的时间大河里来比较,不拘泥于逼仄的环境,不深究于一些缝隙一些细节,着重看主流看对未来发展方向的影响,从而做出相应的判断。可是,史实并不如此,历史上一些惊天动地的大事件,及至开启一个新时代或者转折历史的大走向,绕开了一些小细节小人物,其内在逻辑联接不起,这史就不好写,即使编造历史隐瞒真相也难以自圆其说,况且再高明的骗术也不可能永远地欺骗所有人。

两千多年大一统的中国封建历史是从秦王嬴政创立的秦王朝开始的,其人其事在世界历史上绝对是一个前所未有的大事件。

公元前221年，秦王嬴政统一六国之后建秦朝，自以为"德兼三皇，功过五帝"而称始皇帝，尔后，建郡县制，焚书坑儒，书同文，车同轨，统一度量衡，修长城，建灵渠，北击匈奴，南征百越，被称作"千古一帝"。其个人文治武功，其创下的丰功伟绩，千百年来大大小小四百来个帝王无出其右。然而，点燃烧毁这个不可一世看似固若金汤皇朝的第一把火的人，偏偏是两个被强大的皇权押解去戍边的戍卒，倘若不是"篝火狐鸣""揭竿而起""伙涉为王"，陈胜、吴广这两个蝼蚁一般的小人物早就被无休无止的修长城守边关队伍碾入了泥沼。公元前209年7月，陈胜、吴广连同900名戍边民夫在去往渔阳途中遇雨，道路不通，不能按时到达目的地，而按秦律当斩，于是他俩挑头儿杀了押解军官，在大泽乡率众起义，攻下陈县后，自立为王，国号张楚。虽然起义六个月，陈胜、吴广都被属下杀死，但此举引发的各地农民、平民和原来的六国贵族的起兵抗秦之火已成燎原之势。终致这史上第一个中央集权制的王朝"二世而亡"，只存在了短短的14年。不知道太史公是怎么考证到小民陈胜早年就具深厚学识且尚有远大抱负，曾慨叹："王侯将相宁有种乎！"曾睥睨他人："嗟乎！燕雀安知鸿鹄之志哉！"举起义旗，喊出的政治口号"伐无道，诛暴秦"不仅切中时弊，还颇具号召力。怎么认识或者辨析这一统王朝短时被灭的原因或者这集权之下第一场农民起义的意义，可以做足许多文字，但怎么也绕不过去的是这一二小民就仿佛是上苍故意安排来灭亡秦朝的"小事件"，点燃第一把火，燃烧自己的生命去毁灭这个大王朝的统治。

北美马萨诸塞州一个叫作莱克星顿的小镇中心矗立着一座塑像，看似极其普通的岩石基座上屹立着一个头戴草帽手持长枪的民兵铜像，碑下镌刻的一段铭文写着："坚守阵地。在敌人开枪射击以前，不要先开枪。但是，如果敌人硬要把战争强加在我们头上，那么，就让战争从这儿开始吧。"这可就是作为美国独立自由象征的独立战争纪念碑。

  1775 年 4 月 19 日清晨，天色微明，一层薄雾笼罩大地，800 名英军士兵在史密斯少校的率领下悄悄来到莱克星顿村外，想出其不意地冲进村里搜查反英组织的领导人和军火库。突然行军队伍停顿下来，英军发现村边草坪上站着几十个手拿步枪的村民。双方怒目相向，对峙半响，不知是谁开了第一枪，史密斯挥舞军刀下令开火，激战中有八名民兵牺牲。"莱克星顿枪声"的直接后果就是，点燃了持续长达八年之久的美国独立战争的烈火，催生了北美立国。次年 7 月 4 日第二次大陆会议通过了《独立宣言》，标志着美利坚合众国的正式诞生。

  独立战争是美国历史上最不具争议或者说是争议最少的战争，它改变了那一块土地上的族群的命运和历史进程，是世界历史上具有深远历史意义的重大事件。但是，如此恢宏的具有划时代意义的历史叙事却是在这个名不见经传的小村庄由一群毫不起眼的小人物揭开的新篇章，"莱克星顿枪声"打响了美国独立战争的第一枪，为英帝国在北美大地的殖民统治敲响了丧钟，被历史公认为美国独立自由的象征，人们称这个小村庄为"美国自由的摇篮"。

  不要以为源远流长的历史都如浩浩荡荡的洪流一般波澜壮阔，往往就在不经意间因为一个或几个小人物的小举措，使滚滚洪流拐出了一个大大的弯折，出现违拗本意或料想不到的走向，甚至彻底颠覆人们的认知。

  迎着飞沙走石的沙尘暴，刘邦在疾风中大声呼号："大风起兮云飞扬，威加海内兮归故乡。安得猛士兮守四方！"从这首《大风歌》释放出的气势，足见这个汉王朝开国皇帝不可一世的胸怀和踌躇满志的得意。确实，他是汉民族的先祖，奠基和拓展了大汉民族的文化，再次统一了中国。但是，起事之前的刘邦不过是沛县泗水一个亭长，趁着秦末陈胜、吴广点燃的毁灭秦王朝的第一把火，拉起一帮贩夫走卒狐朋狗友反秦，居然成就一番起初连他自己想都不敢想的大事业。朱元璋，一个赤贫的流浪汉，靠投身寺庙求一碗粥喝而饱腹不得，虽九死一生终于创立了大明王朝。然而，小人物建立的大明王朝却葬送在另一个小人物——陕西榆林米脂李继迁寨一个地道的农民李自成手里。纵观李自成这个小人物短命的一生，也像是上苍有意安排他来做大明王朝的掘墓人似的，攻占北京之前，虽屡遭挫折险些丧命，但提出的作战方针、政治纲领和军事部署都契合了当时的社会和战争形势，受到广大民众的拥护，"杀牛羊，备酒浆，开了城门迎闯王，闯王来了不纳粮"，进而壮大了农民军武装，一路势如破竹打进了紫禁城。

  历史的进程总会走到一些关键节点，这个时候的走向十分重要，而一些小人物的举动改变了这个走向，究其动机无论当世还是后世都无从理解或者准确解读，使渐行渐远的历史背影模糊一片，真相难辨，留下许多掰不开解不清像乱麻一样的谜团。

  小人物之所以能够干出大事情，成名或者成功，不管是瞅准时机的故意所为或是无奈之举，都是当时的大形势使然，至少是契合了历史的关键节点。放在适时的历史大背景下，挖掘、剖析一些小人物及其所为，拿现代的眼光品鉴一些小人物及其史料，无疑给后世给史学家、思想家留下取之不尽用之不竭的富矿原料，促人嚼之有趣有味，思之有聊有劲。如果再深刻一点儿，储之以为经验，鉴之以为教训，也不让那些当初苦心孤诣尽心竭力干大事情的小人物的在天之灵，枉为浩瀚星海中一颗转瞬即逝的流星，毕竟他们曾经燃烧了自己而烛照过哪怕是一小块天空。

  有了支点，不缺背景，小人物仅凭一己之力也会撬动大历史的车轮前进、后退或者转向。读史，不可忽略小人物。

读书、考学与考官

不要以为过去的都是美好的,对于一些患有"好了伤疤忘了痛"肌体耐磨症和精神麻木症的人,还有自我陶醉于"精神胜利法"妄想症的阿Q,给予一顿棒喝使其猛醒,让其清醒地认识一下自己和现实世界是完全必要的。

譬如读书,学知识吸养分,愉悦精神,多么惬意的事呀,但当你一头撞上"焚书坑儒"或不知何来的"文字狱",或者"文化大革命"的灾难,还会觉着惬意吗?答案是,肯定不会。但若干年后,朋辈拉着你作回忆,引导你否认或者掩饰那些灾难,且作一番赞誉,你会吗?他肯定会,我一定不会。

出生于20世纪50年代末60年代初的我辈,刚刚背上小书包跨进小学校门,正值读书学习吸取知识塑造心智的时段,一头撞上了史无前例的"文化大革命"。我就是在那个读书倒霉读书人挨批挨斗的时代,不知从哪里捡拾到一本无头无尾残破不堪页面发黄的书,像正处饥渴之人忽逢甘露,捧上就读,而且反反复复不知读过多少遍,以至于几十年后依然记得书上讲的是一个叫范进的穷酸秀才,屡试不第又孜孜以求,突然降临中举的喜讯,竟当场惊疯,后被当屠夫的老丈人一巴掌打醒才回过神来的故事。

不仅对故事记忆犹新，对范进又酸又穷又迂腐又无能处处遭人奚落的窘况，极尽讽刺挖苦的描述，喜剧性的情节，很夸张的笔法，读之有味，想起都哑然失笑，更紧要的是契合了当时社会主流"读书无用"和"知识越多越反动"的形势，由此消磨了内心对知识文化的渴求，还在脑海里平添了一副读书人的傻样。后来读到清代文学家吴敬梓的《儒林外史》，说的都是明朝科举的那些人和事，"范进中举"只是其中一章。再有，就是读了鲁迅写的《孔乙己》一文，他塑造的不第秀才穷酸迂腐堕落的形象，历经几十年仍清晰地镌刻在大脑中。"孔乙己是站着喝酒而穿长衫的唯一的人……听人家背地里谈论，孔乙己原来也读过书，但终于没有进学，又不会营生，于是愈过愈穷，弄到将要讨饭了。幸而写得一笔好字，便替人家抄抄书，换一碗饭吃。可惜他又有一样坏脾气，便是好喝懒做。坐不到几天，便连人和书籍纸张笔砚，一齐失踪。如是几次，叫他抄书的人也没有了。孔乙己已没有法，便免不了偶然做些偷窃的事。"读到鲁迅先生冷酷笔触的刻画，想到读书、读书人窘迫落魄到这种地步，你还会去走这条路吗？于是，不读书不学习无知无识刹那间变得理直气壮，理所当然。如此浑浑噩噩混过十年，居然被报纸广播称作"知识青年"走出校门，意气风发地奔向广阔天地去接受贫下中农的再教育。这不是冷幽默，而是那个荒诞时代的真实，正是吾辈切肤之痛的亲身经历。好在1976年结束了"十年动乱"，将这些现今想来不可思议的愚昧和荒唐一起埋葬掉了，书籍连同读书人又回到了正常社会该有的位置。

令人玩味的是，拨乱反正之后，国人以读书、考大学、钻科研、振经济、谋发展为热潮为主流，举国上下一片欣欣向荣的景象，经济上去了，大学成巨舰了，一部分人富起来了。但不过30年，日子仿佛又轮回了。国人的读书热又冷了，书店萎缩，图书馆冷落，高考只是学生们的事了，大学生、研究生、博士生好像并不是那么吃香了。

重读《儒林外史》、《孔乙己》诸篇，忆想当年荒唐事，观今世相百态，在细细捋捋读书与科举制及科举场中的那些人和事，更有多重疑问一直隐隐在心，关注、思考之余，如鲠在喉，总想说点儿什么。

其实，现今人们抨击的科举这个用于选拔官吏的制度，在创立之初对封建社会的作用是积极的进步的，既有利于王朝的统治，又给庶民百姓创造了一个公平合理的上升渠道，也巩固和稳定了社会的基本秩序。

春秋战国时期，列国为抢地盘争户税强国力而攻伐不断，战争年代凭战绩拿军功授爵位，理当如此。但自秦汉以来，社会有了大段的和平稳定时期，皇帝需要庞大的牢固的官僚体制来管理帝国，因为自上而下都是人治，所以各地各级官僚至关重要，于是如何选官，让既有才有能又以效忠皇上为"德"的人来替主子掌管一地或一个部门，就成了一个大问题。从那时开始尝试各种各样的选拔方式，大致归纳可以称为察举制，之后过渡到九品中正制。这些制度运行一阵后发现容易被地方豪强和官宦世族所掌控，不利于最高统治集团的利益，于是皇上出题，翰林学士之类的智囊便从内容到程序、规则再改革，终于建立并逐步完善、巩固了科举制。自隋朝大业二年（公元606年）开创科举取士以来，到清朝光绪三十一年（公元1905年），这个在中国封建王朝历史上绵延1300多年的选官制度，起初是针对"九品中正制"，革除世家大族长期霸占地方政权的弊端，顺应大一统王朝而设立的，客观上为寒门子弟提供了合理的上升渠道，加之制度本身的严密性公正性，对社会发展产生了积极的推动作用。科举最顶端一名被称为状元，历史上总共产生出504位状元，还包括短命王朝大西国的 2 个、太平天国的 15 个。这些人都史上有名，极其不易，每年几十万考生出一个状元可谓十分难得，而状元中居然还有连续在乡试、会试、殿试都得第一名的"连中三元"，史载计有 17 名。

但不知为何，这些在当时当地都属风光一时如凤毛麟角的人中娇子，事实上所封的官位并不高，一般只封一个六品或七品的官，即使被皇上看中选为驸马都尉，也不过为三品。这就不能不使人联想到选贤用能拜官之外的意味。唐太宗在视察科举考场时，兴之所至说过那句千古名言："天下英雄尽入吾彀中矣。""彀"者，弓箭射程范围内也。是英雄，进入我视野，尽为我所用，既笼络又掌控，避免有才之人想入非非，蠢蠢欲动，节外生枝，甚至走向朝廷的反面。历史上，落第秀才剑走偏锋，不第举子捣乱生事，甚至举旗造反的例子何止一二。到了清末，废除已是千疮百孔腐朽不堪的科举制度是历史发展的必然结果。然而，"破山中贼易，破心中贼难"，众多读书人千百年来"朝为田舍郎，暮登天子堂"的梦想仍未破灭，心中"学成文武艺，货与帝王家"的念头根深蒂固，更可笑的是读西学的还有留学归来的想着科举考个功名的大有人在。科举废除的第六年，清朝就灭亡了，这两者之间有无必然因果，不得而知。

千万不要忽视这个选官制度对社会的"吸附效应"，随着"士"这个阶层的扩大与巩固，夯实了维持体制的基础，更可观的是这个宝塔形结构对农耕社会中下层如磁石吸铁般的聚集，凝聚民心，调动人心向往，投入精力人力物力的"规模效应"难以估量。明朝的科举每三年举行一次，程序主要分四级，即院试、乡试、会试与殿试。每举行一次直接参与的人多达数十万，每一个层级的落第者回过头来继续精耕苦读不说，成功者既往上迎考又回头开学、宣讲考学，累进的人数滚雪球似的增长，即使不涉其间的农户也心驰神往,"耕读传家"已成普遍的代代相传的家风。

遗憾的是经过这个层层严格考试制度选拔出来,之后又被任命为不同官职的举子们,并没有几个真正在历史上展露才华建大功立大业的人。

别的不说了,还是拿科举的顶端——状元来说点儿事儿吧。按理说,这些状元既是满腹经纶之人又在朝廷为官,手中握有一定权力,自然当在政治上有所作为治学上有所建树,而实际状况是这些当世风光至极的佼佼者让人大失所望。一则轶闻很能说明其低质低能,有人曾列出清代的十名状元郎,后人竟不识一人,另列同时代的落第之子十人,不是诗人即是学者或是工程技术人才,个个大名鼎鼎。何以如此?表面看这些人饱读诗书还取得最高等级的考试成绩,实际上是在划定的"四书五经"里寻章摘句反复注解,固定格式里起承转合作八股文,还力图有新意,无异于让许多人争相拼精力做许多无用功,这般皓首穷经,岂能出经天纬地之大才、治国理政之能人?另一方面,固化的治学方式和"只此一道"的社会引导,极大地钳制和禁锢了人们尤其是"士"的思想,使其丧失自由的思辨的分析能力,既谈不上向外向自然界探索的眼光,更奢谈建立和坚持自由的思想、独立的人格,从而一代又一代地阻碍至少是延滞了中华民族的文明步伐。历史上政治影响最大的状元数宋代的文天祥和清代的翁同龢。文天祥21岁中状元,官至丞相也无力挽宋朝于将倾,被元军俘虏后坚贞不屈,留下千古名句:"人生自古谁无死,留取丹心照汗青。"其富贵不能淫威武不能屈的凛然气节,与状元的出身存在多大关系,还真说不清楚。翁同龢能任同治、光绪两帝的老师,倒完全是因为他的状元身份,后来参与戊戌变法,人称"变法状元"。这里,有一个榜样人物值得一说,他就是以树处世立家思想、灭太平天国、兴洋务运动闻名,被称为"晚清中兴四大名臣"之首的曾国藩。因为功名太盛居然掩盖了他的科举出身,他考秀才七次才中,接着中了举人,进京赶考参加会试,连续三年三考才中贡生,殿试取得三甲四十二名,终于以进士身份入翰林院,得以入朝做官。他可谓屡败屡战的科举考试达人,算是刻苦而执着的读书人,但有的人考至六七十岁才考取童生。曾国藩因为"生逢其时"算是例外,其他的确实平庸至不见经传。

科举制对上受用,存有多重意义之大用,对下受拥,千人万人都挤进这条道,向往并实现跳农门、上台阶、进体制、做官吏、升大官的梦想,既受用又受拥,因而得以延续千年。但是,上下关注万众瞩目的科举大业,尽管设计了严密的程序和制度、完备的硬件条件,还辅之以严苛的监察体系,对犯规者严酷到处以极刑,仍然留下许多让人大跌眼镜的糗事,暴露诸多弊端。北宋赵匡胤一时兴起,让两个并列第一的考生摔跤,胜出而获状元的王嗣宗一"跤"成名。张献忠的大西政权、洪秀全的太平天国如此短命的王朝坐稳王座没几日即忙于开科取士,有中举的,还出状元,还授官……即使是科举较为正规期的唐朝,表面看按才录用公正无私,实际上取谁不取谁,往往全凭主考官的爱憎,这种爱憎的决定因素是考生的背景、所送礼金的多少。明朝重新开科后,不用说种种营私舞弊的手段,诸如贿买、抢替、冒籍、顶名,以及权臣奸宦的仗势干预,只是因为相貌、名字、字迹的优劣,出于考官之好恶而影响名次的,也不胜枚举。迄今,存有种种作弊的物证遗留为佐证,比如河南洛阳和浙江嘉善发现两本用于考场作弊的微型书,还有将作弊内容写在内衣衬衫上的"夹带衫"。

何以如此?一言以蔽之,皆因人治所祸。

科举招聚的读书人参考取优者为士,取得做官资格后再授予官位实职,掌握权柄。在中国封建社会"士农工商"的基本分层中"士"占首位,在"官本位"体制下的农耕社会,做官的好处是明面上吃俸禄、坐轿子、受赏赐,出门鸣锣开道,坐堂金口断案,威风八面,暗地里受请收礼,更甚者营私舞弊,官商勾结,作奸犯科,以至富可敌国,权倾朝野。既然做官好处多多,当然千人万人争相倾攀,而要做官基本通道就是科举,自然千人万人趋之若鹜。科举是考学取官,这个"学"是学问,但是画地为牢的学问,就在限定的四书五经中反复研读、注释,还得作文,在规定的程式里起承转合,还得要有新意,这就又得让人花上"十年寒窗苦",有的真是皓首穷经,从一头青丝熬至白发苍苍,还不一定有"一举成名日"。这一招效应甚好,比焚书坑儒,比屡屡兴起文字狱的现实效应和历史形象可谓美好多了。科举是考学取官,但它不管教学的内容。要求摆在那里,怎么学是追求人自己的事,靠自学、靠前人和乡绅的指点、靠以吏为师学,这些都归之于私学,后来才逐渐形成私塾,才有书院。

1905年,慈禧太后一道懿旨废除了存活1300多年的科举制。实际上从明朝后期,这个考官制度本身积弊重重,质疑、诟病、反对的声音已经响起。及至清末,反对之声更隆,即使反对"戊戌变法"的顽固派,也要求革除此腐朽制度,这里面还有一个重要的不可忽视的因素,那就是西方的学校制度被作为参照物,当时的一种提法是"废科举,兴西学"。事实上,这两者是不对应的,但封闭千年的门户一旦打开,扑面而来的新鲜空气怎么也让人觉得耳目一新,根本顾不上细究分辨,先借用再说。两千多年的封建王朝历史,科举制占了多半的时间,而且成为最重要的维持王朝根基的制度,对国人来说,不仅入脑入心,而是深入骨髓的事。迄今,即使社会文明高度发达的今天,许多应聘应试的读书、程式化的教学、各种考试和录用的制度设计都能看见科举的影子。

过去的读书人识字、看书甚至是大段大段地背诵书,刻苦、细究、精进,执着到一生不悔,但都读的是被权杖划定的书,主要是四书五经,读来读去读僵化了禁锢了,成了读死书或死读书的"书虫",出不了精英也湮灭了大家。至于历史上学术、文学、文化的兴衰和传承大都与权力因素相关联,前秦的百家,学说的争鸣,是因为权力的分割,是因为不同的权力的需求与权力控制的忽略。唐朝的诗歌为何繁荣?是因为科举考试里有一个进士科,主要考写诗作赋。建安文学为何突起,是因为居顶层的曹氏家族的推动。科举制下的读书人与现代知识分子、考试与现代高考、私学(包括私塾、书院)与现代学校均不可同日而语。

"书籍是人类进步的阶梯"出自苏联作家、诗人高尔基之口,已成为享誉世界的名言。联系到中国的历史现象,我们可不可以这样想,读文明、科学、理性探索的书是上进步的阶梯,毁书、残害读书人,包括诱导人读一些丧志的书,是在进步的阶梯上朝下走,科举之下画地为牢的读书就是在一个阶梯上徘徊,徘徊久了,那一级阶梯承受不了人类进步之重,腐朽而必然垮掉,有知识有文化的读书人中必有先觉者引领社会踏着进步的阶梯向着光明攀登。

科学理性地读书,独立思考,展开想象的翅膀,放飞自由的思想,这才是美好的事情,但我们不得不摒弃毁书灭书、残害读书人的暴行,不能不警惕学习与应试的皮肉分离和机械僵化的读书倾向再现,真正让书籍成为人类进步的阶梯。

"问"与"实"

混迹职场几十年,只知道弄明白了的路就"积极往前走",遇上不大明白的事就"让子弹飞一会儿",实在弄不明白的就只好"随大流""跟着走",似乎从来没问过为什么,也就是说稀里糊涂地翻滚了过来,直到有一天一个年轻小伙子以职场新手的身份,虔诚地谦逊地来请教头发花白额头上沟壑纵横的老前辈,能不能将您的职场生涯集中总结为三句话,或者以自己的经验、经历、阅历提出三个问题。他这一说倒冷不防让人心里一激灵,且不说他这样做的动机如何,提问是否恰当,就是对人生的叩问也是应当的及时的震撼的,心中也不得不对现代高学历青年的人生思考由衷钦佩。

像是即兴答题,我快速地捋了捋思路,说,首先,一切过往皆是淬炼,要经得起锤打,把脚跟和身子站实了;其次,无论干什么行当总要有点儿技术含量;最终,做人得有点儿精神生活,让灵魂不至于虚空。接着又像是自我解嘲,补充道,我是这样想的,也是这样做的,能否对你有所参考,我不知道。这是三个实实在在的回答,看样子他是欣然接受。老实说,我心里一直想的是对职场人的三个问题:你能干什么?你干成了一些什么?你干成的事效果是什么？

其实，对于初入职场的人，如果提早想想这"三问"，既是干事的准备，也是对自己的要求或者说是设置了一个目标；在职场干上一段时间的人，回头看路再展望一下未来，将是一件非常利好的事情，而且可以每隔一段时间以这三个提问审视一下自己，不过，这种方式在职场忙于事务的人中恐怕少有；至于结束职场生涯的最终总结，将此作为一个衡量也不会有多大的差错。

说起"淬炼"，脑海里老是浮现小时候上学放学路过的铁匠铺，被铁匠们挥锤打铁的场面所吸引，不由得屡屡驻足观看不说，最后离开时仍频频回头恋恋不舍。那个火红的场景是令人震撼的。老铁匠用钢钳把煅烧得红彤彤的铁件从呼啸着火苗的炉膛里夹出来，一手操钢钳翻转铁件，一手操小铁锤点击需要锤打的点。两个膀大腰圆的徒弟举起大铁锤按照师父的小锤所指点位一下接一下地使劲砸下去，一时间叮叮当当此起彼伏错落有致的铁锤声响起，火星四溅。火光将几个匠人古铜色的脸膛儿映得通红，强壮的手臂挥舞着铁锤强烈地击打，彰显出活力四射的形象，红红火火，热气腾腾，直到铁件冷却，锤声消停，师父将铁件放进冷水桶里，嗖地没了影子。隔一会儿，师父把铁件钳起放进火炉，徒弟拉响风箱燃起熊熊烈火加热铁件，瞧准火候再锤打……如是再三，千锤百炼之后，成钢成器，或为刀枪剑戟冷兵器，或成锄镐铲钎为工具。这场景生动、刺激、震撼，长久地存活在脑子里。以后进入职场，在遭遇挫折的某一瞬突然联想起这一场景，才生出许多感触与感悟：不经百炼成不了硬度更高的钢材，成不了大用；要合力做成一件事情，得有合理配位，还得心往一处想劲往一处使；欲要成器，你得经得住冷淬热打，千击百锤；你要成事，身板练结实了，脑子还得勾勒好所要器什的图像……一个刻骨铭心的场景，能够咂摸出许多的感悟或者人生道理,甚至可以概括整个职场生涯。

我们走进职场是生活中的一个重要部分,完成职业生涯起码有一个专业生存问题,如果有合适的机遇或者具备足够的能力,就能提升自己,甚至会有创造发明,突破自身的天花板。但是,这不仅仅是语境意义上的转折,理想常常很丰满,现实却是很骨感,不仅骨感,可能还会有骨折的危险。因此,除了极少数人能够突破天花板之外,绝大多数人应该是各安其分尽职尽责,为社会奉献自己的一份光和热,这里边恐怕还有讲究技术含量和站稳脚跟的问题。

有管理大师说,提出问题就等于解决了问题的一半。以职场之问推进和检视职场工作,以职场之实做人做事,一虚一实,相互促进,从而稳步、持续、有效地走过职场生涯,无咎且有所成就。好高骛远终成空,埋首尘埃何必生。这,也许就是大多数职场中人当走的路。

玉兰花开

　　人是一种奇异的动物，人的奇异全在于大脑的奇异。

　　潜藏在大脑记忆库不知道哪个犄角旮旯的陈年往事，似乎早已随风飘散，但因为它与你曾经有过那么一段美好的刻骨铭心的时光，也就像在厚实肥沃的土壤下植入了优良种子，我称之为情愫，不管过去多长时间，哪怕就一些毫不起眼的小事，一遇相同或者相似的情景就会被勾起被唤醒被激发。这不，刚刚进入4月的重庆城，天气已经有些闷热，清晨开窗，清新的空气扑面而来，咦，竟掺杂有丝丝什么香味。嗯，吸一口，香，幽幽的馨香；嗯，深吸一口，真香，香气含有凉意，沁人心脾。嗬，中枢神经猛地一激灵，顿时分辨出，这是玉兰花香。

　　把门窗打开，把全新的空气携着缕缕的花香让进门来，挤走室内淤积一夜的混浊，排遣掉胸中的郁闷之气。就是这并不浓郁的香，淡淡的气，勾起鼻腔里的馋虫，不自觉地迈开双脚嗅寻着香气，至小区花园的一处密林边上，目光仔细在密杂的树木草丛中搜索，终于发现了躲在大树丛下的一株玉兰树，幽幽的香气之源。拨开荆棘树枝，踏开绿草腐叶，靠近，再靠近，哦，白璧无瑕的本色，扑鼻生芳的花香，沉静幽雅的气息，随着一个饿狼似的腹式深呼吸，充溢鼻头的花香令人有些陶醉，刺激大脑一下子闪现出那些年涉及玉兰花的件件往事，那些早已离去却浸染花香的日子仿佛又回到眼前。

出生于20世纪30年代的人，经历了那个翻天覆地的年代，一步就跨进激情燃烧的岁月。母亲是作为"根正苗红意志坚"的铁姑娘战斗队的队员，一头扎进大炼钢铁运动的，铲煤、挖炭、运输、装车，每天十几个小时的体力活儿干下来，青春期的姑娘不是腰酸背痛而是连骨头都散了架。"那个累呀，躺上床都睡不着觉，不过，我有个秘密，你知道吗？有了它，我很快就能睡着，还香得很呢。"我小时候多次听母亲讲过她当铁姑娘的事，知道她们女工工棚后窗外有几棵玉兰树，当然很稚嫩，因为高大粗壮的树都被锯断拿去炼钢炼铁去了，但这棵似乎意识到自己已经逃过劫难的玉兰树却想以格外多的花报答人间，满枝满头开满洁白的花朵，方圆上千米都能闻到忽隐忽现的幽香。母亲躺在铁架床上嗅着花香，自然鼻腔痒痒，还不过瘾，翻身坐起身，张大鼻孔使劲吸气，嗅觉还不过瘾，起身溜到房后摘几朵正开着的花，像是要将花蕾掬进嘴里咬牙嚼碎咽下肚里似的，让嗅觉彻底饱餐一顿。再摘几朵放回枕边，弥漫着花香入睡可不是一般沉迷。在花香中醒来，一个完全崭新的生命满血复活了。这故事，连她够不着花朵便摸黑寻来三块砖头垫起摘花的细节后来都耳熟能详了，哪儿还有什么秘密。不过第一次听她讲的时候，我曾说秘密就是我爬到您身上给您踩背，踩着踩着您就睡熟了。母亲听了，一巴掌把我拍倒在床，哈哈大笑，笑得弯下腰半晌直不起来，说我的儿啊，那时候你娘才是一个小女孩儿，到哪个爪哇国去找你呀。那开心的样子至今想起来比嗅进一阵阵香喷喷的花香还满足，而且花香溢出了丝丝甜蜜。

妈妈不止一次对我念叨，你这小子跟玉兰有缘，怀你的时候,被调到重庆钢铁集团公司党委办公室当打字员,先以为是组织照顾不干体力活儿了,结果每天加班至很晚,整个集团公司就一个打字员,而开起会来也是"大跃进",开会多需要的材料就多,那时是机械打字机,还要自己编排字码,一个字一个字地敲上去,接着校对、修改、油印,最后再装套制成文件,成天那个累呀,真不好形容,比炼铁姑娘还累。某一天,她突然发现办公楼外也有五六棵玉兰树,常常有花香飘进来,醒神,再去摘几个花骨朵泡进浓酽的沱茶杯里,喝起来提神又清香,末了,还把茶叶和花骨朵都咀嚼吃了。"没办法,天天熬夜加班,喝茶都扛不住了,全靠加了玉兰花骨朵。"说起那段日子,母亲很是感慨。后来我长大了,再听她这么说,就一口怼过去,难怪我现在是烟酒茶"三开",加上大鱼大肉变"五毒俱全",原来是娘胎里带来的。年老的母亲竟然略带羞涩地说:"我也是没办法呀,那个时候'大跃进',要十五年超英赶美,要跑步进入共产主义,天天加班熬夜,不喝茶行吗?每天一杯两杯又浓又酽的绿茶。"转头仿佛找到了理由,又说,"嘿,你这干警察的,抽烟喝酒吃肥肉也是加班熬夜熬的,怎么会怪到为娘的身上啊?"话音未落,母子二人抚掌大笑,一大家子人其乐融融。玉兰花香伴随我们这普通一家的喜乐酸苦。

  说真的,如果用足够的心去品,你就会发现已经成熟挂上枝头的玉兰花由骨及朵的香,从吸吮入心的香到外显妩媚的形,果头含苞待放,白璧无瑕,娇艳欲滴,惹人怜爱至心尖。如果用足够的情去鉴,你就能体悟到成熟的玉兰花从花茎到花蕊全身心散发出的不同尺寸的气,深吸的香,潜入心底,荡气回肠,掠过鼻头的香,飘逝而去。历经久长,阅历多年,都能察觉沁人心脾的纯粹的香、融入血脉的真正的情并没有消亡,而是被其他的更鲜艳夺目的花儿、更喧嚣刺鼻的味儿所包裹,一旦被"锋利之器"

划破，溢发而出竟会喷涌如泉。现今我伫立在玉兰树下，仰望满树满枝含苞欲放和花开正好的玉兰，张大鼻孔吸取她的一树精华，低头见散落一地的花瓣、花蕾和花苞，有的已锈成枯色，有的败落泥尘，头上脚下两重截然迥异的景象，不禁使我回味起母亲说过的话："并不是每一个花骨朵都能开花，好不容易开出香花又该落土为泥了。"母亲说这话时神情凄婉，语气低落。再忆起11年前病逝的母亲和18年前病逝的父亲，以及30多年前早逝的兄长，还有在自己的人生路上曾经交集而又接连失去的恩师、同学、为职场献身的战友，他们的音容笑貌连连浮现。联想到家人的情、人间的爱、社会的温暖，融进眼前繁茂的春色一起翻滚起伏，搅得人心绪如潮，竟暗自潸然，喜、悲、乐、哀、叹，五味杂陈涌上心头。

人间也如大自然，不只有春，也有炎夏与酷冬；不仅有花香，也有腐味与恶臭。

玉兰花的清香、淡雅、恬静，而非浓烈，这才是人与花、鼻息同香味相交融的完美境界。当我们从繁忙的工作里闲适下来，当我们的某种雅兴浮上心头，体悟到的那份趣境尤为难忘，而在我脑海中记忆深刻的花儿与花香倒是另一种时刻另一种境况。难忘那个枪炮轰鸣的漆黑的夜，父母白天黑夜都忙着去"抓革命，促生产"，社会上"文攻武卫"的争斗如火如荼，大面积停电是常事，家里扔下三至九岁的三个孩子，蜷缩在墙角又冷又饿又恐惧，不知所措。小妹妹吓得大哭，哥哥去安慰她，把小不点儿抱进怀里仍止不住她的啼哭，好不容易等她哭累了睡着了，又被外面刺耳的枪声吓得大哭，这下哥哥不知怎么想起了摆在饭桌上花瓶里的一束玉兰花，直接拿到她鼻子下晃动，我在旁边都嗅着满鼻腔的香气，没想到这下神奇了，不到三岁的小妹竟一声不吭睡了过去。第二天天亮，父母回家，用母亲的话说，爹妈那个心情急得像火燎了草房，打开房门一看，三个孩子像一窝狗崽儿蜷成一团，中间围绕的居然是一束玉兰花。父亲说，这玉兰花还会催眠。朗朗笑声把几个孩儿从梦中惊醒，也让人暂时忘了这是"文化大革命"中最糟心的时期。最难忘的一个"悲摧"场景是，"文化大革命"期间的一个下午时分，好几个五大三粗的汉子带着父母亲回到家里，父亲说他们是单位上的"革命造反派"来"抄家"。父母要主动帮忙被制止，来人开始粗暴地翻箱倒柜查找，末了还将漆皮已经斑驳木腿已经残破的饭桌假装无意地碰倒，桌上那个煞是耐看的旧花瓶连同插在瓶里的几枝玉兰花砸在地上，摔得粉碎。那几个不可一世的人，那一阵暴力的举动，被摔碎的花和瓶，第一次让我嗅到了腐臭味儿，记得那时我不满十岁。

有一个细微的场景，迄今余香尚温。那一年春季开学，乍暖还寒的气候让刚上小学身板单薄的我感冒得不轻，从家到邹容路小学不过五分钟路程居然走不到了，终于有一天倒在床上横躺起来。母亲不知从哪里得知我一个上午没去上学，专门向单位请了假回家，手里拿着几朵含苞欲放的玉兰花，说是在路边小贩那儿买的，一一摆列在我的枕头边。顿时阵阵清香扑进鼻腔，似乎感觉轻松多了。母亲给我喂了药，问要不要奖励你，我问为何，她说奖励你装狗啊，我说没装，她说装了，装成了一副要死不得活的样子，我说是您的玉兰花把我激活了。母亲笑了，凝重的脸色轻松了，笑容很是好看，说那好，再奖励你一次，奖励你吃一碗丘二馆的鸡汁银丝面。在那个连红薯苞谷都吃不饱的年月，那是一种什么样的"奖励"呀，平常路过丘二馆门口闻一口鸡汤味都垂涎三尺，如今可以大快朵颐地吞上一碗……我"噌"地跳下床来，大喊快走。母亲说别急，好的东西得慢慢来才有味道。接着，穿针引线把几朵玉兰花穿在一起挂在我胸前的衣襟上，那香味就一直在我的鼻息下窜来绕去舒坦着呢。母亲把我的一只小手握进她温暖的大手再揣入她的裤兜儿,牵着走,那份温暖那份母爱,还有那份馨香一直萦绕着我,从家里到五一路的丘二馆只十分钟路程,我渴望走得长一些更长一些……第二天一早,我活蹦乱跳上学去了。这一段"家话"母亲一直念叨到老,只不过她坚持说是我装狗,骗吃,吃好了就上学了。我说是她的玉兰花治病,一闻芳香感冒就好。还有一段关于花香的"细节",已经是垂垂暮年的老母亲在露台花园里种下一株玉兰,每逢开花的季节她亲自去摘下含苞欲放的花蕾用铮亮的回形针撸上一串,摆放到每个家人的床头,于是,整个家变成温馨的花房。有一次我出远差回家,母亲见了多日不曾看到的儿子,那高兴劲儿已不是拥抱、抚掌、语言可表达的了,用了她的最高礼仪,把她自己胸前的一排玉兰花取了下来,用别针别在了我胸襟,再把一串新鲜的也别上了我胸襟。看着她斑白的头发、满是褶皱的脸、挂着泪花的眼角和颤颤巍巍的动作,体会到父亲逝世后老人独居的思亲情切,竟情不自禁地站起身将母亲的头拥进怀里,自己也已是泪眼婆娑。我不敢告诉她,这次去外地抓捕罪犯确实历经了一次生死之险,之前倒是觉着干刑警将生死置之度外理所当然,此时此刻设想风烛残年的老母亲一旦获知她儿子早去的噩耗,将会是一种什么样的亲情崩溃,心中更是悲恐万分。再洁白的玉兰,再浓郁的馨香,终将替代不了这母子血脉亲缘。

第一次与花独处并且独自品尝她的香味的时候,是在读小学三年级春季开学之前的一天。20世纪60年代的国家是一个什么样的状况?不仅穷得什么生活用品都得靠粮票、布票、肉票之类的票证计划供给,社会秩序也是乱糟糟一片。爹妈虽然都是城里人,但身处社会最底层,工资收入低,生养了三个孩子,还供养了外婆和跟家里生活在一起的一个姑妈,偶尔还要接济一下农村的亲戚，生活艰辛的窘况不难想象。平日里家虽穷而和睦，可每当春秋两个开学季，家里便愁云密布了，尤其是父母的脸上不仅没了笑容，还冷峻得能拧出水来。缘由很简单，三个孩子同时缴的学费杂费班费，无疑是一笔巨款压在他俩肩上。我不愿爹妈揪心，跟妈说不愿上学了。妈问为什么，我说反正学校也是造反闹革命，没什么课上。这话闯了大祸，爹妈都骂。我赌气摔门而出，出了门却不知去哪儿，脚下漫无目的地走进不远处的人民公园，待我嗅着香气停下步伐，定神一看居然在一棵玉兰树下。那天我踯躅在树下直到夜幕降临，玉兰花香去除了我心中的浊气，我也第一次品鉴了她高雅的气质。爹妈找到我的时候，我居然蜷缩在树下睡着了。母亲以不容违拗的口气说，有钱了，几家亲戚给凑上了，明天上学去吧。那些年，家里送孩子上学靠的是四处借钱凑齐学费，以后再节衣缩食省下几个钱，挨家挨户地去还，差不多还清了账，下一个学期又要开学了。

管他遍地起淤泥，自留清气在人间。不管怎么说，玉兰花以她无瑕的洁白、幽淡的香气存留天地之间，坚守与世无争的身段、淡定决不张扬的格局。生出此果开出此花的玉兰树，不管栽种于显赫的名刹大寺旁或繁华都市中，还是委身于不起眼的残垣断壁或万山丛中，同样不甚恣意张扬，顾自束缚优雅，掘地而生朝天而长。只要你有灵敏的嗅觉具备了足够的辨别力，你就有资格闻着她独具的花香寻觅到她秀而丽的身姿，随氤氲的香气缥缈，自会升腾起别有洞天的思绪。几十年的职场生涯中，无论我走到哪里，只要嗅到了花香只要有空隙一定会循香而去。祖国之大，玉兰遍布而树种各异。据载，北京大觉寺的玉兰树距今300余年，为京城之最，树龄、姿色、香气，均美不胜收。我瞻仰过。南方大山深处不甚起眼的数丛玉兰，我曾徜徉树下不忍离去；南边有的地方，玉兰花分白玉兰和蓝玉兰，还有的地方叫黄角兰，植物细分我不在行，下载一个辨析树花的软件也判断不详，也许橘逾淮为枳吧，但我看重的是她的身姿和花香。南方大城的街心花园、花圃乃至大街两侧的步行道，似乎稍加留意就能见到玉兰树，花儿上季的时候，灿灿阳光下，戚戚黑夜里，习习幽幽的香不可抗拒地沁入心田。

玉兰树的情丝，寄寓了我念想父母、先人、家人最重要的情思；玉兰花的馨香，牵挂起我对恩师、亲朋、战友最惦念的亲情，更有对居世间大不易的所有人的惜爱。

感恩苍天赐予人世的这种灵信，庆幸自己尚能感悟到这一种馨香，感谢她留给人心中无穷无尽的念想。

人间正道是沧桑，至臻馨香入心房。

时光无隙

都说时光无隙,人们从出生到过世只看见白天黑夜不间断地变化,太阳月亮无缝无形地交替着起落,不知其来也不知其终。

都说时光无痕,春夏秋冬以冷热、雨晴、风雷、冰雪的天气昭示着天意的转变,变化于人的感触与感觉,反复轮回循环往复。

但不知从何时起,这个星球上的人类开始有了可以简单交流的语言,就有了对周围事物深入认识的意识,感觉到混沌的天地间缺少一个可以作为参照的标杆,接着便有一个奇特但也是很自然的想法应运而生,试着让隐性的光阴显现出来,试着给无休无止的时光刻痕、结绳,试分并且不断地修正年月日时、春夏秋冬,大分公元前后纪年,小分精确到嘀嗒一声为秒,终于有一天无形的时光被人为地拉进空间而显性可见,人们的诸多生活行为便有了坐标有了参照有了可以比较的记录。

在世界各国约定公元纪年为通用纪年之前,各国各地以其文明发源的久远、生活习俗的差异及不同的地理地域特点衍生出不同的纪年方式,譬如宗教传说的纪年、有着数千年历史的中国农历。再后来掺杂了种种因素的时间刻度,除世界通用的格林尼治时间，各国各地还规定了自己的时区时间的划分与命名，譬如北京时间、美国东部时间和西部时间，使得原本独自运行的时光从自然的简单的不记人事，到参与、介入人世间的所有活动，从而使这个世界不同空间的人和事，以时间为轴联系起来。

只要有客观需要或者主观预测到了某种需要，勤于思考善于创新的人类就会不断努力去尝试，这就是大脑细胞发达沟回繁多从而启智迅速的人类的特性，更是人类区别于并越发脱离一般动物界的标志。

用时间来刻度时光，是人们生活的客观需要。人们行动、做事、约定、记忆都需要一个客观的参照，所谓的文明程度也就有了进化或者退化在计时上的比照。公元1世纪，当古希腊数学家希罗发明蒸汽机，时称"汽转球"，同一时代的中国则处于西汉时期，那个朝代文史哲、艺术和科学成就辉煌，也是世界首屈一指的强国。到了1776年，英国人詹姆斯·瓦特改良了蒸汽机，使其成了具有实用价值的"万能的原动机"，也成了第一次工业革命的标志，彼时的中国则处于清代乾隆皇帝"闭关锁国"的治下，他正忙于平定四川大小金川的叛乱，表面繁荣实则没落就是那个时间刻度的国情。值得一提的是，此时的世界还有一个标志性事件，那就是北美大陆诞生了一个全新体制的国家——美利坚合众国。如果没有时间刻度，不同地域不同族群在同一时间发生的事情横向上则无以记载，更无从比较。

自以为高度文明的人类，从已知的知识里清楚地知道，宇宙在时间上是无始无终的，在空间上是无边无际的。在人类刻画时间读数之前，在浩瀚无垠的空间，时光漫无方向漫无目的地流散。待人类对宇宙对自然有了一定程度的认识，给时光标上刻度，才有了时间的概念，才有可能纵向计时，前溯可以至上亿年万亿年，连消失的物种都能在合理的想象中或者在虚拟的空间里复原；才可能横向作空间的比较，这个星球上同一时间轴上发生的什么事情或者同一事物的运行状态才得以彼此参照；才有可能向这个星球以外的空间探索或者遥测，至少能使物理学家的外层空间理论"半猜半论"全方位拓展至若干光年之远。

　　似乎从来就没有真正搞清楚过时间概念的由来，只是人们在生活、生产、科研活动中，对事物的存在过程进行定义、划分、对比而逐步认识和完善。历经千万代人的悉心观察和研究，人们才把天、季、年、时辰、时、分、秒基于地球的自转、公转和一天之内的刻度清晰起来，以及往前溯源和向内再细分，譬如毫秒、微秒，至关重要的是这种计时得到了人类的公认而被人普遍使用。然而，这一切的源头在哪里呢？认同较多的大爆炸理论以为，宇宙是从一个起点处开始的，就是时间的起点。至于公元纪年，最早源自基督教，从传说中的耶稣诞生的那一年算起，称为基督纪年，后来经历许多的计算和曲折的过程，逐渐趋向于契合天地运程，为使世界绝大多数国家采用而淡化其宗教色彩，简而称之公历。我国从民国成立就采用了公历，但同时与民国纪年通用。中华人民共和国成立之初就使用公历和公元纪年。

　　谈到时间，说时间的专著《时间简史》不能不读。它是英国物理学家斯蒂芬·威廉·霍金于1988年出版的科普著作，讲述了关于宇宙本性的最前沿知识，并对宇宙的起源、空间和时间及相对论等古老命题进行了阐述。霍金创立的量子宇宙论是一个自足的理论，即在原则上，单凭科学定律人们便可以将宇宙中的一切都预言出来。读之，思之，这是迄今最受热捧的天体物理学读物，也是科学家们认可的理论，但确实是最难读的一本书，最难懂的一种理论，以至于窃以为这只是作者自己独特的一种理论，禁不住弱弱地问一句，它是否来自"半猜半论"的过程，因而其中的论断仍需时间和新的发现来印证？毕竟他也是人，是才气逼天的天才，但绝不是神，较之于一般人也许是上帝多青睐了他一眼而已。这个世界不乏未来学家和预言家，譬如19世纪法国文学家儒勒·凡尔纳曾创作了大量优秀的科幻作品，非凡的想象力和创造力在他的作品中被恣意发挥到极致，因而他被誉为"科幻小说之父"，也被称为"科学时代的预言家"。人们循着他作品的引导去发明去创造，取得了一些成功。按照他预测的方向去探索去发现，也有一些新的收获，但他的作品只是被定义为文学作品，并非论证严谨用词规范的科学学术著作。

将大宇宙观的时间概念落到人世间，尤其是落到人类及其个体，既是微观的也是具体的，可谓细微、短暂、丰富，而且还各有意味的考究，各有情趣的生动，在不同地块不同族群不同语种中都会有一番说法。从古至今，国人对不同年龄段的称谓就特有趣，既有从外观上取象的，譬如3岁至9岁的儿童叫垂髫，15岁叫束发，到了20岁要戴帽，叫弱冠，也有内涵式概括的，30岁该立起家业了，叫作而立之年，40岁叫不惑，50岁知天命（半百），花甲（耳顺）指60岁，古稀指70岁，80岁至90岁称为耄耋，百岁称作期颐之年。更有"圣人"从智识上论断，《论语·为政》写道："子曰：吾十有五而志于学，三十而立，四十而不惑，五十而知天命，六十而耳顺，七十而从心所欲不逾矩。"西汉人戴圣所辑礼仪论述的《小戴礼记》里，从身体状况出发这样划分年龄：人生十年曰幼，二十曰弱，三十曰壮，四十曰强，五十曰艾，六十曰耆，七十曰老，八十、九十曰耄，百岁曰期。有一些根据生理特征和天干地支所取称谓，还有一些比喻式的说法，总角、豆蔻、桃李、破瓜之年，妙趣横生，丰富多彩。

从大宇宙观来看，时光无始无终无隙蔓延于我们无法推测的时间、无法想象的空间，我们必须要有理性的清醒认识。面对这样的时空，人类的认识极其有限，即使是最先进的技术所能够探索到的，即使是最科学的理论研究和大胆推测的，也属微乎其微。在我们所能认知的范围内，事物的形成、运动及我们的生活，需要把时光划上刻度以计量以比较以参照。因为有了时间的参照，人类的个体才知道生命的短暂，才明白自己的无知，才深谙生命的价值和意义。

老父亲临终前在一个十分恰当的时间，曾经和我有一段对话，他说起了他的后事安排，我推说那是一件还遥远的事情。他说不远，从强壮如牛的小伙子到走路都气喘吁吁的老头儿像是昨天的事，到了终点站可都得下车。父亲于我算是老来得子，从我略懂世事的目光那时看起，他仿佛从没年轻过，因此我一直以为他是我遥不可及的未来，就算眼前是一个耄耋老人了，我还是觉得这可爱可亲的老头儿不会有终结。我问人生咋样，他认真想了想说："咱们这辈人生在这个时代，受折腾太多挺苦的，唉，有苦有乐吧。"我说您一生最大的感受是什么呢？他沉吟半晌后说："人生太短，好像没做什么事情就过了。现在晚了，想做什么都做不了，你得珍惜每一天，过好每一天。"人之将死，其言也善。这应该算是一个老人的肺腑之言吧！父亲病逝在医院，护士将他用白布单裹上，用手推车送往太平间。走出病房的那一瞬间，我猛地意识到属于他个人的时间结束了，对我而言渐渐老去的父亲曾经是遥远的未来，而眼前是一个时代过去了，心中的悲痛无以言表，唯有潸然泪下。可是，一俟我举目，依然见到的是天光无隙大地无痕山水无恙。嗟乎，个体生命在时光里真是流水无痕，时间上说是"惊鸿一瞥"，形容占有的刻度何其短暂倒也妥帖，只是他就一普通人没那么惹人瞩目而已。其实，任何人，不管他自吹或者趋炎附势的人如何赞许其伟大如恒星，还是被他人作践卑微如尘埃，在兀自流淌的时间长河面前又何尝不是如此，无一例外。

今年出奇葩。网载挪威西海岸有一个索玛若伊岛,是北欧最美的海岛之一,因为地处北极圈之内,一年拥有69个极昼和200多个极夜,岛上300多户居民以捕鱼为业,保持着最传统的生活方式。就在今年,岛上居民经过公投,向挪威议会提出申请,最终通过,正式废除了时间制度,成了世界上第一个没有时间的地方。难以想象的是,失去时间的生活似乎一下子回到了史前文明,可以大胆推测的是,人类文明高度发达之后也许都会将履约的计时视为桎梏而彻底废除。

我们生活在现世的常识里,我们见识的时光无隙,时光无痕,但时间有鉴,新旧、远近、长短都是时间的比较,方才使我们更加清醒地认识,该怎样努力才能在有限的时空里做到让人生无怨无悔无憾。

读书与写作

将读书与写作两件事放在一起同时做，会是一种什么样的情形？有人说，难。

有人说，读书不难啊，不仅不难，反倒是一件极其惬意的事。你看吧，沏一壶茶，捧一本书，悠悠地读，何难之有？

写作，对于不会写的人来说，就难；对于会写的人，不难，但要写好，写出精当而别致的文章，仍然难。

事实上，读书的同时忙于写作，用心来做，一心想做好，至少做得"像样"，一言以蔽之：难上加难。

真正用心地读书和写作，无疑是一件极孤独极耗神也是极危险的事情，读书是作者对读者的"神来"，写作是作者与读者之间的"神往"，是两者之间灵魂的碰击、摩擦、融合、交流的过程。旁人看来枯灯黄卷地读或奋笔疾书地写，孜孜不倦的身影何等清凄悲凉，事实上也是一个人在一条极其孤悬的独行道上茕茕孑立踽踽独行。尽管自身乃是在不知多么广阔的空间多么漫长的时间多么深邃的内涵里无拘无束自由自在地信马由缰，欣赏的景色何其美妙，回馈至心灵的感受何等独特，但不得不说的是还存在掉下悬崖、误入歧途或陷落泥淖的危险。

是的，读书是一个人孤独地行走，对于一个既读书同时又写书的人来说，读书与写作依然是一个人的行走，只不过自己开启了一个"承前启后，推陈出新"的模式，读书是"承前"是"推陈"，而写作是"启后"是"出新"，好比前方导师以书为旗帜为介质作指引，其后的追随者或紧迫或松散地趋步前行，导师完成自身的使命后避身去了路边，追随者超越上去，途中或遇一个节点或行至某一个岔路口，何去何从，导师无语，只得自己停步斟酌，自选一条正确或者趋向正确的路，这个选择就隐藏着也许是危险的因素。读万卷书，逢无数师，在于无时无刻不接受理解、分辨细析、深度思索，偶有开悟即信笔开来，向自己确定的方向披荆斩棘，竭力走前人没有走过的路，或另辟蹊径，开山截流，或启迪魂灵，放飞思想，历经千辛万苦灵魂升华至新的更高的境界。我始终以为，读书是积累知识获取灵魂生活资源的主渠道，知行合一尚在其次，写作是更深一个层次对知识的积累、沉潜、过滤、消化，经过灵魂层面的撞击，多方向多维度地"启后""出新"和超越，产生出富有新意或具亮点或者他人无所言过的全新的文字。这两者既传承借鉴又比照追逐，演绎出来的作品才更好更美更具人文价值的精髓，经得住时间的检验。这条既宽又窄既曲又直既平面又立体的道路，足以让精致入微的思绪情愫、百转千回终成体系的思想理论或进或退或奔驰或旁逸斜出或起飞翱翔。它有着一个伟大但沉静而从不喧哗的名字，叫作"思考"。失去这条道，人类将走向黑暗；这条道塌陷，社会将滑向邪恶。

正因为有理性的参与，因为心灵有良知的评判，我们不得不警醒自己包括所有的读者和写者，并非所有的书都是良师益友，还可能是诱导你误入歧途或走向邪路的伪装成天使的恶魔，因而曾有大师将其称为"阅读的危险"。如果我们不加以警惕，心中被理性压抑住的邪念，就会被掀开盖子，跑出来兴风作浪，害己害人。

以理性引导读书，以良知考量写作，就不仅仅是极个人极个性的问题。

重复做什么事情都有一个"审美疲劳"的困惑，唯有天天读书似乎是一件永远不会乏味的事情，因为每读一本好书就会有意想不到的收获，因为读着读着就能意会妙趣被引入胜境而激发灵感。这不，自己脑子里突发一丝为书而感的思绪，动手打开电脑，竟然发现今天，对，恰巧就是今天，2021年4月23日，竟是"世界读书日"。因为书就有了一个普天同庆的节日，这是人类之大幸。1995年11月15日由联合国教科文组织确定的"世界读书日"，旨在推动更多的人去阅读和写作，希望所有人都能尊重和感谢为人类文明作出过巨大贡献的文学、文化、科学大师们，保护知识产权。每逢这一天，世界各国都会举办各种各样与书相关的庆祝宣传活动，毕竟人类传播文化知识的主要途径是读书，毕竟切实需要更多更普及地推广读书来提升文明程度。设立这个关于书的节日的渊源、来头和过程有"正版"的记载，而这一天刚好是莎士比亚的生日也是他的忌日。这位英国文艺复兴时期的大作家在世上只停留了短短的52年，却留下了许多影响久远的剧作和诗篇，算是轶闻吧。设立这个节日26年来，全世界范围内的影响力越来越大，响应读书的人也越来越多。然而就在我们身边，耳闻目睹的情形却悖向愈远。有一则官宣称：近年来我国成年国民人均纸质图书阅读量每年仅为4.77本，比较之下，韩国是11本，法国是20本，日本是40本，以色列是64本。且不说这个被习惯性注水的数字已是量低至可怜，就说图书的种类、质量、是否前沿等因素都值得考量，不能不说是一种悲哀。

如此现状，祈望大众化的读书氛围，更多人了解"世界读书日"的宗旨，热爱上这项利在当代功在千秋的事业，几乎为奢谈。面对如此现状，原本醉心于读书与写作的我，意外中撞上这个离自己最近的节日，姑且不论是凑巧、有缘，由不得在早已构想的作文主旨上又平添一层思考。

似乎都知读书好，都劝人读书，古今中外名人说理、箴言、名句太多太多。"耕读传家久，诗书继世长。""书中自有黄金屋，书中自有颜如玉。""一日不读书，尘生其中；两日不读书，言语乏味；三日不读书，面目可憎。"清代嘉庆年间礼部尚书姚文田的一副对联传世："世间数百年旧家无非积德，天下第一等好事还是读书。"晚清中兴名臣曾国藩在家书中谆谆告诫后人："吾不愿代代得富贵，但愿代代有秀才。秀才者，读书之种子也。"杨绛先生说："读书不是为了拿文凭或者发财，而是成为一个有温度、懂情趣、会思考的人。"现代人谈书简直就是呼喊，热爱书吧，读书可以明智，可以提升气质，可以兴家，开疆拓土，建功立业。但是，在中国历朝历代大一统的社会，读书乃至识字仅仅是少数人的事，士大夫、觉悟者、求取功名者在读，而且是玩命地读，"凿壁偷光"、"头悬梁锥刺股"、"囊萤映雪"这些有名有姓的历史人物记载就是明证，而绝大多数人是不读书、读不起书、不敢读书，这也是事实。倘若认真分析研究缘由，就会作出许多大文章，什么国民性、劣根性，什么中西方文化比较，什么地域性，不一而足。"焚书坑儒"、"文字狱"的历史事件不是杜撰吧，读书者尤其是读而思之又憋不住欲发声者，其悲摧的结局展示给国人，该是什么样的效应，应当不言而喻吧。允许读书的出路，而且是做官之路，只是限定在四书五经中寻章摘句，于是乎，读书者皓首穷经勤耕苦读按指定的旨意作解读作阐释，还得煞费苦心地生发出新意，极其可怜的少数胜出者，被施舍给一个低等级的官衔，还算是"十年寒窗苦，一朝登榜日"的功成名就者。

几十年的人生经验告诉自己，为人处世都讲究一个眼缘，与人相识先得四目相对吧，哪怕就张目一瞥或不经意地乜了一眼，对上眼也许就是心有灵犀吧，感觉有进一步接触、了解、深交的必要和可能，这叫有缘，至于在今后的往来中深度交流，将其放在心里的什么位置且贴上标签，就是"分"，缘分由此而生。处对象，"一见钟情"固然不一定订终身，但至少是下一次约会的前提；讲饮食，"对口对胃"恐怕才有大快朵颐的惬意。用最时髦的话来说，就是对上了"三观"。讲读书，在书籍泛滥网络遍布的当下，若无功利性目标，凭眼光、趣味、爱好去选择，就是投缘，才会兴致盎然，快意喜怒，而绝不会完全按照权威人士开列的书单，或者大师们公认的经典，甚至良莠不齐的网友们打出的评分，任由人牵着鼻子不"对眼"不"对胃"不"钟情"地走不愉悦不甘心不情愿的路。

若论读书，各种各样的文字甚至专著可谓汗牛充栋，浩如烟海，远非吾辈所能述及的；若谈写作，更有数不胜数的名师大师经典文论在上头，鸿篇巨制，直压出掩藏在心灵犄角处的"小"来。仅仅就谈读书的方法，名人大师的高谈阔论数不胜数，不一而足。哲学家冯友兰说："我的读书经验有四条：一精其选，二解其言，三知其意，四明其理。"美学家朱光潜谈道："读书应当分类，一种是为获得世界公民所必需的常识，另一种是为做专门的学问。"我独崇古人所言："书读百遍，其义自现。""好书不厌百回读，熟读深思子自知。"

不管是哪种读书法，读书就得质疑，质疑需要设问，设问须讨论释疑。这样，书读多了自然应当在头脑里搭建起起码的分类、类别之间的逻辑关系、叠加的层级、容易深入的切入点等因素构成的认知结构，用于掌握知识、写作的快速上手。譬如读一部中国史，史前至夏商基本可归类于传说，神话或童话固然动人但可信度不高；周分西东两代，从分封的稳固社会到分崩离析，波诡云谲，此起彼伏，但因为体制结构的碎块化，直接导致璀璨绚烂的文化学术结出丰硕成果。至公元前221年，秦始皇一统天下后，延续两千多年的社会结构改朝换代，断代史中读一部明史为代表足矣。及至清末，在这块土地上繁衍两千多年的集权体制坍塌。尽管之后有逆袭有反复，"张勋复辟"也好，"袁世凯称帝"也罢，毕竟历史大潮汹涌澎湃，"共和""民主"观念深入人心，谁也不可逆转。从那时起，真是"三千年未有之大变局"，确实不同于以往，在思想、理论多个层面多个方面受国际因素影响的近代、现代历史，倒是值得认真细读，深思辨析。

最令人警醒的是哲学家叔本华指出："在文艺界中，也有无数坏书，像蓬勃滋生的野草伤害五谷。这些书原是为贪图金钱、企求官职而写作的，却使读者浪费时间、金钱和精力。"于是，不得不喋喋不休地念叨警惕坏书、错误的观点、邪恶的思想对人的戕害，这种对头脑的损坏，不仅没增进理性思考的能力，反倒因为被"全盘左右"而失去自我，失去基本判断力和德行，以至于曾有大师叫停"危险的阅读"。读书如是，写书又何尝不如是？

读书是学习，写作是更深入的学习。我以为读人家写的书是杂取种种知识、博取众多文化的学习，而写作是经过积累沉淀衍生智慧的更深入的学习。在深化学习中写书除了梳理思想，语出自我心声，言自独立见识，但毕竟是要示人的，要给人家读，所以，必须站在读者的角度，以理性、常识、良知为指引，避免谬误，杜绝邪念，断离恶意，无条件接受世人和时间的检验。

如是，读写一体，追先贤之足迹，吸天地之精髓，孜孜以求，必终有一得。

起底人生

这个世界之所以美好,从某种意义上讲,正是因为它的不完美。

对缺陷的视而不见、见而不惊或者惊而不思,无疑是最愚昧的一种选择。人不可能永远捂住眼睛,不去正视曾经或者眼前发生的一些人事。随着时间的延伸和阅历的积累,就更不可能永远让一双无形的手遮掩住你的过往、你的曾经、你心里留下的痕迹,尤其是内心深处那些羞于示人的缺憾、失误、过错,甚至是罪孽,闭上心灵的窗户自欺欺人地说上一句老到而世故的话:一切过往皆是美好。总有那么一天,也许是天道启迪,也许是人生的一个节点,特别是转折点,会突然触及魂灵唤醒良知促使自己再重新审视过去,于是,许多真实或接近真实的忆旧文字,客观或是全面剖析迷蒙往事的文章,还有那些个专述心灵忏悔的著作穿心刺肺刮骨剜肉喷薄而出,或传诸世人,或束之高阁留待后人检视,给人以警醒以借鉴以矫正以揭秘,那就分外弥足珍贵了。

20世纪70年代末,在中华大地上肆虐了十年的"文化大革命"终于结束,也就终结了毁书、损书、禁书的荒唐年代,是书籍的解放,更是读书人的思想大解放。有了书,有了读书的自由，尽管青春时光被耽误，庆幸余生尚能极大地满足自己的爱书读书的嗜好，于是将尽可能多的业余时间用于读书。倾心读人物传记就是其中一件极其赏心悦目的事，平民领袖、政治强人、科技天才、战争狂魔、财富巨子、诗人、作家、思想家、理论家，诸多功成名就者包括一些寻常平庸但独具特色者统统揽入眼底。读多了，脑子里按自己的"人格密码"和"嗜好文脉"形成自己的聚焦，更多地选择自述、回忆或者有翔实依据印证的记叙文体，尤偏好生平坎坷、经事挫折、起伏跌宕、悲喜交加甚至结局凄婉的人物，青睐深切关怀现实又保持傲然挺拔独立志趣与人格的大师巨匠，更喜那些敢于"自曝己丑""自剖己过""自认己错"，直面自己秘不示人的灵魂另一面的文字。细读之，深思之，融入人物的内心世界与之同频共振。

　　人生阅历有波澜壮阔，也有静如流水，有大起大落，也有平铺直叙。阅历丰富了就厚重，简单了更显质朴与率真。生活本身就是一本书，如果能寻求到一个"着眼点"真实客观地记述下来，仍不啻为一部值得称道的佳作，以滴水折射太阳的作用，影印大时代的波折，若以家书传之于家人，也能泽润后辈。晚清一代名臣曾国藩在外做官几十年，不管坐论编修，还是戎马倥偬，建功立业的同时亦不忘为子为父为夫的责任，时不时修书一封寄往家中，情感真切内容中肯嘱咐深切，完全是知冷知热掏心掏肺倾注满腔热忱的心里话，对其家人，尤其是对子女的教育帮助很大，以后从几十年来日积月累所著1500封中收录435封结集为《曾国藩家书》成册刊刻，既向世人表明心迹又裨益后世。曾国藩虽一生功过是非颇具争议，但家书却被世人称道，不妨随手举出他的十六字家训"家俭则兴，人勤则健，能勤能俭，永不贫贱"。试问，能用来持家否？"余叫儿女辈惟以勤俭谦三字为主。"看看，至今可作家风否？"家败离不得个奢字，人败离不得个逸字,讨人嫌离不得个骄字。"听听,能奉为人生圭臬否?曾国藩在家书中也不吝深入剖析自身的过错,严于自检,小从格物、致知、修身,大至齐家、治国、知止,一一检视言行举止,终成方方面面上上下下都能接受并称道之"千古第一完人"。一部普普通通的家书居然成了传世经典,固然有作者地位高、格局大、名望隆的缘由,但家书确实生动地反映了他一生的主要活动与治学、治家、治政之道,内容学识丰厚,至理尊道,不传万世似不可能。

没有显赫的家世,没有尊崇的地位,秉持究"耕读传家"门风的国人依然有记家谱续族谱作大事记的传统。一个偶然的机会,我曾经见过一个大家庭家里保存得相当不错的家谱,一本一本装帧整齐统一的卷宗在一张长条桌上摆了一圈,粗看大概记有七八代人,分支记载翔实,年代久远的用毛笔、钢笔书写,近代的就是印刷体了,纸也是体现了不同年代的黄草纸、细草纸、毛边纸、宣纸,直到现代的打字纸,发黄的破损的页码用新纸裱糊后再装帧,完整成册。择一二册读之,有的还真不是寥寥几笔那么简单,记下的跟那个时代紧密联系或为家族增光添彩的人和事篇幅不小,有的人物写得栩栩如生妙趣横生,也录下不肖子弟犯错甚至犯罪的几件事,处理结论是开除族谱,禁不住随口就问:"怎么又记上了呢?"答曰:"好的光宗耀祖,差的警醒后人,对照起来才真实嘛。""哦,哦,是这个理儿。"由不得你不点头称道。这样的家谱记载了整个家族的前世今生,而且没漏一人的人生记录,读来绝不乏味,对上"谱"的人及后人不无无形约束或鞭策之意,尽管"暂时"无缘"传诸万世"或"声名远播",对家人亲朋而言应当比好些粗鄙的读本更亲切更耐看。

生于清朝乾隆年间的平民沈复因其一本自述体册子《浮生六记》而名噪后世,既是偶然也算是幸运,若有在天之灵便可见对其有生之年"笔耕"的慰藉。出生于幕僚家庭，没参加科举，靠卖字画谋生，"浮生"取自李白诗"浮生如梦，为欢几何"，"六记"乃六个章节。典型的底层百姓沈复，本该淹没在尘埃里，即使煞费苦心写了这本自述，原不知散佚何处，后两个章节已不知所终，偏偏至道光年间，在苏州正谊书院任职的文人杨引传在苏州一个旧货摊上淘得此书手稿。他妹夫王韬曾为之写跋，称赞其"笔墨之间，缠绵哀感，一往情深"。光绪三年（1877年）上海申报馆制版印刷，距成书已70年。1936年，林语堂将此书前四篇译成英文远播至美国。有人将其归为自传体小说，但确实文笔质朴，写得有趣，也不忌讳自己游山玩水、看牌掷色、酗酒风流、落拓不羁的劣行，显得真实丰满，颇受后人赏识，其文言文原文被翻译成白话文又多次翻印。

　　人生阅历也包括了读书，读到人事，读到书本，每有触动心灵的意会之处，完全是一种不可言语的曼妙，可以说需要那种特殊的经历和体悟，也需要有一定的天赋，进而还会情不自禁地击节叫好甚至大声呐喊。鄙人认为最能打动人心的书，无疑是内容真实文笔优雅趣味横生的自传体书籍，倘若这类图书将光鲜的人事之另一面抖搂出来，使之更全面更完整更立体，便是书中上品。三本《忏悔录》可以视为代表作，其中卢梭所著当为上品。最早读到卢梭的《忏悔录》是"文化大革命"结束图书开禁之初，到解放碑新华书店门前排队一个通宵，买回一大堆书，其中就有卢梭的《忏悔录》。开读之前就隐略了解这本出自法国启蒙时期的著作具有相当大的世界影响力，而且上了好几个大师推荐的书目榜单，所以做足了一鼓作气读完的思想准备，可不承想没读下去，现在想起的原因好像是不习惯译文的写法，也像是对西方的生活方式、对作者奢侈而放浪形骸的生活从骨子里反感，须知我们这代人是从既贫又困只讲斗争不谈生活更遑论生活质量的时代走过来的,脑子里就一种"正确"的思维方式。后来,不知在书架上搁置了多少年,再读时才懂个中滋味。法国启蒙思想家、文学家让-雅克·卢梭从54岁写了四年才完成这部自传。1782年,在卢梭去世后四年《忏悔录》上卷出版,因其受到当时主流社会的嘲弄而获得"丑闻式"的成功。1789年上下两卷出版后,产生巨大的社会影响。分析或者讨论其人其书自然仁者见仁智者见智,但最令我震撼的是作者直面自己罪过绝对真实的态度与胆识过人的勇气,他说过谎,行过骗,调戏过妇女,偷过东西,还养成了偷窃的习惯。他以沉重的心情忏悔自己在一次行窃后把罪过栽赃到女仆头上,造成了她的不幸。他忏悔在关键时刻卑鄙地抛弃了最需要他的朋友,忏悔自己为了混一口饭吃而背叛了自己的新教信仰,改奉了天主教。正因为有他的真诚忏悔,才使得他站立成为一个虽复杂却活生生的值得崇敬的人,才使得这本剖析心迹的书赢得广泛的读者。至于他对那个荒淫无道弱肉强食的社会的揭露和抨击,既是成就他和这本书的背景,也是他写作此书的真正意图。

以一己之孤陋寡闻,不知在卢梭之前1300多年就有古罗马的思想家奥古斯丁写下的《忏悔录》,其实他才是西方忏悔文学的源头,著名的卢梭和托尔斯泰的《忏悔录》皆发源于此。奥古斯丁的《忏悔录》实际上是半部自传和半部神学、哲学结合的专著,自始至终以上帝为谈话对象,向上帝倾诉衷肠,把自己的灵魂放在上帝的祭坛上做精密而彻底的解剖,他说:"我愿回忆我过去的污秽和我灵魂的纵情肉欲,并非因为我流连以往,而是为了爱你,我的天主。"也许是读卢梭的著作在先,我认为他在坦言罪过、严格剖析自己这点上,要比卢梭逊色,但其文笔优美、情感真挚,被视为西方古代文学名著。

毫无例外,文学作品都是时代的产物。卢梭在书中揭露了那个时代社会的"弱肉强食"、"强权即公理"以及统治阶级的丑恶腐朽，书名虽为"忏悔"实际是对时代的"控诉"与"呐喊"。19世纪70年代末，俄国文豪托尔斯泰在完成三部代表作之后，苦于理想与现实的差距，世界观发生巨变，从而追溯自己50年的人生经历和心路历程去寻找生命的意义，"我的生命是否具有超越死亡从而永恒的意义"，并且记录下这个精神活动的过程，取名《忏悔录》。西方文化中以忏悔为主题的作品，比比皆是，而这三位文学巨匠的《忏悔录》不愧为经典之作，奥古斯丁的宗教信仰价值具有超越性，卢梭体展现出非同一般的文学色彩，托尔斯泰博大的精神、深刻的思想熠熠闪光。读之使我动情的是，他们彻底掀开那双"蒙蔽眼睛"的手，从心里对"原罪"、"己罪"、"社会罪恶"予以正视、挖掘、救赎，从而塑造出崇高的不朽的思想巨人形象。

口述被人记录下来、记录整理回忆录、撰写人物传记，这几类真实写人的文字太多，说卷帙浩繁是形容纸质的，网络上看似无形但说是浩瀚如海的存储和运行也绝不夸张，最难能可贵的就是它的真金——真实性。这个"真"体现在客观、全面、详略得当，绝不隐晦不足、缺陷、过错甚至恶行，这个"金"发光在情真意切的心灵忏悔和对世人以劝喻以警醒以启迪。三部《忏悔录》算是自传体著作中的上品，还读过许许多多这类文章，其中也不乏佳品。有的读起来直击胸臆，顿时击掌叫好；有的读到意会之处，深感妙不可言神思爽朗；有的读过之后，不忍卒读，再读，掩卷之余又思之再三，余味无穷。有时竟然还冒出这样的想法，将这些"直击"、"意会"、"余味"，实际上是作者与读者心灵碰撞的火花荟萃起来，一定会是一束耀眼的光芒，一定会"烛照"人之身前生后。给人生来一个大起底，必将更有利于自我前行。

也正是因为写人记心的文字太多,难免会出一些不甚了了的作品。有的将人物拔高,甚至高得离谱;有的把人物写得过于完美,几乎不见半点儿瑕疵;有的只是华丽辞藻的堆砌,不见真实的内容;有的只持一端不及其余,甚至干脆作假或是伪作,颠倒黑白,欺世盗名……窃以为作者是昧着良心戴着面具而不仅仅是厚着脸皮在写,笔下的人物也不见良知戴着面具而不是厚着脸皮在字里行间堂而皇之地活,殊不知读者不乏火眼金睛,一旦识破便弃之如敝屣,乃至将其钉在历史的耻辱柱上。鲁迅先生说:"面具戴太久,就会长到脸上,再想揭下来,除非伤筋动骨扒皮。"

真实才具力量,哪怕是精心伪装的虚假也难免在虚张声势之下露出作假的蛛丝马迹,不断遭人质疑,即使蒙骗过一时,但终究懦弱不堪直至被戳穿。不戴面具或者摘取面具的传记、接近真实的人物才会与读者产生强烈的共鸣,特别具有感染力,悦人悦己不说,必将传诸万世。忆鲁迅记鲁迅写鲁迅的文字何其多也,过去给我们塑造的形象就是一个怒目金刚似的斗士,仔细读了他写的《阿长与山海经》、《从百草园到三味书屋》、《藤野先生》等诸篇,再读到一些客观的回忆文字,一个曾经在贫困和病痛中挣扎、曾经顽皮有趣,也曾经无奈无聊苦闷彷徨的形象才跃然纸上,走进人心。正因为有过这些心路历程,他才能够意识到"中国人总不肯研究自己",才通过对"精神胜利法"为代表的阿Q性格的刻画,全面展开对国民劣根性的批判。这样的鲁迅才是思想深刻、性格丰满、充满斗争性的"民族魂"。

并非我固执地认为必须看到人鲜为人知的另一面,或者非得以悲剧的情结看待人与事,才能全面地完整地深刻地了解一个人,而事实上人世间生发的各种"剧情"没有"悲剧"的发生,是不足以构成真实的完整的社会及人生的。我国近现代最早引进的西方悲剧理论就是哲学家叔本华的理论，他强调人类的悲剧命运，个体只是体现了这种悲剧命运。悲剧就是人生的一种缺陷，没有缺陷的人生算不得真实圆满的人生。如果你选择视而不见或者见而不思企图糊弄过去，甭说你糊弄不过去，就是硬生生闭上眼糊弄过去，人生岂不索然无味吗？况且悲天悯人是理性善良的国人的情怀，不"悲天"岂能"悯人"？不"斥己"如何"清心"？被称为明末清初"四大启蒙思想家"的黄宗羲说："人远悲天悯人之怀，岂为一己之不遇乎！"黑格尔更是直截了当："对自己的罪行负责正是伟大人物的光荣。"尽管自身曾犯下不可饶恕的罪过，但德意志就是一个善于选择忏悔袒露良知的民族。1970年12月7日，访问波兰的西德总理勃兰特在华沙犹太隔离区起义纪念碑前敬献花圈后，突然自发下跪并为在纳粹德国侵略期间被杀害的死难者默哀。这"惊世一跪"，甭说是现场观众的心灵受到极大的冲击和震撼，通过电视转播使全世界为之动容，让善良的人们都受到了一次心灵的荡涤，"勃兰特跪下了，但德国站了起来"。就在这一幕的现场，特别受到刺激的还有德国当代著名作家君特·格拉斯，他是1999年诺贝尔奖获得者，一直为德国反省"二战"历史而奔走呼号，被赞为德国知识分子的良心和民众最信赖的作家。2006年出版了自传《剥洋葱》，书中披露了他1944年11月应征加入党卫军，1945年4月他所在的坦克连被苏军包围，他脱掉军服当了逃兵的历史，引起轩然大波。有人替他惋惜，有人不停地谴责他，可他依然坚持自己的忏悔，最终让人赞许："依然是一个英雄，又是一个道德指南针。"这三位德国人以自己的方式诠释了人性的良知。

事实上，悲剧的力量远远超过喜剧的浅薄，任何忽视这种力量的目光才是浅薄的，继而无法深刻而全面认知人生。

希腊德尔菲神庙刻着一句著名箴言："认识你自己"。怎样才能做到？总得先要拿开捂住双眼的手，直面自己的心灵源头、言行举止，以及与他人与社会的关系，尤其要正视不敢与人言的邪念、不堪入目的肮脏和不可救赎的罪孽。这是一个哲学大题，更是一道人生难题，解开了越过了，你就是一个高尚的人纯粹的人。

对人生来个大起底，方能深刻全面认识自我，了解他人，读书如此，阅己阅人又何尝不是如此！

等待、趣思与期待

两个世纪有多长？不用算，就200年吧。

不过，我们的1971年至2021年，没那么长，可说短也不短，跨度从20世纪到21世纪，整整半个世纪，虽说时间长河里的50年连"惊鸿一瞥"都谈不上，但在家国天下这个宏大的时间跨度中，几乎恰是几个特殊的历史时期的风云变幻，我们这辈人经历了，推着赶着走了过来，人生之路或波澜壮阔或逼仄狭隘，怎么着也该有如"沧海变桑田的巨变"了吧。即使不甚了了，这段时光放在个人身上从出生之日算起也应该是一只脚跨进老年的门槛，从满脸稚气活蹦乱跳的童年到昂首挺胸意气风发的青年，从逐渐成熟到老成持重，历经了完全不同的成长阶段，也该是佝偻驼背垂垂老矣的形象吧。

这个时段是我们小学毕业至如今的时间，事实上，这帮人按传统的说法，从"总角"之年，早已"知天命"而届"耳顺"，换句不容情的话，管你心甘不心甘情愿不情愿，毕竟已是花甲老人了，毕竟年岁不饶人，该是暮气沉沉了。

我们这辈人注定与大时代及大时代的大事件有幸重叠，出生在1959年至1961年，熟读历史或者上了点儿岁数的人都知道，那刚好是"自然灾害"时期,自然免不了食不果腹挨饥受饿,幸存一副饥肠两根穷骨撑起瘦骨嶙峋的小身板,背上黄色帆布书包兴高采烈地走进小学校门,迎头撞上最大的一场浩劫"文化大革命",上山下乡当知青,恢复高考屡试不第,回城进厂没干几年惨淡下岗,随时代的波澜逐流,不觉老之已至。

犯不着多想,这样一辈历经反复无常生活折腾的人老了,境况怎么也不会好到哪里去,尤其相隔50年不曾谋面,脑子里储存的是少儿时的"照片",乍一见面一定会是"儿童相见不相识"的羞涩或者尴尬!

玉兰花飘香的时节,不知是春催动人萌生探究往事的念头,还是上了年纪的人容易怀旧,几个几十年音信全无的小学同学居然用不同的通信方式不约而同地定下了一件事,去探望一下小学的班主任张纪群老师。没想到,这一串联居然攒进同学微信群,文字、语音、视频见面了,就是不见真人,想见面想聊聊想彼此探望一下近况的渴望似乎更要紧了。

离约定的日子还有那么几天,就那么几天,干了四十几年警察一向号称神经坚强的我,居然夜夜会失眠。想想当年位于重庆城中心解放碑"汤瓢"(敲击钟盘的撞针像是舀汤水的瓢)下的邹容路小学,"巴掌"大的校园、年轻的老师和活蹦乱跳的同学,努力还能记起的,哪怕残缺不全就尽可能去补全,即使只剩一个轮廓也搜尽大脑中的储存信息去充实;还有不尽的猜想,他们大多退休了,但毕竟三四十年职场生涯或者商场打拼,或历经挫折坎坷或一路顺风……想多了,尽管一再告诫自己,犯不着多想,仍情不自禁。就说脑子里存下的张纪群老师的印象吧,她就是梳运动式短发,穿一套淡蓝色缀几朵小白花的连衣裙,脚蹬一双白色塑料凉鞋,头上一张白皙而清瘦的脸,依然稚气未脱其至还有些羞涩的样儿,这副模样哪里像一个老师,纯纯的一个60年代大学生的范儿。几十年来一想起她，眼前出现的就这个模样，刺激强烈但却一成不变。为什么会这样？想来也不奇怪，那时就七八岁的我，身体单薄个子又矮，上课坐第一排，列队站头里，加之她既是班主任又教语文，一出现就直接矗立在我眼前，这状况一直到小学毕业，能不印象极深？尽管那个年代是不读书的年代，张老师就是教书也是不急不躁，认真而平静，对这群常常表现出不知天高地厚的"红小兵"颇具耐心。记得有一次参观红岩村八路军办事处，进了一间房，正面就立着一块指示牌写着"会计室"，我迎面就把这"会"字念成"会议"的"会"字，声音挺大生怕别人不知道我识字，张老师就在我身后轻声说道，是会计室。我不依不饶，说就是会议室的会嘛。参观的队伍停了下来，大家都眼睁睁看着我们俩。张老师不说话了，示意大家继续往前走，我颇为得意地望了望大家，跟着走了。回校途中，寻了个无人的间隙，张老师悄悄对我说，那是个多音字，意思也不一样，回家去查查。回家，我赶紧找来《新华字典》，一查才知道老师是对的，才知道老师不仅是教书更是在育人，一连好几天脸上火辣辣的不说，还不敢直视老师的眼睛。还有一个记忆犹新的"隐秘"或者说是"细微"之处，可小事不小，足见我老师育人得法。那个年代读书不多上课也少，可是各种各样的活动多。一次，学校开什么主题活动大会推举我上台发言，我提前写好稿子送张老师审阅，她看了之后把我叫去了办公室，轻言细语地说，这个结尾简直就是虎头蛇尾画蛇添足，要围绕主题来写，主题要突出，还有结尾一定要响亮、刚劲、有力，叫我回家好好想想，重写。接下来我查了一些可能找到的资料，重新写好再交上去，老师仔细看了，笑了笑说，好，真用心了。那一次大会发言，是我第一次站在全校师生面前，双腿有些发软，说话的声音可能有些颤抖，说完敬礼走下台的过程中，还是听到了阵阵掌声。之后的一次单独的交谈中，张老师问我，你那个稿子的结尾可是牛头不对马嘴哦，怎么想的？我羞赧地低下头，说我以为是我个人谈想法，所以结尾写了"水平不够，请大家批评指正"之类的话。她好像是缓了缓才说，以后做题做作业做事，一定要看清主题，审题，明确要求再动手，记住了吗？她那圆润的声音和慈祥的笑容，至今还刻在脑海里，一想起就倍感亲切，会升腾起一股暖意。

瞧瞧，这就是我的小学老师张纪群，印象中就像是鲁迅先生笔下执教认真而绝不苟且的藤野先生。她那时也不过是一个刚走出师范学校的大孩子，就显得那般娴静且坚持上课悉心育人，管不了校门外的喧嚣，只是一门心思教小孩子们一个一个地识字，咬音析义不得苟且，一句一句地读课本，要求贯通融会理解。她苦口婆心地告诫同学们，做人总得识字吧，打小不识字将来怎么会有文化，是的，现在是文化没用，等到有用的时候就来不及了。这番话她不知说过多少次，每次都显急切但平静的神态，在那个年代可是十分难能可贵。几十年过去了，她这个"大孩子"留给我们这些小孩子的印象还那么深刻，以至于今天想对几十年前十分熟悉的人见上一面竟充满焦灼的等待，而且猜想太多：她的近况如何？相貌已经老得不可相认了吗？她还记得我吗？诡异的是，无论怎么联想，怎么搜肠刮肚都没有小学的其他老师的印象，没有，一个都没有，连个模糊的影子都没有，唯有她，一想起就灵动在脑子里。

等待的滋味是难受的，我以为世间最难熬的日子是等待，恨不得拨快时钟的着急情绪遭遇漠然冷酷顾自前行的时光，焦急、渴望、期待而又无可奈何的心情交织在一起。怎样对付无奈而又无聊的等待？经历多了也就有了经验。记得小时候等待出差日久未归的父亲，老是追着母亲问，母亲说等待难过，你就把它变成期待，变成许多美好的猜想，这样的等待不仅不会难熬还会给你带来希望，还可能会有惊喜哦。这法儿好使，一试就灵，果然父亲出差回家总会带一些礼物，有的被我猜中，固然欣喜，有的没被猜中，喜出望外，更是令小儿欢呼雀跃，不亚于一场狂欢。记忆最深的一次就是在基层警队干刑警的时候，侦破了一起杀人抢劫团伙案，犯罪嫌疑人都抓捕归案唯主犯在逃，那可是压力山大。使出浑身解数终于如大海捞针一般摸排出了一个他可能藏身的地点，专案组分析来研究去都没琢磨出一个好的抓捕方案，只好采取最原始最笨的办法——蹲坑守候。蹲坑地点选定在江北东方红公社的塔坪养牛场，从几垛干草垛子中间望过去，正好瞄到主犯姘头的家门和窗户。情报显示，主犯逃无可逃，近段时间极有可能来此憩息。此时正值盛夏，白天骄阳似火，夜晚热气腾腾，加之牛棚里粪臭，苍蝇、牛虻、蚊子叮咬，这活儿不可谓不臭不脏不累，而守候不仅遥遥无期，这"守株待兔"可能会是"兔"不来或者来了不撞"株"或者溜得比兔子还快，结局是竹篮子打水一场空。我和另两个年轻刑警虽说私下里嘀咕，嘴上却二话没说自觉揽下了这费力不讨好的活儿，还一副义不容辞的样儿。我们分了班，轮流监控轮流休息，渴了喝矿泉水或者凉白开，饿了轮着去买盒饭。这些动作还得悄悄进行，不能暴露动静，否则打草惊蛇则前功尽弃。我曾认为这是我的世界里最难熬的等待，然而我把它变成了一种期待，方法就是不断地提出问题，对结果做出种种设想，譬如，会有结果吗？结果出现了会被我们抓住吗？没结果会怎样？有幸有了最好的结果又会怎样？抓住主犯我们就会立功受奖戴大红花？没抓住会挨骂受批被同事嘲笑？我把这心中的"趣想"说了出来。三人一起受感染，一起添油加醋地逗趣，难挨的时间在有精神活动的参与下总算过得快一点儿。其实，当时我就想，"趣思"将枯燥无聊的等待转化为充满希望的期待，生活中何时何地又何尝不如此，甚至异想天开地提出今后写一部以"趣思"化等待为期待的专著。但那时怎么也得面对现实，说腻了，想多了，还得回到远处可能出现的主犯身上，急切盼望他早日现身。这念头想来又觉得十分荒诞，除了我们这些警察，从来就不会有人像盼望初恋情人一样急切盼望一个十恶不赦的逃犯的突然降临，而且一旦见到必然不顾一切地冲上前去。"趣想"说出来又引起三人低声的热议，燥热的天气在我们的心里至少凉了一半。终于在我们守候的第四天夜里，那个绷紧我们神经使我们的眼睛须臾不得松懈的房间亮起了灯光，玻璃窗户后的布帘明显映出一男一女两个身影。行动，三个刑警，一人把住窗户，两人破门而入……成功，不仅完胜犯罪嫌疑人，等待变期待也是最好的结果。

活了这么一大把年纪，经历过无数等待的时段，应该是见惯不惊甚至麻木不仁了。

瞧瞧，就是这样历练几十年的职业人居然在等待与老师和同学见面的日子里焦虑不安，还半夜失眠，想想都觉得可笑。

约定的日子到了，我早早地驾车来到张老师居住的小区门口停了车，在小区外的马路边溜达，等待约好的几个同学一起上楼。

齐了，约好的六个同学到齐了，有个同学还捧着一大束七彩艳丽的鲜花，说他专门去给老师买的，很贵，待会儿凑份子啊。他从花丛里抠出一块漂亮的印着红心的礼卡，吩咐我写几个字。我一笔一画有点儿动情地写道："献给您，张老师。我们永远爱您！"

敲门，门开了，走头里的同学献上花，同学们齐声说，张老师好。里边一个头发略带花白、身材消瘦、个子不高的老太太，笑声朗朗。进门一个同学她就拉住同学一只手，略一思忖，立马说出，你是谁谁谁，我们班的。仿佛他们都储存在她记忆的中心，随时与真人一比较就可以认识。被认出来的同学真是开心，夸老师记性真好，这么多年还记得住。张老师连连摇头，说老喽，老喽，快八十的人呢，就是记忆不好了。几个同学七嘴八舌地说，不老，您不老，身体好，记忆也好。整个楼道里响起一阵又一阵欢声笑语，仿佛又回到小学教室外等待老师点名前的喧闹，沸反盈天。我故意走在最后，祈望给朝思暮想的老师一个惊喜。轮到我最后一个进屋了，我上前一步跟老师凑近一点儿，毕恭毕敬地奉上特意准备的礼物，笑意盈盈地说，老师好，张老师好。张老师一手接过礼物，顺手放在门边的鞋柜上，然后用双手拉住我的手，不无疑惑地问："你是谁呀？是我们班上的吗？我怎么什么印象也没有哇。"我心凉了半截，带点儿悲哀，说老师你想想，再想想。她细眯了眼歪了头，左瞅瞅右看看，手上用劲再把我拉近一点儿，像是竭尽全力在搜寻记忆中的印象，半晌又说："还是没想起，你是我们班的吗？"同行的同学起哄，呵呵，恐怕不是我们班的，哎哟，张老师都不认识你。友好的嘲弄，情感质朴而亲切，我却感觉尴尬。有同学提示，说了我的名字。张老师似乎又想了许久，轻轻地叹口气，放下拉住我的手，摇头说，真老喽，硬是想不起来了，快，快进来坐吧。

  大家在不算宽大却整洁有序的客厅里落座以后，个个与老师谈笑甚欢，除了嘘寒问暖，更多的话题回到了当年校园里的逸闻轶事，提到谁张老师都能说上几句，但问起我她似乎只是摇头，真想不起来了，怎么会没印象呢？那模样那神态没半点儿做作，真挚里有些懊恼。我解嘲说，那时我个头儿太小，干什么都站头排，老师个子高，目光老是越过我头顶看过去，把我给省略了。大家又一番哂笑，张老师像想起一点儿影子，说："哦，你是跳级进的我们班，人家在一个班读了五年，你只读了四年，所以印象不深。"这绝对不能责怪我的老师，半个世纪有多远，一群当年的青涩少年倏忽变戏法般成了一堆花甲老人，就是他们自己从泛黄还积着水渍的合影照里把自己找出来也相当困难，更何况年长我们一代的老人，毕竟我们只是她教过的一届学生而已。

不经意间的冷落，流露出客观的真实。"自以为是"的内心，熬过"苦心孤诣"的等待，却遭遇"不以为意"的现实，难免会有些许落寞。

等待转化为期待，而期待并没有出现我设想的结果。多少有些失望的我只好多听他们无拘无束的聊天，那可是半个世纪以来的真挚表述，当然，50年的话题很多也很长，午饭时分我们去了北滨路的一家潮汕牛肉馆，边吃边接着聊，分手的时候也意犹未尽。这些同学已经经历了为人妇为人夫为人母为人父的人生阶段，几乎都已是爷爷奶奶辈人物，谈起什么话题都心平气和，平常而恬静，无怨无悔。我的老师已是78岁高龄，在那所小学教语文直到退休，膝下一个女儿早已成家立业，还有了小外孙，老伴儿两年前病逝，就一个人独自生活。聊到过去那些年代的经历，个人和家庭生活包括一些难处都云淡风轻，谈起眼下和今后也轻松而信心充溢。奇妙的是其他同学多少也聊一些过去和现在，说起不读书没文化，下农村当知青，下岗后有的窝在家，有的外出打工，也有的由此引发一连串的变故，但都摆谈得颇淡定，就像是无关自己痛痒而是说别人的家长里短似的。一旁静听的我突地在心中萌生一个念头，时下网红的说法不是说时代的一粒尘埃落在每个人头上都是一座山吗？这山可是要压死人的，但眼前的这群老大不小的人都是从那些动荡中走过来的呀，个体的生命在时代的推进过程中，即使远离旋涡中心，即使被裹挟，同样也得经历曲折和坎坷，而他们身强智全，没有悲愤的控诉，没有哀怨的责备，都淡定而从容，仿佛不缺幸福和满足感。

是呀，我们这些人的确太普通，像天幕上镶嵌的许多耀眼的或奄奄一息的星辰从来都没有人数清楚过，像我与老师在一间教室里"教学相长"好几年连一点儿印象都记不住似的太渺小，渺小得从未在时代的风口浪尖上成为时代的弄潮儿，甚至引领时代前行，没有，没有人，也没有人哪怕曾经短暂地占据过那块高地的一角。大多受时代洪流的裹挟，悄然行进在大时代的边缘或者缝隙，或许远离了尘埃，或许侥幸逃脱了尘埃，或许曾经承受过尘埃的重压，当初鲜血淋漓的伤口早已结痂，身心的瘢痕经不起岁月的磨砺早已脱落干净，忘却的记忆和对未来的期待使他们坚强而从容地继续生活。我脑子里不禁联想到了一连串的词和这些词彰显的形象：幸福与不幸，平凡与平庸，习以为常的麻木，受苦受难中咬紧牙关，忍辱负重里奋力挣扎。他们是否都囊括这些词所描摹的情景之中，我也无法清醒地判断，因为我在其中。我能够想到的，或许是这些毫不起眼的芸芸众生以独特的承受力构筑起了这个民族抗御尘埃的大众脊梁，因为他们几乎没有愤怒的呐喊，没有痛苦的惊叫，更没有挺起胸膛伸出双手鼎力抗争。

生活中随时随地都有等待，如何看待这个现象，不同的人有不同的认知，更多的人倾向认为等待是"未知"和"无知"的，把握好当下才是实在的可控的，因而无须更多地揣度未来。心学大师王阳明提倡"知行合一"，无须等待，立即行动。庄子则直截了当说"无待"。我以为将苦苦的等待转化为欣喜的期待，尤其是颇具思想的设想、有意思的结局，乃至"先行败路"的预想及对策，无疑是生活中以智慧萌生"趣思"，"趣思"又使生活生趣而充满生机，就有力量应对可能出现的任何结果。

太多的人将不惑之年看作生命抛物线的顶点，我有太多的理由将生命的制高点定于花甲之年，虽然活过这个岁数已属某种幸事，职场生涯大多结束，生理生命由此开始下滑，而精神生命将持续稳健成熟地攀升,直到它寄居的肉体消失的那一天;我有太多的理由驳斥"不惑"、"耳顺"、"花甲"、"从心所欲不逾矩"之类的界定,这些近乎腐朽的陈词滥调仅仅将我们的认知"龟缩"在自我感受的内心,而排斥了对外面的世界的经历、探索或者抗争,因为我们还有太多的等待、太多的期待,我们的"趣思"也因为我们文明的提升、智慧的增长、底蕴的积累而日趋丰盈,生命的下滑线依然可以熠熠闪光。

我们身处历史,不管是历史中的哪个时代,都是时代的一部分,哪怕微不足道。

我们在"趣思"中负重前行,生活就不再那么沉重而单调,那么枯燥而委颓,那么难过而不堪;我们让等待由"趣思"的充盈演变为期待,这样从容生活,现实不会凌乱,未来将会更加美好。

痛

能够触发你心中的痛，才是你真正难以割舍的珍贵。

2021年5月22日13时07分，袁隆平在长沙逝世，享年91岁。袁隆平何许人也，国人皆知；袁隆平终其一生所取得的巨大成就、所获得的无以复加的荣誉，世人瞩目。用最崇高的敬意仰望这样一颗陨落的巨星，无法抑制的悲触发心中许多的痛。

我无意更多地去赞扬他身上以勋章和荣誉编织而成的耀眼的光环，只想把心中对他以天下苍生为念的博大情怀、孜孜以求的创新精神、历经坎坷仍忍辱负重始终如一的匠人毅力、扎根于田间地头深耕实作的苦干劲头，喝一声大彩唱一曲颂歌，这才是铁骨敲起铮铮作响的中华民族的脊梁！

据统计，杂交水稻自1976年推广以来，种植面积累计达90亿亩，累计增产稻谷8000多亿公斤。每年因种植杂交稻而增产的粮食可以多养活8000万人。这数字蕴含着大功臣袁隆平一生的心血，这数字对于一个14亿人口的农业大国意味着什么，不言而喻。为普天下苍生作稻粱谋而不计较个人得失的人，一生追求"禾下乘凉梦"和"杂交水稻覆盖全球梦"，这不是白日梦，而是正脚踏实地前行未圆却必将圆满的人类之梦，海外有40多个国家引进杂交水稻。我要蹦出心声,他为这个世界奉献了多么博大的胸怀,还有多么深厚的爱心!

袁隆平发明了"三系法"籼型杂交水稻技术,独创了"两系法"杂交水稻技术,创立了杂交水稻学科,培养了一大批杂交水稻专家和技术骨干,建立和完善了一整套杂交水稻理论与应用技术体系,被誉为"杂交水稻之父"。成功里不知蕴含了多少失败、失误、挫折,是心血、汗水和泪花一点一滴凝聚成的果实。曾经面对六年里3000次试验失败,他说,失败了不气馁,找到原因从头再来就是了。待他成功后,有人问他秘诀是什么,他说了八个字:知识、汗水、灵感、机遇。其实,在他身上没有巨大的坚持不懈的内动力是不可能做到独辟蹊径的创新的!

干农业是一个非常辛苦的事业,千百年来面朝黄土背朝天躬耕陇上含辛茹苦种庄稼的农民叹息苦不堪言,这个科学家说:"搞杂交水稻的时候,我是有点儿雄心壮志的。看到农民这么苦,我就暗下决心,立志要改造农村,为农民做点儿实事。"他自己也一生以种庄稼为乐,教育学生首先要求两个字——下田,搞科研坚持两个字——下田。从青壮年到耄耋之年,"我不是在稻田里,就是在去稻田的路上"。他是唯一把科技论文写在祖国大地上的科学家,90岁高龄还去了三亚的水稻试验田,以至于在田边不慎摔了一跤致两个月后溘然长逝,用一生的实践在大地上真实地抹上一个现代科学家的农民本色。

出生在20世纪30年代的袁隆平,经两个世纪的风雨飘零,经历大时代的风云变幻,个人的命运与大转折的时代始终联系在一起,但只要他认定了目标,坚定了信仰,就统统将被边缘、被嘲弄、被冲击的挫折与磨难抛在脑后,不计得失,不计名利,全部身心都扑进农业科技,一生只做杂交水稻这一关系国计民生的大事。高山仰止,景行行止。在2021年5月24日上午举行的悼念仪式上,有长沙市民跪在他的灵前,这一跪代表了千千万万的民意,这一跪表现了百姓对本色英雄的崇敬。

是为苍生计,何惧苦与难。凝视袁隆平饱经沧桑的脸上那一双不大却炯炯有神的眼睛,我想到了另一张同样饱经沧桑但蕴含严肃思考神色的脸,只不过那张脸上镜框后睁圆了的眼睛略微大了一点儿,他就是被称为"中国最后一位大儒家"的梁漱溟。

梁漱溟生于1893年,卒于1988年,享年95岁,生命长度跨两个世纪,遭逢大时代的大变革,历经艰辛,跌宕浮沉,一生行与思都以天下苍生为念。他说:"我从来无意讲学问,我只是爱用心思于某些问题上而已。我常常说我一生受两大问题的支配:一个是中国问题,再一个是人生问题。我一生几十年在这两大问题支配下而思想而活动——这就是我整整的一生。"

他在思想上、文化上的思考一生都没有停止过,著述颇丰,而且更重于实际行动。他在《中国文化要义》一书的自序里写道:"我希望我的朋友,遇到有人问起:梁某究竟是怎样一个人?便为我回答说:'他是一个有思想的人。'或说:'他是一个有思想,又本着他的思想而行动的人。'这样便恰如其分,最好不过。如其说:'他是一个思想家,同时又是一社会改造运动者。'那便是十分恭维了。"作为著名的爱国民主人士,他为民族独立、为国家富强积极追求探索,发表许多有利于民族大义的政见,更致力于行动。1928年在河南进行过短期的村治试验,1931年又来到山东邹平,开展长达七年的乡村建设运动,后来试验区扩大至全省十几个县,在海内外产生了深远的影响。他把解决中国问题的重点落实在社会改造上,出路就是"乡治"。

1918年他父亲梁济在"沉潭自尽"之前,最后问他:"这个世界会好吗?"他回答:"我相信世界是一天一天往好里去的……"历经多年思考和历练,他最终将人生问题与中国问题融为一体,一生致力于思考和躬行社会建设，充分体现了一个传统文化儒者的"担道"精神。美国学者艾恺将多次对他的采访集纳成册，书名就是《这个世界会好吗》。

袁隆平和梁漱溟有着不同的人生经历、不同的传奇业绩，而我脑子里将这两个跨世纪的巨匠大师联系在一起，是因为阅读他们的真人真事总觉得他们在骨子里在生命的底色上有着许多相同之处。他们在我心中完全是"神"一样的存在，最让人至尊至崇的是他们看似羸弱的身躯里怀有一颗赤诚的爱民之心，还有一副足以撑起伟岸形象的铮铮铁骨。

清晨，晨昏交割，残月已隐，朗星将逝，人间最难以割舍的痛就是失去这样的烛照民族之魂的巨星，这样的以思行之火燃烧自身为炬引领民族之路的榜样。

中华民族永远不乏顶天立地的脊梁，难以割舍的痛必将激励后辈砥砺前行，这个世界一定会越来越好。

溜须、拍马与尝粪

奉承就是讨好，就是"溜须"、"拍马"，就是送"高帽子"、写"屁颂文章"，也就是"尝粪"、"割股"、"烹子"、"吮痈舐痔"。这些明面看似乎像几件毫不相干的事，骨子里的实质仍旧还是那一个意思，只是表现出来的形式不同而已。

清代一本俗书《笑笑录》中记有一文《高帽子》，读来生趣，不妨照录：世俗谓媚人为顶高帽子。常有门生两人，初放外任，同谒老师者，老师谓："今世直道不行，逢人送顶高帽子，斯可矣。"其一人曰："老师之言不谬，今之世不喜高帽如老师者有几人哉！"老师大喜。即出，顾同谒者曰："高帽已送去一顶矣。"

读之确实有趣，细品还余味无穷，将逢迎拍马之道引上了一级台阶，以"雅"的形式表现"俗"的揶揄挖苦之意，有人嚼味之余便想到了让更多的人分享，便"假借"名人效应让"高帽子"长上翅膀满天飞，代代传。有文字记载的是将学生"张冠李戴"换成了清代才子袁枚，就是那个以"性灵说"主张诗学写下《随园诗话》的大作家，20多岁就任县令，上任前去向恩师尹文端辞行并请教，演绎出了这么一段一个刻意送一个乐意戴"高帽子"的名人逸闻，活色添香，供人们茶余饭后之闲聊，或作文引典之运用,也使这"马屁经"广为流传,更使这招溜须拍马阿谀奉承之术平添一韵味,多悟一妙趣。

高帽子为什么"高"?除了接触头皮的那一圈比较适合接受者头颅大小之外,怎么也得适度考量对象的身份、地位、认可程度,其余都是用华美辞藻堆砌的赞语美誉,甚至玄乎得不着边际的神谕编织而成,也就是言过其实的高,是人为的故意拔高的高,是虚高假高空高。制造者处心积虑,赠送者精挑细选,自然是心知肚明,而接受者却没有一个觉着不受用的,有的受之怡然,有的浑然不觉还飘飘然,有的明知道是一些夸大其词的奉承不点破还装着中听中用的样子,更有甚者明知是溜须拍马的曲意阿谀却默许、暗示、纵容,进而推波助澜,使高帽子越来越高,越来越玄,也越来越滥。尤其是那些位高权重者,高帽子受多了,虚荣心膨胀,一旦爱上高帽子,则上有所好下必甚焉,投其所好者奋勇上前,效仿者便日甚一日,于是假大空盛行,高帽子成灾。

"高帽子"好比骂人不带脏字似的不动声色地嘲弄了溜须拍马之举的两头,算是高雅一点儿的,但编造故事的挖苦意味还不够浓郁,或者说是滋味不够尖酸刻薄。明朝万历年间那个做官做得坎坷作文倒是行云流水的东林党人赵南星,在所著《笑赞》中多有讽世之作,其中一篇"屁颂文章"够"屌丝"的了。他写道:"一秀才数尽,去见阎王,阎王偶放一屁,秀才即献屁颂一篇曰:'高耸金臀,弘宣宝气,依稀乎丝竹之音,仿佛乎麝兰之味,臣立下风,不胜馨香之至。'阎王大喜,增寿十年,即时放回阳间。十年限满,再见阎王。此秀才志气舒展,望森罗殿摇摆而上。阎王问是何人,小鬼回曰:'是那作屁文章的秀才。'赞曰:'此秀才闻屁献谄,苟延性命,亦无耻之甚矣!犹胜唐时郭霸,以尝粪而求富贵,所谓遗臭万年者也。'"

酸秀才真是寡廉鲜耻到了何种地步，跪舔从阳间惯用到了阴间，有点儿文化竟用之于吹捧至无耻，以为是在阴间，更犯不着顾忌在阳间时的脸面，竟颠倒黑白将"屁臭"歌颂为"馨香"，那阎王又何尝不知道屁味，望闻有人捂鼻子昧良心唱颂歌，喜出望外以至法外施恩。

都是逢迎拍马，"高帽子"与"屁颂文章"文绉绉地雅致一点儿隐晦一些，寓精神贿赂于"隐性"，肯定比直截了当的"溜须"或"拍马"来得高明。直接的溜须拍马不仅"显性"，其粗鄙低俗的言行容易诱发彼此的不安或者不堪，弄不好还会带来很严重的后果，这一点从"溜须"的起源就暴露出来了。据《宋史》载，宋真宗时寇准为宰相，丁谓为参知政事。一次朝中宴会，汤汁沾到了寇准的胡须上，一旁的丁谓赶忙去擦，即溜其须。寇准却不领情，说："参政，国之大臣，乃为官长拂须耶。""溜须"典故由此而出，但事情未了结。丁谓受讽，既羞又恼，怀恨在心，后诬告寇准阴谋拥立太子，致其被罢贬出京城。至于另一件毫不相干的事情"拍马"则出自元朝。蒙古人有牵马相遇互相称赞对方马匹的习俗，后来这个马背上夺天下的朝廷必然武将偏多，以骠骑为荣，下级路遇上级必下马去拍上级的马屁股，说一些赞美之词，拍马实则为赞骑马者，与"打狗看主人"一个理，久而久之便衍生了"拍马屁"这个掌故。因为对仗上口，说起顺溜，况且意思都差不多，古人说着说着就将两者合成一个成语来使用。

都是以讨好卖乖、溢美示好、歌功颂德的表象，行吹捧、奉承、阿谀之实，达到使接受者精神愉悦，进而欣然同意或者承诺某个要求的目的。但比较之下，"溜须"、"拍马"太露骨，也容易丢脸面或者伤面子，使送者感到屈辱，受者神色难堪，而戴"高帽子"写"颂屁文章"不仅形式隐晦且彰显文采，不仅使送者受者都保全了面子，即使有点儿不堪也无伤大雅，关键还在于效果俱佳。明太祖朱元璋喜怒无常借"惩贪"之名而"嗜杀成性"，年轻时当过和尚而最忌讳有人提及此事，忽一日重游当年出家的皇觉寺竟去寻觅曾经题在庙壁上的诗词大作，肯定是早已荡然无存，可他不知触动了哪根神经，顿时勃然大怒，迁怒于寺里僧众。眼看灭顶之灾将临，庙里方丈镇定自若，赋诗一首："圣上题诗不敢留，诗题壁上鬼神愁。谨将法水轻轻洗，犹有龙光射斗牛。"几句吹捧的狗屁诗居然哄得皇帝老儿转怒为笑，杀心消散。

古往今来，海内海外，溜须拍马阿谀奉承能够大行其道，何也？从来两方都不缺市场，历朝历代不同社会阶层都不缺讨好者献媚者，而接受者哪怕明知是假是空是大而无当，仍觉着荣光有面子而甘之如饴地接受了。

但是，凡事都有个度，将溜须拍马做过了头儿，或者为了达到某种目的而不择手段不顾颜面不要尊严去讨好卖乖，又成了人们所憎恶所不齿的坏事，留下千古骂名不说，养痈遗患，甚至造成祸国殃民的恶果。

唐朝历史上"安史之乱"几乎将煌煌王朝陷于倾倒之灾，致使万千百姓血流成河生灵涂炭，从某种意义上讲，也可以说是唐玄宗被"马屁精"围猎、被逢迎者蒙蔽的结果。这个享尽唐太宗、唐高宗、武则天三代励精图治积成的国富民强所达到的鼎盛，承平日久便纵情声色的唐玄宗大帝，在"口有蜜，腹有剑"的奸相李林甫和杨贵妃之兄杨国忠阿谀奉承下，昏招迭出，还沾沾自喜，自信满满，尤其是安禄山卖弄自己独创的"马屁术"，故意装出一副只认皇上皇后为父母不识皇储为何人的萌态，便更加相信其耿耿忠心，以至委以三镇重兵造成外重内轻尾大不掉的局面。在安禄山骗取皇上信任不断被提拔重用的过程中，还有一个助纣为虐的人物不可忽视,他就是御史中丞张利贞。公元741年,张利贞视察河北,时任平卢兵马使的安禄山极尽逢迎讨好之能事,既安排了隆重而豪华的接待,又行贿大量昂贵的金银珠宝。张利贞回长安后在唐玄宗面前摇唇鼓舌不遗余力地夸赞安禄山,次年即使安禄山升任代理御史中丞、平卢节度使,终成手握重兵的一方诸侯。

史载"郭霸尝粪"又是极其典型的一例。郭霸不仅是一个长期惯于溜须拍马的小人,更是一个能使出超常之举的极端马屁之徒。武则天篡权执政的武周时期,英国公徐敬业在扬州起兵讨伐她,郭霸见时机已到,急忙上表大骂徐敬业,其中绞尽脑汁写下了"抽其筋,食其肉,饮其血,绝其髓"的名句。女皇读来龙颜大悦,提拔他当了御史。当时的御史大夫是魏元忠,为讨好他,郭霸也煞费苦心,终于等来了机会。魏元忠卧病在床,部属们都去探望,一进魏府,郭霸即表现出一副忧惧的神色,向领导提出"尝元忠便液,以验疾之轻重"。验完后,高兴地对魏元忠说:"大夫粪味甘,或不瘳。今味苦,当即愈矣。"可惜他的当众表演,为所有人都不忍直视,将其斥为"吃屎御史",朝廷中人均唯恐避之不及。郭霸受此奇耻大辱,发现献媚一途不通,以扭曲的心理专门干起了栽赃陷害的勾当,虽然也升官至五品,因作恶太多导致神经错乱最终自杀。

事实上,奉承也并非都是坏事,因为人人都需要被肯定被赞美。马斯洛的人类需求五层次理论,将获得"认可与尊重"归属于高层次的需求,这是一个普遍的认知规律。实际生活中,囿于人们对自身认识的局限,难以分清真假、对错、恰当与否,哪怕就是假大空的奉承也有人乐于接受。莎士比亚说:"一个人宁愿听一百句美丽的谎言,也不愿听一句直白的真话。"古语讲"好话一句三冬暖,恶语伤人六月寒",就是此理。常理的恭维、礼节性的奉承、带点儿夸张的示好，倒不啻为一种调侃一种诙谐一种幽默，既拉近了人与人的距离，还给社会增添了生机与活力。除了戴"高帽子"这种表达方式彼此不伤面子，还有一种贬损、开涮、压低自己以"反衬"抬高别人的方式能够达到奉承的效果，只要自己不觉得憋屈也可以皆大欢喜。但是，事出反常必有妖，阿谀过头心藏奸，"吃屎御史"、"勾践尝粪"、"烹子献糜"、"吮痈舐痔"之类为讨好而忍受常人难以忍受的奇耻大辱或身体剧痛，尊严扫地，伤害至深，势必埋下祸根或者出于深藏超出常人想象的祸心，一旦屈辱反弹爆发的破坏力难以估量。郭霸"尝粪"受辱竟泄愤制造冤狱滥杀无辜，勾践忍辱得以"放虎归山"最终复国还反手灭了吴国，易牙"杀子以适君"受宠握权后竟挑动内乱饿死齐桓公，这里边除了自身必将深受其害之外，还不知有多少无辜的生命为这些卑鄙的作恶者买单，可谓伤天害理贻害无穷。

　　至于介子推"割股啖君"乃是结果掩盖前因的剧情反转。他追随晋公子重耳在外逃亡19年，途中"自割其股以食文公"，确有充饥救急之实，更是用超常之举讨好主子，以图厚报。孰料重耳掌国遍赏功臣唯独将他遗漏，他愤而背起老妈躲进绵山，后晋文公搜山未果竟纵火烧山，致使他和母亲被烧死。悲剧的结局反倒是其死地命名为"介山"、立庙祭祀和设立一个"清明节"，为后世年年祭奠，以隐居"不言禄"的壮举赢得了永世清名。

　　溜须拍马的另一个严重危害是，有人阿谀奉承受多了，一旦沉醉其中，会自以为是，会拒绝真话，看不见真相，最终不是"尝粪"而是被埋进不齿于人类的狗屎堆。

　　投其所好，居心叵测，兜售其奸的奉承，是要看人的，好比苍蝇不叮无缝蛋，你要喜欢听好话，你要喜好恭维，他就马屁使劲拍，让你孜孜自淫而不愿自拔。但是，不管表现形式如何，其拍马就是为了上马的实质性居心尽管深藏也不可改变，理当被嘲弄被谴责被摒弃，不然会被"颂屁"之类的浊气吹捧上天，会被拍马屁者催马陷入暗坑，乃至死无葬身之地。

　　古人对阿谀奉承之类不乏有着清醒认识的先贤，不然不会将种种人事记录留存下来警示后人，同时鞭辟入里地分析了这些现象的一方面和另一方面。老子在其著述的"十三章"里写道："何谓宠辱若惊？宠为下，得之若惊，失之若惊，是谓宠辱若惊。"细细体会吧，讨好奉承的结果无非受辱或受宠，受辱会使奉承者的自尊受到伤害，固然难堪，但受宠未必见得一定就是赢家，未必就该得意扬扬。不要忘了"宠为下"，得了"宠"唯恐失去而如履薄冰；得了"宠"就得对赐予者彻底弯腰乃至人身依附，曲意逢迎，同样使自尊受伤人格受损；得了"宠"难免颐指气使忘乎所以，没想到一脚踏空弄不好摔得人仰马翻，也许这就叫作"宠辱若惊"。

　　太多的人和事警示人们，站稳脚跟，谨慎做人，警惕别有用心的吹捧，不被花言巧语溢美之词所蒙蔽，保持对人间世相客观理性的认知。

野

晨曦微露,独据两条大江之利的半山重庆城,无须舟楫便可从嘉陵江之尾转行至长江岸边,从大径湾流的荡漾碧波到波翻浪滚的浩浩大潮,再借助汽车的车轮,接着行走于绿水静流的御临河畔,犹如古人之跣足蓬头,我行吟泽畔,迎面清风拂兮,思绪跌宕起伏,胸腔低声回蕴"长太息以掩涕兮,哀民生之多艰",再慨然诵吟"路漫漫其修远兮,吾将上下而求索",继而叨念豪放之词"君不见……天生我材必有用,千金散尽还复来",不禁联想史上高人论诗评词之"境界":"词以境界为上,有境界则自成高格,自有名句,五代、北宋之词所以独绝者在此。"正午,烈日当空,灼热顿起,在张关山顶寻觅一处四周皆绿树绿草的野地儿,高声朗诵:"……列缺霹雳,丘峦崩摧。洞天石扉,訇然中开……安能摧眉折腰事权贵,使我不得开心颜!"也管不了什么"毒月毒日",张大双臂,仰望天日,以虔诚之态赤子之心祭祀保佑我中华之先祖先人大师巨匠英才,祈祷天下太平、民族安康。

是日仲夏端午,苍龙七宿飞升于正南中天,处于全年最"正中"之位,即如"飞龙在天"。

除了远处偶尔传来一两声弱弱的蝉鸣与狗吠,璨璨烈焰下的野地,高树低头,矮草折腰,穹庐静声,山巅无语,矗立天地间一人,形单影只,也在默默地祈祷。突然,一个饱经沧桑倒也清朗的声音在万里无云的蓝天响起:"中国有三大天才皆死于水,此三人者,各可代表一千年之中国文艺史——第一千年为屈原,第二千年为李白,第三千年为王国维。"仔细辨听,这话出自现代新闻评论家张慧剑之口,试想没有极深厚文史学养,能作出如此有高度且中肯的判断?由面及心并非一缕轻飘飘的凉风吹过。

端午为节,源于自然天象崇拜,由上古先民创立用于拜祭龙祖、祈福辟邪的节日。后因传说战国时期楚国诗人屈原在五月初五跳汨罗江自尽,人们亦将端午作为纪念屈原的节日。立于张关山巅感觉离天很近,脚下水溶洞深至千米离地心不远,极目远眺祖国大好河山,和光同尘,一杯"午时水"饮尽,三万里江山五千年过往尽在胸中翻江倒海,奔流不息。

就文艺史上的成就,将屈原、李白、王国维视为天才,而且各领先觉一千年,张慧剑先生所言不虚。

屈原所作《离骚》、《九歌》、《九章》、《天问》,创立"楚辞"文体,开辟"香草美人"的比兴手法,产生了言简意赅、言有尽而意无穷的艺术效果,后人将《离骚》和《诗经》中的《国风》并称"风骚","风"和"骚"成了我国诗歌史上现实主义与浪漫主义的源头,标志着中国诗歌进入了一个由大雅歌唱到浪漫独创的新时代。鲁迅先生称赞屈原的作品为"逸响伟辞,卓绝一世"。窃以为屈原作品较之于《诗经》,代表长江流域的南方文学可以与黄河流域的北方文学在体裁、风格、情思、句式上各具特色,从内容到形式都有巨大的创造性,甚至在文艺主脉上相媲美。有了屈原,我们可以大胆地说,中华文化的源头不止起于中原大地,且他的创造和"求索"精神影响之久远何止一千年,范围延及海内外。

《全唐诗》收录 48900 多首诗，李白一生创作颇丰，流传下来的有 968 首，其乐府、歌行、绝句成就至高，将想象、夸张、比喻、拟人手法运乎一体，成就了伟大的浪漫主义艺术色彩，被后人誉为"诗仙"。信手拈来一首《将进酒》，那风采那想象非一般神韵可挥就。因诗名受宠于唐玄宗，于醉中起草诏书，引足令高力士脱靴，那潇洒那气势非一般士人岸傲风骨可为。及至被嫉妒、离间、放逐，乃"仰天大笑出门去，我辈岂是蓬蒿人"，有《李太白集》传世，有时任当涂县令李阳冰为其抄录编辑的 20 卷《草堂集》留存，可以说唐诗中若无李白，则无中国诗歌最鼎盛时代的扛鼎之作。

中国文艺史上成就辉煌的不仅有《诗经》、《离骚》，有唐诗宋词，还有在清末就出世的评诗论词的专著。《人间词话》是划时代的优秀之作，面世即惊世骇俗，作者王国维是以近代眼光，运用哲学、美学、文学观念和方法去剖析、评论中国古典文学第一人。他学贯中西，精通文史哲，构建了自己的思想体系，一生追求解决人生问题，是中国近代、现代相交时期一位享有国际盛誉的著名学者。鲁迅说："要谈国学，他才算一个研究国学的人物。"刚满 29 岁的王国维就抛出其学术、人生之"三境界说"，古今之成大事业、大学问者，必经过三种之境界。《人间词话》开篇即创造"境界"一词，他的解释是："能写真景物，真感情者，谓之有境界，否则谓之无境界。"细品他的著作，确实自成高格自有高论也！

屈原、李白之诗可谓史上无双，且开创体裁、风格、气势之先；王国维以新眼光融古今中外之识评国学文本，其评论之言精当而别致，且岂止于评论，治学、做事、为人修养皆可为指正。三位先生的文学艺术成就在中华文化史上完全是三座人人仰止的高山，被誉为天才，抑或是喻作天上散发出耀眼光芒的巨星也毫不过分，然而将三位天才联想在我心中一起祭祀竟是因为别样的因由，那就是他们的死，溺，自溺。那可是三颗巨星啊，居然一下子陨落于绝不起眼的绿水。公元前278年，秦国大将白起带兵攻破楚国国都，两次遭国王放逐的屈原，陷入绝望之境，于五月初五投汨罗江而死。《旧唐书》记载，李白"以饮酒过度，醉死于宣城"。民间传说他晚年投靠族叔当涂县令李阳冰，一次酒后突发奇想，下到水里捞月亮，渐入水深处溺亡。1927年6月2日，端午时节，王国维从颐和园鱼藻轩的石船上，纵身跳入昆明湖溺水而亡。

生命是一个人最宝贵的根本，只要是人都能够意识到这一点，然而这三位天才文人则无视这一根本，纵身一跳自溺而亡。我痴立山野，禁不住向远去天穹的先人大声追问：你们以命搏什么？用命祭什么？拿命换什么？看看他们的身世，捋捋他们的生前事，更是令人遗憾、唏嘘而慨叹。屈原以才学和政治抱负提出改革方略，不幸被奸人中伤，丢了官职不说，还两次遭帝王放逐，以致绝望。李白不以科举谋晋身之途，多以献赋为王朝歌功颂德，终以盛传的诗名受宠于唐玄宗，后失宠离开庙堂，又一怒之下投至永王麾下，永王叛乱失败，他被擒后又流落江湖，传说溺水而死是比较可靠的说法。王国维生前即被清末代皇帝溥仪"降旨"成为南书房行走，使这个接受了西方哲学的儒者，又转变为心仪祖制的皇权主义者，面对风雨飘摇的清廷他心如死灰，死后遗书道："五十之年，只欠一死。经此事变，义无再辱。"故而被称作"中国最后一位士大夫"。

茫茫苍野，无语回响，不禁吼斥：这样的献身，值吗？你们过早的缺失至少使中华文化的灿烂星河少了几许更耀眼更绚丽的光彩。那个时代的悲剧，悲剧的时代，好似"无可奈何花落去"，好比千疮百孔的大厦将倾,风雨飘零,溺,自溺,救得了什么?惊醒了何人?向谁明志?明的什么志?

是夜,入夏以来最憋气最酷热的夜,寂静的夜是聆听的最好机会,但上天连传达一丝语意的风都吝啬不予,迢迢星河倒是遥远而灿烂,我暗自唏嘘:还是认知限制了想象力,就知道只有一种"君权神授"的皇权,就知道只有一种贵为天子的帝王,就知道只有一种愚昧到底的死忠,得志则自命不凡,效命在所不辞,失意则不惜以死明志。不得不怜惜天才如屈原、李白、王国维者也,屈原死时仅62岁,李白死时仅61岁,王国维死时将51岁,倘若在世多延几年几十年,可能还会有更宏大的诗篇横空出世,就说这天才死前决绝选择的痛苦思索,那是何等残酷何其凄惨;不得不憎恨那个铁桶一般的一统天下,不仅限制了人们的言行,而且禁锢了千百代人的思想,灭绝了像小草一样见缝即可生息的生路。但是,在陨落巨星光焰的一泓死水微澜里,仿佛看见站立起来的另一个大写的人,1918年其父与王国维同时代,志在"殉清",沉潭自溺前最后一次问他:"这个世界会好吗?"他说:"我相信世界是一天一天往好里去的。"就是他,也是从那个时代成长过来的他,一生思考自己思想上的问题和中国问题的解决之道,几乎遭遇灭顶之灾及诸多坎坷,仍以坚韧撑起一个现代新儒家的人格。94岁高龄时有人问起他所经历苦难的感受,他说得自然轻松:"行云流水,不足挂齿。"次年,坦然告别人世,他就是既思又行青山不倒的大学者梁漱溟。

中华民族是一个善良也是一个爱憎分明的民族,只要你做了有益于百姓、民族、祖国的事,尤其是你作了彪炳史册的突出贡献,人们都会铭记你赞扬你祭祀你。三位天才的溺死悄无声息,不过荡起一波涟漪,但他们死后引发的动静却犹如巨石投水溅起宏大而绵长的波澜,足以证明历史不可欺。

屈原以爱国的气节，赋予他诗歌以动人情怀，在《九章·哀郢》开篇即以"皇天之不纯命兮，何百姓之震愆？民离散而相失兮，方仲春而东迁"的诗句表现对国破民离失散之苦的愤懑情绪，载以新诗体的伟大成就光泽万世，人们就将一个大祭的节日附会于他，用赛龙舟、吃粽子、喝雄黄酒、沐兰汤、挂白艾、悬菖蒲等诸多形式来纪念他。可见千年习俗乃民心所向。

李白诗篇在，光焰万丈长。盛名之下，人们怀念潇洒俊逸的大诗人李白，一代又一代人吟诵他的诗作，连他的死都被猜想得这般富有浪漫主义色彩。

王国维选择端午节前两天以死祭奠传统文化，肯定想到了自沉汨罗江的屈原，他女儿王东明说："父亲一生是个悲观的文人，他的死亦如他的诗有着孤寂之怆美——最是人间留不住，朱颜辞镜花辞树。"影响最大的是被称作"教授中的教授"的陈寅恪为他写下的碑文："惟此独立之精神，自由之思想，历千万祀，与天壤而同久，共三光而永光。"这又是一种境界，令许多学人将此奉为一生笃行与坚守的信仰。

时代不幸诗人幸。悲剧的时代，人性彰显得更裸露更深刻，更有认识价值，文学更发达，催生出更耀眼的悲剧人物，历史更显厚重与丰富。楚国为强秦所破，屈原被朝廷倾轧，感伤人事的卑劣与肮脏，华章的诞生犹如横空一道彩虹；李白素执不俗的抱负，前恭而后倨为官场所不容，一路坎坷挫折，不得不对着日月山川狂吐喷泻出不可抑制的激情诗意；昔日如巍巍乎高山的大清，也在风雨中飘零，王国维在无奈中绝望，昆明湖水浅，只是污泥窒息了他的呼吸却远远掩盖不了一个大师巨匠的光芒。

原野苍苍，星光璨璨，端午作为国人的一个大节将跨时而去，但时空不虚，历史不欺人心！

我的大学

单肩斜挎一个黄色军用帆布包,手握一卷书,一会儿站,一会儿坐,一会儿行走在公路边、铁路边或者山间道上,读书读到疑问处重点处或兴致所在,一定会从帆布包里掏出一笔一本写上几句什么,渴了就从包里拿出一水壶喝上几口,饿了从包里摸出几块饼干之类的干粮啃上几口……这,就是我的大学生涯中最常见的情景。当然,标准场景是在一间临时充当教室的砖木结构的大平房里,几十个老少同学正襟危坐,一边翻书或记笔记,一边认真听"教室"前面桌上一台三洋牌卡式录音机正放着的录音课程,几盒磁带听完就下课。课后自学。

奇葩吧?不仅我的大学就这样奇葩,我的求学生涯曲折、断裂、重续又启,还不完全不完整不正规,勉勉强强拿到大学本科毕业证书时已花去了30年时间,同样奇葩。不信,我罗列出一张时间表,似乎有些不堪回首:1967年至1977年,小学、初中、高中(不得不提示一下,这十年正值"文化大革命"时期);1977年至1984年,一边进入职场工作,一边屡试屡败参加高考,换句话说,这七年不是在准备高考就是在进出考场的路上;1984年至1986年,考进中央广播电视大学四川省分校党政干部基础专修科读大专；1987年至1994年，忙于工作；1995年至1997年，考入中央党校法律专业函授读本科。

　　说起大学，现今世界各种各样的大学数不胜数，且各具特色，每一所大学论起其前世今生和对社会的贡献本身就是一本内涵丰富内容厚重的大书。世界上第一所大学是建校于1088年的意大利博洛尼亚大学，英国牛津大学最早授课时间为1096年，剑桥大学1209年建校。这些老牌子的大学标志着现代意义上的大学的诞生，不仅开创了人类接受教育的更高层次，拓展了新知识，尤其是新的专业学习和研究方向，最重要的是培育了一批又一批思想、文化、科技人才和成果，剑桥大学建校以来就产生了120位诺贝尔奖获得者，以及不同领域的知识成果。中国大学起源于北洋西学学堂，1896年正式更名为北洋大学堂（天津大学）。现代史上声名鹊起且影响巨大的"西南联大"在颠沛流离艰难困苦中的生存与发展历程、保留的科学文化种子、成就的声名、显赫的师生，迄今史诗般地闪光。关于大学的定义和描述，伟人大师、科学巨匠、名人大家诸多金言妙语，再多说也无出其右，但我以为能够称得上大学的有一条基本原则，那就是"传道，授业，解惑"。我所就读的大学古今中外绝无仅有——中央广播电视大学，一无围墙，二无校舍教室，三无交流互动条件，有的是统一课程安排，统一课本，统一授课老师，统一考试。另外，传授渠道不同，中央电视台教育频道固定授课时段或录音磁带或录像带，内容仍是统一的，可以独自学，也可以到区、县、市乃至省上办的分校或者教学班参加学习，还可以由具备条件的单位自行办班集中读书，前提是参加统一的入学考试按统一的分数线录取（当然比国家高考的门槛要低），过程中的每一门功课都是统一考试，不及格的统一补考。这样的"无"与这样的"统一"，无疑为这所大学最大的特点。上百万人同时学同时考（不得不需要说明的是 20 世纪 80 年代初除了广播电视之外是没网络的）不啻为一大奇观。这个学校注册的学生也奇葩，不是整齐划一的处于青春期的青少年，而是上有四五十岁的中年人，有的已是拖家带口，有的还是一级领导干部，下至情窦初开而求知欲更强的少男少女，皆为风华正茂的"恰同学少年"同读一个专业，济济一堂共听一个频道。我就是其中一员。

以我这还算是一个读书人的涉猎，迄今尚未读到一篇写这个学校这些学生这段大学经历的算是"像样"的文字，恰使我感觉有必要将那一段"奇特"的经历哪怕是挂一漏万地记下几笔。我们参加公安工作考取的就是干警，进门清一色的高中文凭在那时的公安队伍中算是最高学历了，但我们自己也明白这也就是一个学历证明而已，于是主动参考，终于挤进了当时重庆公安队伍集中举办的电大班，这全称还有点儿长且拗口——中央广播电视大学四川省分校重庆市分校重庆公安校教学班，地点在歌乐山麓原"中美特种技术合作所"旧址，现为渣滓洞、白公馆两个死难烈士纪念馆之间的松山半腰上，绿荫满山，清静幽深。

学校的教室是几间青瓦青砖平房，安放下几十张不知从哪里搜罗来的桌椅板凳，顶棚上垂吊着几根没加任何装饰的日光灯管，讲台也是一张旧课桌，该上课的时候，管理员会拎来一台收录机把录音盒带往里一放，揿下播放键，卡式盒带传出老师的声音，开始上课。学校的附属设施也是临时凑合的，教室左边稍大一点儿的平房作为会议室或者说是大教室，唯一不同的是讲台上放置了一台 18 英寸的彩色电视机，用于收看教育频道上课，也是唯一的娱乐渠道。教室的右边也是同样大小的平房，权且充当学生寝室，靠墙面摆放了七架高低铁杆床，安排有 14 个人住宿，留有一面窗通风采光，另一面墙开有一门进出，中间过道有一溜儿课桌用来放置生活用品，远处半坡上也是旧房改造的食堂，日日三餐供应所有师生的伙食，其他皆无。

较之于正规大学，我的大学没有围墙没有图书馆没有体育场没有实验室，身边没有教授没有讲师，但我的大学仍以许多的"有"取胜，四周有青山环抱，绿树葱茏，门前有水塘清漾，虽说秋有蚊虫冬又冷，却真是一个安静的读书地方，闻听山涧莺啼近林鸟鸣，更显似仙境一般幽静。从教室出门踏过不算大的水泥坪坝即是泥泞的山路，往上走一段便是水泥公路，交叉路口右转不到 1000 米就是渣滓洞烈士纪念馆，左转 2000 多米便是白公馆烈士纪念馆，我常常拿着一本书边走边看到这两个极富意义的地方，一边参观一边读书，那些为新中国诞生献出宝贵生命的英雄们，激励着我们年轻一代奋力读书担纲民族的未来。从教室出门往下走，在山底横卧一条铁路，那是重庆市特殊钢厂从厂区通往梨树湾枢纽站的专用铁路，由此向前就穿过西南政法学院和四川外国语学院两所大学的校区，沿着铁路踏着枕木边走边读书也是当时我的一个不错选择，很多需要强记硬背的课文就是在这条路上入脑入心的。两所正规大学里的一切都令人艳羡，也激励我更加刻苦地努力学习。我的大学所学专业是独一无二的，叫作党政干部基础专修科，全部 11 门课实际就是一般的通识基础，但教材都是名师所写，授课老师不是来自北京大学就是中国人民大学，或者是北京师范大学，这一点非哪个地方大学可比肩。学生则学历、年龄、资历均参差不齐，但学起功课来，谁也不输谁，都你追我赶地拼命读书，尤其是一些年龄大的，有的还有官位的学生，更是刻苦至不分白天黑夜地攻读课本苦读参考书。晚上十点学校规定熄灯，但几乎每一个蚊帐里都亮起"小桔灯"。那个时候学风淳朴，人人真读书，个个得真考，每科成绩都真实可靠。我想，这些被耽误了的一代，一个个空虚的大脑面对知识如同饥饿之徒一头扑在了香喷喷的白面大馒头上，那时候还没以权力换文凭和假文凭泛滥现象。

每个人都是时代的产物。20世纪70年代末恢复高考,放宽年龄等条件,主要将被"文化大革命"耽误了的"老三届"吸纳进了正规大学,我们这些被"文化大革命"耽误的一代确实因为基础太差考不进大学,只好以自学考试、成人高考、电大的方式解决求知和学历问题。不管怎么说,读书是幸福的,求知是愉悦的,我脱产两年进行大学专科学习,不仅学了几乎是全新的11门知识,还利用这个时间段读了大量的课外书籍,在歌乐山麓的大路小径留下自己握卷读书钩玄提要高声吟诵的身影,晚上熄灯哨吹了还爬进被窝里揿亮手电筒看书,每周唯一的一天放假,回家路上搭乘公交车也都手不释卷,以至于毕业后鼻梁上挂起一副再也取不下来的近视眼镜,让警队的战友惊呼"士别三日"硬是回来一个"知识分子"。

这个世界上读过大学的人何止千千万,而每个人的求学生涯千差万别,遑论不同的学校,即使是在同一所大学同一个专业同一间教室里求学的同学,对所学知识的领悟、思考的深度、放眼的广度、人生的体验也有诸多不同,至于踏入社会所取得的成就也各不相同,但从大概率讲,从正规大学毕业的学生所取得的人生成就要高一些大一些显著一些,几十年过去的事实也证明了这一点。我们这些被耽误的一代,一步落伍步步追赶,使人生逼仄而局促,仍不得不由衷轻叹一声,时也,运也,命矣。

好在这个世界的大学不止这一种,生活本身就是一所最深邃最丰富的大学。国人一直以来都教育下一代,不仅要读好有字书,更要读好无字书。有道是"处处留心皆学问,人情练达即文章"。社会生活中的人、事、物及其关系乃是极大的学问,读了正规大学也才具备了进一步读好这所"大学"的基础和能力。"书籍是人类进步的阶梯。我扑在书上好像饥饿的人扑在面包上一样。"这经典名句就出自苏联文学家马克西姆·高尔基之口。这位苏联文学的杰出代表，一生向往上学，却一生未能如愿。他写的自传三部曲，就有一本《我的大学》赫然在目，翻开就可以看到他想上大学念头多么强烈，但因为穷因为地位低贱，只能在喀山的码头、面包房、杂货铺打工，也就是在一所没有围墙的大学里读无字书，进而了解了社会最底层的生活、百姓的愚昧和人性的丑陋，逐步提高了觉悟，懂得了许多书本上不可能获得的道理。他在书中宣称："我的哲学是从皮肉上熬出来的，比哲学家要强。"换句话说，在喀山四年的打工生活比读大学的收获还大。他后来回忆道，精神上使我获得生命的却是喀山。喀山是我最喜欢的一所"大学"。以高尔基的文学成就可以说明，在社会生活这所大学里，只要你不放弃对知识的渴求，用心观察身边的人事，潜心研究某一方面的问题，也一定会取得意想不到的成就，古今中外由此成就的英雄伟人大师巨匠数不胜数。

我的大学要说涉猎了哪些"高精尖"的专业，与当今哪些大师邂逅，步入了一个或者两个学科的顶端，简直无从谈起，因而平淡无奇，记录这段学生经历的记叙文也平铺直叙。事实上，人生旅程意想不到地会有诸多的幸与不幸，穿越或者熬历过来的回眸，无不感觉云淡风轻。

我的大学一半是专门的学习，一半是半工半读，而整个过程都是作为一个刑警与形形色色的人打交道，在广阔背景下的社会生活中进行的，这种历练，那些高居象牙塔的学子是想求而不可得的。我被耽误的不幸，被放弃的哀伤，被由此激发的终身学习的养成所填充所替代，更多更厚重更广阔的知识范畴等候我的足迹，此乃人生之大幸。

回过头来看，我的同学——那个年代的电大生、函授生、在职生何止千百万，他们身居社会的诸多领域一边学习一边工作，默默无闻的坚实的脊梁撑起了那个方面那个岗位的一片天，不用多说就知道他们的生活、思想状态和人生追求，这个社会能够持续向好肯定有他们辛苦读书辛勤工作的功劳。因为先天不足，他们无以自夸，无以自傲，唯有自嘲。说起他们的求学生涯，他们戏谑地说："开放的，声音传输式；隐秘的，文字往来式；拿文凭，大跃进式；跻身知识一分子，南郭先生似的……"

在工作中求学，于生活中读书，虽然不甚专业或者专一，但对于学习往深处走，阅读往心里去，较之于大院内象牙塔里的大学生或许多一层领悟和理解，事实上于我而言，有的感受确是刻骨铭心、终生难忘，仿佛读过的书走过的路都让人有真切的实在的"读万卷书，行万里路"的现实感受，远不止一张铜版纸印刷的毕业证所能包纳。

唉，我的大学。

文人之"痴"

文人就是文人。

真正揣有一颗"痴"心的文人情有专属,就是对沾着点儿文气儿的东西似乎有一种天生的缘,哪怕嗅到一丝气瞥见一丁点儿色就会被吸引,渐入佳境后,竟会如痴如醉,乃至不顾一切地去成就那一种缘分。唐武则天时期,官僚宋之问与其外甥刘希夷都是"痴"诗的文人。有一次,刘希夷写了一首题为《代悲白头翁》的诗,内中"年年岁岁花相似,岁岁年年人不同"一句确实不同凡响,宋之问赞不绝口,要其外甥将此诗让给他。刘希夷难以割爱,竟被宋之问令家奴用土袋活活压死。文人之"痴"可以杀人,文人不惧被人杀也不放弃所"痴"。

中国在历史上在世界上绝对称得上一个历史悠远的文化大国,其文化内蕴源远流长博大精深,呈现的形态也是丰富多彩粲然无比,诗词、歌赋、曲目、剧本、文史哲巨篇巨著煌煌然于天下,书画、金石、雕刻、木器、漆具奇石昭昭观于世代,以现代人文刻度衡量的各种物质和非物质文化遗产越来越多,其蕴之深,其意之长,远非千百年时长环球内空间可以框定。生在华夏五千年文明史里的国人,从小就受这些文化因子的浸染,有条件成长为一个文人则有幸且有幸之至，如此繁复、宏伟、精微的文化瑰宝还不足以令你陶醉其中，一生一世乃至子子孙孙将其无怨无悔地发扬光大。

就说文人在文史哲内框里的痴迷吧，姑且不论意境高深气势磅礴的大处，文人对诗文的"小处着眼"，细微到每一个字的反复琢磨比较选用，以至于衍生出许多"一字之师"的文坛佳话。最早见史的是，晚唐有一个叫齐己的和尚写出一首诗《早梅》，经典一句"前村深雪里，昨夜数枝开"，携得意之作向大诗人郑谷请教，郑谷看后说，"数枝"非"早"也，未若"一枝"佳。这一改切情贴意，齐己拜称："改得好，你真是我的一字之师啊。"欧阳修"月夜追一字"的故事在文坛在民间也传为佳话。说的是这位文章大师的好朋友在相州建了一座住宅，取名"昼锦堂"，派人送信给他，请他写一篇纪念文章。欧阳修挥笔写出《昼锦堂记》，即交送信人带走。文章送走当晚，一直在反复诵读品味的欧阳修突然发现文中"仕宦至将相，锦衣归故乡"一句不妥，再三斟酌，认为应当在两句中各加一个"而"字，改为"仕宦而至将相，锦衣而归故乡"，不仅通顺，而且意思更深邃。他连夜命家人骑快马追，直到第二天日落才将送信人追上，取回文章加以改正，才心满意足地将文章送走。文坛广为人知且常为人津津乐道的"推敲"一词，不仅使一直郁郁不得志的诗人"一字"成名，还成就了一个青史留名的典故。整部《全唐诗》收罗了2200余人近五万首诗，尚不论未入诗榜而又痴迷于写诗者何其多也，即使榜上有名而未见史上盛名的诗人也多呢，贾岛就算一个。一生穷愁苦吟作诗的贾岛，家贫、出家、流浪、还俗、屡举进士不第、投稿名家不被看好，这些都挡不住他对诗词的痴迷，依旧不停地写，没想到一举成名不在其成堆的诗稿，而在一个字上。一天，贾岛骑在毛驴上，一边赶路，一边旁若无人地吟诵他的诗句:"鸟宿池边树,僧敲月下门。"还反复在毛驴背上比画推敲的动作,不料冲撞了路过的韩愈。韩愈何许人也?当朝红得发紫的文学大家。当他得知贾岛为推敲诗句而冲撞了他的车马,深为他的认真态度所感动,顿生爱才之情,丝毫没有责备他不说,反倒大力举荐宣扬他,使其名声大振。

韩愈从贾岛身上看见了当年的自己,触动心中的软肋,出于惺惺相惜而伸出援手。这位居史上著名的"唐宋八大家"之首的文学家,童年困苦,学途艰难,屡试不第,进入官场仍坎坷不已,但终其一生好文"痴"情不改,且颇有建树。对读写"千锤百炼"地深度挖掘方成一代宗师,写出名垂千年的文章不说,还倡导"古文运动",对散文写作提出"文道合一"、"气盛言宜"、"务去陈言"、"文从字顺"的理论,在文坛政坛留下许多可资评说的史料,连死后的谥号都被追赠为"文"。这个"痴"文之人,值得一记。

从古至今,"痴"文之文人何其多也,"痴"文之态各色各样。对文之"痴",文人们先从痴迷读书始,不仅有"读书破万卷,下笔如有神",还有"书读百遍,其义自见",更有"读万卷书,行万里路",而"读"是为了"行",知行合一,文人之"行"当然大多表现在创作上,也可以说是读写一体,同等痴迷。那么,痴到什么程度呢?可圈可点的人事车载斗量,极尽赞美的文字何其多也。欧阳修平生只好读书,坐则读经史,卧则读小说,上厕所则读小辞,没有片刻时间离开书籍。真正做到了"手不释卷"。他写作文章大多在"马上、枕上、厕上"完成,而且以为唯有在"三上"作文,才可以更好地"运思属辞"。怪哉吗?不怪,古今文人在读写上的"怪哉"做派和技法多得去了。如何描摹或者揭示文人读写之境界?王国维在《人间词话》里借古人名言中的三句话既形象又极具见地,先是"昨夜西风凋碧树,独上高楼,望尽天涯路",一个"独"一个"望",把极目天下孤独求索之态直接推送出来,独特的思考也在其中。再是"衣带渐宽终不悔,为伊消得人憔悴",求索到了茶饭不思的地步,为"伊"居然无怨无悔。终于达到最佳境界"众里寻他千百度,蓦然回首,那人却在灯火阑珊处",似蜜月期离别而不知归期的新婚恋人,念想至极处豁然灵光一现,跳出一个朝思暮想的她,但还没抓到手,她还在"灯火阑珊处"。这个"她"可以是一个字一个词一个段落或者一个切入心灵的思想,心心念念思之如苦恋,终如禅宗之"顿悟"。可见,不磨砺至痴迷是达不到这个境界的。至于什么"青灯黄卷"、"十年寒窗"、"悬梁刺股"之类的文人之"痴",似乎已经是读书人的常态,选几个典型来说说,也就是信手拈来的事。

都说历史是胜利者书写的,还说后朝人修前朝史,确实形成了一条规律或者说是一种规矩,想来也不无道理。因为胜利者是不受谴责的,话语权前伸进历史大大有利于胜利者强化在现实的威权,而后人说前人事不必顾忌太多,于是,金口一开,大笔一挥,光鲜的历史便沿着胜利者也就是当权者指引的道路留下许多并非真实的文字堆砌。但是,这一切遭遇上文人之"痴"不惧死地秉笔直书也无可奈何矣。春秋时,齐国大臣崔杼杀了齐庄公,太史书写:"崔杼弑其君。"崔杼自恃大权在握以死威胁要其改写,太史不从被杀,他两个兄弟接着嗣书而死,崔杼也只有无望弃之。齐家太史一家三兄弟前仆后继以命护真的气节,直接升格了文人之"痴"的脊梁精神,无愧于史家典范。

要说"痴"文如梦,因为醉心于文丢了家当没了江山去了性命,付出的成本之大代价之高,莫过于南唐后主李煜。正儿八经的皇帝,含着金钥匙出生,玉楼金阁里长大,在皇宫里享受奢靡豪华的生活,轻歌曼舞声色犬马陶冶出来的一腔爱恋、依偎、寄思的激情，大把大把倾注在意境馨谧碧秀蕴意深邃熨帖的诗或词上，用字词之工，将绝思精想串联成不同凡响的结构之妙，让无数自视甚高的舞文弄墨者自愧不如而汗颜，使更多的文人之"痴"更持续深入地"痴"。不错，这无疑是一个纯粹文人"痴"的成果，但谁可知至高无上的金粉日子怎么销魂？41年人生，从华丽宫殿的主人跌至铁窗囚室的人犯，从锦衣玉食到求一日饱饭而不可得，从恣意肆掠他人美颜身体、财物田地甚至生命到任人驱使的阶下囚直至踏上断头台，谁走过这样的人生之路？谁体验过这样的心路历程？谁能够"痴"心不改将个中滋味诉诸文字？留下80多首血肉魂灵糅成的诗或词，迄今谁人敢动一个字？人中君王，诗词王国又为千古一帝，李煜这"痴"，精到了极致，高到了极点，真正是前无古人后无来者。

千百年来，处于农业形态的国人，已把"耕读传家"视为应该或者是理想的生活常态，但处在生产力低下的贫困状态的绝大多数人，能够识字、读书乃至求学深造，写出"相当"文字"像样"文章，以期安身立命，已是相当不易，如果不"嗜书如命"不"痴迷入癫"而成名成家，几无可能。考究起来，文人们"入痴而渐入佳境"的背后或者骨子里依然是功名利禄为诱惑为招引，纯粹"痴"文为文而无功利之心者，几无可见。古时少儿发蒙受教的便是"书中自有黄金屋，书中自有颜如玉"、"朝为田舍郎，暮登天子堂"之类，这些被树为读书人的追崇。对读书人来说，最宏大的目标莫过于北宋大儒张载提出的"横渠四句"：为天地立心，为生民立命，为往圣继绝学，为万世开太平。如此包容万千宏伟绝伦的远大愿景，激励读书人之"痴"纵有千难万险命悬一线之危也在所不辞，于是才有"盖文王拘而演《周易》；仲尼厄而作《春秋》；屈原放逐，乃赋《离骚》；左丘失明，厥有《国语》；孙子膑脚，《兵法》修列；不韦迁蜀，世传《吕览》；

韩非囚秦,《说难》、《孤愤》;《诗》三百篇,大底圣贤发愤之所为作也"。因痴迷,受磨难,愤而拍案而起,哀而激灵奇思,坐下来不计晨昏不计俗见奋笔疾书,留下历经千百万人的挑剔而独树一帜的千古名著。

　　受如此堂皇而宏达的目标震撼和感召,即使无"愤",凭"痴"而行,哪怕抵上身家性命也要写出"垫棺作枕"之作以飨后世,无数以经典奉世的思想文学大师,呕心沥血地实现了自己生命和精神的价值。曹雪芹泪血斑斑,穷其一生仅完成惊世之作《红楼梦》前八十回;被誉为"茶神"的陆羽,一生嗜茶而研究茶事,在颜真卿帮助下,写出史上第一部《茶经》专著;东汉学者王充以毕生心血写出四部哲学巨著:《讥俗》、《政务》、《养性》、《论衡》,其中《论衡》一书花了30年写成,阐述了他要对古往今来一切思想和学说加以称量评说、辨别真伪、权其轻重的思想。如此种种文人之"痴"及其"痴"的成果,虽说不上惊天地泣鬼神,至少也惊世骇俗承载传之万世的价值。反过来看,文人之"痴"哪怕终年埋首荒原与寂寞而甘之如饴,其实心中燃烧的依然是那一簇扬名立万的薪火,寂寞中骨子里流动的依然是那一份流芳百世的精髓。

　　张载的金句既为文人之"痴"的口实,也为文人之"为"的大旗,但是,将"横渠四句"剖开来看,终究感觉到有些"大而无当"或者"华而不实"的味道,试问,哪一句可以具体化?究竟哪一句能够找到结实的落点?近乎焕焕口号,灿乎煌煌大旗,好像编织一个巨大的箩筐,什么都可以往里边装,可钦可叹的文人之"痴"及他们的优秀成就固然是其内核,但也包纳了许多无良文人之"痴"及"痴"之下作。换一种说法就是,有的无良文人就是喊着这口号打着这旗帜干了下作的事,有的甚至把这口号喊得更响,把这旗帜举得更高。譬如流传史上甚多出名的马屁诗文,不仅恰到"痒"处,读来还才情兼备,你如果要把这马屁捅穿,他还会大言不惭地指责你不谙世事,我就是拍马屁当上大官挣到大钱取到大名,才可以更好地服务百姓啊。就说那个为一首诗可以要人命的宋之问,经常写一些歌功颂德的诗献给武则天,"痴"诗的才华写出的马屁诗非同一般,因博得女皇欣赏才得以重用。譬如一些如变色龙一般卖主求荣朝秦暮楚毫无尊严的贪官污吏,同样是因"痴"文而获成就的官,同样留下堂皇大作给自己所干的那些几无廉耻可言的事振振有词地作辩解。五代十国时期的冯道堪称十足的官场小人,历经四朝十代君主而稳居宰相位置,世称"十朝元老"。文人骨子里的气节、固化了的忠君观念在他那里彻底翻转,翻得比翻书还快,前朝皇上托孤大事尚未落地,立马就换一副媚态可掬的面孔去接新主子,甚至来不及脱掉前朝的官袍就去迎接新皇上驾临,鼓动三寸不烂之舌唱不尽的赞歌,作揖鞠躬跪拜摇地极尽阿谀奉承之能事,生怕圣上不理解他"由来已久"的思君爱君忠君之心。一番声情并茂的表演下来,是蛇蝎是恶魔也得被这赤子之心拳拳真情所感染所感动,大幕新开,新官照做旧曲再唱。就这样一个遭欧阳修骂作"不知廉耻"被司马光怒斥为"奸臣之尤"厚颜无耻到极点的小人,还诡称自己多义举,使得百姓免遭生灵涂炭;自称长乐老,写出官场不倒翁的宦海秘籍《荣枯鉴》,不分忠奸不辨良莠不论节操只管做官,将做官作为技术性的技巧来研究;自以为是,写出诸多诗文袒露自己为天下苍生而委曲求全的心迹,其中一诗《天道》中写道:"穷达皆由命,何劳发叹声。但知行好事,莫要问前程。"笃定如金石之句,读来想象不出是出自一个反复无常的奸诈小人之手。毕竟冯道也是耕读起家的穷人,靠读书谋取功名,靠文人之"痴"悟取升官保官之道。正是因为他善于伪装,善于拉大旗作虎皮,不仅维系一生之荣耀,还给后世留下不休不止的争议。比较之下，面对朱棣"诛九族"的咆哮，方孝孺仍不惧不从犟直文人并不粗壮的脖子，铿锵回答："诛十族又何惧。"在他的观念里，保住了节操，青史留下忠名，他死得值。可是，与他"一荣俱荣"的近千口人命何罪之有，因他一人之气节"一损俱损"冤死予他陪葬，这文人之"痴"究竟值不值当？从这个意义上讲，冯道倒是深谙世事，做了好些"为生民立命"的事，岂不让人唏嘘。

明末大才子张岱说："人无癖不可与交，以其无深情也……"兴趣爱好养成"癖"，将"癖"深入坚持下去便成"痴"，"癖"有雅俗之分，文人之"痴"更有良莠之辨，但怎么用，何处用，用来干吗，自然有霄壤之别。

对文人之"痴"有一点毫无争议的共识，恰如古人言："故书痴者文必工，艺痴者技必良。"不过"文工""技良"之后怎么办？还是问问良知才好，免得贻笑方家或者留下骂名，污了纯净的文人之"痴"。

可以另当别论的是，从农耕社会"耕读传家"启蒙，走科举之路出道，千年以来产生了海量"痴"文的文人，其人生不仅"百无一用是书生"，结局还"做人做事痴呆误"，这类因"痴"而"病"的文人在吴敬梓的《儒林外史》里有的是；奔科举谋到出身，由"痴"文转为"痴"官迷钱，甚而入"病"且病入膏肓的光怪陆离之怪胎，也大有人在，吴趼人所著《二十年目睹之怪现状》、李宝嘉所写《官场现形记》多有揭露。当然也有"痴"文而吃透文理，留下光耀后世的大作，更有"痴"文转"痴"武或文武融通，在历史上书写出了宏大的叙事。有道是：百无一用是书生，化作文人掌乾坤；文人之"痴"可蹈海，兴风作浪亦千年。

月

  今天,农历辛丑年(牛年)中秋。白昼艳阳高照,蓝天如洗,入夜则银盘托空,天光泻地。这一天和风拂煦,绿树摇曳,花草颔首,一切都显得格外清新分外宜人。

  十五月亮十六圆,人到中秋格外亲。今年中秋是我记忆中最好的秋,最惬意的节。全世界的人都在不同的地方不同的时间夜观这个普照大地的月,全球华人都在咀嚼糍粑品鉴月饼诵词吟诗,观赏又圆又亮的月,把酒举杯,高擎双臂,将这个沿袭千年象征团圆寄托相思向往飞天的圆月,一起邀进清醇的水揽进热情的怀融进期盼的脑,一起庆贺这个看似清而淡却在内心激起隆重情义的重大节日,共享并且祈祷相亲相爱团团圆圆其乐融融的愿景永远永远。

  月亮是世界的,但把那个一年之中最圆最亮银盘莅临的时刻当作节日来过的,我敢断言,那只是华人的专利,这专利是这个星球上最大的一个族群用千百年的习俗来注册的。就着这银色的月光,将一腔相思、寄情、热望、悲凉,统统寄往那个圆而亮的光盘;就在这月以继晷的日子,平日尚且"焚膏油以继晷,恒兀兀以穷年",今日则无须"焚膏油",无须点灯,继续白昼的活动，嗟叹之不足而歌之舞之蹈之，亲友团圆，珍馐佳肴，邀浩瀚明月入杯而无醉无眠，心生祈愿，心旷神怡，美哉，怡乐！从古至今，我大中华民族传诸万世的金句经典便是明证，诸如"海上生明月，天涯共此时""一轮飞镜谁磨？照彻乾坤，印透山河""好时节，愿得年年，常见中秋月"。翻译为各种文字的美诗美文扬名寰宇，随拈几首："花间一壶酒，独酌无相亲。举杯邀明月，对影成三人。""明月何皎皎，照我罗床帏……出户独彷徨，愁思当告谁！""独在异乡为异客，每逢佳节倍思亲。遥知兄弟登高处，遍插茱萸少一人。"绵延不绝的中华历史太悠久，博大精深的中华文化太丰厚，每年八月十五这一天露出特别圆溜溜亮晶晶脸的她，就会勾起无数男女老少无穷无尽的想象。

对圆月赞美歌颂至多情，寄寓的幽怨也凄美，月缺的时候呢，人们依然感慨悲叹，激起人们对那个遥远又耀眼、缥缈又神秘、明亮又闪烁的大星球无穷无尽的想象，背后一直都藏着一探究竟的兴趣和欲望，千百年积累的创造力终于使人类的脚步踏上了这个星球。

"这只是我一个人的一小步，但却是整个人类的一大步。"人类历史上第一个踏上月球的美国宇航员尼尔·阿姆斯特朗，在那个伟大的历史时刻如是说出的一句经典语言从太空飞入人们心中，载入人类史册。1969年7月，美国的"阿波罗11号"宇宙飞船载着三名宇航员成功登上月球，尼尔和他的搭档奥尔德林在月球表面停留了两个半小时，实现了人类的飞天登月梦。时至今日，人类对这颗我们目力所能见的硕大行星的探索，一刻都没有停止过。2013年12月14日，中国制造的带有嫦娥三号月球探测器的"玉兔号"月球车成功降落月球表面，终于撩开嫦娥姑娘的神秘面纱，帮助所有国人实现了"一睹芳颜"的梦想。相信在不远的将来，随着科学技术的快速进步和高度发达，人们会深入全面了解这个星球,甚至移居到这个星球去过"凡人"的日子。到那时,人们对她的一切感观感受都会发生颠覆性的改变,纪实的文字以科学严谨的笔法去论证去揭秘那个星球方方面面,而寄情的诗意、创意的图画也将变幻出更多更新的姿色。

中秋月孤独,孤零零悬挂在天之涯,一泄如水的冰凉,形单影只的落寞,中秋月也是热闹的,这个星球上所有能够看见的人们所寄托的情感多姿多愿,投去的目光也各种各样,但基调是美的,充满向往充满憬悟充满热度,我曾妄自忧虑,那个小小的缥缈的星承载得住这么多寄托吗?这么多热辣辣的目光不会把她给融化了吗?但她总是在每月十五,露出她又圆又亮的脸,中秋的今夜她更妩媚更靓丽,难道她知道将人类许许多多的有热度的祝愿化成了出席盛大晚会的妆颜?每到月圆,人们都会自觉不自觉地对她多瞄上几眼,中秋则把端详欣赏她皎洁的面庞当作一场美的饕餮盛宴,自然眼下面前也少不了珍馐佳肴美酒佳酿,盛邀她的身影入席。尽管人类已经踏上了那个自身并不发光的星球,尽管人类已经取到了那个星球表面的土壤若干,尽管人类已经知道那个星球的一些真相,仍旧憧憬想象着那美妙的蟾宫折桂嫦娥飘逸的景象。

沉溺于美梦的人,不愿意醒来,哪怕梦已被冰冷的利器残酷地戳破,哪怕明知道是人为编织的虚幻,依旧不愿意惊醒,因为那个梦内涵太丰厚蕴情太深沉,这个梦从远古走到今日,还将延续下去。

举头望明月,低头思故乡。萦绕心头的是离愁。

举杯邀明月,对影成三人。抑制不住的是欢畅。

月光下歌之吟之足之蹈之,流畅全身的是快乐。

自由望月,心曲不一,发自肺腑的都是由衷的幸福。

但还是有活生生的生命看不见这十五中秋最圆最亮的月,不管怎么说，都是悲哀的，残酷的，凄凉的……

还有把读书这个人间一等一的美事，譬喻为不同的"赏月"境界。清代文学家张潮这样论读书："少年读书如隙中窥月，中年读书如庭中望月，老年读书如台上玩月。皆以阅历之浅深，为所得之浅深耳。"这样的观月状态不同凡响吧！

人有悲欢离合，月有阴晴圆缺，此事古难全。人类也天生受限，也有许多的无奈，哪怕就是寄情遥思也囿于自身困局而想象力不足，只好祈祷未来"但愿人长久，千里共婵娟"，还要祈祷那个寄寓无穷思虑的"婵娟"永远与人类"不离不弃"。

一个月，三十天，踽踽独行；一个月，隐约在，含羞露笑；一个月，居心间，寄爱寓情。我猜想，我祈望，也敢肯定，即使到了人类对那个并不遥远的星球了如指掌的时候，依然对她恋情不变。

中华民族的中秋情结根深蒂固，对飘逸如仙的嫦娥梦萦魂绕，寄寓的情怀甚至连一切表达方式都不足以抒发。

月，我们的至爱，早已深深融进中华文化的骨髓！

读书的危险

稚嫩的肩膀挎上黄布小书包，幼稚的胸膛揣着一个空白的心灵，活蹦乱跳地走进小学校门时不满七岁，迎头就撞上如狂风暴雨般肆虐的"文化大革命"。想都无法想象那个时候读书居然是违法犯罪的行为，不仅如此，家有藏书、交换图书、谈论读书都是不可饶恕的大祸，倘若被发现被举报甚至被事后查证都是要受到追究的，轻者批评批判批斗，重者劳教劳改入狱。活生生就发生在身边的人和事，使刚刚认识几个汉字的吾辈学生只能是张皇失措，搞不懂上学来干什么，背着书包来学什么。掩饰不住的事实是，吾辈整个中小学的基础教育，除了硬生生记住了几个名词之外，几乎没学到任何科学文化知识。身不由己地折腾，心地不安地盲从，唯一明白的就是那个年代"读书无用"，还是不读书好，至少多一分安全感，而读书的危险足以让你身败名裂。

不读书于社会得理，无知识于自己心安，那确是一个非同寻常的时代，当然，不按当时的要求念叨几个"概念"或者高喊一些紧跟时代的口号也是过不了关的，双肩扛着的脑袋里要么装着一桶白水要么是一盆糨糊，不过一摆设而已。不是吗？当年学唯物主义辩证法，天天念叨的"正""反"两个概念，以及两个概念的转换延伸"一分为二",根本就不知何意。后来才知道还有"合二为一",那是悖论,是反调,不能提,而提了是要挨批的。几个同学有点儿议论也是偷偷的,不敢大声张扬,更不敢往深里去议,为什么?不知道。可能因为学力不够,阅历不深,也懒得计较。现在回想分析,也许还是惧怕深究得出自己的结论,如果自己的真实想法与当时主潮流不一致,一旦流露出来那就罪莫大焉。无疑,这也是意识到的另一种读书的危险。

有独立的思想,就会产生独立的认知。理性思考科学认知会发现真相发现真理,得出的结论和发出的声音也是独到而深刻的,甚至与专制权力的发声背道而驰。追根溯源还是书读多了,读书人多了,历史上手握绝对权力的封建王朝对书对读书人的生杀予夺,掀起的何止是血雨腥风,一场又一场的毁损和杀戮,简直就是血流成河,惨不忍睹。秦始皇的"焚书坑儒",朱元璋大兴"文字狱",朱棣一怒之下对当朝大儒方孝孺"诛十族",还制造了顺藤摸瓜"瓜蔓抄"酷刑。清朝从 1644 年入关到 1911 年逊位的 267 年间,有资料记载的"文字狱"多达 200 余起,被穿凿附会指鹿为马甚至以"莫须有"罪名牵连而掉脑袋的读书人不计其数。事实摆在那里,读书最大的危险是以生命为代价。

令人玩味的是那个特殊的年代长期耳濡目染天天操弄于嘴边的口号式概念,根本就没进到脑子里,以至于若干年后碰见像是陌生人的初次见面。就说"正"与"反"这两个概念吧,20 世纪六七十年代读到大众哲学里的朴素辩证法,以及作为批判对象的"福兮祸所依,祸兮福所伏""反者道之动"之类,熟稔得如和尚诵经一般,跨进 21 世纪的一天,猛然间读到《长短经》,这部又被称为《反经》的书触及多个相悖的概念,居然像从未见过似的惊奇,渐渐读懂还颇有振聋发聩的感觉。据说唐代文人中有"蜀中二杰",其一为大诗人李白,这个不用多说就一大名鼎鼎光耀千古的人物，另一个似乎史上无名。在我第一次读到国学大师南怀瑾所著《历史的经验》时，发现书中用了极大的篇幅阐述了《长短经》的精髓，一一列举了仁爱、仗义、学识、名器、刑赏等许多正面概念的"流弊"，并将此经称作"反经"，充分论述，统统囊括为"正反相生"现象，对我够具震撼力，再延伸了解到作者赵蕤，为唐代中期梓州盐亭人，始知他还是"蜀中二杰"之一。这一"杰"一生隐居，著书立说，精通经权达变经世致用学问，大诗人李白曾登门拜师，跟从学习一年。细读《长短经》原文，逐篇读下来真有一记记重锤敲击魂灵的感觉，猛然间意识到必须从反面去读书去理会，否则会一直"活"在片面里，这种读书的危险是贻害无穷的。

所谓"开卷有益"，看似正确的经典之言，实则大量地一股脑儿地读书，不分良莠不加选择不求甚解地读，囫囵吞枣似的读会食古不化，会消化不良，会损害大脑；似懂非懂似的读会固执于我，会以偏概全，会浅尝辄止，这样读下来可能会使认知成一元模式，也可能烩成一锅粥，甚至毁了原本逻辑清晰的大脑，还得花极大工夫做好精神清道夫。这样读书，后续发酵的危险不可收拾。

人生苦短，时日不多，不是所有的书都值得一读。

"书读百遍，其义自见。"国人千百年来总结的读书方法不能不说是一个相当好的读书方法，对重要的经典书籍需要这样的精读。但是，从古至今，因为种种原因国人所能读到的书籍极其有限，尤其是延续1300年的科举制就指定那么几本读、写、考的所谓经典。汉代以来"罢黜百家，独尊儒术"，官方限读一家之书，就那么几本书，必须倒背如流，甚至连每一个字的前世今生都抠挖得细之又细。这种条件下总结的读书经验确实管用。但随着社会文明的不断进步，书籍种类大量增加，知识的更新加快，信息流呈几何级数增长，每一本书都读上百遍岂不迂腐之至，还会跟不上经济社会科技进步的节奏，也直接影响自己学识的长进。

"尽信书不如无书"，倒是读书者的金石之言。这既是对书的选择方法，也是对读书内容的过滤，既要有所取，更要有所弃，就像一个高明的雕塑家造就作品，多余的料一丝一缕要剔除干净，才能实现塑形目标。那么没有书读，怎么会知道哪些可信哪些不可信？哪些可全信哪些有依据值得信？

读过许多巨匠大师谈怎样读书的书籍或者文章，包括读书方法、读书经验、读书体悟，横比纵论，既有共通的真知灼见，字字珠玑，又有各执己见的"独门绝技"，读来动心触魂，学之获益匪浅，先生们还给后辈开出一串又一串泛读、必读、精读的各种书单，就差手把手面对面地授之读书机宜。想到大师们之所以为大师，求知求学路上踏平坎坷历经弯道歧途归返，集腋成裘，积沙成塔，终于登上人格、学识、学术的高峰，不知付出了多少汗水、心血和牺牲，而将这读书的成果毫无保留地传之后人，无不令人钦佩之至。

近现代文学家夏丏尊对读书的危险有一句近乎呐喊的警句："读死书，死读书，读书死！"但是，大师所言绝大多数是从正面引导和劝慰，煞费苦心地诲人不倦，几乎没有提及读书应当避免的危险，如果不加以警惕或者警醒，这人人欣赏的大好事也未必不会转化为坏事。

读书毕竟是获取知识的主渠道，是提高文化的大源头，是升华精神境界的必由之路，不管什么危险不危险，读书人的基因似乎先天就赋予了文字的密码，骨子里始终不会舍弃书籍的滋养。如果警示或者消除读书的种种危险，使阅读走在科学理性的轨道上，迎接你的将是自由翱翔的天空，常绿的生命之树更加生机盎然。

心之无所著述

有心者有所累，无心者无所谓。

熟视无睹，过而不视，视而不见，人的生命过程中这样的现象太多太普遍，究起"源头"无非用心与否。

改革开放四十年，国人的腰包鼓了，兴起了旅游热，不仅在国内旅游还去了境外，无数的热门景点、名胜古迹、都市大城都留下了国人的足迹。这当然好，既开阔了眼界，又愉悦了身心，让国人无时不升腾起扬眉吐气的感觉。可安静下来想想，游览的地方虽鼎鼎大名，购物皆奢侈大牌，怎么多半是"上车睡觉，下车尿尿"的跑路印象，大部是到了景点就"购物打卡，摆出样子照照相"的感觉，甚至还对一些"名不符实"的景观生出"去了一辈子后悔，不去后悔一辈子"的怨愤，剩下的都是"差不多"的记忆，再散漫一些时日连这几丝几缕印迹也忘在脑后。这不，有朋友从希腊旅游回来，自有一帮好友接风洗尘，听他一边打开手机里的照片和录像，一边兴致勃勃谈起古希腊文明雅典古迹，眉飞色舞的样子很是让人艳羡，座中有人表现出立即动身飞往那个古代哲学发源地的冲动。俄顷，有人插话问起苏格拉底和他的三弟子的著述，问起苏格拉底是怎么死的，死前囚禁在什么地方,他的死都有些什么意义。突然的提问使旅游者稍一愣怔,顾左右而言他。又有人提问苏格拉底的死都有些什么意义,他对后辈及后世哲学家和哲学有什么影响,他的思想对希腊对欧洲乃至对世界有多大影响,能否比肩中国的孔子。这下讲述者瞠目结舌,直接举起酒杯转移了话题。但仍旧有余兴未泯者不依不饶地揪住这些问题不放,言语间夹杂一些揶揄嘲弄的意味。座中另一位朋友以"做什么事都有一个是不是有心的问题,无心或者无意自然会忽略一些东西,旅游更是如此"开头为讲述者解了围,接着他讲了几年前游历希腊的经过和对那几个问题的了解。虽然冲淡了一点儿聚会的主题,但这顿餐不仅填饱肚子,还增加了知识和精神的营养,及至深夜临别,大家的讨论仍热气腾腾。

  人们似乎觉得高大宏伟的廊柱式建筑或者影响于今的欧洲文明都源自古希腊,而事实上古希腊文明并不是欧洲文明和欧式建筑的唯一源头,这就不得不说到公元前4世纪古希腊雅典执政官伯里克利。他是雅典的黄金时期具有重要影响力的领导人,发动和率领公民们在希波战争的废墟上重建雅典卫城,留下了许多辉煌的建筑,还扶持文化艺术,培育那时被视为非常激进的民主力量,这才诞生了苏格拉底和他那个时代的古希腊的哲学家,以及冠盖后世的哲学思想。时间过去两千多年,许多残存的雅典卫城的建筑物仍不失宏大的景象,甚至还显出一分悲壮色调。当年苏格拉底被判处死刑,临死前关押的地方是在石壁上凿出来的石室,里边又黑又潮还逼仄,确实不太起眼。如今虽然辟为一个游览景点,如果不经特别提示真容易视而不见。这么一个晦暗狭窄的地儿,居然囚禁了一个那么光彩耀世的人物——思想家、哲学家、教育家苏格拉底。我对着石室想问的是,囚住了吗?囚住了,他最后是从这里走向刑场的。对着坚硬冷峻的石壁,再想问一问,这地儿真的把他羁押住了吗?岩石没有回声,我分明看见石壁影射的答案，没有，绝对没有，从这里他走向了永生。不是吗？与亲友告别的时候，他微微一笑，说："我将死去，而你们则会活着。谁更悲哀，只有天知道。哪一条路更好，唯有神知道。"随后，慨然去了"灵魂的另一个地方"。他被以"莫须有"的罪名判刑，原本有亲友帮助出资赎身或者以辩解方式活命，他一律予以拒绝。他鄙视但"宽容"指控的人和捏造的罪名，他不愿违逆由500名公民组成的法庭作出的裁决，不愿违背他自己都崇尚的民主原则，不愿违拗自己心中的信仰，愉快而潇洒地赴死了。就他这对死亡的态度和方式足以彪炳史册，遑论他拥有并非浪得虚名的思想家、哲学家、教育家的桂冠，然而平生无心著述。没留下半部著作的苏格拉底何以流传大名光耀千秋？因为他吸拢了一大帮优秀的弟子而悉心教之，其中最优秀的是柏拉图，还有柏拉图的学生亚里士多德，就这三人被后世认同为西方哲学的奠基者，并称"希腊三贤"，这在世界文明史上也是熠熠闪光的星辰。也许是人以文传，柏拉图一生写了30多篇对话体著作，绝大多数是以苏格拉底为对话的主角，最重要的有《国家篇》（《理想国》）、《智者篇》、《裴多篇》，这些作品传至今世，影响巨大。而亚里士多德堪称希腊哲学的集大成者，他深受苏格拉底、柏拉图的思想浸淫，其著作甚多，几乎涉及每个学科，从而构建了西方哲学的第一个广泛系统。苏格拉底自己并没有写出什么著作，他的言行和学说通过其弟子柏拉图和色诺芬著作中的记载而留存。也可能是文以人传，作为思想者，苏格拉底时不时会产生并阐述自己的独立思考，通过办学、讨论、不断提问和谈话的方式探究真理，他的言和行都显出有些特立独行，不被当时一些人理解甚至遭人忌恨，以至于被居心叵测的人控告。他以能生而不生，以忍受和冤死，带头遵守并且感动更多的人遵守雅典的法律，他的非同寻常的死成就了他的不朽，人们广泛关注他屈死的缘由，同时传播了他的思想，他的弟子和他弟子的著作更是将其精神形象固化而流传千载。

苏格拉底在希腊在欧洲在世界历史上绝对算是一个伟人，他的哲学思想至今还影响世界文明的进程。但是，这个伟人"心之无甚著述"，不知他是因为思考问题太多而无暇顾及写作，确实没写下大部头的著作没留下经典的文字，还是只是热衷于提问、讨论、谈话这些思想碰撞的方式产生新的思考成果，或是花了大量的时间和精力给他的学生给雅典市民讲述他思考的成果、论证的过程和他广泛而系统的思想，就他自己而言，一个看透生死的哲学家，一个洞悉世相的思想家，心胸坦然，执意孤行，没想过不朽也没想过开万世之学问，也就无所谓文以人传或者人以文传。令人不可逆料的是，当世他扬名立万，史上他星光熠熠，无愧于伟人之颂赞，千百年来的历史毫无疑问地见证了这一点。

心之无甚著述，人物千古流芳。我们不得不把"著述"一词掰开来细捋一番，这分明是"著作"和"述说"两个词的集合体，一般地说，著作是亲力亲为的落笔也不排除请人代笔捉刀，述说是口述或者回忆由人记录。苏格拉底没有"著"，并不等于他没有"述"。他大量地"述"了，包括他的行为本身都是一种"述"，后世所见的当然是他人的"叙述"。蕴含着他丰厚深邃思想的言行举止被人们口口相传或者记录翔实，同样震古烁今。

仿佛苍天赋予人类生命的圣灵都是公允的，两千多年前的西方诞生了苏格拉底，而在这个星球的东方也是在那个差不多的时期也是处于北纬37°上下的位置，同样诞生了一个"大成至圣先师"——中国古代伟大的思想家、政治家、教育家孔子。作为教育家，孔子开创了私人办学讲学的先例，有弟子多达三千，其中优秀者为72个贤人；作为思想家，他倡导礼义仁智信，开创了绵延千年影响深远的儒家学派；作为政治家，他率领弟子花了14

年时间寻访列国，尝试推行儒家治国理念；作为当世最博学者之一，晚年他以一己之力率弟子修订了《诗》、《书》、《礼》、《乐》、《易》、《春秋》"六经"，须知在那个时代那是一项多么耗时费神耗资劳力的工作。而他自己则一生无著作，其言其行被弟子及其再传弟子记录下来，整理编纂为一本先圣的语录体著作《论语》而传诸万世。

世界客观存在，并且不以人的意志发生着自己的变化，人们要感知这个不断变化的世界，唯一的差别在于用心与否。无心则一切过往皆熟视无睹视而不见，用心则会有心动有行动，自然也会有所得有所累，包括乐趣、喜忧、非议甚至诽谤中伤，或许这才是有意义的生命的价值真谛。用心将孔子与苏格拉底这两位至圣先师放在一起作比较，居然会发现许多相似或者相同的地方，窃以为最令人诧异的是，当时最博学的智者居然无一文字著作传世。是不屑于撰文，还是执着于自己的信仰顾自"做"与"述"，自知开一代风气之先而留待后人评说，或是胸襟坦然，通天达地，根本就不在意什么生前功名或身后不朽？仅凭极其有限的史料，后人无法探究先圣的灵魂无法揣测大师的动机，但有一点我敢肯定，先圣无心，心之无所著述，甭说"著"，即使"述"了也无意身后留名。

心之无所著述，不以物喜不以己悲，生不沽名钓誉，死无哀荣之虞，更不为身后名计较。以后历史蜿蜒曲折的事实证明，大师的先见之明确实深邃，就这"虚名"一会儿推崇至巅峰，一会儿弃之如敝履，所幸"焚书毁迹"、"挫骨扬灰"终无觅处。反观世相，倒是诸多平庸者，自以为是，孜孜于皇皇巨著，汲汲于万世功名，终归事与愿违。

有所功业卓有建树却无所著述者，究其内心或许存有"无从说起""述之不预"的无奈。看看中国历史上唯一一个正式登基的女皇帝武则天,在位15年,一言一行毁誉不一,可谓传奇一般的人物,不管从哪个角度去"写"都会是一部大书,而她自己除了生前给自己生造了一个由"日、月、空"三字合成的名"曌",再就是死后在陵墓前竖了一块无字碑。

苏格拉底与孔子,斯为先圣,然心之无所著述,其实是一种很高很深的境界。他人心之无所著述,则另当别论。

《刑警的后脑勺》创作谈

  公安机关内部的分工科学而明确,形成一个强大高效的治安管理和打击犯罪的系统,刑警就是一个专司侦查破案打击犯罪的警种,宛如一把利剑代表公安最前沿的战斗队伍。我入此门第一岗干的就是刑警,而且是在最基层的警队,天天同三教九流的犯罪分子面对面打交道,日日与形形色色的刑事案件脚跟脚掰短长,接警出警、勘验现场、固定证据、剖析尽可能搜集到手的蛛丝马迹、探微循迹觅踪见痕,直至真相大白破案擒凶,这一干就是七八年。
  破案就是一个反溯案件真相的过程,干刑警颇有神秘感,肯定要比罪犯智商高,不然怎么能拨开案犯精心布局的迷雾探秘破案;肯定要比歹徒勇力强,不然怎么能擒获作恶多端杀人不眨眼的凶神。我算是货真价实的刑警,永远为这个和平时期流血牺牲最多却相当令人自豪的行当点赞,只不过在我眼里毫无神秘可言。刑警也是普普通通有血有肉的人,凡人所有的苦辣酸甜七情六欲他们不但有,而且体悟更多更深,譬如破不了案的沮丧,破了案未追擒到罪犯的遗憾,眼瞅着别人或者兄弟单位破了案的那份嫉妒,历经生死搏斗犹如劫后余生的庆幸。

没干多久被上级机关调走，离开警队我依依不舍，但时刻关注着刑警的方方面面。及至二三十年后相聚忆起这些年的战斗历程，作为当年同出师门后又作"旁观者"的同行，对"老干探"们前后左右包括看不见却摸得着的"后脑勺"反复打量，激发了我的创作欲望，于是，我不仅写了刑警的主业，更多地写了他们酸甜苦辣依然妙趣横生的背后。这样的文字，我以为更贴近真实的刑警。

墙

登长城不仅仅是一次旅游，还是一个梦想一个夙愿的实现，更是民族自豪感大大的舒畅和宣示。当我第一次站上八达岭那个最高的烽火台时，那难以抑制的澎湃心潮无法用语言来形容，心中一声高过一声地在呐喊：壮哉，长城；伟哉，中华民族！

记得第一次攀登长城我已是快40岁的人，不过也正是年富力强干事正猛的时候，揣着多年的憧憬和梦想，乘着充盈天灵盖的豪气，从八达岭山脚的第一步石块台阶开始，或快跑或疾走，几乎是一鼓作气登上那个最高的气势宏大的烽火台。来不及平抚吁吁气喘，止不住澎湃心潮。极目苍穹，天高云淡，万里晴空；放眼远眺，崇山峻岭，连绵不绝；俯首细觑，城厚砖巨，铜墙铁壁。成就感油然而生，自豪感喷薄欲出，如果不是碍于摩肩接踵的游客，我真的想竭尽全力地把胸中的万分激情大声呐喊出来。记得那一天，直到夕阳西下暮色四合，才在朋友一再催促下离开城墙。坐上返程的车，我立马摊开笔记本，用颤抖的手写下诗句："不到长城非好汉，伟人题诗在上面。苍山险峻万万千，豪气壮言千千万。"

什么叫作千年巨作？什么可称举世无双？眼前这个被世人赞

为"上下两千年,纵横十万里"的庞大景观就是。这个人造的土石方工程浩大,用数字说话,从春秋战国时期诸多诸侯国开始筑城,秦朝至明朝,修建的长城长度累计超过50000公里,时长逾2300多年,工程所需土石方量大到惊人,仅以明朝修筑的长城估算,需用砖石5000万立方米、土方1.5亿立方米。如果以此筑成宽10米厚35厘米的道路,完全可以绕地球两周还有余。囿于尚无机械的助力,动用的劳动力也大到惊人。据文献记载,秦朝短短的15年为修建长城派遣军队30万—40万人,此外还征用民夫40万—50万人,多时达150万人。北齐为修长城一次就征发民夫180万人。隋朝历史上多有征用民夫数万、数十万乃至上百万人修长城的文字记录。这么一个横空出世的工程并不是建成就一劳永逸的事,还要用庞大的军队去守卫,否则毫无意义,千百年来戍边的军人又何止千百万。这一连串的数字背后是历朝历代多大的经济成本和财力担当?先是垒土夹芦苇或者茅草,后是碎石加石头,不仅经年累月遭日晒雨淋狂风暴雨肆虐,还得时不时受山塌地陷泥石流的蹂躏,更不用说经战火的摧残,但迄今尚能展现它宏伟的躯体,可以显见其人力、财力和建造技术的付出。这个宏大的军事防御工程不知多少次抵御了外敌的入侵和袭扰,也不知多少次让胆敢侵略的敌人望而却步,使得中华民族多少次免遭生灵涂炭,使得中华文明能够绵延千年。浮想联翩,心潮澎湃,伸手敲城垛,犹自带铜声,仿佛金戈铁马战犹酣,怎能不心灵震颤,感慨万千?

攀登长城,无疑是一次真正的刻骨铭心的全身震颤。

然而更大的内心震撼是在异域他乡,简直如重锤一般敲击心灵,但却是关于长城的。

德国。柏林。繁华的闹市中心居然极不协调地矗立着三个不规则的阵容:由高低不一的2000多块石柱构成的欧洲被害犹太人纪念碑、柏林犹太人纪念馆和倒塌后残留并保留原始状态的柏林墙。一向以理性、严谨、内敛著称的德国人舍弃寸土寸金的大都市中心的珍贵价值，修建和保留残存的建筑物，无疑是心思缜密的有意规划。闹市区突兀而现这样的建筑物肯定是吸引眼球的，会引起每一个路过的人特别的关注，尤其是外来的游客会不自觉地停下脚步，走向近前，在认真观看的过程中不由得感受到强烈的视觉冲击和心灵震撼。修建犹太人纪念碑和纪念馆，既揭露了"二战"期间纳粹德国犯下的反人类和种族灭绝罪行，又表明了现代理性的德国人的忏悔心迹。联想到 1970 年 12 月 7 日出访波兰的西德总理勃兰特在华沙犹太人隔离区起义纪念碑前敬献花圈时，突然自发地"惊世一跪"，使得即使包裹得再坚硬的心灵也会在始料不及的冲击下被击穿，身不由己地战栗不已。现代德国人，对"一战"前后犹太资本集团对德意志民族带来的伤害，选择了不计较地包容，对自己同胞在"二战"中犯下的罪行，选择了不作解释地悔过，最终赢得了全世界的尊重，"勃兰特跪下了，德国站立起来"。那么，保留被捣毁的"柏林墙"残骸，又彰显着什么呢？须知当初建造这堵墙的可是社会主义的德意志民主共和国。1961 年 8 月 13 日，星期天。自午夜开始，东柏林的边界就被军队和警察封锁，一夜之间筑起来一堵高约 4 米、宽约 1 尺、长达 169.5 公里的墙，还有通电的铁丝网，这就是举世闻名的"柏林墙"。这堵封锁墙虽然建在东柏林的土地上，直接恶果就是将西柏林围成了一块监狱式的西德的飞地，苏联还调集了 40 个师企图困死西柏林的 250 万人民。当初建墙者的目的就一个：阻止社会主义的德意志民主共和国的人从东柏林逃往资本主义的联邦德国的西柏林。究竟哪块地儿是监狱？东德的人们为什么要选择逃离？导游回答，当年的东德，人民尔虞我诈，钩心斗角，企业偷工减料，蔚然成风，六分之一居民为秘密警察的线民；互相监视和告密、反监视和反告密成为人民生活的最主要内容，如此人人恐惧的生存环境下谁不想逃离？

任何墙都阻挡不了心的自由飞翔，也堵不住人们追求自由的脚步，只不过追求自由从来都要付出代价。据官方统计，墙筑成后，逃入西柏林的有5043人，被逮捕的有3221人，260人受伤，死难者239人。这一串数字背后还不知有多少家庭、亲人和朋友被割离被肢解被碾碎，以至泪血翻飞难以言表。人们诅咒这道墙的建造者，咒骂这是一道罪恶墙。好在28年后，这堵由钢筋水泥筑成看似坚固无比不可一世的墙，曾经在一夜之间彻底横断一个城市，曾经割裂一个世界，企图以独裁专制的力量阻挡历史潮流，却被人民的力量在一日之间推倒。历史记住了这一天，1989年11月9日。历史虽然翻篇，善于思辨改过的德国人民有意保留了这堵墙的残骸。细觑如今的柏林墙，人们咀嚼后喷吐的口香糖粘满了墙面，使其承受无数的唾弃物而变得凹凸不平俗不可耐，这表明了统一后的德国人民对这堵禁锢人民思想限制同胞自由的封锁墙的唾弃和鄙夷。

柏林墙的建造者起意完全在于防内，禁锢东德人民的身心自由。长城，从它发轫就意在御外，抵御外侮，保护城内人民生命财产安全。有文献记载的楚国于公元前7世纪左右最早开建用于防御韩、魏而筑的"方城"，以后列国纷纷效仿。秦统一中国后除了对北方地区原诸侯国的长城进行了一些修葺外，公元前215年秦派30万大军征讨匈奴夺回河套以南地区，开始修建新的长城以防匈奴南下，而大规模在北方山区修建长城是在明代，主要是为了防御北方游牧民族的侵略。这两者之间如同霄壤之别，岂可同日而语。

况且他们叫"墙"，我们称之为"城"，差之毫厘谬之千里。而德国人说，在德语里"城墙"是一个词，英语里像"长城"的城，直接就翻译为"墙"。

由今上溯，数一数世界上最著名的大哲学家，排列前十位的德国人占了一半，黑格尔、叔本华、康德、尼采、费尔巴哈的名字熠熠闪光，这些哲学大师不断反思穷尽思考探索真理，诞生出伟大深邃的思想，引领世界思想领域的方向。在这样优秀的国度居然发生如此荒唐的罪恶，不得不引人深思。在悔过反思过程中，保留柏林墙，修建犹太人纪念碑和纪念馆，意在时时提醒国人警惕纳粹、独裁之类阴魂不散卷土重来，让限制人身自由的柏林墙、迫害犹太人的集中营的高墙以及禁锢人民思想自由的各种大墙永远声名狼藉。有了这等精神境界的德国公民，现代德国才成为举世公认的经济、科技、教育、人文社会水平先进发达的国家。

德国人说，只要是剥夺人的自由的隔离物，都是墙。

出于一个生长哲思巨匠的土壤的语言，确实值得咀嚼细思，品鉴渐悟。

以长城之长之高之巨就阻挡住了外敌的侵略吗？史实摆在那里，蒙古大军的铁骑不仅踏破长城，还在中原大地建立起了国家政权——元朝，对汉民族实施了长达98年的残酷统治。公元1644年4月21日，明朝守军吴三桂在长城山海关开门迎接清军，合兵一处击溃李自成的大顺军，顺势占领北京。清军以14万悍兵逐鹿中原，建立了清朝政权。关于这一点，清帝康熙倒是有清醒的认识，有御批曰："秦筑长城以来，汉唐宋亦常修理，其时岂无边患？明末我太祖统大兵长驱直入，诸路瓦解，皆莫敢当。"不修长城，拿什么抵御外敌呢？康熙说："可见守国之道，惟在修德安民，民心悦则邦本宁，而边境自固，所谓众志成城也。"也算说到了点子上。于是下令："永不修长城。"

捡拾历史，长城也是被叫作"墙"的。

我们一般都认为是秦始皇大修长城，事实上先秦时期的诸侯国大多建有防御性的城墙，既有边境上的，也有都城或者大的都府的。边墙主旨是防敌侵入，边境以内的城墙做什么用呢？建造者也想防内，限制人们自由出入，或分而治之，别有一番关起门来做"土皇帝"的用心。自秦以后，大兴土木大规模修建长城的王朝当属明朝。整个明朝存活276年，动用举国之力修长城就达200年。明长城就叫作"边墙"，东起鸭绿江，西至嘉峪关，光人工墙体的长度就达6259公里，东部险要地段的城墙用条石和青砖砌成，十分坚固。数百年后的今天，我们看见的长城就是明代的"边墙"。

长城总体是东西向的，如果说北边的明长城防住了蒙古贵族的袭扰，对内也实实在在地关上了对外的大门，而南边实施的禁海令"寸板不许下海"，更是将广袤的国土围了起来。

清兵自己都是从关外打进来的，只不过利用了门，准确地说是利用了守门的人。因此，坐稳王朝之后就不修军事上的长城，但却修建了阻止本国人民自由流动的"绿色长城——柳条边"。清朝在东北地区用土堆成宽、高各三尺的土堤，上种植柳条，花了40年工夫建成长达1300公里的隔离墙，不允许汉人自由进出东北。最残酷的封锁墙，是围剿善于骑射的北方农民起义军——捻军。清廷在黄河河岸和北方地区挖沟筑墙，号称修建的所谓"长城"，形成一整套防御体系限制捻军的行动，以至活生生地困死了农民军。区别在于，古代长城抵御外敌，清廷长城限制国人剿灭内敌。

一言难尽的"墙"，大致可分有形和无形两种。

有形的墙用泥土、沙石、水泥、木头、铁丝网等实物构成，取名什么柏林墙、长城、边墙或柳条边都无所谓，根本目的在于割离内外，使人的行动和自由受限。古代大国开启两千多年筑万里长城的传统，幅员广阔的大地上则到处筑城，遍地砌墙，州府县筑大城，官僚商贾建大院，乡绅地主围小院，甚至一般农户用泥土竹块树条也要围绕几间土屋扎一道围墙。我们把故宫看一看，再把至今保存比较好的襄阳、会理、凤凰、西安等地的古城看一看；看看建在城里的余留的总督府、州府和县衙门，再看看散布各地的什么乔家大院、施家大院，什么北方小院、南方私家花园、农家庭院……无一不见各种各样的墙，似乎无墙不生存。虽然并没有多少财产需要保护，中国农民也包括脱离土地做了官的人世代对护家院墙一直有着不衰的热情；虽然有些墙确实能遮风挡雨，给人以温暖以慰藉，带来必要的安全感，但不得不说这些建墙者内心深处的不安和缺乏自信的弱者性格；虽然这些遍地开花的"城"或者"墙"，保护了一些人的财产利益的安全，但反过头来弱弱地问一句，防范的又是谁呢？更不堪的是，长期面对并且生存生活在高城大墙之下，人们习惯了"割离""封闭"的环境，"墙"的观念滋长为文化，积淀的是目光短浅心胸狭隘的土壤，自然无意看向外界看向自然界，人就失去了仰头看天并且思考的资格。

　　无形的墙比有形的墙更坚硬更无情更冷峻，其实也是有形的，至少是留下一些文字记载的痕迹。秦始皇关起门来以"焚书坑儒"筑就钳制思想的"墙"，随后的朝代大兴"文字狱"、"瓜蔓抄"，借"编修史籍"一统史实之类的做法无一不是制造血腥的"墙"。清朝"文字狱"案一律定为"谋反罪"，且株连无边界……鲁迅先生叹曰："为了文字狱，使士子不敢治史，尤不敢言近代事。"明朝颁布严厉的"禁海令"——"寸板不得下海"，还要把海岛上的居民悉数内迁，"以三日为限，后者死"，禁止渔民下海捕鱼，也禁绝了任何海内外往来。至于清代，沿袭明朝"禁海令"，更残酷而血腥，"寸板不得下海，片帆不得入口"，实行"迁界禁海"，将沿海居民内迁三十至五十里，设界防守，严禁逾越，限时限界，违者杀无赦。这些一砖一石都不见的"墙"，却比钢筋水泥的墙更坚硬更冷酷更铁血,当时造成多少人流离失所家破人亡无可估算,更可怕的是沾满血腥的恐怖彻底打断了知识分子的脊梁骨,在人的脑子里根植了一道不可触碰不可逾越的墙。集权统治者种种无形的恶政可谓毒如蛇蝎毫无人性,丝毫不逊于"柏林墙"、"边墙"、"柳条边"之类对人的戕害。

不得不说,画地为界,界为"墙",墙阻碍人的视野,蔽塞人的认知,限制灵魂的自由飞翔,则无异于画地为牢,使人陷落于无知、愚昧之境地,社会经济和科技文化不滞后甚至不倒退都不可能。这样的墙,包括经验主义、惯性思维、阻断信息、认知盲区、愚守谬误之类的"墙",都在必须打破、推倒或者跨越之列。

阳光灿烂的日子,驱车疾驰在西北大地的高速公路上,连片的树林、禾苗、草丛背后,掩映着长城的断墙残垣,久远的雄浑威仪被时光的风雨剥蚀殆尽,只剩下一带黄土疙瘩的痕迹。从气度恢宏的山海关到山韵沉雄的八达岭,再到西北边陲的嘉峪关,遥望延伸至大漠深处的长城余尾,像是映照远古的辉煌至落日余晖的漫长,像是中华民族不屈不挠至今都敲起来铮铮作响的脊梁绵延不绝,更像是藏尾于西昂首于东蜿蜒盘旋的长龙欲破墙而出,势不可当,一飞冲天,站上世界的巅峰,实现中华民族的伟大复兴!

壮哉,巨龙;伟哉,中华民族!

笑着往后退

夜，一轮明月照在平静的太湖，烟波浩渺的朦胧中，一叶扁舟从岸边的沙滩悄然驶出，渐渐消失在湖水深处。船上仅三人，一老叟一少妇一年轻艄公。老者系 68 岁的范蠡，依偎在他怀里的少妇为他妻子西施，他儿子兼作了驾船人。此时为公元前 468 年春季的一天。天穹上除了星月，仿佛边际还映出一抹红光。那是远处的会稽山上，越王勾践正摆十里长宴，庆功灭吴复国，庆功一雪国耻，天天灯火通明，鼓乐喧天，万人齐呼万岁。有人报告，范蠡不辞而别。勾践长颈上的头只微微摇了摇，尖嘴的脸露出一丝不易察觉的冷笑，又对群臣高声宣布，喝好吃好尽兴才好。

这确实是值得庆祝的日子。十年屈辱，灭国受虐；十年生聚，卧薪尝胆。一朝雪耻，扬眉吐气，还称霸盟国，理当举国同庆，勾践狂喜之中也没有忘记献计献策辅佐他、随他入吴三年为奴吃苦受辱的范蠡，曾与他信誓旦旦："孤将与子分国而有之。不然，将加诛于子。"范蠡别有深意地禀告："君行令，臣行意。"对于范蠡的出走，勾践表面不管怎样表演但内心却是高兴的。范蠡心里虽有遗憾也有不甘更有无奈，但也未必不是笑着离开的。

从他传给同是患难之交的文种大夫的信中，就可以窥见他的心迹："飞鸟尽，良弓藏；狡兔死，走狗烹。越王为人长颈鸟喙，可与共患难，不可与共乐，子何不去？"这不仅体现他平静的笑意，更显示其智慧的底蕴。文种与他功高齐名却依恋权势不及时抽身而退，被谗致君臣猜疑，最终受逼自刎。他则泛舟江湖，化名鸱夷子皮，三次经商聚集大量财富又三次散尽资财，后定居于宋国陶丘，自号"陶朱公"，死时享年88岁，遗世兵书二卷生意经一卷，后世赞誉其"忠以为国，智以保身，商以致富，成名天下"。

古人以"立德、立功、立言"为人生的三不朽大业，范蠡一生完美地做到了，尤其在世俗眼光里都以功名利禄为目标不择手段地拼命"向上"钻营的社会，他却心胸坦然地笑着做退、舍、散、让的"居下"动作，且进退裕如。人生笑着往后退，不是常人能做到的，想必他临死闭眼的那一刻心里也是笑着的。这无疑是人生最大的智慧。

迎着功名利禄，拼命抢夺，绞尽脑汁，不惜打破头颅，伤筋动骨，舍弃性命，还以为世相如此，理所当然。殊不知往后退，而且是愉悦地笑着往后退，体现的不仅仅是风度气势，更是截然不同的人生，乃至获意想不到的大德与大得。

北宋政治家范仲淹一生大起大落坎坷不已，主持"庆历新政"为最大政绩，作为文学家留下多卷著述，唯《岳阳楼记》及名句"先天下之忧而忧，后天下之乐而乐"千古传诵。"宁鸣而死，不默而生"，《灵乌赋》一文是中国古代哲人争自由的重要文献。另外，赞赏严光的《严先生祠堂记》中名句"云山苍苍，江水泱泱，先生之风，山高水长"使东汉大隐士严子陵的高风亮节闻名后世。严光原本是刘秀的同学，自小情谊深厚，刘秀建东汉后，执意要他出仕辅佐，他真诚地再三拒绝，隐姓埋名归居富春山，耕读垂钓，终生不仕。富春江畔，风景如画，他含笑退去，怡然自得享恬静之乐，还成就了许多人拼其老命尚不可得的史上大名。

　　说隐士就不得不说晋代名士陶渊明，做官他一直在低级官僚层循环还几起几落，极不耐烦的他愤而逃离官场，最后一次从彭泽县令任上逃进桃花源，他笑了，真心地笑了，笑得很灿烂。从他写下的《陶渊明集》中，既可以看到他"采菊东篱下，悠然见南山"恬淡旷远的襟怀，显见"我岂能为五斗米向乡里小儿折腰"的愤慨宣泄，更宣示他"园田日梦想，安得久离析"徘徊于进与退之间十余年间的心路和最终退居桃花源的决心。他的"进"可谓吉凶难料，而正因为他的"退"，让他游逸于优美的山水之间，不仅从心田流出《归去来兮辞》、《归园田居》、《杂诗》诸多名篇，成就了他"古今隐逸诗人之宗"、"田园诗派之鼻祖"的大名，还描绘出一个"不知有汉，无论魏晋"的人间仙境"桃花源"让后世憧憬。子非陶渊明，焉知其内心之苦乐。我们确实不能断定他是否是笑着退出江湖，但可以从他"言志"的诗文中饱览他优雅的闲情，你能说他是"哭"着退到底的？

　　向前一步，振臂一呼，一举推翻政权，千古以来不是总有人呼"王侯将相宁有种乎"的口号？不是坊间流传"皇帝轮流做，明年到我家"之言吗？有人在密室里劝喻刚灭掉震撼大半个中国的太平天国，声势如日中天且手握重兵的曾国藩，号召天下反清复明或效法西方改革体制。经过反复思考，权衡利弊，曾国藩拒绝了往前走，而是主动选择了后退，裁减军队，上表陈情，表现忠心，释疑朝廷的忌惮。最终，他以自身修为，文治武功，后退而求善，彪炳史册。

　　后退是相对于前进而言，人们总是认为一往无前是英雄，是胜利，是荣光，似乎后退就是认戾，是憋屈，是愚蠢，事实上后退是一种向前，是智慧的前进。唐代的一个布袋和尚在与农夫一起插秧时,颇有感悟地写下一首禅诗:"手把青秧插满田,低头便见水中天。六根清净方为道,退步原来是向前。"不争、谦让、示弱也是一种向前的表现。

每个人都生活在一定的观念里,这观念的形成由出身、性格、学识、环境诸多因素长期浸淫糅合,受社会因素的影响很大,许多没有主见的灵魂完全就被从众心理牵着走,对上升对得到对获取趋向赞同,放弃甚至鄙歧不争、谦和、憋屈、示弱、吃亏、认怂等后退行为。殊不知逆袭世俗的取向反倒成就人生的大智慧大格局,将会给你带来意想不到的大收获好福气好命运。就说"不争"二字,老子断语:"夫唯不争,故天下莫能与之争。"语意、语境、语气蕴意深远,玩味无穷,且让人深信不疑。

道走错了得改弦更辙,路走邪了得修正方向,及时向后退且退得顺当无疑是一件值得庆幸的大好事。倘若觉悟在先,洞悉全程,更应心悦诚服往后退,不啻为理性正确的选择。此时不笑更待何时。世间的道路,灵魂的心路,莫不如此。

如果你适时转变观念,心底愉悦,笑着往后退,你就获得人生大智慧。一如泛舟而去的范蠡、自剪羽翼的曾国藩、隐居山林的严光、自造仙境的陶渊明,轻松释然,手握人生的大自在,得怡天年,得宜史载。

笑着往后退,人生大智慧。

山高水长

确实,太阳底下无新鲜事,人生之路的行走与我们平常的走路差不多,无非行停转退,只是走路可以有多种选择,人的自然生命之路只能是别无选择地顺着时光向前行永无退路可言,但蕴藏在生命之内的心路就复杂多了,无形而多变,交集而重叠,有时候可以主动选择,有时竟别无选择,有时变化的轨迹连自己都摸不到门路。正因为如此,尽管个体生命岁不满百却呈现出各式各样的生存状态。

十几年前读到一本不算厚实的小册子,我拿上手时,崭新还散发着油墨的馨香,淡蓝色的封面让人顿生别具一格的雅致感觉,书名《空谷幽兰》,细觑作者乃美国人比尔·波特,一时激起遐想联翩,空旷的山谷,飘逸阵阵清幽的草木花香,丛丛兰草随风摇曳展现高雅身姿,想必这是一本文笔优美的情思作品。出乎意料,这是一部这位汉学家走遍终南山、五台山、太姥山寻访大山深处诸多"隐者",调查现代中国隐士生活,解析中国传统的隐逸文化的散文式作品,文笔确实优美流畅,但绝非情思读本。那时读到这本书的感觉迄今依然记忆犹新,而一旦读完,对书中叙述的那些居草棚木屋着粗布道袍食粗茶淡饭的隐者,觉着灰头土脸卑微猥琐，我泱泱大国名山大川何其多也，渺渺几个隐居山林的人似乎不值一提，书的内容从脑子里淡出了。

近些年来，也转悠过好些名山大川，不经意间在不起眼的山旮旯偶遇过好几位"勉强"算作现代"隐者"的人且有缘细谈，方知这些从繁华都市避至大山沟的城里人，各自多有来头且身世坎坷经历曲折，萌生退意寻觅退路才来山清水秀冷僻俊逸之地，安身怡神清净无为，有的已混同于当地村民，有的甚至修身修心至高境界，完全是一副轻松释然的状态。

人生都有迷茫的时候，看不清前路时就跟着走，走过一段回头看，咦，有幸走对了路，或者，唉，不幸走了一点儿弯路。转头再看眼前和前程，迷惑复迷茫，突地萌生退意，于是，让开大道，退隐匿迹，山林便多了一个隐者，俗世便少了一个行者。

任何一种社会形态都存在边缘化的人或者主动隐而不现的人。尤其是华夏这块地上，千年不变的朝代也就是从"治世—乱世—衰世—灭世"的过程，每一个朝代立朝之初多为从"乱"到"治"的阶段，百废待兴，朝庭需"治世之能臣"，百姓渴望天下安宁，揣着希望的人都忙于建设家园，此时出"边缘人"或者"隐者"甚少。待江山坐稳，朝堂上为了私利勾心斗角尔虞我诈，便出现山头林立朋党之争，争宠依附、相互倾轧由此拉开序幕且此起彼伏，弱者被边缘化，失败者则隐退一边积蓄力量或等待时间东山再起，失意者望而却步，干脆隐居山林掉个头去过逍遥自在的神仙日子。

说到"隐士"，脑子里极自然地蹦出名气很大的陶渊明，闪现他笔下的《桃花源记》所描绘的田园风光、隐秘境地，还有一连串"晨兴理荒秽，带月荷锄归""采菊东篱下，悠然见南山"的诗句映照隐居田园的自在与宁静的生活景象。崇尚这个史上因"隐"而显高洁的名士，不仅仅艳羡他归隐田园的生活自由自在有滋有味，也不仅是他作为东晋文学家的文采诗名，而是他"不为五斗米折腰"蔑视权贵遗世独立的气节。唐代因为琢磨"推敲"二字闻名的诗人贾岛，还因所著《寻隐者不遇》一诗以白云、苍松寓意隐士超凡脱俗高贵杰出的气节，而扬名立万。其诗曰："松下问童子，言师采药去。只在此山中，云深不知处。"至今读来深感言简意丰。

　　古代把不肯做官而隐居在山野之间的人，叫作隐士。这个"士"有点儿嚼头，一般是指做官的人，而做官的人一般都有些文化，古人讲究"以吏为师"，师自然为文化人，后来兴起科举制，考不上就不能做官。这样看来，有头有脸有文化的"士"，包含名头更大的士大夫跑到山里躲起来，才算货真价实的隐士。追溯起来，国人出隐士、出隐士思想早已有之，远至老子、孔子、庄子的思想著述可见踪迹，老子明确说："功成身退，天之道也。"孔子尽管自己抱有入世救世的愿望，但对于隐士"贤者避世，其次避地"的做法，仍然非常赞同。历史脉络研究表明，道家渊源于隐士思想。中国传统节日中唯一以饮食习惯来命名的寒食节，就是为了纪念春秋时期晋国隐士介子推而设立的。晋公子重耳被逼逃亡时，介子推矢志跟随19年，其间"割股奉君"救其于危难。待重耳归国为晋文公遍赏功臣时独遗漏了他，介子推愤怼他人势利，背上老母亲躲进绵山，隐居"不言禄"做了隐士。他这一"隐"激起晋文公幡然醒悟，立马派人搜山，无果。有人出馊主意放火烧山，意图逼其出山，岂料介子推和母亲被烧死，死后留下一诗："割肉奉君尽丹心，但愿主公常清明……"晋文公感其高洁之为，命将介子推死难日设为禁火凉食的寒食节，改绵山为介山，并立庙祭祀。因为史册有载，介子推遂成鼎鼎大名的隐士，迄今人们在清明节的前一天过寒食节，自然会想起、念叨这个节日的由来，隐士和他的故事自然延绵下传。

中国古代史就是一部帝王史，帝王起居出行膳食临幸都得记载详尽，出生、成长、处理政务的大事都得一一录下作为千秋大史，与之相交集或是沾点儿边的人和事才可能弱弱地略略地带上那么一笔或数笔，这便是由朝廷任命的史官记下的正史，其他则为稗官野史，不入流也不足信。由此观之，有史留名的"隐士"确实少数，绝大多数早已淹没尘土，化作了蝼蚁之食。

真的隐士在古人的描述里，似乎天生就具备超人的智慧、深刻的思想和洞穿人性的能力，头顶泛起神圣而高洁的光芒，揣一腔超凡脱俗的情怀，隐居乡野山林，与尘世间一切功名利禄都隔绝了断，但却因为隐蔽神秘反倒勾起人们的探究、猜测和追随的欲望，只要是史上有点儿小名，哪怕是一鳞半爪的点滴也被挖掘被放大而闪光。传说中许由被视为隐士的鼻祖，帝尧要传位给他，他逃到箕山隐居。帝尧又传位过巢父，他不但拒绝还跑到阳城在树上筑巢隐居。商代末年的伯夷、叔齐不愿继位不说，上了首阳山因为"耻食周粟"而饿毙。鬼谷子，长期隐居鬼谷洞，相传精通百家学问，天上、地下、人间无所不知，教学生苏秦、张仪以纵横术，教孙膑、庞涓以兵法，因学生屡立奇功曝学问遗世而史上有名。黄石公，身世来路都是一种传说，面对秦末乱世，传《太公兵法》、《黄石公三略》等兵法奇书与张良，最终助汉高祖刘邦夺得天下。自身决绝无意留名留痕甚至漠视时代社会的存在之真隐士，何其多，未可知也。

有一个成语叫作"终南捷径"，语出《大唐新语·隐逸》，原义是唐代卢藏用举进士不受重用，继而隐居终南山赢得高洁的名声，果然被召任官。卢藏用者，乔装隐士，实质上以"隐"为桥，搭建通往功名利禄的便捷之路。实际上，"终南捷径"早已有之，只不过没有像卢藏用手指终南山，满是自鸣得意："此中大有佳处，何必在远？"遭遇上真隐者司马承祯道士一语戳破：

"以仆所观，乃仕宦捷径耳。"这才留下这一典故。距此上千年的姜子牙，饱读诗书满腹韬略，可直到 70 岁还闲居乡间。闻知周文王狩猎将路过家门，他故意设计在渭水之滨用直钩垂钓，四处宣称"宁愿直中取，不愿曲中求"。"偶遇"文王被发现为奇人，官拜"太师"尊为太公望，辅佐文王、武王兴旺霸业，消灭商纣，建立周朝，政绩卓卓。典故"姜太公钓鱼，愿者上钩"说的就是其人其事。至于欲进则退欲仕故隐的假隐士的代表，当属人人耳熟能详的三国时期的蜀汉丞相诸葛亮。谋名士推荐，使刘备三顾茅庐，定三分天下，落鞠躬尽瘁死而后已之美名，留千古名篇《隆中对》、《出师表》、《诫子书》，因其业绩煌煌，即使隐士的"假"也为后人津津乐道，成就了高大上的隐士人物。

时间长河里淹没的隐士何其多也，犹如滚滚大江里的沉浮的一粒粒沙砾，但每遇历史的拐弯处，这些随波逐流的沙砾会滞留积淀，久而久之便会形成一种不算丰厚的底蕴，从而成就了极其有限的出了名的隐士。上下五千年的中华文明史，整个社会都围绕权力政治运行，隐与非隐也就取决于对时政的隔离与否。传统文化认为，隐士多是饱学之士，因为不问世事，潜心学问，或以著作名世；他们多是言行高洁雅致之人，或以时事行高论，或操诗书画琴绝技，或以德行感人，史上有名。前者如老子著《道德经》，列子写《列子》，庄周撰《庄子》，东晋陶渊明遗留于世之田园诗文；后者如汉初被称作"商山四皓"的四位隐居的著名学者，魏晋时期的"竹林七贤"，东汉帮助刘秀立位的严光。

既然是隐士，又能青史留名，自然是名气太盛掩隐不住。范仲淹诗赞严光的高风亮节，何其光彩耀世："云山苍苍，江水泱泱，先生之风，山高水长。"

"终南捷径"求"官"管用，求名或许更有效。历史上对做官争议颇大诟病甚多，褒贬不一，但对隐士总是与"高士""处士""雅士""名流"形象联系在一起,似乎都是一边倒的褒义,名气盖过许多做官的人。毕竟在众多趋之若鹜的求官潮流中,隐士为反其道而行之的逆行者,是极少数,又表现为弱者的具象,自然脱颖而出,引人注目,加之隐逸者还千方百计以各种各样的方式博得官场的声名或者施以影响,评价更高。

  一般人印象中,隐士就是仙风道骨不食人间烟火偏居山野江湖的人物,其实这只是隐士中显而易见的"小隐",在传统文化中处于最低的层面,有道是:"小隐隐于野,中隐隐于市,大隐隐于朝。"孔子这样区分隐士:"贤者避世,其次避地,其次避色,其次避言。"正好对应分"形隐"、"心隐"与"朝隐"三种。以伯夷、叔齐为代表,在首阳山"避地"隐居,与俗世的社会、权力、道德观念作割离,是为"形隐"或"小隐"。"心隐"的开创者庄子,提出了另一种隐逸方式——隐心而不隐身,虚己以游世,保持心灵的恬淡宁静,他叫作"陆沉"。东方朔提出"朝隐"是指在朝为官,心中避世,曾经酒后歌曰:"陆沉于俗,避世金马门。宫殿中可以避世全身,何必深山之中、蒿庐之下。"是为隐士最高境界。

  与世俗社会发生冲突,绝望者选择决绝辞世自行了断,绝望而又想延续生命者选择出家皈依佛门,失望而心中不甘彻底割离者才走隐士这条道。可见什么境界的"隐"都隐而未断,甚至是一种故弄玄虚,欲"隐"更"显"。所以,史上有点儿名望的隐者并非彻底意义上的隐者,大都将自己"藏诸名山",目的还是"东山再起"或者"传名万世"。

  精通中国传统文化的学者南怀瑾认为,中国文化几千年来,影响最大的并不是孔孟,也不是老庄,而是隐士。至少对隐士思想的推崇有着三千年传统,除了道家思想里形成了一个学派,而一般国人的脑子里或多或少都存有隐士思想。汉代刘邦本是天不怕地不怕的人物，见太子把"商山四皓"都请出山来辅佐，居然打消了废立的念头。清代康雍乾三代的科举单独开博学鸿词科，就是想让山中隐士民间高手，主要是前朝明代的遗老遗少进入体制内，既为我所用，也为我所控，但表现形式是对隐士非同一般的看重。

至于现代社会的所谓"隐者"，尽管有这样或那样的原因，与现实时空或者身边的一些人或事格格不入，继而采取避世的生活方式，算不得真正的隐士。况且现代社会交通、通信技术如此发达，到哪里去寻觅与世隔绝之地和完全独立遗世之人。更何况当今社会阳光灿烂，世事昭明，极其个别避世者也大都因为家庭、性格、生活境遇等个人原因，包括《空谷幽兰》里记下的、我们所遇见的。诚然，这些以不妨碍他人和社会的生活方式生存的人，偏居一隅，修心养性，既是适合其个性特点的生活状态，也为当今多元化社会所包容。

既然自古以来"隐"已成为高洁的象征，隐士已成为高士的典范，为何不能成为人们追求的目标？既然人人向往，为何又不能成为被人利用的工具或手段？既然同是手段，"终南捷径"何尝不是"短平快"的最佳路径、"价廉物美"的有效选择？国人急功近利的心理，从"做官"的大处到投机取巧贪图"便宜"的小处，成为一种骨子里的文化成分。

今日析之隐士在于扬弃，在于摒弃其所谓退无可退的心路，只取其远离喧嚣浮躁而静心修身养性的做法，健全人格，磨炼意志，跟上大时代的步伐，奔向伟大辉煌的未来。

附录

以文学的方式分享警察人生

——中篇小说《刑警的后脑勺》短评

黎明辉

近几年,重庆职业警察宋庆华,业余时间仿佛只在做一件事,那就是在以文学的方式分享他的警察人生。仅在六年时间里连续出版了三本文学著作,有长篇小说、中短篇小说集、文学随笔。其中以长篇小说《绝对意外》和《啄木鸟》杂志曾以小说头条发表的中篇小说《刑警的后脑勺》为最能代表这种状态的佳作。

《刑警的后脑勺》,乍看篇名,以这个视角去写刑警,能写什么?自然难免顿觉怪诞甚至奇葩。

很多小说可以从任何一个地方开头,看似随意的着笔,却有作者对谋篇结构的深思熟虑。这篇中篇小说开场白的第一句话是"老范说死就死了",语感似乎不咸不淡随口一说,却引发了读者好奇心的悬挂。从这个由头送目读之,一幅关于一群老刑警20世纪80年代警营生活的画卷渐渐展开在眼前,其文学语言调侃风趣,奇闻轶事,感叹唏嘘,直抒胸臆挥洒充盈于三万余言之间。

掩卷读罢，方知作者这篇小说并非写的是习惯书写塑造下的叱咤风云、惊天地泣鬼神的英雄群像，而是写了一群寻常样貌、食人间烟火，同样有痛苦隐私鲜为人知的警察小人物。他所落笔的精彩之处正是刑警的背面，这一面与正面宣传的光鲜亮丽和高大上相比，却更有真实的人性，更有许多鲜为人知的事迹。

宋庆华的警察职业生涯近 40 年，他不是一岗到底干一辈子的那种警察，他的警察岗位是多警种流转型的复杂人生。他初涉警营时正逢改革开放初期，那个时代警察还叫公安，他干过几年刑警，年轻时血气方刚经历过摸爬滚打的磨炼。后来因为能把侦破案件写成通讯在晚报上连载，被选调到市公安局宣传处做公安报记者编辑，专门从事公安宣传。那些年的杂志上常有他大版大版的纪实，报道全市各区县公安的大案要案，并出版了一本纪实作品文集《江河作证》，作为年轻时代奋发努力的纪念。后来他被选调到市公安局给局长当秘书，在局长身边亲历了全市各种治安、刑事重大案件的处置和侦破过程，阅历的视野与从政的城府有了较高层次的领略、培养和熏陶，这是一般警察终生无缘涉足的履历。后来又干过治安处特业科科长，基层支队支队长，治安处副处长，科通处处长，潼南县副县长、公安局长，都是几年几年地干，眼下在公安局轨道交通总队副总队长任职几年，已经快到退休年龄了。

他所到之处，工作业绩风生水起，有口皆碑，从他与民警们至今仍保持的良好关系里就能看出他的管理水平、工作能力和人品。

按理近几年因年龄所限做了一副职，较之一局之长执掌一方平安，负责的工作要轻松多了，现在完全可御下重担歇息喝沱茶了。但宋庆华却没有停歇下来，他在总队基层和办公室处理完公务之后，又把自己的时间交给了书籍，一门关尽，坚持长期埋头读书（从他部分随笔里就能窥见他阅读过很多书），精心整理一辈子多岗位上留下的大本大本的笔记，取其精华从中淘宝。

一般而言，要把人的经历写成文学作品，那是件很难的事。诚如是，人人都可以当作家。而明知这殊非易事，他却白天黑夜地耕耘，大有全身心投入其中的架势。功夫不负有心人，他的勤奋与坚持换来了文学缪斯的青睐。

我们仅从《刑警的后脑勺》里就能捕捉到他写作灵感化蛹为蝶的一些嬗变。

其间最重要最难能可贵的特质是从丰富繁芜的阅历中抓得出来和留得下来。独具匠心抓得出来是一种眼光，用文学手段留得下来是一种本领。有了这两点，他才能做到让人分享警察的人生，这是他的人生，也是我们同为警察的人生。

小说《刑警的后脑勺》的结构并不高深，我以为它是一种模块化的自然组合。大结构很简单，即一个年轻时做刑警的老范死了，唤来了生前一群与他共事的老刑警老干探们聚会，海喝神侃出一段段故事。结构叙事逻辑既有关联又有区别。

章节分叙："老范的死"、"烟事·酒事"、"情事"、"警事"、"枪事"、"苦事·难事·憋屈事"。条分缕析，每人在烟熏酒醺的氛围里各讲上一段，像回忆录分章在讲故事，把一段段当年的刑警生活鲜活地呈现在读者眼前。这种感觉拉近了读者的距离，读起来很真实，没有雕饰的虚构感，自然天成，让读者有种很接地气的亲切感。

回想几年前，我对宋庆华发表小说的事，曾经这样点赞过他：没有想到职业检察官的杜丘，还能驾驶飞机！原本警察与文学都是不相及不搭界的行业，隔行如隔山。

其实在他经历如走马灯似的不停流转中，他离文学已经很远了。在他任部门或地方公安领导期间，他在大小会上的发言稿都是他自己的手笔，从不要身边人代劳。这是为政当官的能力和水平。而读到他的小说，其语言风格大多是口语化、细腻叙事、生动形象的小说语言。这对写小说的门道来讲，能在语言这个环节实现一种特有的转换，几乎是从一套系统转换到另一套系统，这是个大转弯的分水岭。尤其他是做过记者写过新闻和通讯的人，给领导当秘书写过发言材料的人，其语言遣词造句的系统和习惯思维与小说语言已经隔了一座山。

我在公安系统也当过记者，也给领导写过发言稿或单位总结，后来也写小说，我一直将这种公文、新闻语言的一套系统转向另一套小说语言系统，视为转向小说创作的本质飞跃。非常不简单，这也是为什么很多记者能够当好记者而不会写小说的谜底。

比如他在小说中写道："用老刑警的话说，一靠烟，二靠酒，三靠组织搭把手。"

"破案就是熬身体，要想身体熬得住，抽烟喝酒吃肥肉。"

写队上身姿较胖的女民警，队员彭智勇30年后调侃道："……再说了，你这警队最粗的一根柱子，我要了，你不甘心当抵门杠，我也不愿做牙签！"众人喷笑。

"月牙儿一动不动斜挂在天边，周遭的山峦黑黢黢一片。清风拂过，带来阵阵草木的清香，让这群老刑警清醒了不少。"

以上都有小说使用的语言，都是他语言系统转换的效果。

当过刑警写刑警的生活，与我们旁观者或听闻者是截然不同的。宋庆华小说中细节的鲜活是非虚构无可比拟的。

我在揣摩他的这些细节是来自于他笔记本里的淘宝呢，还是在他记忆里或骨子里的？

他的小说写年轻刑警的笑事，可以达到令人捧腹大笑的效果。

晚上两个年轻刑警酒后走在黑灯瞎火的街道旁，两人尿胀了。于是头抵壁而立对准墙就开尿，突然被头上的厉声呵斥惊醒，吓得两人屁滚尿流惊跑而散，酒醒处发现竟是对着一辆公共汽车在撒尿，被在车场看车守夜的人发现了。

深更半夜突审，面对嫌疑人熬更守夜。深夜里街上的烟摊（当年烟摊少）都关门了，队员的"朝阳桥"烟也抽光了，嫌疑人要抽烟后才交代，队员只好就地取材，撅着屁股满地找烟头，集中一大把抽过的烟蒂，拆散聚拢一点点烟丝，用审讯笔录纸卷喇叭烟。一支给老范，一支给嫌疑人抽。那嫌疑人一口抽去半截卷纸烟，三口就抽完了。老范没抽，把卷烟放在鼻子下嗅，对嫌疑人说，交代完案子，这支烟也归你过瘾。那嫌疑人点头如捣蒜："好，好，我说，我全说。我这辈子最牛的就是警察趴在地上给我捡烟屁股，最霸道的就是警察给我卷'朝阳桥'，抽着香啊！"

用这样的细节来描绘那些年刑警背后的笑事糗事窘事，将会给读者留下深刻的印象。这一类小说细节在这个中篇小说叙事中有多处铺陈。

眼下会写小说的宋庆华，其文学作品也算有所成就。其中，小说《绝对意外》入选"2014年度中国公安文学精选（中篇小说卷）"，散文《韶华难逝》入选"2016年度中国公安文学精选（散文诗歌卷）"，短篇小说《手铐》入选"2017年度中国公安文学精选（短篇小说卷）"和《中国公安文学精品文库（1949—2019）》。

宋庆华至今都并非哪一级作家协会会员。究根他不是中文科班出身，他在文学上走出来的路子也很野，或者也算一朵奇葩。读书和阅历的陶冶，是他最好的老师。写作之事完全出于对文化的一种偏爱，他所信奉的原则是"笔之所至，心之所言"。

而令他欣慰的是从警为官为人民公仆之后，他还能写作，他还能用文学的方式，将他的警察人生和他的心之所想与众生分享。

这应该是他退休之前最具价值和最愉快的事了。

（黎明辉，笔名藜藜草、朝天门。1957年出生，退休警察。全国公安作家协会会员。2006年致力警察小说创作，有中短篇小说30万字在《啄木鸟》、《西南军事文学》、《长江文艺》、《芳草》、《东方剑》等省级以上文学刊物发表，代表作《警队有块倒计时牌》2007年在《小说选刊》转载，并收入《2007中国年度短篇小说》年选本。《阿玛尼的手感》2010年获得"恒光杯"全国公安文学大赛短篇小说奖。）

小说艺术价值与美学品格

——作家宋庆华系列小说鳞爪谈

邓　毅

小说，就是故事。小说源于讲故事，应该说小说一开始就是生活的故事化，或者生活的传奇化。我们说纯粹的现实生活一开始是构不成小说的，把生活传奇化、故事化，就成为小说了。那么，我们更有理由说最早的小说就写了各种各样的英雄和传奇。

小说的魅力，源于作家的思想力量和艺术才能。作家宋庆华并不是一个单纯的文学家、形式主义者，他的小说有一种美好的气象、"因内而符外"的艺术风格，而这又来自他一身警服一身戎装，曾从事过刑侦、治安工作，参与过重大案件的侦破，当过秘书、支队长、治安处长、公安局长，从警逾40个春秋。宋庆华用手中笔的犁铧，躬耕自己守望的沃土，抒写公安生活的传奇故事。身穿藏蓝警服，本分与天职，他关心世俗的现实生活，对人性中的庸俗和丑陋，有深入的观察和认识，以身边的世俗生活中的人生世相作为写作的素材，但却能赋予它们丰富的诗意和人情味。通过一个故事很好地把人物的性格塑造出来，让人物的形象站立起来。从叙述故事，从生活传奇化的表达，再转向对人物性格化的表达。然而，他对他所描写的人物和现实生活，则有爱有憎，但他总是有意地保持一定的距离，甚至某种超脱，既不倾泻热情的赞美，也不表露强烈的憎恶，对正面人物的描写略带揶揄，对不合理事物的揭露又含着讽刺的微笑，叙述某一惊心动魄的案件或惨绝人寰的悲剧时，又总是用一种平静的态度，这就使得他的系列小说具有一种幽默调侃的基调，它毫不强加于人，而是静静地将文字中产生的情感传递给读者，收到平易近人的效果。

文学，是经验的表达，作家表达了认识世界的经验，读者基于经验认知了世界。宋庆华撰写了系列公安民警性格成长，在人物性格成长中，让读者建立与世界更密切的关系，对世界有一个更深刻、准确的把握，这样的把握使文学逐渐脱离对极端状态的描述。唯此，在他的公安题材小说创作中，一个故事追溯到人物的性格，读者可以通过对主人公或者对不同人物角色的塑造，看到他们和生活的关系是怎样的。在性格的成长中可以看到自己，可以使自己获得一种进步，建立对世界的认知。从英雄、传奇的描述转向对日常生活的描述，作品内容与情节的发展从事实性的描写、英雄性的描写转向对现实生活的描写。作品有着旗帜鲜明的时代主旋律情结，他用手中之笔书写着时代的变迁，体察着百姓与公安民警的生活。社会变革时期，既在日常生活的细枝末节中表现出来，也在许多重大事件中表现出来。

现代社会转型以来，宋庆华小说从讲述生活的故事和刻画人物生活化有一个转型，就是他的小说中人物内心的审美化，不断表达我们的内心世界。在平淡、沉闷的生活中的人物，随着客观生活的改变，内心世界产生了变化。他的创作则亲近了普通人的生活，对他们的情感状态、生活状态作了极好的表达。曾入选"2017年度中国公安文学精选（短篇小说卷）"的《手铐》，把生活中的小人物赋予大品格，再小也能够显现出"大"情怀。

小说创作中,作家宋庆华写人性,即写内心。写人物内心的复杂性和微妙性,不断表达这种微妙的经验,比如在写故事及其人物性格的时候,很好地写一个故事或者是故事发展的背景,吸引读者。不妨看看他曾以小说头条发表在《啄木鸟》杂志上的中篇小说《刑警的后脑勺》的一段叙述:"深更半夜突审,面对嫌疑人熬更守夜。深夜里街上的烟摊都关门了,队员的'朝阳桥'烟也抽光了,嫌疑人要抽烟后才交代,队员只好就地取材,撅着屁股满地找烟头,集中一大把抽过的烟蒂,拆散聚拢一点点烟丝,用审讯笔录纸卷喇叭烟。一支给老范,一支给嫌疑人抽。那嫌疑人一口抽去半截卷纸烟,三口就抽完了。老范没抽,把卷烟放在鼻子下嗅,对嫌疑人说,交代完案子,这支烟也归你过瘾。那嫌疑人点头如捣蒜:'好,好,我说,我全说。我这辈子最牛的就是警察趴在地上给我捡烟屁股,最霸道的就是警察给我卷"朝阳桥",抽着香啊!'"笔法冷静含蓄,把情景、气氛和人物的精神状态描写得那么真切,把自己的同情和憎恶藏在深远之处,用那需要仔细体会琢磨的描述,构成一种深沉的格调,闪烁着作者的机智才华与写实技巧。作者在小说创作上还表现出道德理想和伦理境界。即使在"煎熬时刻",他也要让人物在最后的瞬间表现出人性的光辉,完成精神的成长和人格的升华,从而给读者带来强烈的"美好"感受。近年,作家宋庆华先后出版长篇小说三部曲,以人物群像的方式深情讴歌了渝州大地上的公安英雄,刻画描绘了书中主人公们的人性本质和心灵世界。面对恶势力,他们宏可撑天、微可摄蚁的胆魄,他们顶风抗压、正义如虹的献身精神,犹如火炬般燃烧的时代旋律经久不散。其中,《绝对意外》中的人物形象格外光彩照人,在艺术上风骨卓立,别具风采。

纵观宋庆华公安题材小说作品,窃以为,包含着大量的悲怆因子。这些作品塑造的众多傲岸不屈的英雄,其精神实质便是慷慨悲怆的崇高品格。他的小说直击社会,或写时代悲剧,或写命运悲剧,或写性格悲剧,勇敢者的人生经历也充满着悲怆性,正是在同悲剧命运的抗争中,显现出大公无私的崇高精神。因此,悲怆性的崇高感,是作家宋庆华现实主义文学的美学品格。

应该说,赋予简洁的语言形式与朴素的叙述方式以神奇的力量,是作家宋庆华系列小说的叙事语言特色。作家努力让人物在生动的故事和真实的生活场景里,显示自己的性格和内心世界;让读者通过客观的形象和画面与人物相遇,既感受到丰富的诗意情调,又体会到写作者的创作姿态。比如"破案就是熬身体,要想身体熬得住,抽烟喝酒吃肥肉",呈现一种透明感和疼痛感,从而,显现出一种品质的纯正。作者的这种疼痛感不是锋利,不是陡峭,而是柔中带野刺,直接扎到读者手掌与内心,在文字所能抵达的世界里,打开生命中隐秘的部分,让心灵的秘密化为日常的诗意。

当读完《天衣无缝》,已然立秋。在这部精装版的著作里,我际遇作家宋庆华系列短篇小说。那应该是庆华先生撰写长篇小说《绝对意外》、中篇小说集《绝对现场》、作品集《绝对关键》,以及《江河作证》等作品之后的又一力作问世。祈愿庆华先生以后的文学创作在社会视野、反映现实和思想高度上,去寻觅那些人性的秘密和生命的光亮,在小说中镌刻自己灵魂的影像,也给予读者以小说的思想内容和精神力量。

(邓毅,重庆市作家协会副主席,重庆文学院院长,著名文学评论家。)

后记

再识庆华兄

——写在庆华兄文集《生死之问》出版之时

胡 洋

秋风渐起，白露为霜，唯心知感，天地玄黄。吾独幽微之室，赏文心雕龙之笔，如泛海行舟之上，如寻山烟霭之间，此千番言语，铸人生万象，汇于一书者，唯江城庆华。

初识庆华，既有惠风和畅之感，亦有静水深流之相，眉宇间威而不怒，嘴角畔喜而不现，彬彬之质，君子之风。如斯，彼此浅行于州府，埋首于案牍，心悬咫尺，阡陌而不相交，朝夕相对，淡然而不相闻。忽一日，众人餐叙，觥筹交错，宾客尽欢之时，庆华酒兴正浓，举杯间，言说古今文艺，戏谈东西大家，须臾间，三言两语构万千气象，字字珠玑好似塞万提斯，机变诙谐毫无曲高和寡之势，万钧雷霆大有古纵横家之态，众人尽显欢愉之情。余自幼喜文，不敢称嗜书之雅，亦有好读之乐，听闻一席，顿感庆华兄文采斐然，举手投足间，风度翩翩，大有惺惺相惜、志趣相投之意。时光荏苒，岁月如梭，风雨几载，随兄前行，常感人生幸事，庆华如兄如师，指点吾于迷津之处，解惑吾于混沌之时，至真至诚，世间难寻。

再识庆华兄，在章句文墨之力，在立言传世之功，《绝对意外》、《绝对现场》、《绝对关键》都有妙笔言说勾勒人性哲思，都有开枝曼妙架构故事层叠，以曲为直，以简化繁，亦真亦幻，情节扣人心弦。在真实的世界构建虚幻，用虚幻的世界解构真实，这就是我读"绝对三部曲"后，用文字的超验与故事的先验收获的一份特殊经验体感，这份体感有温度、有触感，在神经元放电之间游走。一直以为，文字有种魔法般的魅力，被刊印出来的文字，就像传世咒语一般。庆华兄出版的多部著作，完全能感受到文字构建的奇幻色彩，只要你看过、读过，这份奇幻的镜像与魔力，就将融入你的血液与肉体。

现在，庆华兄的新作又在集结付梓，文气之充沛，立意之高远，皆是肺腑之言，用典修辞之法，如青云激昂之风，每每读来颇感趣味横生。《野》用古今之事，探究古今之变，透视家国情怀的人性光辉，笔触所及的智识与知识体量都让人感慨浩瀚，韵味深长。《俗好》与阿城的《棋王》都以象棋作为故事载体，在文化象征性上很有东方寓意，而欧亨利式的结尾，更有妙笔生花的质感，其味其境，值得揣摩思量，写法的自然与笔调的轻快，与突然迎面而来的结尾碰撞出的火焰，直接把情绪拉满，回味悠长。《起底人生》极具知识分子的良知与视野，更有蒙田随笔的质感，鞭辟入里，短巧精悍。《我的大学》有着高尔基式的自问自答，梳理的不仅仅是历史与经历，还有一种色彩上的美好，是一种不断追逐永不放弃的信念。《〈我的乡愁是座城〉系列之七：囿于家园话巨变》通过观察把一个城市的各种时空集合在一起，再在一个多维的空间，释放不同时空的情愫，这份情愫是乡愁，也为这座城市注释了情感。这本文集，更像是重庆的火锅，九宫格之中各有滋味，汇集而成的关于生与死的所思所想所感，只有你品尝过才能体会其中滋味。

（胡洋，现就职于重庆市公安局轨道总队，爱好文学影视评论，著有长篇小说《还是晴天2016》。）